生存抵抗之歌

当代美国本土裔（印第安）诗研究

张 琼 ◎ 著

华东师范大学出版社
·上海·

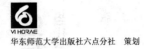
华东师范大学出版社六点分社 策划

感谢教育部人文社科规划基金一般项目（15YJA752022）
"当代美国本土裔（印第安）诗歌主题研究"的支持

目 录

引 论 …………………………………… 1

第1章 当代美国本土裔诗歌:传承与兴盛 …………… 1

第2章 构建奇幻独特的本土象征世界:
纳瓦尔·司各特·莫马迪 ………………… 31

第3章 在俳句幻境中追寻东西融合:
杰拉德·维兹诺 ………………………… 56

第4章 沉思本土裔的生存与仪式:西蒙·奥蒂茨 ……… 83

第5章 探索本土特色的三位一体和谐:
琳达·霍根 ……………………………… 106

第6章 转化本土族裔的愤慨与激越:温迪·罗斯 ……… 130

第7章 诗意移译中的质朴与超越:瑞·杨·贝尔 ……… 153

第8章 圈画心灵内境的诗意围隔:乔伊·哈乔 ……… 185

第9章 在诗的叙事中追寻本土裔家园:

　　　　路易斯·厄德里克…………………………… 211
第10章　探寻独特的诗意:谢尔曼·阿莱克西………… 236

结语:"生存抵抗"的恒久启示 …………………… 253
参考文献……………………………………………… 258
附录一:当代美国本土裔诗人诗选译
　　N.司各特·莫马迪 ……………………………… 273
　　杰拉德·维兹诺 ………………………………… 306
　　西蒙·奥蒂茨 …………………………………… 324
　　琳达·霍根 ……………………………………… 341
　　温迪·罗斯 ……………………………………… 384
　　杨·贝尔 ………………………………………… 412
　　乔伊·哈乔 ……………………………………… 452
　　路易斯·厄德里克 ……………………………… 485
　　谢尔曼·阿莱克西 ……………………………… 526
附录二:当代主要美国本土裔诗人及诗作(汉—英) ……… 587

引　论

　　美国当代本土裔(印第安)①诗歌,是当代美国文学,特别是当代美国本土裔文学的重要内容,又是美国(包括17世纪之前几千年的北美)文学中最源远流长的一支,因为在美国本土裔文学(更确切地说是北美印第安传统文学)的最初形态中,以口头传唱形式出现的就是接近诗歌形态的文学。这一文学传统为现当代美国本土裔文学提供了丰富的意象、思想、价值观和表达方式,而这些传统因素在当代美国本土裔诗歌中体现得尤为鲜明,使得当代美国本土裔诗人的作品成为当代美国的历史、社会和文化语境下,带有绚丽、深厚、独特的族裔风格的一支,成为当代

---

　　①　目前在国内外相关学术界,对这一族裔的专名主要有"美国本土裔"(Native American)、"美国印第安裔"(American Indians)和"美国土著"(American Indigenous)三种。考虑到研究对象为当代历史、社会和文化语境下的诗歌成就,本书在讨论20世纪60年代美国民权运动和多元文化主义兴起之后的文学现象时,采用"美国本土裔(文学)"的名称,而在对此前的文学(诗歌)传统进行回顾时,两者兼用。

美国文学的重要组成部分,也是国际上当代美国文学研究的重要组成部分。

本研究以美国当代本土裔诗歌文学整体发展为框架,通过梳理当代美国本土裔诗歌文学的源与流,重点研究其中9位最具有代表性的诗人及其诗作,同时关注其他当代本土裔诗人的成就,力图较全面地呈现当代美国本土裔诗歌的发展,揭示其代表诗人和代表作品在文化传承、思想内涵、表现手法、艺术特点和当下意义等方面的文学价值,以及这些诗人和作品在整个当代美国文学发展中的地位。希望本书可以在一定程度上丰富国内当代美国文学研究,并拓展可能的研究领域。

本研究重点涉及的9位当代美国本土裔诗人是:莫马迪(N. Scott Momady)、维兹诺(Gerald Vizenor)、奥蒂茨(Simon J. Ortiz)、霍根(Linda Hogan)、罗斯(Wendy Rose)、贝尔(Young Bear)、哈乔(Joy Harjo)、厄德里克(Louis Erdrich)及阿莱克西(Sherman Alexie)。这9位诗人中的莫马迪,不仅是当代美国本土裔(印第安)文艺复兴①的旗手,著名的小说家和散文家,他富有后印象主义色彩的诗歌是其重要的文学贡献之一。维兹诺是美国本土裔文艺复兴的主要作家之一,以"恶作剧者"小说系列著名,但同时也以其多部英文俳句诗集为当代美国本土裔诗歌做出了独特的贡献。奥蒂茨不仅是诗人,也是文学评论家,先后

---

① 对这一文学和文化现象,美国文学界多用"Native American Renaissance",也有用"American Indian Renaissance"的,但前者更为普遍。本书采用前一专用名,并在必要时加入"(印第安)"。

在多所美国高等院校讲授本土裔美国文学。他是美国本土裔文艺复兴的重要作家之一，其诗歌作品一直受到读者的喜爱和学界的关注。他有意识地思考并认识到本土族裔文化与美国"主流"文化的差异与不和谐，希望通过自己的诗歌和其他作品，将"缺位"和"沉默"的美国本土族裔声音传递出去。霍根是诗人，同时也是小说家、剧作家、评论家和环境保护主义者，她还是当代知名的公众演说家和公认的最具有影响力和文化促动力的美国本土裔诗人，先后出版5部诗集，作品体现了她对环境保护、本土精神传统和文化的传承等的独到见解和主张；罗斯身为诗人，又是插图画家、编辑、散文家、人类学家、历史学家、教育工作者。她多才多艺，诗作丰富，自1973年第一部诗集问世以来，先后出版近10部诗集，真实反映了诗人不同阶段的生活和思想。从第一部诗作对美国印第安人族裔文化和身份的体验和感受开始，她先后从学院派生活、女性视角等揭示本土族裔的生存现状，并探讨本土族裔的文化认同问题。诗人哈乔同时也是一位音乐家、爵士乐手，作为成就突出的当代美国本土裔诗人，哈乔在诗歌创作中融合多样的艺术手法，使作品具有强烈的生命感召力和律动，也同时充满了文化反思及批判的张力。她荣获2019年美国桂冠诗人称号，成为当代美国本土裔诗歌成就进入"经典"的又一里程碑。厄德里克是当代美国文学中作品最丰富的小说家、儿童文学家和散文家，诗歌作品也十分丰富，她的诗歌以想象奇异、色彩绚烂、本土传统与当代语境相互交融为特征。9位诗人中最年轻的阿莱克西被认为是20世纪后半叶最重要的本土裔作家,他在诗歌、短篇小说、戏剧、电影及音乐领域为这一传统做出了独到的、影响深远的贡献。这9位诗人的成就,与其他本土裔诗人的作品一起,构成了当代美国本土裔诗歌发展的灿烂篇章。

近年来,美国本土裔文学研究开始引起国内美国文学研究界的关注。较早的代表成果有研究专著《美国印第安神话与文学》(石坚,四川人民出版社1999)和四卷本《新编美国文学史》(刘海平、王守仁2002,上海外语教育出版社2002,2019)中的相关论述,随后,国内重要的学术期刊(包括《外国文学评论》、《国外文学》、《当代外国文学》、《外国文学研究》、《外国文学》等)开始有相关论文发表,学术专著也陆续出现,如:《后殖民理论视角下的美国印第安英语文学研究》(邹惠玲,吉林大学出版社2008)、《文化对抗:后殖民氛围中的三位美国当代印第安女作家》(刘玉,厦门大学出版社2008)、《趋于融合:阿莱克西小说研究》(刘克东,光明日报出版社2011)等,以及已经完成或正在进行中的博士学位论文等,都表明本土裔美国文学研究正得到国内学术界越来越多的重视。不过,目前研究集中关注的多为当代美国本土裔小说家及其小说作品,且相对集中在少数几个作家的作品上(如莫马迪、厄德里克、西尔科、韦尔奇等),对当代美国本土裔诗歌、对这一文学现象中的诗人和诗作的研究,除了文学史著述中的相关章节(如《新编美国文学史》第1、4卷)外,尚未见有比较集中的成果出现。

相对而言,国际学术界当代美国本土裔诗歌研究的成果要丰富一些,不仅有专门的当代美国本土裔诗歌选集出版,如《哈珀20世纪美国本土裔诗歌选集》(*Harper's Anthology of the Twentieth Century Native American Poetry*, Duane Niatum ed., 1988)等,专门研究诗人及诗歌作品的专著也数量丰富,其中比较重要的有《彩虹的声音:当代美国本土裔诗歌》(*Voices of the Rainbow: Contemporary Poetry by Native Americans*, Kenneth Rosen, 2012)、《蜕皮:四位苏族诗人》(*Shedding Skins: Four Sioux Poets*, Trevino Plenty et al. 2008)、《美国本土裔诗歌》(*Native American Poetry*, George Cronyn, 2006)、《精灵诗人:美国本土裔的启示》(*Poets of the Spirit: Native American Inspiration*, Carrie Compton, 2004)、《用词语对我说话:当代美国印第安诗歌论集》(*Speak to Me Words: Essays on Contemporary American Indian Poetry*, Dean Rader, 2003)、《歌唱:美国本土裔诗歌的本质》(*Sing: The Nature of Native American Poetry*, Norma Wilson, 2000)以及《用熊之心歌唱:本土及美国裔诗歌的融合》(*Sing with the Heart of a Bear: Fusions of the Native and American Poetry*, Kenneth Linlcon, 1999)等等。2019年又有一部重要的当代本土裔诗歌选集《本土的声音:美国土著诗歌、艺术及对话》(*Native Voices: Indigenous American Poetry, Craft and Conversations*, CMarie Fuhrman & Dean Rader, 2019)问世。但是,围绕重要诗人从总体上对当代本土裔美国诗歌进行研究的成果,似乎还不多见。

随着国内外学术界对美国本土裔文学研究的深入和拓展,美国当代本土裔诗歌必将成为研究的新重点,特别是由于本土裔诗歌向来是其他本土裔文学现象,甚至还包括"主流"美国文学丰富的意象和叙事手法的来源,本研究将不仅丰富国内对美国本土裔诗歌成就的认识和研究,也将对美国本土裔文学整体乃至当代美国文学整体的研究有一定的拓展和推动,还可以开拓国内美国文学研究和教学的新领域,使我们在本领域的研究与教学方面更好地与国际学术界接轨。本研究还可以丰富我们对当代美国本土裔文学流变的认识,特别是当代美国本土裔诗歌如何在优秀传统的基础上,在新的历史、社会、文化语境下,在坚持和发扬本民族传统的同时,成功进入美国主流文学,成为其中绚烂的一支。因此,这一研究对我们如何承继自己的文化传统并在当今的历史文化语境中使其发扬光大,也具有一定的比照和参考价值。

本研究从回溯美国本土裔(印第安)文学的诗歌传统开始,简要描述从口头文学时代具有诗歌特点的文学样式,到20世纪60年代"美国本土裔文艺复兴"时代之前的英语诗歌文学等,主要关注本土裔诗歌在语言、意象、形式、风格等方面的特征,进而在研究主体中深入探讨当代本土裔诗歌对传统的传承和发扬的各种策略及成就。在研究的核心部分,本书将分别从"传统承继"、"人与自然"、"诗性和谐"、"族裔声音"、"文化反思"、"传统与当代"及"象征世界"等角度,对莫马迪、维兹诺、奥蒂茨、霍根、罗斯、贝尔、哈乔、厄德里克及阿莱克西等9位当代最重要的美国本土裔诗人的作品进行深入探讨,同时,通过概述其他当代本土裔诗歌的发展,将这9位诗人的成就置于当代美国本土裔诗歌创作的总体语境下,以更全面深刻地认识其创作的意义和贡献。

本书重点研究的9位当代美国本土裔诗人各具不同的文学、思想、社会、文化等经历,其作品呈现出丰富多彩的特点。对他们进行研究,必然无法从统一的"角度"开展,也无法把他们放置在同一个理论框架下进行,需要针对各个诗人的独特性,采取合适的切入点,使研究成果能在具体的观察、诠释和探讨中,呈现当代本土裔诗歌文学的总体画面。因此,本研究以大量文本阅读为基础,在主体研究内容中,关照国际、国内学术界在这一领域的最新研究成果,根据具体研究对象和切入角度的需要,借助后殖民主义、生态批评、族裔批评、身份政治、文化批评等理论的相关视角,分别对研究对象的作品进行解读、分析和评论,指出其如何以诗歌形式,突显本土族裔的文化身份,表达与"主流"社会文化的冲突和融合,努力在当代历史社会文化语境下发扬族裔文化传统,提倡人类与自然的和谐,异质文化、思想、世界观的共存。

本书以"附录"形式放入了英汉对照的"美国当代本土裔诗人诗选译"内容,选译了本书研究所涉及的9位诗人的代表诗作。这是考虑到本研究中的所有诗歌文本都由作者首次译出,从原始资料查找、收集、挑选,再到阅读理解翻译,整个过程工作量巨大,而且翻译在本质上是又一次研究,因为任何翻译都是建立在对原作的细致解读和阐释的基础上的。将英文原文同时列出,能为读者提供直观的参照,同时也可多少避免译文时常有的

"言不达意"之窘。另一方面,"诗选译"部分在为学术研究提供文本参考的同时,也多少填补了国内美国本土裔文学翻译作品,特别是诗歌作品空白,为读者和研究者认识和了解当代美国本土裔诗歌提供了第一手资料。

美国当代本土裔诗歌文学成就突出,是当代美国文学整体中"主流"的一部分,它以独特传统为基础,在当代文化社会语境下进入经典,不仅为广大读者提供了丰富的诗歌文学读本和想象空间,也更值得学术界和文学界的关注。

第 1 章　当代美国本土裔诗歌:传承与兴盛

当代美国本土裔(印第安)诗歌是美国文学重要的组成部分,也是丰富和理解美国文学的必要环节,同时又具有独特、鲜明、蓬勃的活力。当代美国文学以其多元文化、精彩纷呈、兼容并济的魅力著称于世界,而这片相对年轻的新大陆,又因为本土族裔文化的存在而平添了几分古老深厚的底蕴。当代美国本土裔诗歌这一优秀的文学成就,正日益吸引着美国文学研究界和广大读者的关注。

历史追溯

在 17 世纪初期至 19 世纪的欧洲殖民进程中,美国印第安人经历了丧失土地和种族屠杀的剧烈痛苦,年轻一代的印第安人被迫离开祖居地,更多的人被驱赶进保护区;当代本土裔诗人经历着被主流文化同化的危机,在语言、文化、传统、身份上不断陷入困惑,在多种文化之间徘徊、疑惑,甚至挣扎。他们对自己的本土族裔背景,并非如我们所想见的那样确定无疑,同时,他们在各种文化上又有一种疏离感,没有非此即彼的清晰界定;面对历史、当下和未来,他们的思考更为复杂,对于文化传承有着各自的见解。

如今,当人们谈及美国印第安人时,大多带有一种历史追溯的态度,普遍认为印第安文化是一种在文明进程中不断被同化、失落、杂交融汇的支流。20世纪六七十年代掀起过本土裔文化复兴之潮,而其产生的结果究竟如何,人们依然没有明确的定论。即便美国诗人威廉姆·卡洛斯·威廉姆斯(William Carlos Williams)都曾发出这样的感喟:"历史!历史!我们多愚蠢,我们又知道或在意些什么?我们的历史始于杀戮和奴役,而非发现。"[1]这一表述揭示出一种历史观,即本土裔文学创作,尤其是直抒胸臆的诗歌叙述,或许是人们再次或重新认识美国历史的一种途径。据相关资料介绍,美国现今大约有200万本土(印第安)裔居民,占总人口大约0.5%。[2] 不过,在这群比例相当小的人群中,却有一群影响力相对重要的诗人和作家。

在美国文学中,印第安诗人的作品长期以来是一种另类的补充,被视为富有异域色彩或奇特性。最早正式出版的印第安诗歌集可能是1850年的《奥吉布瓦人的征服》(*The Ojibway*

---

[1] 转引自 Duane Niatum, ed., *Harper's Anthology of 20th Century Native American Poetry*. New York: HarperCollins Publishers, 1988, 第 xiv 页。

[2] 见 Duane Niatum, 1988, 第 xiv 页。

Conquest），作者为乔治·科普韦（George Copway；本名 Kah-ge-ga-gah-bowh），而第二部可查的诗歌作品是 1868 年出版的约翰·洛林·里奇（John Rollin Ridge）的《诗集》（Poems）。早期诗人还包括波西（Alex Posey，1873—1908），他的《诗歌集》（Collected Poems）出版于 1910 年，以及约翰逊（E. Pauline Johnson，1862—1913），其诗歌作品为《燧石和羽毛》（Flint and Feather，1917）。其他的印第安诗人诗集还包括克罗宁（George W. Cronyn）编辑的《彩虹上的路：歌曲与吟唱集》（The Path on the Rainbow: An Anthology of Songs and Chants，1918），奥斯汀（Mary Austin）的《美国韵律：美国印第安歌曲研究与表达》（The American Rhythm: Studies and Re-expressions of Amerindian Songs，1932），艾斯特罗夫（Margot Astrov）的《长翅膀的蛇：美国印第安散文与诗歌集》（The Winged Serpent: An Anthology of American Indian Prose and Poetry，1946），格罗夫·戴（A. Grove Day）的《晴空：美国印第安诗歌》（The Sky Clears: Poetry of the American Indians，1951）等。[①] 不过，在很长一段历史中，唯一广为美国公众熟知的本土裔诗人是切诺基印第安人林恩·里格斯（Lynn Riggs，1899—1954），1930 年他出版了诗集《铁盘》（The Iron Dish）。里格斯在创作手法上属于意象派，沿承了印象主义风格，但绝大部分诗歌沿承了英美诗歌的传统创作手法和特色，其中只有一首诗表达了明确的印第安主题。而且，诗人自身从未明确认同印第安裔

[①] 见 Duane Niatum, 1988, 第 xv—xvi 页。

诗人的身份,后来更以剧本创作被研究界承认并关注。

20世纪60年代之前,读者和评论界对美国本土裔诗歌的兴趣寥寥,大多诗作只是零星发表在一些知名度和发行量并不大的杂志中。60年代,美国当代诗歌的发展进入了独特的历史文化语境:垮掉的一代诗人发出了振聋发聩的呐喊,民权运动带来了新的政治空气,越战影响深远,非洲、亚洲、中东、美国、南美洲等地的去殖民化运动愈演愈烈,而拉丁美洲超现实主义盛行,等等,诸多元素都为美国本土裔文学拓展出巨大的发展可能,这一时期开始陆续涌现用英语进行创作的本土裔作家,而许多诗人的创作激情逐步提高,并对族裔文化身份和传统产生了浓厚的兴趣。

还有一个很重要的发展契机就是20世纪60年代教育文化思潮的影响。当时许多美国知识分子开始反对西方文明的至高权力,尤其对其所谓高端艺术(high art)的观点提出了质疑。当时盛行的政治和艺术霸权思想遭到动摇,被人奉为圭臬的经典也不断受到冲击。这一切都为本土裔文学的发展提供了理想的语境。自60年代末以后,有诗歌作品出版的本土裔诗人就增长了两倍多。

约翰·米尔顿(John Milton)在《南达科他评论》(*South Dakota Review*)1969年夏第7卷2刊和1971年夏9卷2刊的两次关于当代美国印第安诗歌、散文、艺术的集刊,是当代本土裔诗歌发展的重要信号,标志着一个新时期的开始。1971年,亚利桑那大学出版了《阳光路径》(*Sun Tracks*)的第一期,这本杂志专门致力于发表和传播当代本土裔文学。这期间,一群主要的本土裔诗人首次正式引起学界和公众的关注,他们也确实给人们带来了丰富的声音:"充满想象的、极富对话性的、魔咒般的、叙述性的。"①

与此同时,印第安人艺术学会(IAIA)也不断鼓励这些本土裔诗人写出自己的诗作。一些当代重要诗人,如奥蒂茨和詹姆斯·韦尔奇(James Welch, 1940—)、杜安·尼亚图姆(Duane Niatum)、雷·杨·贝尔等诗人的作品相继问世,而此后莫马迪于1969年以小说《晨曦屋》(*House Made of Dawn*)获得了普利策奖后,更为本土裔文学在美国文学中奠定了重要的地位。

莫马迪强调了当代美国本土裔文学的两条指导性原则:首先,语言文字的力量是生存方式之一;再者,现代人应该和自然保持一种伦理关系。这时,诗歌作为本土裔文学中最重要的组成部分之一,也由此被更多的读者接受和关注。1972年,《呢喃的风:年轻的美国本土裔诗人作品》(*The Whispering Wind: Poems by Young American Indians*)问世。此后,更多的本土裔诗人受到了鼓舞,一些期刊也陆续并频繁地刊登他们的诗作,如《蓝云季刊》(*Blue Cloud Quarterly*)、《阳光踪迹》、《草莓之刊》(*Strawberry Press*)、《绿野书评》(*Greenfield Review*)等。随着教育程度的不断提高,当代诗人们熟悉美国和欧洲的文化传统,也能熟练地

---

① 见 Andrew Wiget, *Native American Literature*, Boston: G. K. Hall & Company, 1985, 第98页。

采用其中的典故、原型和诗歌形式,他们大多拥有高学历,有很好的学院背景,在英语的使用上堪称炉火纯青。莫马迪曾经如此表达:"我非常尊重语言之美,并相信语言是人们真正实现自我的唯一途径。"①

1975年,《美国诗评》(*The American Poetry Review*)出了一期主题为"年轻的美国印第安诗人"的增刊,罗伯塔·希尔(Roberta Hill)、杨·贝亚、杜南·尼埃顿、詹姆斯·韦尔奇等成为增刊推出的诗人,而当时的编辑就是著名诗人理查德·雨果(Richard Hugo)。雨果在增刊的序言中明确提出,这些诗人和当时的艾略特与叶芝一样,都"感到自己继承了被毁灭和荒芜的世界,在世界毁灭前,人们有了一种自尊感、社会凝聚力、精神上的确定,以及在人世存在的家园感"②。因为本土裔诗人的族裔文化和传统在历史上确实遭遇过重创,他们往往能从追溯、反思历史中,对自己不曾经历的往昔有一种理想化的重构。较之其他诗人,本土裔诗人的创伤历史是真实存在的,是他们文化记忆中触及灵魂的片段,因此本土裔诗歌的生命力和艺术性必然引起关注和重视。在这样一份具有很大发行量和影响力的刊物的介绍和推荐下,同时经过诗人编辑的专业评论,当代本土裔诗歌在影响力和接受度上得到了很大的提升。

1975年,尼亚图姆主编的印第安诗集《梦之轮的运送者》

---

① 转引自 Andrew Wiget, 第100页。
② 转引自 Duane Niatum, 第xxi—xxii页。

(*Carriers of the Dream Wheel*)被视为"第一部内容充实的当代美国本土裔诗歌集"[①]。其中,16位本土裔诗人的作品被逐一、详细地展现。同年,肯尼思·罗森(Kenneth Rosen)主编了《彩虹之声》(*Voices of the Rainbow*,1975),收入了20位诗人的作品。盖瑞·霍布森(Geary Hobson)主编的《被铭记的土地》(*The Remembered Earth*,1979)收入了50位本土作家的作品,其中诗歌占了很重要的部分,此书在出版后的20年内一直被视为最全面的本土作品集。1988年,尼亚图姆继续主编了《哈珀20世纪美国印第安诗歌集》(*Happer's Anthology of 20th Century Native American Poetry*),收录并整理了36位当代本土裔诗人的重要诗歌作品,而这些诗歌也为美国艺术和文学增添了新的色彩和内容,尤其以独特的印第安口述传统丰富了美国文学的内质。在这个发展阶段,本土裔诗歌依然在努力被归为经典,进入学校的文学课程,被知名和大型出版社所接受,仍然不时遭受被忽视或忘却的境遇。例如,一些经典权威的诗歌出版物,如"《哈佛当代美国诗人集》(*The Harvard Book of Contemporary American Poets*,1985)、《新千年一代》(*The Generation of 2000*,1984)、《20世纪80年代新美国诗人》(*New American Poets of the 80s*,1984),以及《诺顿美国文学选读》(*The Norton Anthology of American Literature*,1985)等都未选入任何本土裔诗人的作品"[②]。

[①] 转引自同上,第 xvii 页。
[②] 见 Duane Niatum,第 xvii 页。

当代发展:1968 年至今

随着更多的本土裔诗人出现在美国文坛,日益被主流和经典接受,其积极发展的态势已颇具气候。同时人们也进一步发现,本土裔诗人的创作很难被归类,他们风格迥异,各具特色,并不适合做统略的总结和简单定位。根据德洛里亚(Vine Deloria Jr.)的研究,美国依然存在着 315 个不同的本土裔(印第安)部落,而超过 30 个部落都有诗人代表。他们是美国印第安人,却也是米沃克族(Miwok)、霍皮族(Hopi)、夏延族(Cheyenne)、黑脚族(Blackfeet)、盆地普韦布洛族(Laguna Pueblo)、克里克族(Creek)、莫霍克族(Mohawk)、苏人族(Sioux)、阿萨巴斯卡族(Athabaskan)、雅吉瓦族(Yakima)、基奥瓦族(Kiowa)、纳瓦霍族(Navajo)、特林吉特族(Tlingit)等[1],每一族都有自己的语言、领地、仪式、传说、宗教和传统,有不同的歌谣、口述历史等。随着城市化和文化同化的进程,这些本土族裔的生存和文化关注等都在变化。然而,他们在各异的特色中又有相通的命运,如文化认同、文化历史的错位感,以及对人和自然关系的反思等。

作为印第安文艺复兴的奠基人物,莫马迪除了其成功的小说创作,也是一名重要诗人,其诗集《葫芦舞者》(*Gourd Dancer*,1976),展现了独特的印第安风土人情和地域感受,强调了生存

---

[1] 见 Duane Niatum,第 x 页。

地、家庭和部落的重要性,情景交融,由景入思的抒情风格跃然纸上。他强调并彰显了口述传统的重要性,早期诗歌突出了节奏鲜明、音节齐整、吟唱的特点。与莫马迪同期的诗人希尔科(Leslie Marmon Silko,1948—)则将故事叙述融入诗歌创作,将本土族裔传说中的土狼意象、象征意义和传说故事贯穿于叙述中,呈现了印第安部落中生命复原和传统重塑的神奇力量,以及人类与动物和谐、友好、亲密共存的关系。韦尔奇的诗歌创作进一步探索了本土裔诗歌的追索、抗议主题。维兹诺则以充满想象的俳句形式揭示了印第安人在当代社会中的文化困境和痛苦。厄德里克在诗歌中淋漓尽致地表现了故事叙述的魅力,将各种本土文化元素融入诗行中,使作品如奇幻瑰丽的织物般吸引着广大读者。当代印第安诗歌在形式、主题上日益丰富,其中不乏传统的吟唱、神话的重塑(尤其是土狼和戏法师的传说),以及表达对往昔的追忆和对故土的乡愁。当然,其中还有不少是对于当代印第安人生活和困惑的揭示。由于诗人中有不少是女性,其中的女性主义思考也充溢着诗歌作品。

正如诗人奥蒂茨曾感喟的:

> *生存,我知道此中之道。*
> *这种方式,我知道。*
> *下雨。*
> *山麓、峡谷和植物*
> *生长。*

我们就这样旅行,
用叙述丈量着距离
呵护我们的孩子。
我们教导他们
热爱自己的生命。
我们一遍又一遍地告诉自己
"我们应该生存
以这样的方式。"①

 这样的方式,在很多本土裔诗人心中,就是诗歌的表达,而诗歌就是生命的印证和肯定。因为诗歌在控诉压抑和痛苦的同时,更多的是生命的庆典、狂欢和珍存。同样,诗歌的瑰丽也是对刻板的印第安形象与文化的颠覆,是族裔自豪感和归属感的确立。尽管长久以来,"美国印第安族裔的灭绝不可避免"的论点始终不绝于耳,仍然有不断涌现的诗人用作品强调着他们独特的生存之道,生命方式,以及生存能力,并以往昔的生活方式警示高速发展的人类文明。如果深思美国历史究竟可以追溯到何时,如何来界定这个移民和本土族裔交融的民族,印第安族的历史能否进入美国历史,这些无尽的追寻或许很难找到简单、明了、清晰的答案,但是从这些追寻和探索中,美国的文化疆域被

---

① 转引自 Joseph Bruchac, *Survival This Way: Interview with American Indian Poet*. Tucson: The University of Arizona Press, 1987, 第 ix 页。

拓展了,当代的文化生存得到了更深远、多视角的关注。

当代美国本土裔诗歌不断为美国历史和政治提供了新视角和批评视野,焕发着特有的生命力。"本土裔诗人区别于美国当代主流诗歌自觉的闭合性。本土裔诗歌在个人体验上不断发展,而本土裔诗人并不止于心理分析。……他们从自身向外看,反思社会和政治环境的影响。"①从美国本土裔诗人的关注中,我们反思对传统和文化生存的探寻。由此,在很多问题上,诸如古老传统和文化如何珍存,个人和民族的文化身份,个性和群体的相互关系,自然世界如何在科技文明中生存,人与自然的关系如何在彼此生存中发展,等等,它们的共性往往汇聚到文化生命的延续和创新之上。

美国当代本土裔诗歌的主题广泛多样,有许多诗歌揭示族裔身份的矛盾性,对文化认同进行重新思考,探讨印第安文化在当下的生存和意义等。尽管诗人们有不同的族裔部落背景,血缘上也大多混杂,但是他们对祖先曾经遭遇的流离失所、失去土地和传统生活方式,甚至被殖民者杀害的历史等,都有深刻的反思,对美国化的进程和主流文化的建立有着他们的审慎和批评态度。他们直接或间接地经历族裔的创伤、痛苦、异化、同化等,可是他们对待文化记忆,尤其是痛苦经历的反思却是超越的,艺术的,建构的,积极的。

---

① 见 Norma C. Wilson, "America's indigenous poetry", in Joy Porter & Kenneth M. Roemer, eds., *The Cambridge Companion to Native American Literature*. Cambridge: Cambridge University Press, 2005, 第154页。

此外,本土裔诗歌在创作上汲取了印第安人特有的口述传统,即代代相传的谈话节奏和方式、吟唱、讲述、口头仪式等。在很多诗歌中,这种传统是无形的,它并未彰显在某种既定的创作风格中,而是辐射在丰富的生活体验和叙述点滴中。因此,本土裔诗歌适于诵读和聆听。正如莫马迪在《晨曦屋》中所表达的,"被倾听的事物直接进入思想和灵魂"[①]。

本土裔诗人群星璀璨

在承前启后的诗歌创作中,涌现出一大批美国本土裔诗人,其诗歌日益被世人关注并喜爱,如保拉·格恩·艾伦(Paula Gunn Allen)、温迪·罗斯、路易丝·厄德里克、西蒙·奥蒂茨、琳达·霍根、玛丽·托尔芒顿(Mary Tallmountain)、罗伯塔·希尔·怀特曼(Roberta Hill Whiteman)、J·伊瓦尔伏·沃尔布罗斯(J. Ivalvoo Volbroth)、乔伊·哈乔,以及莱斯利·希尔科等等。他们的作品充分表达了本土裔生活体验和文化态度,积极而有效地传承历久弥新的古老叙述传统。

吉姆·巴恩斯(Jim Barnes,1933—)是较为突出和成功的本土裔诗人之一。巴恩斯是威尔士和乔克托族(Choctaw)混血,自小成长于俄克拉荷马州的乔克托族部落。他先后在东南俄克拉荷马州立大学获得学士学位,阿肯萨斯大学获得硕士和

---

① 见 Duane Niatum, 第 xxvii 页。

博士学位，并有过伐木工人和教师等工作经历。巴恩斯有三本最重要的诗歌作品，分别为《美国死亡之书》(*The American Book of the Dead*, 1982)、《失落之季》(*A Season of Loss*, 1985)、《巴拉它河大合唱》(*La Plata Cantata*, 1989)。这些作品以深入洞察的观察和强烈的地域特色著称，语言简洁、质朴、流畅。诗歌大多从描述入手，渐入沉思。在《美国死亡之书》中，巴恩斯结合了死亡、流放、流浪等意象，深入探寻了美国文化。在《失落之季》中，诗人尤为突出其印第安族裔背景，其中诗集标题的"失落"也真实表达了巴恩斯的文化失落感，以及他所向往的本土族裔与自然的亲密关系，以及往昔印第安部落中人与人之间的质朴关系，传达了诗人希冀通过创作回归族裔文化。其中的"乔克托四物"("Four Things Choctaw")和"乔克托墓地"("Choctaw Cemetery")向人们展现了诗人自身的文化和血脉之根，而"对的地点，错的时间"("Right Place, Wrong Time")叙述了一位年老酒醉的苏人(Sioux①)召唤他的祖先幽灵，将往昔的传统和悲伤的现在相融合；在《巴拉它河大合唱》中，巴恩斯继续在诗歌中彰显事件、文化记忆和地域特色。其中的"领地"("Domain")突出了地域特色，以一只老鹰怒视着某位企图侵扰它领地的巴恩斯祖辈为叙述主线，隐喻地揭示了生命和土地归属的重要联系。同样，"宫殿咖啡馆"("The Palace Cafe")则聚焦小镇美国人的隐忍

---

① Sioux(苏族)：美洲土著印第安人的一支，也被称作达科他人，居住于从明尼苏达到蒙大拿东部以及萨斯卡奇万南部到内布拉斯加的大平原北部地区。如今苏人主要集中在达科他北部和南部。

和耐心,展现了一群遭遇任何困难都不愿意离开家园的人们。

奥奈达印第安①诗人罗伯塔·希尔·怀特曼(1947—)的诗歌则以美国印第安人的痛苦历史为主要内容,她重现大屠杀那令人惊恐的场面,揭示印第安人被误解为嗜血、蒙昧、掳掠成性的真相,以唤起无论是本土族裔还是其他普通读者的激愤和深思。其代表诗集是《星光之被》(*Star Quilt*)。诗歌"重生的梦"("Dreams of Rebirth")是她的诗歌中具有代表性的一首。诗歌创作树立了积极、正面的印第安人传统精神,有力地反击了人们对美国本土族裔的狭隘理解。1996年,她的第二部重要诗集《费城之花》(*Philadelphia Flowers*)问世。与《星光之被》相比,《费城之花》越来越有政治性,之前怀特曼聚焦族裔文化和生存的展现,而这部作品则着力警示愈发失落和衰微的人性。

杜南·尼亚图姆(1938—)为搜集、整理和出版美国本土裔诗歌倾注了大量心血和实际的努力。他个人的诗歌作品包括《登上红松之月》(*Ascending Red Cedar Moon*,1969),《克拉莱姆族长者死后》(*After the Death of the Elder Klallam*,1970),《道之普韦布洛》(*Taos Pueblo*,1973),《挖掘根源》(*Digging out the Roots*,1977),以及《梦想收割机之歌》(*Songs for the Harvester of Dreams*,1981),《唱歌生灵的素描》(*Drawings of the Song Animals*,1990)等。在这些作品中,诗人不断追溯和探寻自己的族裔之根,使诗

---

① Oneida(奥奈达族):从前居住于奥奈达湖南部纽约中心地带的一美国土著民族,现在有一部分居住在威斯康星、纽约、安大略。此民族是伊洛魁联盟的原始成员之一。

歌充满了强烈生动的画面感。此外,尼埃顿还编辑了两部极为重要的美国本土裔诗歌集《梦之轮的运送者》(*Carriers of the Dream Wheel*, 1975)和《哈珀 20 世纪美国本土裔诗歌选》(*Harper's Anthology of 20th Century Native American Poetry*, 1988),为学界的本土裔诗歌研究提供了重要依据和资源。

莫霍克印第安[①]诗人莫里斯·肯尼(Maurice Kenny, 1929—)被人们视为本土裔诗人的导师,而他本人也诗作丰富。他是重要的诗歌刊物《接触 II》(*Contact II*)的合编者,也曾在高校任过教职。肯尼 1956 年至 1984 年间的诗歌作品曾被选编在他的个人诗集《两河之间》(*Between Two Rivers*, 1987),而选入的诗歌中有许多具有咒语形式和节奏,例如"我是太阳"("I Am the Sun")和"他们说我迷路了"("They Tell Me I Am Lost")。其他诗歌,如"毛蕊花是我的手臂"("Mulleins Are My Arms")等具有惠特曼诗歌的风格,往往通过大量视觉意象的聚集,产生强烈的感官感受。肯尼的不少作品表达了他对于往昔的部落生活和历史的怀恋,以及对白人带给印第安人的不公和痛苦加以抨击。肯尼也创作了一些令人非常感动的诗歌作品,其中有一些收录在《妈妈的诗歌》(*The Mama Poems*, 1984)中,而这部诗集还获得了美国图书奖(American Book Award)。1995 年出版的《重新思考》(*On Second Thought*)则汇集了他长期创作并发表的众

---

① Mohawk(莫霍克族):早先居住在纽约东北沿莫霍克河和哈得孙河谷北部,圣劳伦斯河以北。今天的人口主要在安大略湖以南和纽约州最北部。莫霍克族是易洛魁联盟最东部的成员。

多诗作。除了诗歌创作,肯尼还致力于编辑和出版,帮助过不少印第安作家,大力推动了本土裔诗歌的发展。

切诺基印第安[①]诗人黛安·格兰西(Diane Glancy, 1941—)自1981年发表诗歌集《我乐见垒球手套的方式》(*The Way I Like to See a Softball Mitt*)之后,不断有作品问世,迄今已有大约20部的诗集。身为英文教授,她曾经有近20年讲授文学写作课的经历,在小说和戏剧上同样很有造诣。在诗歌中,格兰西善用反讽来揭示印第安人在历史上遭遇的不公和非人道。她常常从身边的故事和美国历史中汲取灵感,以写实的语言和生动的形象表达了诸如精神性、家庭关系以及文化身份等主题。

卡尤加印第安[②]诗人巴尼·布什(Barney Bush, 1945—)的诗歌结合了印第安族裔之根的探寻和城市印第安人生活的生动描绘。他的诗作包括《我的马和自动唱机》(*My Horse and a Jukebox*, 1979)、《岩石雕刻》(*Petroglyphs*, 1982)、《继承血缘》(*Inherit the Blood*, 1985)等。他16岁就离开家乡在美国各地旅行。后来,他在科罗拉多州杜兰哥的路易斯堡学院获得学士学位,在爱达荷大学获得硕士学位。布什的诗歌大多以现实主义手法描绘当代印

---

① Cherokee(切诺基族):美洲土著人,原居住于美国卡罗来纳州西部和田纳西州东部到乔治亚州北部的阿巴拉契亚山脉南部,现在人口分布在俄克拉荷马州东北部以及北卡罗莱纳州西部。在19世纪30年代因对传统土地的所有权与美洲殖民者发生冲突后曾被迁入印第安准州。

② Kayoga(卡尤加族):原居住于美国纽约州中西部卡尤加湖沿岸的美洲土著民族,今分布在安大略州、纽约州西部、威斯康星州和俄克拉何马州。卡尤加族是易洛魁印第安联盟的五个初始部族之一。

第安人的生活,作品中充满了对各种回忆的召唤和激发,常常带有对话性语调。他聚焦于全美的印第安人,而不是某个特殊地区的印第安部落,有些作品也揭示了城市印第安人所面临的生活和文化困惑。例如,在"城市星期天"("City-Sunday")和"街头的马"("Sidewalk Horses")等诗中,城市印第安人承受着失却归属感的痛苦。诗人意识到当代城市印第安人中不乏自我破坏的颓废心态。布什作品的另一个重要主题是回忆,关于家园和往昔某个特殊时刻的回忆。如《岩石雕刻》中的"甜瓜之夏"("Summer of Melons")就以隐喻的手法,表达了乡愁和机遇的失落感。

莱斯利·希尔科(Leslie Silko)在叙述上独具风格和手法。身为泻湖普韦布洛族、墨西哥和白人的混血后代,她自小就从祖母和姑妈那里倾听了大量部落传说,而这些故事也影响了她后来的诗歌创作。1969年,希尔科自新墨西哥州大学获得学士学位,又继续钻研美国印第安法律规划,此后在亚利桑那大学任教。《泻湖女性》(*Laguna Woman*, 1974)收录了她有关印第安山狼的故事和一些诗作,而她的诗歌和小说常常相互呼应,为当代读者提供了新的阅读体验,也表达了复原并发展业已破碎的印第安文化的强烈愿望。读者在她的作品中体会到人与动物的永恒关联,她的诗歌"鹿之歌"("Deer Song")就具体描写了鹿的死亡祭奠,喻示了印第安人的生存潜力和文化力量。

20世纪70年代出现的另一位著名印第安诗人韦尔奇(Jack Welch),其作品进一步深化了文化追寻的母题。在韦尔奇的小说处女作《血中的冬天》(*Winter in the Blood*, 1974)问世后,他紧接着发表了诗歌集《骑驾土生子 40 号》(*Riding the Earthboy 40*, 1971)。诗歌中不乏表达强烈反抗意愿的作品,同时也反映了诗人阅读拉美超现实主义诗作后的反思。抗议诗作,如"食鱼腹沼地的圣诞节"("Christmas Comes to Moccasin Flat")、"向要人的恳求"("Plea to Those Who Matter")、"黑脚族、鲜血和皮根猎人"("Blackfeet, Blood and Piegan Hunters")等,揭示了白人对印第安人土地的侵略和文化的吞噬。例如,在"黑脚族、鲜血和皮根猎人"一诗中,韦尔奇如此写道:

> 我们畅快地饮酒,汇集串联起
> 白水牛的故事,药师允诺
> 并且交付治愈饥饿的恐怖疗法,
> 以及有趣的战争故事和白人的杀戮。
> 意义消散,现在我们为赚取小钱舞蹈,
> 舞步扬起掩埋着骨骸的尘土
> 那是圣贤的印第安人留下的。转过脸我们离开了。
> 回头望,足迹尚存,依稀可辨,
> 我们的歌声嘹亮足以传送给顽固的猎人
> 他们期待着再次的猎杀。①

---

① 转引自 A. LaVonne Brown Ruoff, *American Indian Literatures: An Introduction, Bibliographic Review, and Selected Bibliography*. New York: The Modern Language Association of America, 1990, 第 36 页。

本书中有专章详细分析与韦尔奇同时代的诗人西蒙·奥蒂茨,指出他诗歌中所突出的旅行形式不仅揭示了城市印第安人的孤独和痛苦,也表达了本土族裔在离开故土后的文化错位感。奥蒂茨还在诗歌中叙述了印第安裔迁徙和旅行的历史和文化意义。对奥蒂茨而言,语言自身就是个体由内而外的旅行。

杰拉德·维兹诺是著作最为丰富和多样的当代美国本土裔作家(奥吉布瓦族)之一。20 世纪 50 年代,维兹诺参军的部队曾驻扎在日本,他也因此开始书写俳句,并将这种诗歌形式和奥吉布瓦族的梦歌进行比较。60 年代,他开始翻译日本俳句。所以,他的诗歌以想象瑰丽的俳句尤为突出,其诗作包括《举起月之藤》(*Raising the Moon Vines*, 1964)、《春季之夏:奥吉布瓦抒情诗》(*Summer in the Spring: Lyric Poems of the Ojibway*, 1964)、《十七声啁啾》(*Seventeen Chirps*, 1965)、《轻微的磨损》(合著作品,*Slight Abrasions*, 1966)、《空秋千》(*Empty Swings*, 1967),以及《松本岛》(*Mastushima*, 1984)等。除了诗歌中常见的如蝴蝶、麻雀、松鼠等形象,以及鲜明的俳句特色外,维兹诺的诗歌还揭示了现代社会的受害者生活,以及当代城市印第安人文化自戕的现象等。

另有一位常年活跃于美国文坛并得到主流文化认可和接受的本土作家厄德里克,她除了小说作品被广泛阅读和好评外,也是一位优秀的诗人。其第一本诗集《照明灯》(*Jacklight*, 1984)为她赢得了很高的声誉。厄德里克的诗歌尤其以叙事诗歌著称,内容多脱胎于齐佩瓦族的神话故事,其中典型的诗作有"老人鲍奇客"("Old Man Potchiko①")和"温迪戈"("Windigo②")等。厄德里克的诗歌将在本书中有详细的评论。

杨·贝尔的诗歌创作突出地以印第安传统为主题,他发表的两部诗集分别为《火蜥蜴之冬》(*Winter of the Salamander*, 1980)和《无形的音乐家》(*The Invisible Musician*, 1990)。作品中,诗人以印第安部落和当代本土文化为主题,艺术性地将真实和虚幻相结合,通过想象和梦境,探索了人性以及人类和自然的关系。例如,在《火蜥蜴之冬》中,诗人强烈地表达出个人和部落文化的生存渴望,认为无论是自然、部落长者,还是个体的本能,都能给予人们生存的经验、智慧和意义。《无形的音乐家》则将蛙类比喻为夜晚的歌者,进一步揭示了现实和梦想的相互关系。

20世纪80年代,不少才华横溢的本土女诗人崭露头角。其中还包括两位纳瓦霍印第安③诗人露西·塔帕弘索(Luci Tapahonso, 1953—)和尼娅·弗朗西斯科(Nia Francisco, 1952—),她们的作品多描写动态和现实的印第安部落生活。前者出版了三部诗集:《季节女性》(*Seasonal Woman*, 1982)、《又一个船石之夜》(*One More Shiprock Night*, 1981),以及《微风拂过》(*A Breeze Swept Through*, 1987),其中《微风拂过》尤其着力于

---

① 齐佩瓦族的著名魔法师和文化英雄。
② 齐佩瓦神话中食肉的冬季恶魔。
③ Navajo(纳瓦霍族):居住于美国亚利桑那州、新墨西哥和犹他州东南部的美洲印第安人,美国同时期美洲印第安人部落中人口最为稠密。纳瓦霍族人以豢养家禽,技术熟练的纺织者,制陶者和银匠而著名。

赞美家庭的凝聚力。弗朗西斯科的作品《纳瓦霍女人的蓝马》(*Blue Horses for Navajo Women*,1988)聚焦于女性和家庭的角色与定位。

女诗人琳达·霍根则在莫马迪的获得普利策奖的鼓舞和激励下,深受后者积极传达族裔文化和传统的影响,在诗歌创作上充分体现了语言作为生存形式和途径的意义。她的《自己就是家园》(*Calling Myself Home*,1978)、《药之书》(*The Book of Medicines*,1993)关注女性、动物和劳动人民。作品《女儿,我爱你们》(*Daughters, I Love You*,1981)则针对核武器和核能所造成的伤害、危机和威胁,发出了沉痛的哀叹。有关霍根的诗歌和创作特色,本书后面的章节将具体论及和分析。

在众多女性诗人中,克里克印第安①诗人乔伊·哈乔是很有代表性的,她深受奥蒂茨和希尔克的影响,其诗集处女作《最后一支歌》(*The Last Song*,1975)震惊了当时的诗坛,而哈乔也由此开始了不断创意出新的诗人之旅。她热爱爵士乐,演奏萨克斯管,组建乐队,为自己的诗歌带来了独特的魅力。进入21世纪后,哈乔在诗歌创作上成就丰富,2015年出版的《消弭人类冲突》(*Conflict Resolution for Holy Beings*)和2019年出版的《美国日出》(*An American Sunrise*),都是美国当代诗歌发展的重要篇章。哈乔荣获2019年美国桂冠诗人称号,此殊荣也充分证明了当代

---

① Creek(克里克族):早先居住于美国亚拉巴马州东部、乔治亚州西南部及佛罗里达州西北部的印第安族,现分布于俄克拉荷马州中部和阿拉巴马州的南部。克里克族在19世纪30年代被迁移至印第安保护区。

美国本土裔诗歌业已成为美国诗歌文学中的经典。

部落文化和家庭在不少本土裔诗歌中承担极为重要的角色,除此,也有诗人关注当代印第安人生活中的酗酒等问题。派尤特[①]印第安诗人艾德里安·C·路易斯(Adrian C. Louis, 1946—)就在诗集《水火世界》(*Fire Water World*, 1988)中,通过"无语"("Without Words")如此表达:"我们生无意义,死无目的。/日日饮酒腐烂成一股异味。"[②]诗集中的其他作品,诸如"水火世界"、"身为印第安人"("Something about Being Indian")、"城市印第安套房"("Urban Indian Suite")、"月之首日"("The First of the Month")等,都从不同角度描述了当代印第安人深重的文化疏离感和颓丧心理,无论在保留地内外,他们都失去了归属感和族裔传统。

随着时间的推进,更为年轻的诗人开始涌现。20 世纪末,本土裔诗歌和美国主流诗歌更为融合。谢尔曼·阿莱克西(Sherman Alexie, 1966—)就是多产、多面、才华横溢、广为人知的代表。1996 年阿莱克西的长篇处女小说《保留地布鲁斯》(*Reservation Blues*)为他赢得了美国图书奖,而他又以电影《雾号》(*Smoke Signals*, 1998)的编剧身份被大众接受,他的短篇小说和诗歌集《战争之舞》(*War Dances*, 2010)还获得了该年度的国际笔会福克纳奖。他的诗歌从最初展现印第安保留地的凄

---

① Paiute(派尤特族),美洲的一支印第安人,居住于内华达、加利福尼亚东部、犹他南部和亚利桑那西部的北美洲等地。

② 转引自 A. LaVonne Brown Ruoff,第 112 页。

凉景象,到之后《月亮上的第一个印第安人》(*First Indian on the Moon*,1993)逐渐有了积极乐观的亮色。在他脍炙人口的诗歌集《黑寡妇之夏》(*The Summer of Black Widows*,1996)中,同名诗歌中的蜘蛛就是他诸多故事的源泉。他像蜘蛛吐丝般编织着故事,进行着文学创作,并将写作视为重要的生存方式。诗人在诗歌中表述,蜘蛛在印第安人的老房子的各个角落里留下了大量错综编织的故事,而无论水火,甚至岩石和大风都无法将它们抹灭。阿莱克西为人们展现了多元文化和本土色彩相融合的当代美国景象,同时以自己的幽默和对当代流行文化的把握吸引了大量读者,也激发和鼓励了此后的更多美国本土裔诗人。

来自美国西北部的诗人伊丽莎白·伍迪(Elizabeth Woody,1959—)曾经为阿莱克西的作品《旧衬衫和新皮肤》(*Old Shirts and New Skins*,1993)担任插图画家,而她本人在诗歌创作上同样很有造诣。她曾因作品《伸入石头的手》(*Hand into Stone*,1990)获得美国图书奖,该作品包括散文和诗歌。她的诗集《谦逊者的闪光》(*Luminaries of the Humble*,1994)与杨·贝亚的《无形的音乐家》在风格和主题上颇为相像,强调人类在茫茫宇宙中的卑微和渺小。与阿莱克西的口语化不同,伍迪的诗歌语言抽象精致。

蒂凡尼·米基(Tiffany Midge,1965—)和阿莱克西是同时代的诗人,她的《逃犯、叛徒和圣人:混血儿日记》(*Outlaws, Renegades and Saints：Diary of a Mixed-Up Halfbreed*,1996)曾让阿

莱克西在作品封底写过如此感言:"倾听这个女人,她的故事我们大家都需要聆听。"①米基的诗歌反思美国当代政治、社会文化,充满了反讽、幽默,并对美国文化的破坏性影响予以揭示。作品伊始,"省去变化"(Spare Change)的组诗就以诗人家中的一位老人迪克爷爷为焦点,描述了老人的睿智和幽默,通过他的各种遭遇、困顿等揭示了白人文化的虚伪。作品的第二部分以时间发展为线索,记录了诗人的童年经历,在她的叙述中父母的争吵反映了本土和欧美文化的冲突。米基以混血儿的身份,通过困惑和两难,超越个体的命运,深入到文化反思的层面。在第三部分中,诗人将自己视为逃犯的女儿,由此探索诗歌形式中的西方风格。

本土裔诗歌批评现状

关于当代美国本土裔诗歌,长期以来批评论著较为鲜见。不过,在世纪之交,出现了一些颇有影响力的论作,例如罗宾·莱利·法斯特(Robin Riley Fast)的《心灵为鼓:美国本土裔诗歌的坚持和反抗》(*The Heart as a Drum*: *Continuance and Resistance in American Indian Poetry*,1999)、肯尼思·林肯(Kenneth Lincoln)的《用熊之心同唱:本土及美国诗歌的融合》(*Sing with the Heart of a Bear*: *Fusions of Native and American Poetry 1890—1999*,

---

① 转引自 Norma Wilson, *The Nature of Native American Poetry*, Tucson: The University of New Mexico Press, 2001, 第 129 页。

2000),以及诺玛·C·威尔森的《美国本土裔诗歌的本质》(*The Nature of Native American Poetry*, 2001)等。其中,法斯特认为,在本土裔诗歌的发展上,主要的推动力就是对族裔生存和文化空间的争取与反思;林肯则用比较的批评视角,分析了一百多年来,盎格鲁美国文学和美国印第安文学在发展中彼此异同和结合的关系;威尔森主要论述了莫马迪、奥蒂茨、霍根、罗斯、哈乔等诗人的创作,通过文化和文学的语境分析,深入探讨当代本土裔诗歌的发展和未来展望。

在本土裔诗歌中,艺术表达始终被高度关注。身兼编辑、出版人、小说家和诗人的约瑟夫·布鲁查克(Joseph Bruchac)就曾在《还礼:首次北美印第安作家节的诗歌和散文》(*Returning the Gift*: *Poetry and Prose from the First North American Native Writers' Festival*, 1994)的序言中提出:"当当代本土创作……被置于'欧洲名作'这个人为的和局限的语境之外,放到了多元文化和世界文学的更广阔领域中,它不仅矗立着,而且高耸挺立。本土作家和其他当代作家一样,同样在作品中展现文学技巧和语言魅力,以及纯粹的想象。"[①]更重要的是,当代本土裔诗人和诗歌和谐地融入了世界文学中,所有其他国家和民族的文化都在影响和滋养着本土裔诗歌,同时也在汲取本土裔诗歌中的独特养分。例如,本土裔诗歌从英美浪漫主义诗歌中继承了许多思想,如浪漫主义诗歌对自然和灵性的关注,人与自然的统一,以及对工业

---

① 转引自 Norma Wilson, 2001, 第 xix 页。

革命的抨击等。

美国本土族裔在其文化身份的追寻中所经历的痛苦、挫折、愤怒、疏离、压抑等,又和他们所面对的"成为美国人"的文化同化过程相结合,这种无时不在的矛盾,以及不同文化对于当代美国的动态定义,都为美国文学注入了新鲜活跃的动力。许多诗人涉及多种文体和艺术创作,在小说、戏剧、歌曲、美术、音乐等领域都有建树,杰拉德·维兹诺和琳达·霍根等作家就是典型的多面手。而且,美国本土裔文学发展的各段历史,也彼此关联,不断推动演变。印第安人在艺术创作和语言表达上自有其独特的传统,当代本土裔诗人更是在英语的载体上传承了某些口头艺术风格,带来了不同于主流文化体系的神话,以及各部落的迁徙和定居历史,从而拓展了美国文学的创作格局。但是,这种传承和发展的历程是艰辛曲折的,吉姆·巴恩斯就曾以"当代美国本土裔诗歌"为诗歌题目,将本土作家的奋斗姿态比作稻草人,衣衫褴褛地站立在田野中,而外人只看到这一幕,却不知稻草人抵达田野经历了地狱般的折磨。[①] 如果美国文学漠视或忽略了本土作家的文学创作发展,其文学全貌就是缺失的,而印第安诗人对于美国文学的补充,对于语言叙述的丰富,对于美国文学当下和未来的影响,更是美国文学不可或缺的重要部分。正如学者克雷格·沃麦克(Craig Womack)所述,"(印第安)各部

---

① 参见 A. A. LaVonne Brown Ruoff,第114页。

落的文学并非某条将被嫁接到主树干上的枝丫。这些部落文学就是大树,是美国最古老的文学,是美国文学中最具美国特性的文学。"①

进入21世纪,越来越丰富多样的诗歌主题、风格、形式等涌现。2002年4月,在明尼苏达州的"谜湖别墅"(Mystic Lake Casino)举行的美国本土裔文学研讨会上,诗人卡特·里瓦德(Carter Revard,1931—)曾在发言中指出,"学者们应该致力于对本土裔诗歌、欧洲或欧美诗歌进行比较研究"。他拿奥蒂茨的诗歌与华莱士·斯蒂文森的进行比较,并解释道,"奥蒂茨诗歌中关于美国的思想,实质上是一种具有诊疗性的提醒,让人们认识到斯蒂文森的诗歌错在哪里,因为其抽象性盛气凌人地支配了自然"②。然而,在本土裔诗歌中,自然和诗人有着如同亲人般的密切关系,人类和环境有着精神上的关联,许多作品扎根于土地,有了浓烈的口语传统、地域色彩和历史感,这让本土裔诗歌焕发着新的生命力,显得别具一格。在这些作品中,古老的传说、叙事、歌谣、吟唱、仪式等被重新想象和运用,它们与诗歌的关系如此亲密一体,其节奏和情绪表达完全入诗,不仅影响着诗人的文化和生活感受,也悄悄改变着更广泛的读者的感知。他们不再将诗歌仅仅视为单纯的艺术形式,而是把目光从诗歌的阅读投射到了文化和生存,灵魂和

---

① 转引自 Norma Wilson,2005,第145页。
② 见 Norma C. Wilson,2005,第158页。

内心深处。"与当今的大多数诗歌相比,美国本土裔诗歌更是一种历史见证。"①因为印第安人的历史并不是从外部去把握、学习或塑造的,而是存在于这些诗歌叙述的点滴中,在所有的错综复杂和模糊之间。

当我们阅读这些诗歌时,很多历史和文化信息是散乱不成规矩的,然而这种阅读体验也是新鲜的,即诗歌自身就是族裔历史,就是历史发展的成果,就是不断推陈出新和成形的现实。美国本土裔诗歌并非简单的某种文学的旁支,而诗人们自身也并不认同"印第安文学"这样的标示或流派,因为他们各不相同,也不认可有什么既定的、特殊的"印第安美学",他们认为诗歌创作是高度个性化的。诚然,分类或划分往往会造成批评的盲点,树立成见。不过,如若这一代代本土裔诗人不被集体收录进文集或得到"标签"或"流派"下的关注,那批评和重视的力度又难以体现。好在,我们的"标示"初衷是找到一个开端,一种汇聚的力量,以引发更多的阅读和重视。

在本书所分析的诗人和作品中,读者能够看到其中丰富多样的特色,也能感受到这些迥异多彩的作品之间有着毋庸置疑的共性:这些诗人各自有着独特的创作理念,然而他们又比普通的盎格鲁-美国作家更有一种社会和集体责任感,"本土美国文学的个人声音,只有在既有'个体性'(这完全取决于程度),又有'代表性'时,似乎才最响亮"②。同时,这些诗人在创作中积极

---

① 见 Duane Niatum, 第 xvii 页。
② 见 Duane Niatum, 1988, 第 xix 页。

参与美国社会文化和文学,他们也在共同的美国文学洪流中奔腾。

这些本土裔诗人作品中的主题,在多样丰富的前提下,主要突出了印第安文化传统和美国本土群体和个体的当代生活面貌。其中,一些相对灰暗的现象,如抑郁、自杀、酗酒、失业、身份困惑等,并没有被遮掩或省略,诗人真实再现了生活和文化危机的存在,以及深层的原因和反思。愤怒、不满、质疑、迷惑、冲突的情绪在诗歌创作上也是不可回避的重要部分。同时,价值观和生存意义的探究,对传统信念的坚持,心灵家园的追溯,文化形象的再现,人与自然的和谐平衡、神话与象征体系的构建、对时间循环往复及生命轮回的理解,以及精神诊疗意义的揭示等等,都是诗人们孜孜不倦的努力目标。

本土裔诗歌在意义传达上注重和传统的联系,与先辈的文化传承关系。作品中常常有长者和祖辈形象,他们是信念的守护者,是创作灵感的启发者,也是文化的象征元素。这些长者和先辈们促成了诗人与历史、文化记忆的关联,也是诗人面对危机时的解惑人。与西方神话原型和母题等不同的是,这些长者、父母辈、祖辈,他们自身就是活着的印第安神话元素,为诗人们提供了现象学和精神上的丰富养分,让他们敢于以梦想和超乎寻常的想象,创造新的神话。

最重要的是,本土裔诗歌并不耽于痛苦和愤怒,也不执着于失落、疏离和文化对立。诗人和他们的创作不断给予人们勇气和坚持的决心。英语语言的资源和魅力被这些诗人充分利用,成为展现生命力和生存价值与思考的途径和载体。人们在这些诗歌中听到音乐和吟唱,看到舞蹈和色彩的跃动,感受到愤怒、担忧被转化和升华为诗意,幽默诙谐和笑声闪现在诗歌中。阅读当代本土裔诗歌,我们不断深入理解生命平衡和充实的意义。这些诗歌让我们在面对冲突、创伤、回忆、欲望时,更明白平衡的重要。这种平衡,是个体与整体,族裔和国家,人类与自然,肉体和灵魂,生存和死亡,单一与多元之间不断往复、运动的和谐,也是美国文学,乃至文学不断发展和阐释的意义。

第 2 章 构建奇幻独特的本土象征世界:纳瓦尔·司各特·莫马迪[①]

纳瓦尔·司各特·莫马迪(Navarre Scott Momaday, 1934—)是美国本土裔文学的主要代表人物,在小说和诗歌创作上卓有成就,有着很高的声誉。他凭借代表作小说《晨曦屋》(*House Made of Dawn*, 1968)[②]赢得了 1969 年的普利策奖,由此成为美国本土裔文艺复兴[③]的重要人物,为美国本土裔文学开创了新的局面和突破口。同时,莫马迪的诗歌创作,尤其是他独特奇幻的诗意象征体系,也是本土裔诗歌中重要的篇章。莫马迪本人认为诗歌是文学的皇冠,他也更愿意认同自身的诗人角色。他认为尽管自己诗写得不快,但是十分坚持。莫马迪坚

---

① 本章部分内容以"奇幻独特的象征世界:莫马迪的诗歌创作"为题发表于《外国语文研究》2015 年第 3 期。

② 该书被认为是美国本土裔文艺复兴的第一部小说。

③ "美国本土裔文艺复兴(Native American Renaissance)"是文学评论家林肯(Kenneth Lincoln)首度提出并以此作为其 1985 年出版的相关著作的标题。

信,诗人站在最佳位置,对人们进行启发、鼓舞和激励。①

莫马迪的父亲是基奥瓦印第安人画家,母亲有着部分切诺基族血统,一家人在新墨西哥和亚利桑那州长期生活,曾经居住在纳瓦霍、阿帕契、普韦布洛的印第安保留地。莫马迪自小成长在各种印第安部落中,耳濡目染了印第安人的故事和话语的诊疗作用,并运用于后来的文学创作,为美国文学开创了新的叙述技巧。

莫马迪曾在新墨西哥大学专修政治科学,获得学士学位。在大学就读期间,他就开始了诗歌创作,受到美国诗人哈特·克莱恩(Hart Crane, 1899—1932)的影响。1959 年,他在《新墨西哥季刊》(*New Mexico Quarterly*)上发表了自己的第一首诗歌作品"大地和我给予你绿松石"("Earth and I Give You Turquoise")。毕业后,热爱诗歌的他参加了斯坦福大学主办的写作竞赛,提交了自己的几首诗作,由此开始了文学道路。当时,著名诗人及文学教授艾弗·温特斯(Ivor Winters)特地为年轻的莫马迪设立了奖学金,并收其为弟子。因此,莫马迪在斯坦福大学获得了英语硕士及博士学位,并一直在小说和诗歌创作的道路上前行。他的博士论文专题研究 19 世纪早期的美国诗人塔克曼(Frederick Goddard Tuckerman, 1821—1873)。此外,早在伯克莱加州大学任教时,莫马迪就设立了专门的美国本土裔文学研究项目,并致力于本土裔文学和印第安神话的课程教学。

---

① 参见"Scott Momaday Interview", http://www.achievement.org/autodoc/page/mom0int—5, Sun Valley, Idaho, June 28, 1996。

上世纪末,莫马迪在亚利桑那大学长期担任英语教授,在文学教学、研究和创作上一直十分积极。

莫马迪在诗歌创作上展现了丰富瑰丽的本土文化,作品颇丰,目前已出版诗集《雁的角度及其他诗歌》(*Angle of Geese and Other Poems*,1974)、《葫芦之舞》(*The Gourd Dancer*,1976)、《阳光之下:故事和诗歌集,1961—1991》(*In the Presence of the Sun:Stories and Poems,1961—1991*,1992;2009 年再版),还有《熊的房屋》(*In the Bear's House*,1999)、《遥远的早晨》(*Again the Far Morning:New and Selected Poems*,2011)等,他的又一部诗歌集《坐熊之死》(*The Death of Sitting Bear*)也于 2020 年 3 月由哈珀斯出版社出版。在这些诗作中,诗人展现了多彩的本土文化、历史、歌曲、神话等,并将他的导师温斯特的后象征主义技巧发挥得淋漓尽致。

然而,那些希望从莫马迪的诗歌中尝试找到"纯粹的"印第安文学特点的人们或许会发现,莫马迪其实是个高超的兼容并蓄的创作者和杂糅家。他为美国文学带来的启示是:早在哥伦布发现新大陆前,印第安人的各个部落间的交流和文学的多族裔特征就早已存在,这为当下美国文学的多种族、多元文化特征开创了很好的典范。因此,美国本土文化就是美国多元文化的缩影,它始终在不断交融、变化、多元中丰富着自身。

从早期的诗歌,如诗集《雁的角度及其他诗歌》看,莫马迪受到不少诗人的影响,如狄金森(Emily Dickinson,1830—1886)、华莱士·斯蒂文斯(Wallace Stevens,1879—1955)等。他的作品带有概念性的主题,充满了具体、感官性的意象。在长期的诗歌创作中,莫马迪运用了自己丰富的族裔文化资源,巧妙地结合了现代诗歌的各种手法,被族裔内外广大的读者所接收。《葫芦之舞》具体展现了基奥瓦和纳瓦霍族的文化特色,描写了如鹰羽扇、战争之盾、鹿、熊等族裔生活的细节,讲述了部落文化的起源和迁徙等,揭示了本土族裔在看似异域风情的表象之下,具有丰富的艺术创作力量和诗意原动力。在《阳光之下》中,莫马迪继续尝试着将印第安叙述风格和欧美的诗歌传统结合起来。例如,在诗歌"才塔利的欢乐之歌"(The Delight Song of Tsoai-talee)中,莫马迪就运用反复和变奏,展现了本土歌曲和庆典中最重要的风格特征。在《熊的房屋》中,读者既能阅读到不少押韵的四行诗、自由诗体、音节诗,以及其他非本土裔文学风格的形式等,也能在诗歌"召唤"(Summons)中看到简缩版的纳瓦霍族的吟唱形式。同时,诗人对于基奥瓦族的熊故事的兴趣,以及由此而生的对荒野精神的探索,都在诗歌作品中有深刻的体现。

莫马迪的诗歌充满了意象,自有其独特的象征体系,而他本身擅长绘画,开过画展,也为自己的作品进行插图绘画。在莫马迪的象征世界里,人们的文化记忆被激活,人类与自然的特有关系得到深化。诗人始终认为,"他的使命就是帮助印第安人保存完整的美国本土文化身份"[①]。他希望印第安人能珍视并懂得欣赏自己的

---

① 见 Lilie-Beth Brinkman, "Poet and storyteller N. Scott Momaday's mission is to help Indians preserve their identity". http://newsok.com/poet-and-storyteller-n.-scott-momadays-mission-is-to-help-indians-preserve-their-identity/article, November 4, 2012。

族裔文化身份。同时,他见证了本土族裔对于身份观念的变化,也意识到族裔文化和记忆保存的重要性。在导师温斯特的影响下,莫马迪的诗歌具有后象征主义的特征,而他博士论文所研究的诗人塔克曼也是美国最早期的后象征主义诗人,其诗歌的象征结合了微妙含蓄和具象的双重特点。莫马迪在描写自然时,亦结合了含蓄与具象的双重性,尽管他本人认为"后象征主义"只是温斯特的术语,在诗歌批评上是重要的概念,但是后象征主义和自己的诗歌创作并不能直接等同,也并无归属关系。[①] 然而他也承认自己最初的诗歌创作遵从的是传统的英语诗歌形式,如"雁的角度"和"熊"都是音节严谨的诗歌,即每一行的音节数都一致。后来,莫马迪开始逐渐摆脱这种形式上的限定和束缚,开创了自己特有的自由诗体的风格。他个人尤其喜爱散文诗的形式,在格律上相对自由,然而在语言节奏和韵律上又十分鲜明生动。

此外,美国西南部的风景几乎贯穿了莫马迪的诗歌创作,这也是他的诗歌世界中所特有的风景。在一次访谈中,当被问及究竟是何种特质让他如此关注那里的生活和风景时,诗人回答:"我觉得那里的风景比任何地方都更具有精神特质,是我能亲身体会的,而且它很美丽,纯粹从物质角度就很美。那片风景的色彩生动,正如你所知的,新墨西哥和亚利桑那多彩的风景上的光感总是让我深深折服。"[②] 更重要的是,那里的印第安族裔和土

[①] 参见 Joseph Bruchac, *Survival This Way*: *Interviews with American Indian Poets*. Tucson: The University of Arizona Press, 1987, 第 177 页。

[②] 见同上,第 179 页。

地有着真正的亲密联系,因此在莫马迪的诗歌世界中,他着力唤起人们对大地的依恋和归属感。于是,归属感是诗歌象征中重要的元素,它消弭了疏离和异化,让人融入生存的世界,而不是人与世界的二元对立。在莫马迪诗歌象征体系中,疏离感是不存在的,人与自然界,与动植物之间没有隔阂与生疏的距离,"印第安人的整体世界观,就是宇宙的基本和谐"①。

奇幻独特的诗意世界

莫马迪的诗歌呈现了一个奇幻独特的象征体系和诗意天地。诗人努力展现着印第安裔生来就具备的诗歌本能。回忆、想象、观察、聆听,这些都是诗歌所关注的。从部落的传说和歌谣,绘画、狩猎、耕种、仪式等生活细节中,诗人不断汲取自己的灵感,并将它们还原成文字。在这个文字世界中,诗人最关注的就是人与世界的关系,以及人与自我的关系,人和往昔、文化传承的关系。他从保留地人们的生活中,看到了一些本土居民依然深深地扎根于传统文化,为自己的族裔血脉骄傲。他认为,这种力量和魅力恰恰是现代社会所匮乏的,因此,他需要通过诗歌来唤起这种深沉的联系。

然而,莫马迪展现的世界并非是怀旧和乡愁感深重的,他并不是一味关注具象的遗产或工艺,在他的象征中,激发回忆的精神比

---

① 见 Joseph Bruchac,第 180 页。

失落感更加重要，人的想象力和与自然的亲密，比对往昔的怅惘更具有感染力。莫马迪多次强调语言和词汇的神奇力量，在文字所构筑的诗歌中揭示着超乎人们认知的语言魅力和影响力。他认为文字自空无中来，却铸造了意义，因而他用文字激发想象，用声音激活生命。当我们阅读莫马迪的诗歌时，也应该尤为关注他所强调的象征中的智慧和信念，文学所能达到的人类的最高境界。

由于受到父亲的绘画影响，莫马迪用文字所展现的世界具有对称和谐的构图，并且充满了独特的印第安式的幽默，动物具备灵性，甚至胜于人类，具有跳跃的动感，而且那个世界中的口语生动有趣，情感充沛。被问及为何诗歌让他如此着迷时，莫马迪回答，"一首诗，一旦被成功表达，带来的是诗人最好的智慧，最好的表达，最好的情感，我想，这就是文学的最高目标"[①]。

动物与人

在诗人体现最好的智慧、表达和情感的诗歌世界中，动物和人的关系，它们给予人的启示是独特奇幻的。例如，在诗歌"大雁的角度"("Angle of Geese")中，诗人以感官体验贯穿全诗。诗歌伊始，读者丝毫未见题目中的"大雁"："我们怎样用语言/来修饰赞誉？——/此刻这死去的头生儿/会随着话语滞后"。诗人表达了

---

① 见"Scott Momaday Interview", http://www.achievement.org/autodoc/page/mom0int-5, Sun Valley, Idaho, June 28, 1996。

自己对朋友孩子葬礼的感触,认为话语虽然有力,却有局限性。诗人随后提到人类是文明的,"更甚于语言的表达"。在诗歌的后面部分,诗人终于提到了自己亲历的狩猎事件,即一只大雁被射杀,最终落下死去。诗歌前后部分的关系似乎不太贴合,可是两部分都涉及了生命的终结,尤其是后者中巨大的雁挣扎后平静地落下:"仿佛是永远,/看着那只巨大的大雁祖先。//那样的对称!——/就像时间苍白的角度/还有永恒。/这伟大的身形费力挺着而后倒下。"或许读者也感受到了在这个刹那间语言的无力,尤其对于词汇间的怪异组合,如"时间苍白的角度/还有永恒"(pale angle of time and eternity),感到困惑费解。诗人在描写生命结束的动态时,用"时间"这个永恒普适的名词,以"苍白"的修饰,揭示了那只巨大的雁的身形,描写了它在离开世界前如时间般一点点逝去的状态,也由此应和了诗中"在观察中变得更漫长"的体验。

在此,雁的意象其实是靠感官细节的体验来加强的。莫马迪的诗歌导师艾弗·温特斯曾经认为,"在传统的欧洲诗歌中,在象征主义之前,意象基本上是装饰性的。……象征主义诗歌中,意象和感官在大体上取代了抽象的意义…… 在后象征主义诗歌中,'诗歌或篇章保留了强烈的感官细节,它具有某种特质,使得细节富含意义,却无需明确地解释意义,或者,语言已然将意义虽不直接却清晰地表达了。'"[①]在"雁的角度"中,从前三个

[①] 见 Alan R. Velie, *Four American Indian Literary Masters*. Norman: University of Oklahoma Press, 1982, 第35—36页。

诗节中我们读出了诗人对于语言局限的感喟,表达了语言仅仅起着修饰、装饰的作用,无法真正表达情感的痛苦;而后三个诗节却转到了诗人年少时经历的狩猎体验,而其中的后象征主义表达,具有强烈的超验和形而上的特征。例如,射杀后的大雁处于生死的边缘,在离开世界的刹那,"时间辽阔",即生死界限一旦跨越,时间的局限即将打破,"辽阔"的自由感受顿时产生。雁保持"静静凝望的姿势",同时又警惕着"幽黑的远方的骚动"。这种状态超越了非此即彼的生死对立,似乎跳出了前三个诗节中对于死亡的哀痛,隐含了死亡并不让人恐慌伤怀,而是一种逃离时间限制的途径,正如"终止了希望与伤害"所表达的,在终止希望的同时,死亡也停止了伤害。

诗歌题目中的"雁"是复数形式,让人想到雁群在天空飞过之际,其排列的阵势形成了某种角度,因而雁的角度或许在视觉联想中呈现的是在高空飞翔的雁阵。然而诗歌中的"雁"是单数的孤独者,在生死边界中,它离开了那个呈现角度的雁阵,却警惕着远方的骚动。由此我们明白,远方的骚动是那个被惊扰的雁阵。整首诗歌以自然的音节形成节奏,而非遵循传统的韵律格式。在原文中,每个诗节的第一和第三诗行都具有五个音节,而二、四诗行则有七个音节,节奏上十分微妙含蓄,用词平实,与散文诗较为相像,因此读起来十分流畅而不侧重抑扬顿挫感。读者体会到的是诗歌前后两个部分奇特的关联,即人的早亡和雁落的感受。细想,诗人描写大雁在天空中划过,时间变得辽阔自由,交融于人生的感受中,两者其实是一体的,生命的流程是平等的，得到的启发是超越文字表达的，而那种悠长的、渐渐自由的舒缓和解脱感是相通的。在人物到大雁的过渡中，没有任何文字或逻辑的解释，全凭人们在这个奇特的联系中领悟。

莫马迪早期还有一首以动物为题名的著名诗歌"熊"（The Bear），该诗不仅体现了导师温斯特的后象征主义，也初具了莫马迪的诗歌特色，是诗人上世纪60年代在斯坦福大学学习时的力作。在音节上，"熊"和"雁的角度"是相同的，"'熊'不仅是恒久的个人特色的声明，即向世人展现基奥瓦人的故事叙述传统，也是莫马迪向艾弗·温斯特后象征主义诗歌理念和音节诗，以及向威廉·福克纳在《走吧，摩西》（*Go Down, Moses*, 1942）中的大熊老本的致敬。"[①]因此，了解"熊"，在一定程度上就是解读莫马迪诗歌的契机。诗歌中的熊并非是印第安人打猎中的捕获目标，而是福克纳小说中的老本，即聚焦猎人和巨大的老熊的对视和对峙，诗歌伊始：

> What ruse of vision,
> escarping the wall of leaves,
> rending incision
> into countless surfaces,
> would cull and color

[①] 见 Kenneth M Roemer, "N. Scott Momaday: Biographical, Literary, and Multicultural Contexts", http://www.english.illinois.edu/maps/index.htm, 2013。

his somnolence, whose old age

has outworn valor,

all but the fact of courage?

那视觉的诡计,

将满墙的叶子倾斜,

撕裂并切入

无数的平面,

将精选并粉饰

他的梦幻,他年长的岁数

磨损了勇猛,

徒留勇气的事实?

在这首诗作中,诗人并未具体、细节性地描写熊的形象,而是先寥寥几笔,将其模糊的形态呈现。这只巨大的熊没有动,没有扑过来,"却似乎永远在那里","没有维度,默不作声,/在无风的正午的热光中。"读者看到的是一头巨大、苍老,伤残的老熊,已然失去了曾经的野性和凶残,因而这头熊在象征意义上仿佛逝去的原始野性。"他不仅是某种特定的动物;也是关于野性的某种原始的、基本的真相。"[1]确实,从诗歌的叙述中,我们得知,这只熊曾经跌入陷阱致残,身上有许多伤痕。诗歌安静的表述

---

[1] 见 Alan R. Velie,第 44 页。

使这只熊的动作显得同样迟缓平静,诗人寥寥几笔,却将重要的细节揭示了:失去了野性的熊在和猎人的对峙中,最终彻底离开,但是他"毫不急促,从视线中消失,/就像秃鹰/令人难以察觉地控制着飞行。"这首诗一直被人们认为是展现莫马迪诗歌特征的典型之作。熊在印第安叙述中带有强烈的精神特质,对人的内心和情感具有诊疗和抚慰作用,是人类和精神世界之间的沟通者。在这首诗歌中,熊默默而并不仓促地离开,仿佛呈现了印第安传统文化在文明进程的逼仄中的沉默和转身,其中的深意值得细细探究。

另一首关于动物的诗歌"王鵟"("*Buteo Regalis*")也同样将象征和细节勾勒完美地结合。全诗一共短短8行,描写了一只鹰猛然飞扑向猎物的瞬间。猎物是地上的啮齿动物,其身份诗人并不愿意费笔墨告知。然而,"离散"(discrete)和"脆弱"(frailty)两个词已经道出了这个猎物被捕获的必然命运。我们叹服于诗人在描写王鵟俯冲直下的迅猛和断然,即便诗歌至结束都没有提及两者的结局,可是猎物和猎杀者极具动态的、生动的形象已然深入人心。在转头和俯冲之间,两者的生命关系一目了然,自然界适者生存的规律逼真呈现。啮齿动物离散的脆弱,是野性的衰微,而王鵟展翅飞扑,才是狂野的真谛。"成直线,延展弯曲开始俯冲/并降落,白色和黄褐色交替着,/成角度成曲线,聚集着动力。"力量的对比是显著明确的,莫马迪似乎用诗歌再现着自然原本的面貌,野性应该保持其原始的力量,强弱的关系应遵循天然之道。在力量的抗衡中,在生存的规则中,野性因为其真实而富有魅力。

同样,诗歌"蝮蛇"(Pit Viper)也生动展现了野性。"心形的脑袋蜿蜒地穿越他自己:/正在变形。新的生命慢慢地,/沿着整条身体燃烧成火焰,向外转。"蛇形长驱直入,不断穿越着,目睹着死亡,却在睿智中独处。蝮蛇的形象,自有其象征的意义,在阴暗中匍匐,变形,消瘦,却依然生存着,"纯粹的饥饿无法将他从瞌睡中唤醒"。在这个蝮蛇的阴郁世界中,它是主宰者和见证者,从容地应对饥饿,淡然地面对死亡。人们阅读到的仿佛是另一段时间在蝮蛇生命中的流淌,看到新旧生命在它的变形中交叠。全诗以自然主义的风格,展现了不同生命和生存形式的自然之道,好像在轻缓的节奏中,道出了另一种野性给予人类的启示。

再创人与自然的和谐世界

在展现自然本真、原始、野性的面貌同时,莫马迪的象征体系不仅呈现诗人所认同的世界,实则也在创造着他所希望的和谐世界。在诗歌"人造通道"(Man-made Passages)中,莫马迪聚焦史前岩石艺术,尤其是其中的"大画廊",通过那里所展现的人神同形的身体,涉及印第安神话、语言、歌谣的起源,这些形象带来的力量势不可挡,"高深莫测","隐藏着无尽的可能"。重要的是,尽管我们不知道其中的用意,却"知道自身涉及了这用意"。诗歌中那句"他们在想象中持续存在于时间"道出了这个人造通道实则通过人们的想象持续存在并不断丰富,直至诗歌尾声,"他们讲述得如此逼真关于美洲文学的起源",更是点出了印第安文化对于美洲文学是源头,而非辅助。这个文化基调的阐述,是对本土裔文学和文化的重要肯定,也是对当下美国文化的一种纠偏和重新确定。其中的构建意义十分重大,文化态度也清晰明确。这个看似景点的史前艺术,那些富含象征意义的绘画,被诗人用来进行艺术再创,形成了莫马迪心中的和谐世界。

诗歌"平原之初"("Plains Origins")也是讲述古老的原始世界,仿佛导引读者走入了文化历史长廊:"俄克拉荷马的平原上升起一座小山,/在威奇托山脉西部和北部。我的乡亲们,/基奥瓦人,视其为古老地标,给了它/雨山的名字。"雨山("Rainy Mountain")的形象扑面而来,之后诗歌以紧凑的节奏描绘了雨山的天气、草场、河流、小溪、树林、草丛等,并且跨越了冬、春、夏季节,其中的色彩艳丽:被晒成褐色的草,"远处冒热气的树叶仿佛被火焰/勾勒。浓绿和黄色的蚱蜢遍布/高高的草丛","龟儿在红土上爬动"。"孤独/是土地的表情"一句更是将其中茫茫的一片呈现给了读者。其中,"我的乡亲们"揭示出这片红土地和诗人的血脉相连,虽然那里有着"世间最糟糕的天气",如冬天的大风雪、春天的龙卷风、夏季的"大草原/像铁砧的边缘",无比暴热,可正是这不断动态变化的一切,让这片土地的独特展露无遗。它美好的一面也在动态中显现:"那里有绿色地带/沿着河流与小溪伸展,山胡桃和山核桃/柳树和金缕梅小树林排成直线。"高潮在于,在这个相互隔离、渺茫的平原中,孤独是重要的,因为"你的/想象复活了,而这,你觉得,就是/创造开始的地方。"诗歌最后的两句萦绕不去,读者仿佛听到了故事叙述的开始,吟唱的开始,一切艺术创造都由此寂静处开始了。这两句预言般地开启了神秘的艺术再创。原诗中的每行结尾都是元音的大开口,由此构成了吟诗中的情感交流,听者由此产生强烈的共鸣,接收诗人的情绪和叙述,产生对话感,仿佛接纳了印第安部落的文化遗产和传统,认同其中的叙述魅力和创造潜力。从形象鲜明的视觉细节,动态生动的时间和景象的变化,以及诗歌节奏语调的听觉效果,读者体验到一个不同于当下现实生活的世界,也跟随诗人进入了视域广阔、变幻生动的世界,它虽然陌生,却是激发创造和情感表达的地方。

在莫马迪早期诗歌中,有一首"大地和我给予你绿松石",这是一首叙述性的抒情诗,充满了隐喻,全诗仿佛在思念一位逝去的恋人,也在呈现一个别样的世界。绿松石是大地在自然历史中形成的艺术品,而"大地和我给予你绿松石"的首行,揭示了人将自己的艺术创造寄予天然宝石的能力,由此形成了人和自然的艺术协作关系,它和爱情一样,是一种协同、神圣、互动的联系。"当你边走边唱着歌/我们笑着生活在我的房子里/还讲着古老的故事",这种美好和谐的关系,与天地相连,自然相通。随后,疾病和不祥进入了诗歌:"当猫头鹰叫的时候你生病了/我们会在黑山上相遇",这里的象征是印第安文化所特有的,虽然我们或许并不一定了解其中的寓意,可是之后几行中的种植玉米、生火、孩子们聚集在母亲胸前等,都是惯常宁静的生活场面,令人联想到两个相爱之人的结合、子嗣繁衍和美好生活的持续。重要的是,"你会治愈我的心灵",这是相爱和一起生活的真谛。此后,诗人道出:"我许多次地念叨你的名字/那野藤记得你",这两行诗句,与之前那句稍显突兀的"生病"有了逻辑上的关联,让读者突然感受到之前的爱人和美好生活似乎是诗人的想象,而诗歌文字底下流淌的却是思念的哀伤,哀伤中是诗人用想象重新创造的与爱人共同生存的世界。

该诗后面的诗节中,爱人逝去的事实得到了证实:我去小哥的房子里歌唱,可是人们都没有说到"你"的名字,或许这是部落的禁忌,然而大家的歌曲都很忧伤。我们仿佛见证了部落的神话:月光下,吟唱的情人会在月亮女神的引导下,在精神上回归到心上人的身旁:"当月亮女神走向你/我会跟随她走在白亮的大道上"。哀歌的基调在诗歌中并非令人颓废,而是引向精神的重聚,天地自然是富有灵性的,可以倾听,月光具有抚慰人心的神力。在淡淡的悲哀中,读者体会到的却是隐隐的希望和期待,它们平衡着忧伤,正如大自然包容着人的生命,一切都是融合的。最后一个诗节中,诗人描述了人们的舞蹈,大家吃羊肉、喝咖啡。诗句中提到了"钦利"("Chinle")这个地名,而它自身蕴藏着较为丰富的文化深意,有其特有的传说和典故,那七棵榆树也有神话意味,"四个数为大地,三个数为天空"[①],此处依然是

---

① 见 Kenneth Lincoln, *Speak Like Singing: Classics of Native American Literature*. Albuquerque: University of New Mexico Press, 2007, 第146页。

天地人和的生命空间。诗歌最后,有一个意象更是奇异:"我在赤岩旁看到一只乌鸦/单腿独立/它是你乌黑的头发",仿佛世间万物有着神秘的联系,可以相互转化。诗人感喟道:"岁月沉重",然而旋即用"我会骑着最快的马儿"来加以平衡,表明自己的激情未消,"你会听到嗒嗒的马蹄声"。这余音袅袅的蹄声,也是诗人道出的对生死的态度。死亡并非爱情的界限,人与人、人与天地自然的关系,彼此的相互亲密,都是不会停止的,即便在哀悼中时间变得沉重,可是我往前飞奔的情感不会改变。诗歌给人留下的印象是奇特非凡的,我们体验了不同的生命观,感受到诗歌所重新创造的那个彼此关联、融通、亲密的世界。我们也似乎能感受到本土裔诗歌通过语言叙述和表达所建立的一种文化体系,理解到叙述就是一种生存形式的特殊意义。莫马迪正是通过诗歌的表达,揭示了语言是人类和世间万物发生关联的途径。

世间一切皆能言语是莫马迪诗歌中比较典型的特征,诗歌"雨山公墓"("Rainy Mountain Cemetery")就表达了这个理念。"你的名字"被朝阳投射着,于是生者听到了死者要传达的信息。这镌刻在石头上的名字是一种精神的存在,而正是借由诗人的作品和声音,古老的声音,往昔的故事和未来的讯息被倾听。异曲同工的另一首诗"在受难十字架旧画前"("Before an Old Painting of the Crucifixion"),也表达了一切皆能言语的主题。诗歌叙述了诗人在一幅石壁绘画前的反应,以及由画作所引发的关于生活的思索:耶稣在绝望中死了,他痛苦的叫声"在空芒的天际消散",天空寂寥,人类在大地上是孤独的,"无人的空旷地"就在眼前,毫无慰藉,充满了绝望。在诗人的反应中,这幅画始终在向他叙说着,于是诗人深入思考,认为基督的痛苦"既荒谬又公开",被曲解,进入了绘画和艺术。然而在诗人面对壁画的沉思中,画中的海洋又将他的思绪引发,诗歌中的表达十分含蓄隐秘,起伏波动,犹如时间的潮水。诗歌中,"冷漠不受限制的时间的扩张",就是海潮翻腾。全诗最后两行为:"人类的行为,/蛮横残暴,是徒劳。时间在前行/仿佛泡沫朝着陆地散落开并摧毁。"在我们眼前,时间如海潮般翻腾,不肯停歇,而人类在其中的生存,只能留待各种评论,似乎失去了意义。这种生存在时间面前的渺小微弱,是一幅壁画给予的沉思,也是万物在人类的艺术作品再创中所要叙说的意义,这样的世界并非由人类主动定义和掌控,而是彼此相互能动制约和交流。

关于时间长河中的历史和传统,诗歌"源头"("Headwaters")表达了诗人的独到见解。诗歌细致描写了在源头野性十足,缓缓蔓延过平原的水流。水流必然是隐喻的,看似平缓的流动,实则源头却充满了生命力和狂野。寻找源头象征着诗人对文化根源的探寻,也是全诗的主题。诗歌展现的场景是田园式的,"山间平原的正午",圆木、昆虫、稀疏的沼泽地,似乎缺水让圆木空洞,少了一份自然的润泽。而后,漫出根部的水流,以及奔涌的力量,似乎要将不断"老化变色"加以改变。读者可以做多重的解释,如源头文化的滋养,虫害与苔藓的侵入,源源不断的文化生命等,但是诗人只是将这个图景留给人们,此后的变化格局,世界的构建,都是诗歌之后的事情了。在诗人的世界中,时间是永不停息的,历史、当下、未来相互关联,即便是诗歌呈现的场景,都带有不断变化的动态特征。

诗意构建的本土裔文学特征

莫马迪通过诗歌作品构建了独特的人与自然万物的联系,也由此向人们展现了他依托的本土裔文学传统和特征。身为美国本土裔文学文艺复兴的代表人物,莫马迪以其作品为美国文学的经典构成增加了动态开放的特色,也让人们看到,文学始终需要突破和新的声音,曾经被忽略或压抑的声音也必将得到关注。自从莫马迪以《晨曦屋》获得1969年普利策奖,美国读者似乎由此看到了本土裔文学被逐渐接受和关注的态势。然而对于本土裔文学而言,其中的反讽在于,这个历经几百年,甚至口头叙述历史长达几千年的文学,其形式多样,传统悠久,得到的认可却如此滞后。不过这也从一个侧面说明,文化存在盲点,话语权力以各种形式无处不在。

在莫马迪的诗歌中,我们读到了他不断呈现和珍存的族裔传说、神话、观念等,这些元素又结合了诗人所特有的后象征主义风格,以及西方传统的创作方式。在诗歌主题上,印第安文化占有主导位置,正如他的文学导师温特斯所提出的,"即便是他最传统的诗歌都采用了'庄严散文的节奏,'这些散文诗似乎是重要的偏离。它们和印第安叙述的口头传统最为相像,实际上,它们大多数都是简短的叙述"①。我们可以在宣叙式的散文诗"波塔利的惊慌"("The Fear of Bo-Talee")和"昂首阔步"("The Stalker")中看到这种特有的吟诵般的叙述特色。两首散文诗就是两段生动的叙述,前者突出了大无畏又十分潇洒的人物性格,"我对敌人目光中的惊慌感到害怕",这种自信、骄傲、坦然和泰然,十分深入人心,又奇趣独特;第二首诗呈现了一位弓箭手拉弓出箭后的表现,即便是箭在远方草地上落下,弓箭手走过去看时还十分警惕,担心箭会再飞起来,原因是"他为它注入了如此多的生命力。"这种感悟和视角是印第安人所特有的,而两首诗在吟诵时都带有庄严的印第安故事叙述的口语节奏,让读者在阅读中仿佛听到了娓娓动听的情节和叙述韵律。这种风格在莫马迪的小说创作中也时常出现,与主流美国文学有着明显的差异,是对印第安文化的一种积极彰显,也为美国文学增添了新的声音和视角。

"梦之轮命名"("Dream Wheel Names")一诗带有更鲜明的族裔特色,文化彰显的主题更显明确。该诗是1975年当代本土裔诗人第一次集会时的主题诗,梦之轮仿佛是不断运转的轮回,转动着印第安文化、历史、仪式,这些曾经古老的传统在原始的名字中得到了复兴,它们始终围绕着生命这个中心。时间也在旋转中,它让那些被叙述和吟唱的词汇变得神圣,不断焕发新的生命。"它承载着梦的声音。/这些声音借此回转/并以生命为

---

① 见 Alan R. Velie,第48页。

中心。"诗歌中,大地和天空的名字也和人生的轮回同时旋转着,更新着,这种动态的运转,显然是诗人对于古老的印第安文化的期许。那些他在童年所倾听的故事和歌曲,看到的仪式和风俗,并非静止不动的博物馆展品,是在梦之轮的命名中不断复原、进化的概念和观点,这个构建愿望如此强烈,其中的象征意义生动明确。在莫马迪的诗歌创作中,这些旋转中的本土裔文化元素转化为诗人的叙述风格和抒情方式,诗人自身的文化倡导和身份构建愿望呼之欲出。

身为读者,我们看到那些被重新命名的元素在诗歌中组合着,无论是舞蹈节奏,还是吟唱形式,在精美的诗行中仿佛得到了创新性的塑造。同样,对于个体的生命,莫马迪自有他独特的印第安的视角,从中看到生命老去的优雅和美丽。他的一首短诗"优雅而美丽地老去"("Age with Grace and Beauty")叙述了他和友人在想象中的相遇,"在阿比丘的大地起伏中",那里蕴藏着旧时普韦布洛族人的历史,具有特殊的文化含义,因为在历史上,此地几经变迁。诗歌主要描写了两个友人相见时的细节,他们相互诉说着故事,"葡萄酒和奶酪的晚午餐。/四周围绕着美丽的事物"。最后一行"美得如此干净而精确,就像骨头",在读者眼中更有奇趣:沙漠地带的物品如骨头、石头等,可以美丽得干净而精细,这种陌生化的呈现,仿佛让我们体验着艺术家的目光和感受,无论是心中的回忆,还是视觉、味觉、听觉的体验。时间和衰老似乎磨砺着感官,让它们更加敏锐,更能洞察到优雅和美丽,能够在干涸中品味到润泽,在枯燥中看到精彩。这种独特的感受,印第安文化中的艺术感受,也在莫马迪的诗意世界中得到了呈现和传达。

印第安的古老名字在莫马迪的诗歌中被屡屡使用,最典型的一首即"才塔利的欢乐之歌"。据诗人说,"才塔利"(Tsoai-Talee)是他未满一岁时,一位亲戚给他起的名字,原意为"岩石树的男孩"(rock-tree boy),这是为了纪念诗人在婴儿时期曾被带去怀俄明州的"魔鬼塔"(Devils Tower),那是基奥瓦人传统中的圣地,也叫做岩石树,故有此名。[①] 诗歌本身从名字到形式和节奏都具有浓郁的印第安风格,其主题和情绪通过平行表达、重复、语气的增强等不断推进,尤其是诗歌中对自我身份的展现和认同。全诗 24 行诗句中,有 22 行全部以"我"(I)开始,其中有 18 行是以"我是"(I am)开始。这是非常强烈鲜明的自我阐明和主观情感抒发,在诗歌中,我是羽毛、蓝马、水里的鱼、孩子的倒影、夜光、草地上反射的光泽、苍鹰、晶莹的珠子、遥远的星辰、早晨的清冷、雨水的呼喊、积雪上的闪光、月亮在湖上的倒影、四色的火焰、鹿、田野、雁阵、猎人、包括一切的梦。所有"我是"之后的身份,都是印第安人生活中五彩斑斓的组成部分,它们形成了生活和生命,而诗歌奔放的节奏又让这些元素富有活力和动态感,带给读者新鲜饱满的激情。这些都是印第安部落的典型生活场景,在表明诗人身份的同时,也展现了这一族裔文化的特征。诗人的自豪感和快乐被真实传递,生存的充实和幸福溢于

---

① 参见 Joseph Bruchac,第 186 页。

言表。在一次访谈中,当被问及创作此诗时如何构思了这样的形式,莫马迪坦言,"我在诗歌中看到这些事物,但是我并不肯定自己是有意要在诗歌中展现它们。据我回忆,此诗的创作十分迅速,毫不费力……这不是一首我琢磨了很长时间的诗歌,它比我大多数诗歌作品都更具有自发性"[①]。当我们读到诗歌尾声处,"我是"的重复停止了,诗人强调"我活着,活着","我和大地和谐相处","我和诸神发生联系",而这种强调中,不再是单独的自我,而是我在宇宙、大地、诸神中的位置,我和周围万物的联系。诗歌中"我是包含这一切的完整的梦"道出了莫马迪许多诗歌作品的"梦之探寻"主题(vision quest)。在印第安文化中,梦是预言性的,能够揭示人内心最深处的情感和观念。在莫马迪看来,梦想决定了自己是谁,在做什么。然而梦想又是神秘的。[②] 在印第安文学中,这个强大的、神秘的梦代表了创世者和生命力量,它们超乎每个生命个体的能力,而印第安人珍存这样的神秘感,毫无要刺探和解密的意图。这种浑然自得、置身度外的生活态度,似乎与西方文明的理性分析和数据规范相悖。

在莫马迪和其他本土族裔诗人的作品中,我们能比较清晰地看到本土裔文学与主流美国文学不同的创作特色。相对而言,莫马迪的诗歌彰显了本土作家更为丰富的精神体验,比非少数族裔的美国作家有更明确的文化传统意识和文化传承的愿

---

① 见 Joseph Bruchac,第 185 页。

② 参见 Joseph Bruchac,第 186 页。

望。莫马迪的诗歌虽然结合了学院派的象征手法和韵律节奏,但是也有意识地沿袭了印第安文化中的口述传统,作品的个体间有着强烈的关照和联系。莫马迪甚至如此表达:"我的写作也是一个整体。我已经写了几部作品,可是对我而言,它们都是同一个故事的组成部分。……我的目的就是传达那久远已始的事情;我觉得那个开始没有尽头。"[①]在莫马迪的小说《晨曦屋》中,基奥瓦人的训诫说在此后的作品《前往雨山的路》(*The Way to Rainy Mountain*, 1969)中重复出现;同样,在《葫芦之舞》中的诗歌表达,也在其他作品中延续和重复着。莫马迪并非在重复自我,也并非省力偷懒,他作品中的重复、延续和回应等,都是有意为之的创作目的,因为作家希望将这种本土族裔的故事和风格不断在往复、变奏中得到延续,他甚至可以将同一类主题在每一种体裁中重述和推进。这种创作表达,类似于本土族裔在传统吟唱和故事叙述中的特征,即每一次重复都有新的意义和变化,在重复中渐次发展,给人们带来一种连贯和延续性。这种方式,也是印第安后裔在现代生活中不断与传统和文化继承发生关联的途径,是他们感受到归属感和文化身份的重要意义。

在一次访谈中,莫马迪曾经被问及,是否人们对于美国本土裔文学的兴趣是周期性的,有其高涨和衰微的时期。莫马迪本人并不反对周期说,他也认同本土创作和文化在受众程度上的起伏,认为文化兴趣与传统会不断被激发和重建,这是一个无尽

---

① 见 Joseph Bruchac,第 187 页。

的过程,也是"出版界的本质"。关键在于,本土裔文学创作是美国文化不可或缺的一部分,也是美国梦的组成部分。莫马迪坚定地认为,印第安裔必将是美国想象的"核心人物",是美国文学的"核心元素"[①]。从他的这个回答中,我们不难看出,莫马迪的诗歌创造,包括他其他体裁的文学创作,其主旨就是不断构建本土裔文学,将它的独特魅力以独特而持续的方式不断推进。

和众多本土裔诗人一样,莫马迪用诗歌生动地表达了印第安人对于物质世界的理解方式,他们将自己生存的天地视为精神性的整体,而他自身的创作也成为了其他本土作家的灵感源泉和鼓舞力量。他将印第安口头叙述和欧美文学写作结合得如此完美,也将传统和当下融合贯穿,并对现代文明进行深入反思和质询,如环境保护、精神生活、传统沿承、文化身份等。尤为重要的是,莫马迪强调梦想,也以梦想编织着他奇幻独特的诗歌象征体系;同时,他关注现实,不断思考身为美国印第安人的意义,以及在更广义上的美国人、地球人的意义。在他所构建的生活中,我们既体会历史,又着眼当下和未来。在莫马迪的文学世界中,族裔是起点,在不断推进和变化中,它成了我们每一个人的文化财富和思想资源。

---

① 见 Joseph Bruchac, 第189页。

第3章　在俳句幻境中追寻东西融合:杰拉德·维兹诺①

杰拉德·罗伯特·维兹诺(Gerald Robert Vizenor, 1934—)是美国当代本土裔作家中非常重要又独具特色的一位代表人物。他是奥吉布瓦人,与其他众多本土裔诗人相同,同样具有多重身份,兼作家、学者、教授等于一身,而他在加州大学伯克利分校的多年执教经历,以及身为美国本土裔文化研究中心主任,也为本土裔文学研究做出了诸多贡献。迄今维兹诺已经出版了三十余部小说、学术专著、诗集等。在维兹诺自身的多元族裔背景中,母亲是第三代丹麦裔美籍人,父亲是印第安奥吉布瓦人,他本人则属于第一代出生于印第安保留地之外的本土印第安人。在他不到两岁时,父亲惨遭谋杀,至今这场凶杀案未被破获。父亲的死亡,以及警方的漠然也由此成为贯穿维兹诺

---

① 本章部分内容以"东诗西渐:论美国当代本土裔诗人维兹诺的英语俳句"为名发表于《外国文学》2019年第1期。

文学创作中不断重复、变奏的主题。他从小被印第安祖母抚养，受到父亲一方的印第安文化熏陶，从大自然和族裔文化中汲取了丰富的养分，在其奇幻的神话体系中形成了自身的想象力和叙述风格。1950年，维兹诺谎报年龄并加入明尼苏达州国民警卫队，此后随占领军进驻日本。当时正是日本在第二次世界大战中遭受核攻击的灾后重建时期，维兹诺由此接触并深深着迷于日本文化，尤其是日本文字、书法和俳句，并从俳句诗歌艺术中得到了极大的创作灵感和动力，而这一经历也影响了他一生的文学创作。

返回美国后，维兹诺在纽约大学获得学士学位，而后于哈佛大学和明尼苏达大学继续深造，其间及之后的学院生涯让他接触了许多美国本土裔作家和学者，并由此反思族裔的公正问题，提出了他独创的"文化精神分裂"(cultural schizophrenia)的概念，一针见血地揭示了许多美国印第安人夹在印第安本土文化和白人主流文化中的困境。由于他有在不同大学执教的经历[①]，也由此通过学术研究和文学创作影响了当时社会对于本土印第安文化的理解和看法，并在上世纪中叶后的美国本土印第安文艺复兴中起到了重要的作用。

维兹诺的创作成果丰富，他发表了不少俳句和诗歌集，也有剧本、短篇小说、长篇小说、传统部落传说翻译作品等。维兹诺

---

① 20世纪70—80年代之交，维兹诺曾作为外国专家在中国高校任教，返回美国后出版了他的第一部长篇小说《伤心者：美国猴王在中国》(*Griever: An American Monkey King in China*, 1988年)。

尤其在后现代文学创作上成果颇丰,不断深入阐述并推进自己的后结构主义理论,倡导动态解构和发展的文化体系。他特别反感对印第安文化和形象进行浪漫化描述,反对文化压迫、印第安族裔的民族主义和欧洲殖民态度,他的很多作品都围绕着一个重要的主题,即"印第安人"是欧洲殖民者的"虚构",是一个被误解和扭曲的概念,而"印第安特性"(Indianness)也是一个必须被解构的概念,是维兹诺以反讽不断身体力行在创作中提倡的主题。在他的非虚构作品中,他提出了一个鲜明的新词"生存抵抗"(Survivance),即"生存"(Survival)和"抵抗"(Resistance)的混合词,来突出强调印第安族裔生存的动态和变化特征,即族裔并非静止固定的概念,人们的观念和思想不断变化,也对主流文化不断产生交融抵抗的互动作用,强调印第安文化之所以独立于大多数其他族裔的文化,是因为其不断产生的抵抗力量。这个抵抗并非仅仅对文化控制和伤害的反应,而是强调特定语境下的体验,因此本土裔作家并非一味背负文化传统和传承的压力,而是不断在原有的文化基础上创新。生存抵抗的态度核心是严肃游戏,游戏的精神和严肃的姿态,这两者合一才是维兹诺认为终结主流文学统治的途径。维兹诺的写作主要"批判社会普遍存在的贪婪欲望和环境破坏,以及政治无能和利己主义,还有现代文化的模仿、浮躁、高调"[①]。当代读者也因此会从维兹

---

① 见 Deborah L. Madsen, *Understanding Gerald Vizenor*. Columbia: University of South Carolina Press, 2009,第 2 页。

诺的作品中引发深思和启示。

在小说创作上,维兹诺迄今出版了数十部长篇作品,而其诗歌作品集也发表了十余部,早期的作品大多经由维兹诺自己1967年在明尼阿波利斯创立的诺丁出版社出版(Nodin Press)出版。他的诗歌作品集包括《诞生于风中的诗歌》(*Poems Born in the Wind*,1960)、《蝴蝶的双翼》(*Two Wings the Butterfly*,1962)、《彩绘石之南》(*South of the Painted Stones*,1963)、《升起月亮藤》(*Raising the Moon Vines*,1964,1968)、《十七声啾鸣》(*Seventeen Chirp*,1964)、《空摇摆》(*Empty Swings*,1967)、《松岛》(*Matsushima: Pine Island*,1984)、《水黾》(*Water Striders*,1989)、《鹤群飞起:俳句情境》(*Cranes Arise: Haiku Scenes*,1999)、《靠岸》(*Almost Ashore*,2006)等。由于文学创作和文化研究上的卓越成果,维兹诺获奖无数,而他的作品大多打破了传统模式和手法,具有鲜明、奇特、原创特征,对读者的阅读体验也具有强烈的挑战和启示性。他有意强调"本土裔商业作家"和"本土裔文学艺术家"的截然差异,坚持成为后者,要做"原创性、实验性、文学性艺术家,以不同的方式讲述故事,利用本土口述体验,或是其他的本土体验,进行原创的文学写作"①。

维兹诺的作品难读,诗歌更甚。有学者认为其主要难点在于原创的词汇,它们"基本由新词构成,初次接触时读者必须了解其基本词意",另一个难点则在于作品中"反讽、对抗,或解构

---

① 见 Deborah L. Madsen,第1页。

的态度,他(维兹诺)将这些称为'抵抗性'文本,即抵抗轻松理解的文本"①。

俳句艺术的本土诠释

维兹诺的诗歌创作始终与俳句艺术息息相关,因此理解他的诗歌艺术必然先从俳句的诗学特征入手。在他看来,俳句的灵魂就是具有"游戏性,是简约、直觉、独创的时刻。俳句是幻境式的,是适时的冥想,是一种反讽的创作方式,是一种动态感觉,同时也是一种季节无常的意识"。维兹诺的俳句创作中带有情感、思想,以及生存抵抗的奇妙融合,字里行间都折射着感知、记忆和情绪的闪光。维兹诺的诸多俳句诗作都以春、夏、秋、冬为结构划分,但他坦言诗句中的景致和时间本质是虚拟的,突出无常、易逝的情境,关键在于诗人和读诗者内心的感受,尤其是生命对于一切持续、动态、变幻的感触和反应。在阅读维兹诺的俳句诗作时,读者应尤其重视诗人"首要的图腾式抵抗生存感受",进而从诗句中激发大自然中相关视觉和意象的联想,再深入到洞察和体验的层面。其中诗句描述的景物中蕴藏着隐喻,诗人认为这是"与自然和记忆的游戏"。②

维兹诺最初接触到俳句艺术起因于他在日本松岛的驻军经

---

① 见同上,第 2 页。
② 本段引文散见 Vizenor, 2014, 第 ix—x 页。

历。他在此后的回忆中反复提及松岛的月亮,当月影笼罩在岛屿之上,日本俳句大师松尾芭蕉在俳句散文诗中的描述更是让他凝神动容:

> 岛屿层叠,相互关联,宛若父母抚爱子女,或是家人牵手同行。松树正抽出嫩绿新芽,树枝曲折雅致,在不断拂过的风中俯身弯腰。此番美景唯有最圣洁的女性面容可媲美,除了自然之神世间又有谁能创造出如此之美……①

据维兹诺回忆,每每读到这样的描述,他就有一种身临其境的感受,而当时18岁的他在真实的情境体验和俳句影响下,并未感到日本文化是异域遥远的,倒觉得与他的本土裔文化和自然感受奇妙地融合呼应着,毫无违和与障碍。无常而瞬息万变的自然让他体会到生命的神奇,并意识到这种摄人心魄的俳句幻境与印第安人关于梦境的歌谣和幻影意象十分相像,这种微妙的文学联系让他迸发出创作灵感,同时将自身的审美直觉和诗学思考进行了完美的结合。

在奥吉布瓦人的梦境歌谣中,充满了飞禽走兽的意象及图腾动物的形象,同时结合口述者的主观体验和记忆。和俳句具有隐喻性相似的是,这些梦境歌谣带有晦涩难懂的易逝性。随着历史变迁中主流文明和一神论的影响,印第安人的文化精神

---

① 转引自 Vizenor, 1984, 第 x 页。

也在不断动态变化中,尤其是他们传统中的歌谣在语言转译的过程中,常常被后来的人们进行静态、理性、族裔文化视角的解读,而并非进行创意、想象、自然玩味和感受上的体验。维兹诺曾经以梦境歌谣中的一句为例解释,"苍穹喜爱听我歌唱",他认为这是一种梦境歌谣的本质揭示,即诗人/歌者在倾听季节变化的过程中,将自己的歌唱直接传递给风儿和苍穹,反映了印第安人欣悦游戏和玩味自然的生命态度。另一个鲜明的梦境歌谣的例子是"巨鸟在我头上飞翔,我在天空漫步",这一句译自百年前的歌谣作品,然而这种口述和听觉效果的吟唱很难被印刷文字还原,当下我们只能通过视觉文字来尽量体会,尽可能少一些扭曲和失真。这些话语在唱出的同时,也是创造、幻想、感知的过程,这一点与俳句中的幻境特征高度相像,俳句诗歌也主要表达视觉意象和记忆及感官的体验。

例如,维兹诺的秋日俳句中有如此异曲同工的表述:

With the moon
My young father comes to mind
Walking the clouds.

月光下
年轻的父亲浮上脑海
云上行走。

此间幻境感受十分明晰,创造、幻想、感知的统一就在这短短的三句中,但是它们并不引发人进一步理性解析。维兹诺又援引了R. H. 布莱斯(Blyth)在《俳句历史》(*A History of Haiku*)中的表述:

> 俳句是一种清心寡欲的艺术,一种艺术性的禁欲……俳句没有韵脚,鲜少节奏、元韵、头韵,或抑扬……俳句并不带象征,它并不用潜藏的意思来描述自然现象……几乎无需大声来朗读。……在俳句中,两个截然不同的事物无缝连接,即诗歌和感觉,精神和物质……①

这种看似令人费解迷惑的解释,通过精神本质相通的奥吉布瓦梦境歌谣特征得到了诠释,如对自然存在的感知,图腾的生命关联,意象感受等,这些都是融合了自然、直觉、情感的艺术整体,它们并不需要理性、逻辑的分析和象征意义的挖掘,更强调本能直觉的感受,尤其是感受季节轮回和景物变换,从某种程度看,这种文学表述其实通过聚焦直觉来抵抗缜密理性的西方文明影响,本质上体现了维兹诺独特的印第安人抵抗生存观。他也借鉴了肯尼思·安田(Kenneth Yasuda)在《日本俳句》中的细腻诠释,认为俳句中的每个词"就是一种体验,它并不像长篇小说或十四行诗中的词汇一样,要促成某种意义。"②

---

① 转引自 Vizenor,1984。
② 见 Vizenor,2014。

由此看,维兹诺强调的俳句体验就是俳句意境引发的自然反应,其本质是审美体验,也是创作体验,但是其中的审美与任何审美理论或理性体系无关,只关涉直觉理性(natural reason)。这与印第安人吟唱歌谣即生命体验和创作体验是高度一致的,不同的主体与作品产生互动时,就是个人对自然的游戏和玩味。这里的直觉理性指的是个体的存在感觉,直觉引发的感知,即被维兹诺称为"俳句时刻"(haiku moment)的体验,例如"树叶静静地漂浮在瀑布之下,太阳升起在蜻蜓的双翼之上,蓝色苍鹭慢慢划过浅滩,鹬鸟投在沙滩上的巨大阴影,冰面被雷电震开的裂缝,花岗岩脉络里的蓝色小花,灯芯草雀回到光秃秃的桦树顶上,乌鸦的所好等。这些都是具有动态的景物,是图腾的痕迹,是自然理性和抵抗生存的统一。"[①]其中的动态特征让维兹诺得到了创作他自己俳句诗歌的灵感,即强调偶然性、易逝性、无常性,聚焦人的创意玩味和自然存在,捕捉即刻的感受和领悟。

维兹诺初识俳句时尤其注意到了其中的四季轮回和变化,感受到自身生命的无常和短暂本质,这种独特的存在感让他关注失去和伤害,从自然景物的短暂易逝进而理解生存的即刻和短暂,由此更加深了他对印第安文化抵抗生存特质的理解。我们从诗人出版的作品中可以看出,他似乎不断反复地写四季变换,自然景物在春夏秋冬的变化成了他永恒的诗歌主题,而这些作品从本质上说就是个人存在、俳句创作和抵抗生存的统一。

---

① 见 Vizenor,2014。

例如,维兹诺的一首秋日俳句:

calm in the storm
masterbasho soaks his feet
water striders

暴风雨中的静谧
芭蕉大师浸湿了双脚
水中黾蝽

乍读之下,画面中的几个意象十分直接自然,语言朴实简练,景物并不奇特,寻常平凡生活中常见。从某种角度看,短短三行文字更像是一幅画,画面有整体的氛围,即暴风雨中的静谧,而后俳句大师和黾蝽出现在不同位置,这些意象并不引发脑海里的理性思维,诗人也无意引领人进入深层思考,他更多是在列举,从最显在的视觉对象开始,到稍细小的黾蝽,他忠实细致地将这些交付给读者,而读者可以根据自己的体验直觉去感受。这种从创作主体感受到欣赏者感受的交付,也对应了唐纳德·基恩(Donald Keene)在《日本文学》中指出的"真正的好诗,必然得由读者予以完整性,这对俳句尤甚"[①]。

因此我们初读上面的秋日俳句,会感到作品仿佛等待被激

---

① 转引自 Vizenor, 2014, 第 xvii 页。

活,有一种默默恭候品鉴的意味,其中有一种意味深长的潜文本,即诗人的感受转瞬即逝,文字是载体,而读者你如何从中体会?诗人似乎将感受和梦境结合,而他俳句中的梦境又与印第安人对梦的理解息息相关,他们认为梦带给人一种"保护、引领和协助"的感觉①,更多是视觉效果的,强调个体的在场感。因此阅读维兹诺的诗句时读者需要体会自身的在场感觉,先身临其境,而后启发自然感受:自然中一切的状态和构造,以及相互的关联,同时从其中的力量变化和运动中看到动静的对比。例如,在夏日俳句中:

> bold nasturtiums
> dress the barbed wire fences
> down to the wild sea

> 率性金莲花
> 点缀于铁丝围栏
> 直下狂野之海

诗句中关于金莲花的动静对比十分鲜明,然而这种对比并非二元对立的形式,而是相辅相成,让人很直觉地在静态和动态的配合中更好地体验自身的在场,以及与场景的情境交互。这种圆

---

① 见 Vizenor,2014,第 xix 页。

融感觉其实与中国古诗词的气韵和意境是一致的,因而中国读者或许对维兹诺的诗歌作品更有一种自然的贴近和领悟。例如,诗句中的金莲花犹如试金石,会点化感知,让气韵流动,而不是局限在理念之中。三行诗句带给读者的体验是即刻而迅速的,从第一个词到最后一个词,形成语意的流动,而流动就是体会的本质,也是主体从诗句的客体,即具象的现实中引发的流动,个人的体验一旦达成,存在感就出现了。因此从金莲花点缀在铁丝围栏上,到花朵蔓延到海边,海水翻腾呈现狂野的动态,这种感受的流动,这种阅读和欣赏俳句的体验就是诗人希望人们达到的本质,它比个人理解的差异更为重要,诗人甚至通过引用他人对这种动态感受的阐述来强调"由此我就能摆脱唯我论"[①],因为个人并非现实的唯一来源,而是存在中的一部分。

阅读维兹诺俳句,尽管个人体验是关键,但自我是消融的,毫无唯我意味,没有赞美或批判,没有主观的评价,因而自然中渺小的、卑微的、壮观的、宏大的,一切只是促发感受,没有高下优劣之分,个人只是通过它们获得通觉和回应,例如维兹诺有这样一首关于夏日的作品:

With the evening gulls
Not enough posts on the dock

---

① 见 Vizenor, *Favor of Crows*: *New and Collected Haiku*, Wesleyan University Press, 2014,第 xxii 页。

Giving up my perch.

夜晚鸥鸟飞来
码头驻足空位紧缺
我遂离身让渡。

"让渡"的动作十分自然,鸥鸟飞来了,我起身让它们驻足,这个和谐的关系让人在身临其境中感觉到不同方向的移动,氛围和谐融洽,无论是让,还是驻足,都是短暂时光中的变化,统一地呈现出真实的生存状态,并不抽象刻意理性,而是本能直觉中的事实,这里的"让渡"(giving up)也表明了自我中心论的消退,若更深层次地阐明,即主体动机和刻意的消失,让出驻足位置的人做出的反应是自然本能的,甚至在看到鸥鸟飞来的反应中是被动激发,他对自然万物没有操控和占有的意图,不强调好恶和主观情绪。在一首冬日俳句中:

Snow ticking
Cricket chirping in a flower pot
Waiting for morning

白雪窸窣
蟋蟀在花盆里唧啾
等待清晨

此处诗人的感受就是单纯本能的视觉和听觉接受,对自然事物和生命没有僭越,对其中的通感,即感觉蟋蟀在"等待清晨",并不传达主观热情或判断,也没有确认是非对错的必要。同样,从上述引用的俳句实例也能清楚地看出,为了对应其中的直觉、随性和自然,俳句的形式也充分体现了这种特征,即没有语言上的押韵、节律和规定限制,好像语言只是达成感受的载体,越不彰显突出,越好。俳句从某种意义上说是尽量不依赖文字和句子的,尤其排斥语言理性和教义式的干涉。这一点与西方文化中语言的阐释性特征相悖,却与本土印第安人的感知方式和口述文学不谋而合,即表达就是感受过程,是生活、记忆、梦境的一部分。因此维兹诺在对俳句幻境的解释中如此强调:

> 俳句将自然世界放入幻境:个人叙述、社会实践、回忆中的故事、语汇编织的哲学等,都在自然季节的和谐中卸下了面具。俳句并非摘自草地的花朵;而是急雨中落下的梅花瓣;是词的异香,而非洁净镜面的清晰指印或博物馆工艺品;俳句是幽黑树桩的春芽,而非文化杂品角落里的简明词堆。[①]

然而,这种强调直觉,抽离主观评判和价值判断的表达,却能奇妙地给人一种愉悦感。普通读者无需诗学知识的铺垫,节

---

① 见 Vizenor, *Matsushima: Pine Islands*. Minneapolis: Nodin Press, 1984。

律诗韵的理性知识,他们甚至可以不将这些诗意表述视为诗歌文本,或是明确的文学形式或宗教信仰,他们只需将眼前的文字当作一种召唤,对自我感受和直觉的召唤,如"虚掩的门,洁净的镜面。通过它返回自然……"①。

读者关键要感受到当下和此在感(here and now),从日常平凡的现实中感受到独特的意境,产生瞬间的互动。维兹诺的俳句创作和观念深受日本俳句大师松尾芭蕉的影响,进而也因为大师的诗学观点而间接受到中国古代诗人杜甫等的影响,即强调作品中意象的丰富、情感和文化典故的自然交融,而不推崇二流俳句诗人的创作态度,即把诗歌创作仅当作富足生活之外的游戏和玩味,而他们眼里最末流的诗人则企图从诗歌中"获取观点",这样的诗人被比喻为"诗歌中迷路的孩童"②。在俳句中,自我的发现是通过体验和在场来达成的,不是通过观点,因为诗句中的情境给人以偶然和易逝感,无论诗人还是读者,身临其境体验到的这一切都是偶然的,这也正好契合了维兹诺的"生存抵抗"态度,即我恰好处于这样的境地,那我就接受这样的体验,因而我的态度是既严肃又玩味。

俳句与本土裔文化的诗学融合

那么,这种从俳句中启发而来的生存抵抗的方式,又是怎样

---

① 转引自 Vizenor,2014,第 xxviii 页。
② 见 Vizenor,2014,第 xxix 页。

与本土裔文化进行了巧妙的诗学结合呢?在维兹诺的多文体创作中,印第安族裔在美国城市社会中的合法和文化地位的探究贯穿始终。甚至有学者将维兹诺的文学创作比喻为"莫比乌斯环"(Mobius Band)①,即一个统一的整体,其中的人物、场景、主题重复变奏,强调着他特有的本土族裔生存抵抗态度,即通过俳句诗意的意象手法,让读者即刻进入时间、场景、感受中,尤其是他俳句中的四季变换,从而将印第安族裔的生存体验和自然交融分享给读者,从而打破主流文化中文明和原始蛮荒二元对立的思维模式。

维兹诺的俳句创作在很大程度上吻合了他所了解的后现代主义现象,也巧妙应和了同时代的文学叙述发展趋势,同时又高度体现本土裔文学叙述的独特性,即"线性时间被打破、梦境成为现实的本源,每一次故事叙述都形成新的故事"②。所以阅读维兹诺的俳句诗,我们获得的感受过程就是一种自然而然推翻文化套式和偏见的体验,无需理性分析和观念彰显,这种生存抵抗的态度就蕴含其中,族裔文化内外的交融互动就巧妙生成。读者在阅读上的积极参与和融入是维兹诺文学创作,尤其是俳句书写的核心价值,既然他深信"我们所有人都是不同语言牢笼里的囚犯"③,那么他的生存抵抗在文学创作,尤其是俳句书写中就是给予读者一种状态,而非客体对象,是最大程度不受限于

---

① 见 Madsen,第 21 页。
② 见 Madsen,第 24 页。
③ 转引自同上,第 31 页。

文化控制和偏见影响的感受过程。他认为生存抵抗与印第安族裔的传统感受方式相呼应,不是一味承受或机械反应,而是积极的在场感受,它摈弃被动生存,强调主动能动,尤其是反对文化或族裔消失论,反对将印第安族裔视为历史文化的受害者,静止僵化在历史中,但也不提倡把印第安族裔视为"理想化的未来新世纪的先锋"①。

在对印第安文化的阐释中,维兹诺启示性地提出,在强势的殖民文化下,在主流文明的倾轧下,"印第安族裔部落创造了新的泛印第安教义、仪式、习俗,以迷惑自我和白人,掩盖住真实的部落文化传统。只有通过魔术师和巫师的幻觉和梦境,人们才能抵达真实"②。因此,他将自己的文化角色表述为要揭开当代"印第安性"的障眼法,让人们感受到想象和梦境的力量,进而重构族裔部落的真正价值。不过有学者提出,维兹诺是反对"将'本土'和'自然'进行貌似必然的合并"③,他的俳句并非浪漫主义诗歌中类似于华兹华斯看到黄水仙后的喜悦,也不是异域色彩浓烈的印第安土著在大地上的仪式性舞蹈,他的作品更多类似于印象主义的暗示或启发,而非情感和姿态的张扬。他对于人们就印第安文化的所谓本质先于存在的观念是排斥和解构的,因而他的创作更多体现"后印第安性"(postindian),

---

① 见同上,第33页。
② 见同上,第35页。
③ 见 Tom Gannon, "Gerald Vizenor. *Almost Ashore: Selected Poems*," *Prairie Schooner*. 82.2 (Summer 2008),第161页。

即着重动态感受,推翻将自然视为明信片式的手工艺品,将文化僵化固定的态度。所以俳句注重的原创美学,即"视觉意象和含蓄的感受语调的结合"①,正是维兹诺希望人们理解族裔文化的方式,而他的一首夏日俳句为这一创作原则提供了很好的示例:

> ocean sunset
>
> sandpipers watch on one foot
>
> shoes full of sand

> *海上日落*
>
> *矶鹬单足独立遥望*
>
> *满鞋的沙粒*

正如很多读者所直接感受的,俳句诗几乎声调单一,若是不了解诗人的文化背景和文学美学理念,也不见任何印第安族裔文化的表征,或许人们也会生发疑问,何来生存抵抗?上述三行中,画面感强烈,矶鹬是视觉中的意象,满鞋的沙粒是主体的直接感受,和其他俳句一样,丝毫不见族裔特征。颇有意味而悖反的是,维兹诺对于印第安传统文化的纠偏本意也在于要消解本质主义,即读者无需看到明确的文化彰显,知晓文化语境或浑然无

---

① 见同上。

知的欣赏皆可,他排斥的是文化统治和意识支配,尤其反感美国政府对于本土裔美国公民的政治文化归化和文明渗透的文化使命与策略。由此看,类似于上述俳句的典例贯穿他的诗歌创作,即通过季节、场景、无常瞬息的感受,来抵制主流唯理主义的逻辑和秩序控制,从而在动态的感受和过程中返回他希望的本土族裔的真实体验,回到不受逻辑理性分析和干扰的自然直觉反应中。

以本土文化创造俳句的独特性

通过对维兹诺俳句艺术的见解,以及他对俳句与印第安传统文化的巧妙呼应与结合的分析,我们可以进一步理解他俳句创作的独特性。维兹诺俳句中的自然似乎在回应某种程度的诗意失落,这种失落是美国所特有的。因为当建国之初及此后的新民族确立和发展,殖民者带来的西方文化不断遮蔽和消解此前的本土文化,以殖民者的文化感受和见解来展现和诠释美洲新世界,因而一定意义上美国的自然是建立在"土地失忆"(the amnesiac landscape)的基础上[1]。美国在强调新国家的建立过程中,潜文本即这片土地在建国之前是没有往昔,没有历史的,因而文化上无需回溯,不背负任何前在的痕迹与负荷。这种强势

---

[1] 见 Melissa Kwasny, "Ghost Dance: The Poetics of Loss", *The American Poetry Review*. 44.2 (March-April 2015),第 11 页。

的文化无意识给印第安人带来的文化创伤巨大,也确实有大量的本土裔居民在渐进的历史中不断在显意识和潜意识里被迫接受不同的价值、信仰和文化观念,从而远离自己的精神信念体系,而身为本土裔学者和作家,维兹诺就深刻地意识到自己的重要使命,他不仅要对族裔内的人们,也要对所有不同族裔背景的人们说出被遗忘或忽略的事实。

然而在维兹诺看来,"英语并非是一种能够转译族裔部落的口头表达的合适语言"①,因为英语并不注重表述的场景空间,所以他在俳句中得有意建构视觉、语言和场景的联系。例如上面例子中,第一行的"海上日落"就彰显了场景空间和视觉效果,这与当时英美意象派从日本俳句和中国古诗词中获取灵感的起因是相似的,强调视觉诗意的瞬间形成。日本俳句通常三行5—7—5音节的组合或许难以在英语中被遵循或真实体现,不过维兹诺的诗句采用了俳句强调节奏却并不注重尾韵和头韵的特点。三行诗句中一般有主体,主体看到的自然事物,而这种视觉感受常常带有季节元素,不过主体的评论和诠释是抽离的。阅读诗句时,读者大多能感受到自然永恒和瞬间感受的对比,即永恒和无常的对立关系,其中维兹诺隐含揭示着类似的族裔部落生存状态,即在瞬息万变的世事变化中保持着恒久的本性,这种恒久坚持,由于有动态变化的比照,便毫无僵死被动的特征,

---

① 见 Kimbely M. Blaeser, *Gerald Vizenor*: *Writing in the Oral Tradition*. Norman: University of Oklahoma Press, 1996,第111页。

截然不同于林奇所谓的"殖民主义者文化范式中石化般的文化概括。"① 这一点,在一首题为"十月的向日葵"(选自诗集《十七声啾鸣》)的俳句中体现得十分清晰:

> October sunflowers
> Like rows of defeated soldier
> Leaning in the forest.

> 十月的向日葵
> 如同一列列残兵败将
> 倚靠在林间。

三行诗句中的"向日葵"、"士兵"、"残兵败将"立即给人明确的意象,而"倚靠"的动作一出,向日葵随风倾斜的动态就鲜明浮现,"残"和"败"的状态并不是僵死静止的,而是以动态的姿势融入恒久的大背景,即树林里。维兹诺自己也表述过,"意象方式"是他对自身族裔文学的一种新的欣赏与创作途径。② 那么族裔文化传统应该也有这种恒久中的动态变化特征吧。意象的强烈效

---

① 见 Tom Lynch, "To Honor Impermanence: The Haiku and Other Poems of Gerald Vizenor," in *Loosening the Seams: Interpretations of Gerald Vizenor*, A. Robert Lee, ed., Bowling Green, Ohio: Bowling Green State University Popular Press, 2000,第 207 页。

② 参见 Madsen,第 67 页。

果和全诗表达中的比照特征,与印第安部落的梦境歌谣高度相似,事物的并置,开放的场景,加上诗人有时放入的族裔传统形象,更加深了人们对于古老传统在变化万千中的文化定位印象。例如下面一首来自《鹤群飞起》的俳句:

> *grand marais, minnesota*
> timber wolves
> raise their voices overnight
> trickster stories

> 大沼城,明尼苏达
> 森林狼
> 通宵高声嚎叫着
> 恶作剧者的故事

其中的"恶作剧者"是印第安部落的特有文化形象,是部落神话体系中必然的中介,而俳句中他的故事叙述只在夜晚通过狼群的嚎叫通宵响起,当人们觉得印第安文明成为静默的往昔时,这种时间上的动态显现似乎打破了历史的沉默,当黑夜的宁静与高声嚎叫的对比形成时,文化动态的生存也在读者感受中确立。这种感觉和部落梦境歌谣是相通的,诗句中出现的部落巫师典故,有梦境式的神话变形,意象带来的意味丰富微妙,不同读者自有各种不同的感受,但是感受的达成是最重要的,因为诗人抽离评断和诠释,并不旨在引向明确的意义,而是要读者感受他称之为"幻境"的效果。

所以从视觉感受引发的身临其境之想象,以及"幻境"的体验是理解维兹诺俳句的关键,反而具体的族裔或部落文化元素倒并非一定成为他创作的重点,正如他自己所言:"我的俳句是对季节的玩味,不具体针对文化或民族。四季的变幻创造了俳句的意境,诗中的意象是普遍共通的,并不异域独特。"①即便没有任何关于印第安文化的背景知识,读者依然能从诗句中得到诗意感受,因为这些意象超越文化、种族和历史的差异。

然而,即便超越差异,维兹诺的文化干预和渗透依然会在创作中或明或暗地体现。在对自己的俳句创作发展上,维兹诺认为他早期的俳句诗更显普遍共通,"具有往昔的时间感觉"②,例如在 1964 年的另一首《鹤群飞起》中,春日的描述形象普遍,像是回忆中的片段:

The clouds had passed
But itrained again with their songs
Fluttering wings.

---

① 见 Vizenor and & A. Robert Lee, *Postindian Conversations*. Lincoln: University of Nebraska Press, 1999,第 67 页。
② 见 Vizenor,1994,第 30 页。

白云飘过

却歌唱着下起雨来

翅膀颤动。

到了1984年的《松岛》,诗句则显得"更具有隐喻性,更为简明,更具有在场感。"[①],如"春日俳句"中:

april ice storm

new leaves freeze overnight

words fall apart

四月冰风暴

一夜新叶冻结

语汇纷落

这里的"语汇"就并不具象,显然具有修辞隐喻特征,而诗句中的动态感与读者个体的感受也更有共融通觉,因而在场的即刻感受强烈。从这种发展看,诗人的族裔文化干预应该更明显,已经从之前单纯的诗意表述和感受进入了巧妙的文化渗透,按照他自己的观点,俳句创作的最高发展阶段应该是增添一个"跋"(envoy)将"感受和文化态度拓展深入到族裔部落的文化语境中。"[②]例

---

① 见 Vizenor,1994,第30页。
② 见同上。

如,维兹诺在前面论及的那首《松岛·秋日俳句》的跋中写道:"黾蝽聆听风声,水波荡漾中的声音在听觉和视觉上被创造出来;风儿挑逗着事物表象上的张力和自然平衡。这阵风拂动着蜘蛛也撩动着诗人。"[①]这首诗中的芭蕉大师即日本俳句大师松尾芭蕉,俳句中的诗人和黾蝽都浸湿在水中,而在"跋"中的黾蝽和诗人则被风儿骚动,可见"跋"是对俳句诗的美学感受的诠释,拓展了诗人想要读者感受的意义。然而,这种诠释的增加又破坏了俳句不加任何主观干涉的原则,好在"跋"并非俳句作品的一部分,而是此后散文文体中的解释增加,它只是反映了维兹诺在创作上更明确强烈的族裔文化主动性,也在一定程度上解释了他在创作上越来越倾向于散文和小说文体的实践。

此外,关注维兹诺俳句中的解构意义也是不可或缺的一部分。作为诗人,他是诗中景致和事物的见证者与观察者,而他所针对的意象常常是自然中十分渺小的生命,这些生命的生存状态往往是被人们忽略,或者,它们的存在常常在人类的认知领域之外。例如,他在介绍俳句幻境时,也引用了这样一首俳句:"肥头绿蝇/方形舞掠过葡萄柚/向舞伴致敬",这里的表述似乎有意解构了人们习惯的那种意义,"肥头绿蝇"从来不会带来传统的诗意,而它们跳着方形舞对人们的习惯认知也是一种错愕般的挑战,似乎是对人类文明的一种"挑衅",这种幽默几乎有一种"关你何干"的调侃意味,秩序和意义是人类通过认知和文明缔

---

① 见同上,第31页。

造的,可是不同生灵的生存感受与人类的并置存在。当读者从时间和场景的感受中见证了其他生命的存在,体验到了类似于印第安部落梦境歌谣般的想象感受,那么他对于人们先验知识的质疑和解构效果也就渐渐达成。就此,曾有学者如此强调:"俳句就是带有反常的无意义特征。"①维兹诺作品解构意义的核心在于,他用幻境想象和感受来巧妙间接地质疑人们的惯常逻辑,瓦解主流文化的意义确立和建构。他的俳句强调偶尔性和易逝性,个体性甚至是反常性,维兹诺自己也在俳句幻境的解释中引用了罗兰·巴特的批评论点:"西方人要让意义渗透一切,就像权威的宗教要让所有人接受洗礼……"②,而他则要让人们重新在俳句感受中将被迫接受的、渗透一切的意义暂时消融。

维兹诺的俳句诗在美国本土裔文学中的独特性如此鲜明,必然拓展和深入了学界对当代本土裔文学和口述传统的研究。根据相关研究显示,当下的本土裔文学研究一般聚焦"理论、文本、地域"三元素,其中相关的文学理论视角涉及"后殖民主义、身份研究、口述传统、后现代主义、关联性研究,以及文化复原等"③。维兹诺的作品解读和研究,包括他本人在本土裔文学和

---

① 转引自 Madsen,第76页。

② 转引自 Vizenor,1984,原书未标页码。

③ 见 Dean Rader, "Contemporary American Indian Literatures and the Oral Tradition", *MELUS*. 27.3 (Fall 2002),第216页。

文化上所提出的创造性观念,更是为作家和学者提供了新思维和不同的视域,他关于本土印第安裔"生存抵抗"的动态变化和持续建构特征,他从印第安部落梦境歌谣与日本俳句的核心关联中引发的诗意幻境感受,不仅为族裔文学,更是为当代的诗歌创作,注入了新的生机,把传统文化的潜力充分发挥利用,也为人们惯有的文化态度和思维带来质疑、冲击和挑战。

更重要的是,在人们匆忙的生活节奏中,在数字化信息爆炸的当今世界,维兹诺诗歌中突出的动态感受和在场性,恰恰为当下浮躁的世界架构了一座返回心灵的桥梁,为理性至上的人们提供了通往白日梦境的可能,展开了久已忘却的四季自然画面。不过最关键的是,这个画面并非让人隔着审美距离进行品鉴,而是主动积极地进入和感受,从而影响生息节奏,步入开放而非限制的天地,在进一步了解和感受族裔文化传统的同时,对自己的生命、生存,乃至更广义的当代文化生发感悟。

第 4 章 沉思本土裔的生存与仪式:西蒙·奥蒂茨[①]

西蒙·J. 奥蒂茨(Simon J. Ortiz,1941—)是美国本土文艺复兴第二次浪潮中的重要作家之一,其诗歌作品一直受到读者的喜爱和学界的关注。作为普韦布洛印第安人[②]的后代,他在成长中不可避免地受到美国主流文化的同化。然而,自年轻时,奥蒂茨就开始有意识地思考并认识到文化的差异和不和谐,将自己的生活体验和思索写进日记,并将它们作为短篇小说创作的素材。他曾经选择转入阿尔伯克基(Albuquerque)的印第安人学校,专门学习管道工程、机械、金属工艺和木工工艺等课程,甚至在此后萌发过当药剂师的念头。他也曾从事过打字员、

---

① 本章部分内容以"生存与仪式:奥蒂茨的诗意沉思"为题发表于《英美文学研究论丛》第 19 辑(2013 年秋,上海外语教育出版社)。

② Pueblo(普韦布洛族):美洲约 25 个土著民族之一,包括霍皮人、祖尼人和陶人,居住于新墨西哥北部、西部及美国亚利桑那州东北部的村庄中。普韦布洛人是居住在悬崖上的阿那萨齐民族的后裔,他们以陶器、编篮、编织和金属制造方面的出色技艺而闻名。

采矿工人等工作,这为他日后丰富的文学创作题材提供了可贵的经验和知识。对于年轻时的奥蒂茨来说,文学并非一种职业,尤其不适合本土印第安人。可是,他后来在新墨西哥大学的美国文学课程中,发现以多元文化自居的美国,居然鲜有少数族裔的声音,直到这时,奥蒂茨才有了从事文学创作的愿望,希望将那些沉默的美国印第安族裔的声音传递出去。同时,自1968年以来,奥蒂茨在多所院校教学文学创作和本土美国文学课程,并出版了大量诗歌和小说作品,其中包括《在某处》(*Out There Somewhere*)、《月亮上的人》(*Men on the Moon*)、《闪电前后》(*After and Before the Lightning*)、《编织石》(*Woven Stone*)等,他还编著了几本相关的论文集,包括《代言几代人:本土作家谈写作》、《大地力量的到来:美国本土裔文学中的短篇小说》等。

奥蒂茨的诗歌创作强调"叙述故事的声音",并突出这种声音的艺术感染力。当然,诗人自身多重的生活角色也为创作增添了多面性和多层次性。在作品中,我们不时看到诗人的角色变化,他首先是一个故事的叙述者,而后常常是政治上的激进主义者和精神领袖;有时,他又是一位历史学者和代言人,甚至是环保主义者。因为这种多重和多元性,读者面对的是一种缤纷的生存境遇和状态,体会到的是一种以艺术为载体的文化仪式性,这种仪式性并非是固态、僵化、一成不变的,而是本土族裔文化的彰显和珍存形式,有其深层的隐喻特征。奥蒂茨并没有以文化仪式的介绍方式传递文化信息,而是在这些仪式化的呈现(例如诗歌的祈祷形式)中,超越历史传统的限制,描述并揭示新的文化反思和人文关怀。

生存仪式:人与自然

在奥蒂斯的诗歌中,无论是叙述者,还是诗歌中的人物,他们似乎都有一种被艺术化的生存仪式,即在看似平淡、烦琐、无奇的日常生活中的仪式感。这是本土裔诗歌中较为显著的特征。例如,许多本土裔诗人十分关注人类和土地的关系,而奥蒂茨的诗歌也不例外。然而,他的创作主旨并非是写出传统意义上的田园诗歌,而是强调其中的生存和文化的深意。以诗歌"美丽女子"("A Pretty Woman")为例,

> We came to the edge
> of the mesa
> and looked below.
>
> We could see
> the shallow wash
> snaking down
> from the cut
> between two mesas,

all the way from Black Mountain①;
and the cottonwoods
from that distance
looked like a string of turquoise,

and the land was a pretty woman
smiling at us
looking at her.

我们来到
丘地边缘
朝下面俯瞰。

我们能看见
浅浅的洼地
蜿蜒而下
自两片丘地之间的
豁口,
一路通往黑山;
远方的
三叶杨

---

① 黑山:位于美国科罗拉多州西北的国家森林地带。

就像一长串的绿宝石,

土地是一位美丽女子
对我们微笑着
而我们正望着她。

在这首诗歌中,美丽女子即为一个文化象征符号,有其族裔神话的语境。土地和女性的对等,也是奥蒂茨诗歌中的重要象征。土地的微笑和美丽,蕴藏着部落文化中生殖、滋养、孕育等神奇的仪式性的象征意义,"这种从部落文化中传承而来的意义,并不能被任意地解读为与西方田园诗传统具有类比性"①。

诗歌阅读的视觉感受,是土地如同仰卧的女性,丰满的胸脯上垂挂着绿宝石项链,自足愉悦,有一种神秘的仪式性。土地的孕育和滋养能力展现在美丽女性的身体上,而创造力也相应地体现在生殖特征中。"奥蒂茨不断重复再现的主题,包括土地上的群体部落、大地躯体的生命力、与生命失去接触的悲剧,以及对复原的探寻和对真正愉悦的竭力保留。"②其中,他在表达人与自然的关联上,并非使用一般读者所期待的精美语言,而是运用具有鲜明本土族裔特色的口语式表达,接近自然朴实,几乎没有辞藻的修饰,却时刻透露出诗歌作为仪式载体的严肃性、正式性,和交

---

① 见 Andrew Wiget, *Native American Literature*. Boston: G. K. Hall & Company, 1985, 第 108 页。

② 见同上。

流性。此外,地方特色也是艺术仪式中不可或缺的:在诗歌中,两片丘地("two mesas")是往日的艾可玛印第安人[①]生活并防御敌人入侵的家园,丘地以下是耕种、放牧、取水的田野。目前,只有少数居民生活在丘地上的村落里,而这种生活也因此具有历史图景的特征,焕发出某种人与自然的仪式性的关联。因此,从小生活在丘地之下的印第安人村庄的奥蒂茨,也目睹和见证了族人们日益走向城市和低地的进程。因此,诗歌中"丘地",在本土后裔读者中,或许还带有返回家园的象征意义。从某种意义上,诗歌如同部落先辈的一种祈祷式的叙述,即通过生活景象的描写,传达出往昔人类与自然的亲密感,人对自然的爱恋,这仿佛是在不断地向族裔子孙们传达一种信息:土地和周围的一切都是我们向往和钦慕的,和我们相对微笑凝望,相互慰藉滋养。

叙述与倾听

本土族裔的生存仪式,很大程度上建立在叙述和倾听的关系上。因此,口述传统几乎贯穿了本土裔文学的创作过程。在诗歌上,叙述和倾听甚至具有仪式的表演性,例如诗人有意通过部落神话的诠释模式来揭示当下的文化现象,并且有意识地采用故事讲述的姿态,使用熟悉易懂的语言和叙述形式,而非西方诗歌创作的模式。所以吟唱或演唱的表演特色会常常不经意地

---

① 艾可玛(Acoma):普韦布洛印第安人的一族。

流露在诗歌中,而倾听的重要性也不断被强调。当问及传统的西方文学如何融入美国本土裔诗人的创作时,奥蒂茨认为,西方文学对于他只是一种语言体系,而这也是倾听的重要所在,"因为倾听是学习语言的一种方式,是一种体验。倾听不仅仅是为了发现秘密或顿悟,而是融入整个过程和体验,即整个语言的过程和体验。这是我们理解自我,弄清自己是谁,知道些什么,将明白什么的途径"①。由此可见,写作对于奥蒂茨就具有仪式性,是口头叙述的一种延展和继续,是转化情感和传递意义的方式。例如,在一次诗人访谈中,有学者提到,奥蒂茨的诗歌常常带有讲故事的形式,而他也需要人们如同冬日夜晚围绕火炉,认真聆听年长的讲故事者的娓娓道来。正如诗人在一首诗歌中所言,"我坐在大地上/倾听着他们的沉默/倾听着风儿"……"我想告诉他们一些事儿,/我想他们会明白"②,其中,讲述和倾听的重要性贯穿全诗,就像诗人所言:"你得时刻倾听,倘若我知道些什么,那是因为倾听……我聆听一切……听人、听风,听一切低语,这成为了我理解和认识世界的重要部分。"③

至于叙述中的吟唱节奏,奥蒂茨的"我们知道什么"("What We Know")一诗就很好体现了吟唱的仪式感。其中,前十行诗句为:

---

① 见 Joseph Bruchac, *Survival This Way: Interviews with American Indian Poets*. Tucson: The University of Arizona Press, 1987,第216页。
② 见同上,第212页。
③ 见同上,第214页。

So where were the Indians?

What did Europeans see?

Did they see anything?

What did they see?

Did they see people?

Did they see people like themselves?

What did they see?

What did they see?

What did they see.

What did they see.

印第安人曾在哪里?

欧洲人曾看到了什么?

他们看到了什么吗?

他们看到了什么?

他们看到人了吗?

他们看到像他们的人了吗?

他们看到了什么?

他们看到了什么?

他们看到了什么。

他们看到了什么。

这十句诗行,其中的语言表达性甚于字面的视觉效果,这里的叙述、表达、反复,实则是一种功能行为的实施,即某种质疑和生存态度的确立。如果用诗人自己的解释,"语言不仅仅是一组词汇,不仅仅是一种声音和词语的技术关系,也不仅仅是一种功能性机制,它是能够被传达的精神能量"[①]。诚然,自这首诗歌的第十一行起,诗人淋漓尽致地表达着由前面提出的所有问题的答复,并且节奏一句快似一句,不断激越,最终以"是的,他们不同可他们又都/一样:/人民、人类、你、我"来结束全诗,彰显了诗人作为族裔代言人的生存姿态。

生存意义的深入思考:旅行仪式

通过诗歌的表达,通过艺术的仪式感,奥蒂茨对美国本土族裔乃至人类的生存意义进行深入的思考。他强调的人与土地的和谐,认同人类的出现如同生命诞出大地母亲子宫的神话叙述,从而确立人和自然在生命基因上的关系,人和土地是同质的。因此,"美丽女子"中的大地和女人的关系,其实超越了惯常的隐喻联系,是同质和统一的。在诗人的许多作品中,人和自然与外物是没有隔阂和差异的,是部分和整体。对于诗人,人类生命宛若一次回旋循环的旅程,从母体诞生,直至回归大地母体,而死亡并非停滞,而是回到泥土中,再次进入生命孕育的轮回。因此

---

① 转引自 Andrew Wiget,第108页。

生命中尽管有分离和中断,基调却是延续和连贯。在"南方的旅行"("Travels in the South")等诗歌中,诗人就表达了自己的欣喜之情,因为他看到到处都有印第安人,他们彼此的关联形成了一种隐秘潜在的维系,突出了生命中因为彼此相连而具有的愉悦性。虽然奥蒂茨也有不少诗作揭示了一些阴郁的社会现象,如人们对印第安劳动力、土地、资源的剥削和利用,其中不乏反讽、悲哀的语调,可是生存的仪式意义强调的依然是积极参与的生命态度。

诗人认为,诗歌就是一种旅行仪式,而道路就是诗人意识中的核心意象。"生命的道路、体验的道路、认知的道路、走向大地深处的道路。……准备、出发、回归。这是我清醒意识到的贯穿我作品的母题,尤其是在诗歌中。"[①]例如,在"我们生活的边缘"("The Margins Where We Live")中,道路是核心的意象:

> Overnight, the air froze.
> Crystallized. Now, a thin breath
> lies on the prairie hills.
> Light becomes certain in cold,
> not glazing, not luminous,
> only captured and stilled.
> The margin of reality

---

① 见 Joseph Bruchac,第 220 页。

is the margin of illusion.
In that margin between
the prairie and us lies space,
vastness that confirms existence.
It's the air frozen
and it's our awareness.
Nothing more, nothing less
confirms our belief.

The road will be deadly
and will still take icy skill
to drive on.
We will have safe passage.
The margins will always be the space
where we live.

一夜间,空气冻结。
结晶。此刻,稀薄的水汽
笼罩在草原的山冈上。
光线自然变得冰冷,
毫无亮泽,也并不灿烂,
只是可辨而凝滞着。
现实的边缘

就是幻想的边缘。
那位于草原和我们之间的
边缘就是空间,
那片广袤确证了存在。
是冻结的空气
也是我们的意识。
不多,也不少
确证了我们的信念。

公路将一片死寂
仍需人们凭借冰冷的技能
在它之上行驶。
我们会有安全通道。
边缘将永远是那个空间
我们生存其中。

  诗歌中充满了视觉效果和隐喻,诗人将生存就是旅行的观点深入到现实世界和幻想世界的关系上。人们的生命过程充满了幻想和现实的冲突,"冰冷"、"凝滞"、"冻结"传达了个体面对广袤世界时的一种孤独甚而慎独。如果"广袤确证了存在",那么同样,我们"不多,也不少"的意识"确证了我们的信念"。或许"边缘"一词也隐含着美国本土族裔的生存状态,但是个体和广袤的比照其实深入揭示了普遍的人类生存境遇。因而,"死寂"

的公路虽然在冰冻的夜晚不可避免地出现了,但是"冰冷的技能"传达的是清醒自知,而非昏昏欲睡的暖意。最后,诗歌出现了"安全通道"的亮点,也契合了旅行的意义,我们终将穿越其中的边缘和空间,一直前行。

如果将解读再深入,穿越冰冷涉及了人类学研究中本土族裔濒临文化危机和灭绝的困境。根据诗人自己的理解,他认为这样的预示和担忧是错误的,是局外人对于印第安文化的局限理解。"是他们眼中的印第安形象,是他们对印第安人的陈规陋见。"(Bruchac,221)因为局外人对于印第安人和文化的理解,常常涉及了一些固有的形象,如"骑在小马上的印第安人,他们对马车队的攻击场景"(Bruchac,222)。可是族裔文化自身是动态发展的,具有向前旅行的态势,具有发展和前进的方向,而奥蒂茨的诗歌创造本身就融入了这样的文化动态中。

20世纪50年代,在印第安种族灭绝和迁居的过程之后,本土族裔似乎出现了萧条期。在诗人看来,"我们被迫移居,无论是在精神上,还是在情感上,我们从自己生活的精神本质上分离出来……可是我见证了60年代和70年代,以及80年代,这是真正发展的阶段,确证了我们曾有的价值和这些价值的意义"(Bruchac,222)。从诗人的作品中,我们似乎能体会到"安全通道"的意义,和"行驶"的方向,这种文化旅行,面向本土族裔的文化认同、土地意识和权利。同样,在"盲目的诅咒"("Blind Curse")中,诗人揭示的依然是向前行驶和旅行的意义,一辆柴油卡车在暴风雨中前行,而"我"的诅咒在风中飘散,飞向草原和天空交汇的地方。可是卡车依然不顾一切地前行,而"我"的咒语在诗歌最终变成了"祈祷",诗歌结束时,卡车继续穿越风暴。

同样,在涉及诗歌中的儿童形象时,奥蒂茨是这样回答的:"我想,出现在我诗歌中的儿童是对我童年的一种表达……也因为他们就是未来,是在路上前行的一代代人。"(Bruchac, 214)他的"路上前行"(on the road),在作品"永远就像你我"("Always Just Like You Just Me")中所表达的,你我之间,"同时/同时/永远/以后和之前/期间/永远",这种在时间上具有承接和传递,在文化上彼此依托、向前的趋势,一直是诗人表达的动态、前行的族裔生存意义。

只是,诗人的文化生存观具有比印第安族裔更广泛和普遍的意义,正如他在"永远就像你我"中所说,"世上最笃信和最不信的人们,他们/我们都是人们",这里的族裔界限是消除消融的,人类都在这样的前行道路上,这是时时刻刻而永远的旅行状态。

仪式的生存

奥蒂茨给读者展现了族裔乃至人类普遍的生存的仪式感,这种仪式感实则是通过诗歌等艺术载体达成的。同样,他的诗歌中也蕴藏和保存了印第安文化所固有的仪式特色,从某种角度看,他的诗歌也是古老仪式和传统生存的载体。

诗人的众多作品不仅仅围绕着普韦布洛的艾可玛族文化,或是印第安文化自身,而是普遍的人类本性。但是,他在特殊中体现普遍和永恒,也在普遍中关注特殊族裔文化的意义。例如,印第安人有着特殊的缝被子的仪式性传统,而这样日常形式,在诗歌中重新焕发出别样的光彩。诗歌"缝被子"("Making Quiltwork")就是其中的典型作品:

> Like the coat of many colors, the letters, scraps,
> all those odds and bits we live by, we have come
> to know. Folks here live by the pretty quilts
> they make, more than make actually, more than pretty.
> They are histories, their lives and their quilts.
> Indian people who have been scattered, sundered
> into odds and bits, determined to remake whole cloth.
> Nothing quits. It changes many times, sometimes
> to something we don't want, but we again gather
> the pieces, study them, decide, make decisions again,
> yes, and fit them to color, necessity, conditions,
> taste and choice, and start again. Our lives are quilts,
> letters, odds and bits, scraps, but always the thread
> loving through them, compassionate knowledge
> that what we make is worth it and will outlast
> anything that was before and will be worthy
> of any people's art, endeavor, and final triumph.

Here, look at my clothes, quilts, coats of many colors!

就像多彩的外套、字母、图片,
所有我们生活中的零碎,我们终于
明白。这里的人们自己缝制美丽棉被
不光实用,也不仅仅只为美观。
它们是历史,是人们的生活和棉被。
印第安人被分离,散居在
零落的各处,决心要重做整块布。
不再散碎。它发生了多次改变,有时
变成我们不想要的,可我们再次拼起
碎片,钻研,做决定,再次做决定。
是的,让它们符合色彩,需要,情形,
品味和选择,而后重新开始。我们的生活就是棉被,
是字母、零碎、图片,可是总有线
将爱串联,有充满慈悲的理解
我们的缝制是值得的,它将比之前的
任何东西都持久,值得任何人
投入技艺、努力,并获得最终的胜利

瞧,看看我多彩的衣服、被子,外套!

对美国本土(印第安)族裔来说,缝被子的过程中,不同的织

物、碎片被拼补到一起,旧材料不被丢弃,而新的作品由此产生,这不啻于对文化和传统的保护仪式。由此,"它们是历史",是历史的建构,分离各处的印第安人"不再散碎",因为"总有线/将爱串联"。这样的缝补,不仅是现实,也是一种隐喻,等同于生存的本质和意义。读者读到的,不仅是本土族裔缝制被子的特殊风情,也是离散后不断聚拢、重整的文化隐喻。虽然印第安人遭遇了各种诸如疾病、外族剥削、暴力杀戮、生活苦难等不幸,但是他们保持文化和传承文化的决心却在缝补被子的仪式中得到了现实的体现和精神的传达。缝补被子的仪式表达出人们对未来积极乐观的态度,以及战胜障碍的决心。如此仪式和传统的保留,也正说明了本土文化的生命力,还有其多彩、美丽、胜利的迷人之处,甚至是诗人身为其中一员的自豪心情,因为他坚信,这些碎片能在人们的智慧中,"让它们符合色彩,需要,情形,/品味和选择,而后重新开始"。

对于奥蒂茨,诗歌创作自身就是一种历久弥新的艺术仪式。在他眼里,一切皆可入诗,日常生活的烦琐和细节也是诗歌,普通的情感反应,无论是欢乐、痛苦、不满、疑惑等都可转化为诗意的表达。诗人就有一首专门以"诗歌是什么?"("What is a Poem?")为题的作品,在这首诗里,"一根骨头"、"一个头骨,一块石头"、"一片碎盘子,一本老日历",甚至"一个锈掉的门闩,一块布"等,都进入诗歌,"除此之外哪有诗"。此后,麻雀、垃圾桶、松鸦也成为创作的元素,反复揭示诗人"除此之外哪有诗"的主题。此后,诗歌节奏和画面发生了急剧的转变,第15诗行开始,诗人开始叙述一件发生在政府办公室里的谋杀案,而后引人深思地用两行字面一致,却标点不同的句子"这不是一首诗。/这不是一首诗?"(This is not a poem. /This is not a poem?)来突转意义。在诗歌中,诗人似乎做出了明确地回答,即没能得救的谋杀不是一首诗,可是,他又紧接着再次询问"这不是一首诗?",从而让一切情绪皆可入诗的主旨重新进入读者的感受。我们因此理解到,诗歌是生存的表达,即便是毫无诗意的谋杀,人们对美国政府的不满,仍然可以放入诗歌的表达中,不仅客观物质、历史、政治、社会事件,能引起人感触的,都成为了诗歌的原料,这或许是奥蒂茨诗歌的独特性,因为在他的视域中,一切都有其隐喻和象征性。例如方才的诗歌案例,从日常生活、司空见惯的物品,到自然界生灵的活动,到社会、族裔意识明确的事件报道,一旦被表达,有了情绪的激发,就成了本土裔诗人由此及彼的艺术形式。

表演的诗歌

诗歌是本土印第安人不可或缺的生命仪式,而其丰富的表演性、叙述的节奏、口语化的传唱等,也是被诗人珍视的族裔文化财富。奥蒂茨的诗歌毫无例外也保留了许多族裔口述传统,结合了歌谣、吟唱、故事等结构。他虽然重新叙述了古老的故事和歌曲,身为抒情诗人,他同时也是现实主义的近代历史编年者,把普通百姓,无论是印第安人还是非印第安人的生活细节放入了书写中。当代读者也因此从他的诗作中了解了普韦布洛的艾可玛族人的历史和传统仪式。

以奥蒂茨的一首短诗"叔叔汤尼告诉姐姐和我"("What My Uncle Tony Told My Sister and Me")为例,

> Respect your mother and father.
> Respect your brothers and sisters.
> Respect your uncles and aunts.
> Respect your land, the beginning.
> Respect what is taught you.
> Respect what you are named.
> Respect the gods.
> Respect yourself.
> Everything that is around you
> is part of you.

> 尊敬母亲和父亲。
> 尊敬兄弟和姐妹。
> 尊敬叔叔和阿姨。
> 尊敬土地,它是本源。
> 尊敬你所得到的教诲。
> 尊敬你的名字。
> 尊敬诸神。

> 尊敬你自己。
> 你周围的一切
> 都是你的一部分。

从全诗看,不断的反复犹如合着舞蹈节奏的吟唱,读者不难看出,这样的告诉可以一代一代地传下去,像仪式中的反复念叨,生存态度昭然若揭。类似的节奏反复和语义重复,在"不在别处"("Not Somewhere Else")中更为彰显,诗歌第9至13行五次以"盐湖城"来反复,突出这个以印第安人为著称的城市的存在感,俨然是踩着鼓点、合着拍子的印第安人狂欢场景。

然而,奥蒂茨有一首作品,在外观形式上几乎不像诗歌,题为"什么是印第安人?"("What Indians")其中,第二诗行由一长段文字构成,是对题目问题的回答。"什么是印第安人?"、"印第安人何时舞蹈?",这些问题看似在探究印第安文化的仪式性或表演性,可是诗人提出,"就像世界上其他被殖民的本土民族、文化、群体一样,美国本土族裔经历并承受了由殖民势力所强加给他们的身份"。可是,这些身份特征并不能真正体现族裔文化,而是让人失去本真的文化认同。在诗人看来,诗歌所珍存的,并非外在的族裔文化仪式或表演特征,而是诗歌中蕴藏的生活体验,是潜在而内含的生命节奏和仪式表演,因为吟唱的初衷是表达情感,传达韵律,是在节奏和旋律中获取生命的感悟和生存的能量,那是"真正的生命力量,是万物的一部分,而我们也是其中的一部分"①。因此,那些诗歌的词汇之间的关联,在奥蒂茨看来就是万物之间的关联,其艺术仪式的真谛在于,"诗歌是一种向外探求的途径,也是个人被外界所探求的途径。诗歌是一种空间,在其中,人可以表达,也可以接受情感"②。

在印第安人仪式般的叙述和吟唱中,历史并不像其他文学作品中的具有已发生性,而是即时地发生,重现,从而其动因、后果、影响、反思都在同步进行。更重要的是,艺术对于印第安人而言,和生活毫无割裂,是生活的一个有机组成部分,生活自身就是艺术,叙述吟唱是一种艺术,织布、缝被子、制罐等都是艺术,即便是带有族裔象征意义的郊狼、黑鸦、黑熊等,都是故事叙述和生活体验的艺术元素。

在发展中承继本土传统文化

仪式的存在看似处于诗歌表层,实则具有深邃的生存意义,它也是对传统文化的一种发展性继承。在奥蒂茨的创作中,他的传统继承更多体现在他对当下文化的思考、疑虑和质问。

以"一则新故事"("A New Story")为例,该诗形式和内容独特,以诗人自身和一位无名的女性的电话对话构成,却揭示了本土印第安人被社会所固化和程式化的弊端。组织并准备游行活

---

① 见 Joseph Bruchac,第 223 页。
② 见同上。

动的女性工作人员给病院的退伍军人"我"打电话,说要寻找一位真正的印第安人来参与游行表演,因为以往这样的角色是用印第安人纸面具来完成的。"我们想有真人,这你知道的,/让真正的印第安人站在彩车上,/而不是戴着纸面具的假人/或是扮成印第安人的白人/是饰有羽毛画着彩妆的真印第安人。/甚至可能是有法术的人。"更具有反讽意义的是,游行活动是关于"边境日"(a Frontier Day Parade),可是如若还原历史的真相,那正是印第安人遭受杀戮和被殖民的主要原因。诗歌中,知识的盲点和荒谬的"真实"追求,让读者意识到社会对于本土文化和传统的忽视和误解。例如,诗中的女性还提到了"弗朗西斯·德雷克爵士"(Sir Francis Drake),说到这位著名的"英国海盗"。在历史上,这位探险美洲的航海家曾经在加利福尼亚登陆,受到了当地的印第安部落的欢迎,甚至被他们认为是神。因此,诗歌中的电话邀请,反讽地提议让一位真正的印第安人重演先辈们对欧洲人的崇敬,而电话那头的回答,读者自然可以想见,"'不,'我说。不。"而且,这也是全诗的最后一行,而之前的电话对答中,"我"都是以"是"、"嗯"、"哦"等来回答的,最后的断然否定,也表明了诗人明确的态度,即:要善待族裔文化,尊重历史事实,而非一味对"多元文化"进行肤浅的粉饰。

现实的真相,时常比艺术的抒情来得更有震撼力。普韦布洛的艾可玛族人在当代生活中,更多的遭遇是社会的不公,这在诗歌"自井底开始"("Starting at the Bottom")中表现得淋漓尽致。各种公司进驻印第安保留地进行开发,对当地居民信誓旦且,给出许多虚假的承诺,"你得从井底开始/而后再升上来。/于是,差不多30年以后,/艾可玛的工人/还在井底"。这样的空头承诺,在诗歌中反复,可是工人的希望永远落空。甚至摩门教徒"用胡萝卜和土豆支付工钱。"因此,诗歌最后的"城市的监狱",成了兼具真实和隐喻的词汇,印第安人在遭遇公司不公待遇的同时,还受到社会和政府的镇压,因此"从井底升上来"的愿望只是虚妄的幻想。

奥蒂茨的诗歌让人们时刻感受到质朴的真实,感觉到诗人深深地扎根在本土文化和传统中。他并不应景地给予广大读者充满奇异色彩的异族风情,而是在现实的描述和揭示中力争展现一个真实的生存境遇和文化传统。很多作品,包括"自井底开始",都有诗人亲身的经历和体验,他的诗歌是有强烈的归属感的。或许,只有深深地体会到这种归属感,诗人才会自然率真地表达出传承和发展的愿望。

正如诗人自己所说,"不理解一个特定的地方,我无法真正看到其中的价值。你必须有理解,否则你就是漂浮不定的。你不受羁绊,而你也始终在寻找,从不知道自己身处何方,将去向哪里"[①]。细读之下,奥蒂茨的诗作展现出归属和超越之间的辩证统一,诗人常常坚信自己有明确的归属感和族裔地域性,而他的作品却释放了被束缚的压抑,拓展了本土族裔的生存意义。

---

① 见 Joseph Bruchac,第215页。

第 5 章 探索本土特色的三位一体和谐:琳达·霍根[①]

琳达·霍根(Linda Hogan,1947—)是美国奇卡索印第安人后裔,当代著名诗人、小说家、剧作家、评论家、环境保护主义者,也是知名的公众演说家和公认的最具有影响力和文化促动力的当代美国本土作家。[②] 霍根的诗作包括《自己就是家园》(*Calling Myself Home*,1978)、《红土》(*Red Clay*,1991)、《女儿,我爱你们》(*Daughters, I Love You*,1981)、《月蚀》(*Eclipse*,1983)、《望穿太阳》(*Seeing Through The Sun*,1985)、《药之书》(*The Book of Medicines*,1993),以及《黑的、甜的》(*Dark. Sweet.: New & Selected Poems*,2014)等,而她对环境保护、本土精神传统和文

---

① 本章部分内容以"琳达·霍根:肉体、心智、精神之和谐"为题发表于 2015 年 9 月 9 日《文艺报》。

② 琳达·霍根获得过多个文学奖项,其中包括 Lannan Literary Award, the Mountains and Plains Booksellers Spirit of the West Literary Achievement Award,以及美洲本土作家终身成就奖(a Lifetime Achievement Award from the Native Writers Circle of the Americas)等。

化的传承等都具有独到的见解和主张。多年来,霍根致力于研究、行走和撰写奇卡索族人的历史、神话和文化生活,不断从南部俄克拉荷马州和科罗拉多州的自然资源和风貌中汲取灵感,因为那是她成长的地方,也是诗人自觉有归属感的土地。她曾如此表述自己的创作,"文学已经是我成长经历中重要的一部分,我的祖父母和父亲通过口述重新创造和焕发了(印第安)人民的历史和传奇,通过这些叙述和他们记忆中的俄克拉荷马的风景,我的诗歌诞生了"[1]。霍根常常在访谈中提到自己与家乡和土地的密切联系,说到自己肩负着某种文化使命,要讲述她熟知的人民、土地和生活。

除了诗歌、小说等体裁,霍根还出版了散文集《住所》(*Dwellings*, 1996)、《女性与动物的关联》(*The Bond Between Women and Animals*, 1998)、哲学散文《面对面:女性作家的信念、神秘主义和觉醒》(*Face to Face*: *Women Writers on Faith*, *Mysticism*, *and Awakening*, 2004),以及有关部落历史的合著作品《奇卡索:未被征服和不可征服的》(*Chickasaw*: *Unconquered And Unconquerable*, 2006)等。

霍根本人的族裔背景具有多样化的特点,其祖母是爱尔兰裔美国移民,祖父是俄克拉荷马州的印第安奇卡索族牧马人。因此,在霍根笔下,本土裔诗歌带有清新独特的风格,交融了多

---

[1] 见 Alan R. Velie, ed., *American Indian Literature*: *an anthology*. Norman: University of Oklahoma Press, 1991, 第 276 页。

元文化的丰富内涵,大多关注生态、自然、人类生存境遇等,具有冥想、祈祷、吟唱的特点。对读者而言,霍根的诗作并不简单易懂,阅读分析这些作品,"宛若对着古代石刻文字、猎物踪迹、星象、月亮周期进行沉思"①。这让人们不由觉得,诗人似乎有意另辟蹊径,并不依从传统的诗歌形式,例如,霍根的诗歌"没有行尾押韵,没有无韵体或音节韵律,没有诗节的形式、宏大的隐喻或主题等,诗行精练到只有本质观念,很是晦涩难懂,节奏凌乱,犹如河床里的石头般原始。诗句极致简约,常常是屈膝、裸露、优雅地倾斜着,四周环绕着觉醒的意识之光"②。

在霍根的创作视野中,人类、动物和土地是密不可分的,渺小个体与广袤宇宙的比照和共存常常带给人生命的启迪,改变人们对于生存的理解和对待生命的方式。在诗人看来,亲情重于个人发展,信念和希望胜于嘲讽与放弃,她甚至提出了文化生态系统的观念,即文化体系中也有掠夺者,有栖息地的失落,致命的陷阱,甚至"种群"的消亡,而生态劣势的起因在于文化上的误解、误传和造神。同样,美国本土族裔的历史变迁也是在美国历史发展的大语境下发生的,其生命力和未来都是文化生态环境的一部分,彼此具有相互依存的关系。她认为身为人类,就是栖息在这个星球上,应该对周围的动物、植物、矿产怀有敬畏心,保持敏感。因此霍根的写作大多源于生活的细节和日常的感

---

① 见 Kenneth Lincoln, *Speaking Like Singing*: *Classics of Native American Literature*. Albuquerque: University of New Mexico Press, 2007,第 256 页。

② 见同上。

悟,她长期不间断地保持记日记的习惯,每天清晨都会记录当日的景致,甚至具体到鸟儿的鸣叫,大树的形态,天气的变化等。更为独特的是,霍根将自己的文学创作解释为本土族裔女性某种本能或特殊的生活感受,即她认为创作"并不直接来自思想,或来自某个思想观念。事实上,如果其中包含着思想过程的话,我就会迷失在其中,因为在我竭力控制思想的同时,我会失去故事或是语言形式"①。这种看似忘却、摆脱思维控制的写作形式,常常是诗人作品令人感到惊讶甚至费解的重要原因,或许也是写作过程中肉体、心智、精神三位一体、统一和谐、密不可分的一种状态,即浑然一体的领悟。然而,尽管诗人有此"忘却思想"之说,在其诗歌作品瑰丽的想象、独特的语言结构、令人入神的节奏中,却依然传递着她的政治和精神主张,彰显出鲜明的文化态度,即生态保护、女性写作、美国本土文化的移植、口述的本真和重要性等。

体悟自然,反思生存

在一次访谈中,采访人提到一个观点,即人类拥有身体、智性、精神三部分,而三者的和谐平衡对现代人的生活极为重要。对此,霍根认为自己有幸能身体力行,她生活在故乡,而自己的

---

① 见 John A. Murray, "Of Panthers & People: An Interview with American Indian Author Linda Hogan", *A Journal of the Built & Natural Environments*, http://www.terrain.org/, 2012。

生命也根植于此,她认为肉体是智性和精神的依托和基础,身体劳作和对环境的体悟对理性有益,而精神和政治应是统一的,人不应该在思想和行动上相悖。完整和健康的生命应该在这三方面统一和谐。①

阅读霍根的诗歌,我们首先感受到的是强烈的身体感悟,而后是由此产生的生存反思和观念与精神的倡导。诗歌创作对于她而言,最初是一种陌生环境中的自我辨识和认同,写作伊始,霍根甚至坦言自己"从来没有真正阅读过一首当代诗歌"。② 然而,她对周围的环境和身体的感受具有超乎常人的敏锐反应,在她的散文集《居住地》中,她就提到生活中各种事件和细节就是通往神性世界的大门。对于她,身体的感悟是智性和精神开启的前提。以诗歌"空无"("Nothing")为例,最初,"空无在我们身体里唱歌/就像笛子里的呼吸",对于这种空无,我们通常会理解为身体起伏自如的呼吸,仿佛气流穿梭在体内,只有极为安静或自我关注的情况下,我们才会有意识体会到这个过程,甚至如诗人所表达的"此刻我听到了它/那缓慢的拍子/就像对着黑暗说出的声音"。感受到呼吸的空无,因为呼吸无形,之后,诗人倾听到这种空无,进而听到空无对着黑暗发出语言。在此,诗歌的艺术模糊性出现,自我的呼吸声在诗歌中渐变为超越了自我的智性或神性的声音,空无发出的声音仿佛造物者在创世纪时的话

---

① 参见 Joseph Bruchac, *Survival This Way: Interviews with American Indian Poets*. Tucson: The University of Arizona Press, 1987, 第130—131页。

② 见同上,第121页。

语能量:"让那里出现光明,/让那里有海洋/还有蓝色的鱼/诞生于空无",阅读至此,个体的感受扩展了,进入了更广袤的世界,仿佛身体和世界的界限消失融合了。

随之,诗人又回到个体,"我转身上床。/那里有男人在呼吸",返回了日常生活中,完成了第一次往返感悟。然而,下面一句"我触碰他/用早已属于另一个世界的双手"却再次让读者产生理解的困惑。如果说,之前身体和世界产生了界限消融,那么这里的"另一个世界"或许是生者和死者的界限消融,是现在和往昔的融合。双手曾是"沙漠"、"铁锈",还"洗涤过死者"、"洗涤过新生儿",显然,这些双手的劳作体现的是印第安女性的生活历史和体验,这双敞开的手此刻是开放的,"它们提供了空无"。由此,空无从呼吸的气流变成了无形的记忆和文化传承,因为诗人用"拿着。/从我这里拿走空无"来表达某种传递的信息,这空无是无形的精神财产,经过了岁月的沧桑,还有"一点点生命/残留在这身体里,/这里有一点点野性/还有仁慈"。

这种由此及彼的感悟,从身体到智性的过渡,充分表现在诗歌的表达过程里,直至诗歌结束,诗人努力在这种生存感悟中表达出精神的力量,即对于这种空无,"我们爱它,触摸它,不断地进入,/并试图填满"。正如一位学者所言,"她(霍根)对印第安人的发展有个人的见解,即关注文化复原甚于文化审判,将当代女性主义和生物天体(biospheric)的观念融入了其中"[1]。

---

[1] 见 Kenneth Lincoln,第254页。

身为环保主义者,霍根通过身体的感悟和自然万物产生通感或移觉,她认为,"生长在大地上的人们内心对土地都有一种理解,那是一种直接追溯到生命本源的记忆,那时神最初用黏土塑造了人形,那时动物和人能够对话,那时的天空和水是无形的,一切都在'让一切存在吧'这样的话语中成形了。"[1]由内而外、与万物相互交融的身心感受,在诗歌"内在"("Inside")中得以揭示。最初的诗句是"肉体怎样构成/无人能答",而后,我们惊讶地发现,"水牛汤/变成一个女人","浆果"、"野葡萄"等进入人体竟然会变成"人体酒液/有爱的能力",渐渐地,我们明白了,一切的造物都"不会被废弃",无论是"谷物"、"鹿肉"等,它们可以"带着你穿越梦境",也"足够强壮可以工作"。人体和自然交互相容的紧密关联在诗歌中被不断表达。诗人直言:"可是我最爱/那白发的生命/吃着绿叶;/阳光照耀着/被吞咽,她的脸显现出来/吸纳了所有的亮光",这里,人体吞咽并吸纳阳光,经历岁月,直到白发苍苍。诗歌的结尾更像是一种生命状态的呈现:

    and in the end
    when the shadow from the ground
    enters the body and remains,
    in the end, you might say,
    This is myself

---

[1] 转引自同上,第255页。

still unknown, still a mystery.

最终
当地面的影子
进入身体并留在那里,
最终,你会说,
这就是我自己
依然未知,依然神秘。

"依然未知,依然神秘"是诗人对生存的某种概括和感悟,尽管科学理性不断向人类诠释生命的起源、进化、发展方向等,可是在生命和自然的关联上,诗人明确表达了体悟的重要性,以及大自然对于人类身体和智性的滋养。霍根的诗歌犹如某种感受和静思后的精神启发,往往是极致静谧和倾听后的大声诉说。

静谧状态下的感受和倾听,这是诗人在作品中不断描述的和谐状态,她在"狂喜"("Rapture")中就明确揭示了这样一种和谐和喜悦。诗人首先将个体的人对于广袤自然的感受和敬畏描述出来,对于"罂粟"的神秘、"雷声长鸣"、"救世的雨"、"个人身体的孤独"等,她诠释为"一切都是美丽的"。"身体内生存的快乐"被诗人表达得十分充沛。她渲染着这个"被快乐萦绕"的世界,终于得到了爱的人们"在透过树叶的阳光中,/能感受鸟翼飞过。"更令人深思的是,在快乐中,人们不需要权力,因为真正的幸福是回归本真和简单。

在快乐中,人感受自然,并从中汲取滋养;同样,自然也会主动与人类发生关联,诗歌中写道:"当你入睡,狂喜,美丽/回来寻觅你。"由此,人在身体静谧幸福的感受中,心智上自然受到喜悦的影响,正如诗人曾在"居住地"中所表达的"我们如何学会相信自己,从而能倾听大地的吟唱? 如何了解自己周围什么是生动的,什么又是缺失的,并深入我们眼睛之后的空无中,那里有万物悠长、缓慢的脉搏……"①身体的感受渐渐入内,从而上升到知性的"生命是如此珍贵"的领悟。基于这样的认识,诗人的感官更为敏锐,她告诉我们,如果你在那里,你会看到女人们:

> wading on the water
> and clouds in the valley,
> the smell of rain,
> or a lotus blossom rises out of round green leaves,
> remember there is always something
>
> besides our own misery.

> 在水中跋涉
> 云朵在山谷徘徊,
> 还有雨水的气味,

---

① 转引自 Kenneth Lincoln,第 255 页。

> 荷花盛开在圆圆的绿叶上，
> 要记住我们总会拥有什么
> 除了我们自身的痛苦。

这一系列被狂喜激活和促发的视觉、嗅觉感受，最后在余音袅袅的"要记住我们总会拥有什么/除了我们自身的痛苦"中留下了更多精神层面的追索：身为人类，我们必然有痛苦，可是痛苦之外，我们总会拥有什么，只要我们依然能感受、感悟，与自然亲密相连。

心智发展与文化反思

在霍根的诗歌中，体悟和心智的启发，以及精神的探索是密不可分、由此及彼、循环往复的。在她的诗歌深层，自然蕴含着严肃的文化反思和批判。诗人在访谈中曾谈及她身为本土族裔，一直在努力弥合和沟通两种文化的差异和缝隙。她认为，倘若不试图找到某种方式使得自己回归并进一步洞察文化本源，很多心理和精神上的领悟就无从获取。身为一名可以在外形上被误认为白人的印第安裔，面对部落仪式和西方歌剧，她内心自然不可能有同样的态度和自如程度。诗人坦言，在这种内心的错位和困惑下，"艺术创作是一种调和途径。……可是，在我内心总是有一种不断自我彰显的生活，它幽暗而潮湿，是我的生命本源的湿润的意象。回归，这是我自身的一种深层结构，是我的基本架构。它迫使我将一切书写下来,只有我跟随这种驱使,内心才会获得平静。"①

诗人的坦诚表述,结合她的诗歌,让我们看到了她的诗歌创作在某种意义上的心灵诊疗和文化反思性质。的确,霍根有一本诗集就名为《药之书》,其中的诗歌带有愈合、诊疗的隐喻作用,在激发我们思索的同时,也带给我们不同视域的认识。其中一首诗名为"眼泪"("Tear"),Tear 在诗中有双关意,既有眼泪又有撕扯的意思,诗歌第 13 行的 tear dresses 在此被译作"破衣烂衫",而后面的"它们的命名/带有其他的意思/因为我们哭泣了"则道出了此词眼泪之意。诗中褴褛、撕扯、眼泪等都来自这个词。

此诗的第一诗节中,诗人描述了生命出生前的状态,"瘦弱"、"饥饿"的我只是"女人身体里不安分的生命。"逐渐地,生命的共性变得越发独特,我们读出了明显的本土族裔的生活体验,在"闪电劈开了苍穹","车轮将大地碾得一分为二","我们身边围着战士"的境遇下,"拿起剪子和刀"的我们得不到信任。如果这是一段本土族裔不断被侵略,土地不断被侵蚀的历史,那么第三诗节中的诗题双关表述就能够被理解了:

> But when the cloth was torn,
> it was like tears,

---

① 见 Joseph Bruchac,第 123 页。

impossible to hold back,
and so they were called
by this other name,
for our weeping.

可是当衣服被撕扯,
它就像眼泪,
不可能被收回,
于是它们的命名
带有其他的意思,
因为我们哭泣了。

然而,哭泣和伤心并非主要基调,此后,女性顽强的生命力和生生不息的族裔传承继续着,诗人让这些女人"走出了阴影/带着黑狗,/孩子,壮硕的黑马,/还有精疲力竭的男人。"由此,文化创伤和殖民的痛苦后的愈合过程开始了。更超越逻辑和理性的是,诗歌接着让这些行走的生命"走入我的身体",进而隐喻而晦涩地继续表达:"这鲜血/就是我们之间的公路地图。"

如果说,流淌在我们身体内的血液是肉体的实质部分,那么"公路地图"就是这些命运紧密相连的生命之间的联系和接触途径,他们之间不仅有身体的沟通,还有思想和理念的交流,而这一切,比眼泪和撕扯更多了精神的鼓舞和振奋力量,那是族裔人民共同的命运和文化力量。因此,此后一句"我就是他们活下来的原因"中,"我"再次回到了出生前的生命孕育状态,是即将蓬勃而出的新生命,"我"既是肉体的新生命,也是思想和精神的新生命和鼓励。因此诗歌越发显现出明亮的、积极的色调:"他们身后的世界并未关闭。/他们眼前的世界依然开启。"这种生命、思想、精神上的进退自如,或许也是诗人理想的文化态度,即我们拥有丰富悠久的文化资源,我们也面对着新的多元文化交融。这种文化的反思态度,其作用不啻为诊疗的药剂,在诊治创伤的同时,也带来了慰藉和鼓励。诗歌最后,本土族裔所特有的时间观再次出现,我和祖先还有"未出生的孩子们"同在,生命和文化的发展是循环往复的,当下的我们继往开来,承前启后,可是我们共存在这个循环中,"我是他们之间的眼泪/两方都还活着。"

诗歌中的这种思维方式和情绪表达,并非是普通读者所熟悉的。诗人曾经在一次电台访谈节目中说到,她本人也时常自觉和周围人的视角和思想方式不同,而终于有一天她突然意识到这源于自己的本土族裔身份。或许,诗歌中"我是他们之间的眼泪"的表述,也应和了诗人所坦言的"现在我觉得并没有必要去融入(主流)"的观点,这"并非因为印第安人与主流文化不同,我们有着同样的需求、爱情和头痛症等。只是大多数印第安人内心对时间和空间的理解更为充分,明白生活就是为了生存。……我感觉诗歌就是揭示我们真正认知的过程。"[①]

另外,作为诗人,霍根又兼具环保主义者的身份,而这种保

---

① 见 Joseph Bruchac,第 125 页。

护环境、爱护自然万物的倡导,很大程度上也源于本土族裔固有的生活理念,即他们与一切自然的动植物共同生存在这地球上,共享自然资源和生活空间,万物生而平等,人类的个体生命在宇宙中是渺小的。然而,诗歌能让渺小的生命得以升华,正如霍根所言,"我需要找那些能表达我内心情感的话语,希望它们能打动其他人。同时,对我话语的对象而言,这也是一种仪式和神圣的歌曲,尤其是对动物们,在我们的认同中,它们因此而变得更强大。"① 诗人的散文集《居住地》的副标题为:"生命世界的精神史"("A Spiritual History of the Living World"),对于霍根而言,她在书中的所思所想就是个人在世界漫游时发乎本能的感触,而这些思想也真实地贯穿在她的诗歌中,更体现了肉体、心智、精神的统一,即"精神并非生理学中的异己。"诗人的感悟被比喻为蝙蝠对周围敏锐的感触方式:

> 通过心脏的搏动和人的常识,她感受着,如蝙蝠发射雷达般倾听世界的声音。……对于它们(蝙蝠),世界返回了一种语言,山间的空谷升腾而上,诉说着一个公开的秘密,而后让蝙蝠通行,在黑暗的空气中,无论何处。一切都在回答着,房屋的角落,风儿拂过时树上颤动的树叶,砖瓦的坚实声音,栅栏柱子也在回答。②

---

① 见同上,第123页。
② 见 Kenneth Lincoln,第259页。

因此,霍根在感受世界时,是从身体的感觉出发,在敏锐的感知的过程中,进行身、心、灵的交融,她自身存在于万物之间,企图跨越事物的界限,正如有学者曾评论道,"她的生活目的就是重塑联系……"①

例如,在诗作"海龟"("Turtle")中,我们能见证诗人逐渐进入不同生命融合的过程。最初,海龟慢慢地走出海水,"龟壳上有水",幽黑潮湿。渐渐的,从第二诗节,我们感受到诗人进入了水中的世界,"在水中/世界正呼吸,/在泥中。"那原本是水中生命的感受,却交融在诗人的感觉中。诗人曾经如此表达过,"水是一道门,你能通过并潜到水下。"②因此,霍根的诗歌语言在我们阅读中也像流水一般自然灵动,它们涌动的词语和诗句渗透自如,同时应和着诗歌中的动态方向。很快,来到陆地的海龟"唤醒了蝗虫而它干燥的皮肤/依旧在树上沉睡。"海里和陆上的生命发生了交流,诗人仿佛自由地游移在不同世界和生存环境中。更甚者,"我们该打开他柔软的身体,/拆开他的龟壳/将它们放在自己背上",这种模仿式的体验方式和身体构造,更进一步拆除了藩篱和障碍,因为接下来的诗行富有创造性,通过如此方式,人类透过海龟的双眸,看到了往昔。从诗的表述看,我们会猜想,或许在霍根的族裔体验和仪式中,老妇人能通过这种独特的方式看到往昔。这种感受超越了普通读者的生命经验,传

---

① 见同上。
② 转引自同上,第265页。

达出某种视界外的领悟。诗歌的最后一节中,诗人强调这宛若梦境的感悟,用"醒来,我们是女性。"来表达女性独有的感知世界的方式。在霍根的诗歌中,女性,尤其是年长的女性,常常具有特殊的文化意义。在诗人自身的成长经历中,她尤为关注老年女性丰富的生活经历、故事叙述能力和传统文化的传承作用。诗人从来都相信女性与自然界有着与生俱来的亲密关系,她们也拥有更敏锐和难以被外力所破坏的感受能力,如通感和共鸣。诗人也曾经十分明确地认为:"是女性首先拆除了客观和主观视角之间的藩篱。"①

回到"海龟"中,更奇特的是,突然间,诗行中出现了物我转换,"龟壳就在我们背上。"我们变成了琥珀,而渺小的动物们成了"我们体内的黄金"。结束诗行出现,这段怪异的感受却不曾消散。印第安族裔自有其特别的叙述、生存和信息交流的智慧,诗歌中,人与海龟没有了界限,而诗行中的语言也成了一种新的感知和生活方式的探索途径。在艺术世界里,人们或许能意识到,科学理性有时常常是有限和狭窄的,它们往往泾渭分明、条分缕析,在提供给人们一种认知系统的同时,也需要从感性和想象中获得弥补。

除了海龟,许多动物都进入了霍根的诗意感悟中,如"黑熊、山狮、蝙蝠、豪猪,她信任这些动物的守护……她相信变形转化过程,无论是社会还是生物意义的。跨越了大陆架、火地岛,或

---

① 见 John A. Murray。

边境,她将越界融合视为持续行进的探寻,山脉、沙漠、森林、河川都是精神的跋涉。在美国本土族裔的再现中,她在时间中穿行,而时间就是她文化演变的进程。"①在这个演变进程中,人类和动物是协作相依的,而诗人以人类和动物合一的进化观反思生命和生存,进一步倡导保护和滋养地球万物,珍视传统和文化仪式。"海龟"中人类透过海龟的双眸,看到往昔,诗人因此融合了历史传统和现代视角,"我们体内的黄金"或许能在霍根访谈中的话语里得到佐证,即当诗人谈及自己的祖母时,强调"她(祖母)拥有某种他人似乎匮乏的内在核心。她始终明白世界上没有什么物质是永远属于自己的。"②换言之,内在核心才是文化传承和传统珍存的重中之重,感悟力,世界观,精神力量是无法剥夺的,看似费解怪异的文化仪式传达的实则是一种视角不同的思想和精神观。

永恒的精神追求

霍根的诗歌作品,始终让读者在阅读和欣赏中不断从感官领悟进入文化反思,从而理解其中绵绵不息的精神追求和生命态度。尽管在现实的历史发展中,本土印第安人不断被"文明化",他们的土地和传统文化受到破坏和不可逆转的损失,然而

---

① 见 Kenneth Lincoln,第 260 页。
② 见 Joseph Bruchac,第 126 页。

霍根的诗歌中鲜有控诉愤怒,更多的是包容、谅解和释然。她更崇尚弥合与补救,身体力行地传达着爱护自然、保护地球和生态环境的思想。她的文学创作的重心是人类、动物和植物的和谐共存,是健康生态思想的传播。她希冀用文学来进入人们的心灵,改变精神状态。

在诗歌"进入的方式"("The Way In")中,诗人就以颠覆逻辑的感受方式让读者领会了什么是真正意义的"进入"。"有时候进入牛奶蜂蜜得/经过身体。/有时候进入的方式是一首歌。"这令人讶异的首两行诗一出现,我们不禁问,从来都是牛奶蜂蜜进入身体,何来通过身体进入牛奶蜂蜜?诗人一贯的平等交融的视角,最初就质疑了我们历来稳固的认知,而后通过一首歌进入变得合理,我们将此解读为艺术的感染力。此后的一句是"可世上有三种方式:冒险,伤害,/还有美",则是深入了事物相互关联的途径,或许这三种方式分别为:人类征服自然的探险,人类征服其他生灵或其他部落族裔的杀戮和战争,另一种就是艺术之美。依照这样的推进,读者或许会推论并期待后面的诗句应该是倡导艺术之美对于万物和谐共存的重要性。可是,我们的期待落空了,诗人重新回到具象的事物:

> To enter stone, be water.
> To rise through hard earth, be plant
> desiring sunlight, believing in water.
> To entire fire, be dry.

To enter life, be food.

进入石头,是水。
穿过坚土,是植物
渴望阳光,信任水。
进入火焰,是干燥。
进入生命,是食物。

在这里,诗人没有着力于层层递进的意义升华,而是以生命中普遍存在的事物,如石头、水、土地、植物、阳光、火、食物等,松弛了我们的理性思维,解构了以人为中心的世界观。确实,霍根的生态观是不以人为动因或中心的,她曾说:"……我看到那么多环保主义作家,他们叙述的根本不是环境,这令人失望。他们写的是环境中的自己,而且他们对所写的世界常常并不理解。"①因此在"进入的方式"中,进入的主体并非人类,而是彼此平等交融的各种生命、各种事物,这种平等和谐,甚至消融了自我的精神态度,其实也贯穿于霍根的生活和创作。从这首诗中,我们领悟到自我主体的消融,也因此了解为何霍根认为主流文化常以"文明"一词直接表达了"西方文明",而许多看似环保发展的思想实质上与自然环境有着根本的割裂和冲突。

在致力于保存珍稀物种和文化,爱护大自然的多年实践中,

---

① 见 John A. Murray。

霍根甚至提出了我们人类该如何复原(restoration)的问题,认为我们也应该有一种回归,回归悠远的对于自然的敬畏和尊重之心,意识到身为人,我们是同样普通的肉身,也是卑微渺小的自然生灵,是历史长河中的细小环节,我们和其他动物共享地球资源。在诗人的理解中,人类和动物不仅平等,甚至会出现势态的转化。例如,在"鹿舞"("Dear Dance")中,有一个年轻男子被选出来,他穿上白皮,戴着鹿头,开始舞蹈,他一直舞动着,"直到他超越了人类,/直到他,也成了鹿。"诗中,人类变成各种动物,旅行者变成猪,女人变成熊,小姑娘变成狼孩,竟然"没有人愿意变回/人类"。此中的幽默一触即发,诗人甚至说"我也愿意如此,不做/人/变成昨夜睡在我门外的/动物。"

霍根的诗歌表达中自有一种独特的幽默,这种"变回去、变过来"的转化,看似戏谑,实为打破界限和障碍的隐喻,它借由族裔的仪式得以表达,也将我们拘谨理性的压抑得以释放。尤其是当我们在目睹越来越多的物种濒临灭绝,森林被砍伐,战火和杀戮依然存在时,作为诗人所认同的"美是进入的方式"这一观点,诗歌应该是激发本真热情和生命能量的媒介。诗歌促使我们体会到生命中自然的守护精神和非自然的破坏力量,如贪欲、无知和暴力等,从而带动我们无尽的精神追求。对于霍根,诗歌是一种有力的话语,因为她深信"沉默有时候就是不诚实,我不想对那些非常重要的事物或攸关的生存保持沉默。"[①]她坚信人

---

① 见 Joseph Bruchac,第133页。

类业已迈上一条走向大毁灭的道路,而且已经处在边缘,默许是她所不能容忍的,因而诗歌和文学创作成了一种身心诊疗和精神抗争。

诗作"红色的历史"("The History of Red")体现了霍根诗歌中具有鲜明的打破沉默意图的精神探求。诗人将人类历史放在了更广阔的自然发展历程中,从最初的不同的秩序,到黑土、湖泊、森林的出现,而后有了人体,红色开始了,"血液依然会在我们体内";我们的生命野性在母亲体内涌动,新生儿来到世间,"穿着红色,那是湿润的出生印记,";可是,渐渐地,这片土地被伤害、盗窃和焚烧,人类的相互倾轧和侵略开始了,最初野性的红色带上了"屈从"和"恐惧",人类利用"铁器、燧石和火"加固生命,同时也进行伤害,红色甚至"调转了刀尖/对着人类,架在他们的脖子上"。在历史的进程中,狩猎、医药等出现,人类文明不断推进,医学的发展对生命的红色有了无尽的研究和发现,"究竟是什么滋生的疾病/伤口如何治愈/从他们的体内/生命如何在皮肤下生长",这一切的秘密揭示,虽然伴随着与科学相对立的占卜、星辰、迷信图腾等,可是科学在人类生活中有了越来越重要的位置。

于是,红色贯穿于战争、流血,也以爱的形式呈现"世界的另一种秩序",它是人类赖以生存的火,提供粮食的途径,也是人类的房屋,为人们遮风挡雨。诗歌到了尾声,并未将红色在文明和科学中推进或渲染,而是逆转回归,这也是全诗之眼:

In that round nation

of blood

we are all burning,

red, inseparable fires

the living have crawled

and climbed through

in order to live

so nothing will be left

for death at the end.

This life in the fire, I love it.

I want it,

this life.

在那个球形的血之

民族

我们全都在燃烧,

红色,不可分的火焰

活着的人们匍匐

并攀爬过去

为了生存

因此最终不会为死亡

留下什么。

> 这火中的生命,我爱它。
> 我渴望它,
> 这生命。

诗歌以深爱火中的生命和渴望生命为结束,仿佛带人们沿着圆形的时间曲线又返回了新石器时代,而诗歌短促的节奏就像火焰燃烧,有伤痛,也有热烈,情感的通觉效果更加明显,我们也仿佛体验了浴火重生,精神上得到了诗意的升华。全诗的回溯、前行、反转是独特的,无法用理性和逻辑来诠释,然而这就是本土裔诗歌和本土文化的特色。许多印第安族裔在主流文明的渗入和影响下不再回归,可是霍根并不认同。

霍根的祖母经历过"西方化"的影响,而后回归本土传统,保持非西方式的生活方式。祖母的生活态度给了霍根很大的启发,她目睹并亲历了年轻的印第安人所遭遇的迷惘和自我否定,也从祖母不断被迫迁移却依然坚定内心价值的态度上得到了激励。她的诗歌强调的是无形的文化滋养和启示,轻视的是有形的物质财富和占有,因为后者随时会被剥夺和失去。因此诗人的作品表达了物质贪欲的虚妄,她甚至直言:"一个印第安人,一个被白人视为傻瓜的印第安人,其实比白人更有智慧,而白人却没有意识到,因为他们的生活节奏如此快速,他们又在忙着追寻其他东西了。"[①]其实,这种为物质贪欲忙得无暇诗意和思考的

---

① 见 Joseph Bruchac,第 128 页。

生活方式,并非针对白人,而是现代人的文明病。充实和幸福感在霍根的作品中有着不同的诠释和意义,内心的拓展和领悟,肉体、心智、精神的和谐,这些才是诗歌所要表达和倡导的生存价值。

什么是真正与生命相依相存的呢?是让人有强烈归属感的土地,是有着相互认同和理解的亲人故友,是人难以割舍的生命根源,是我们失去了一切后,依然在心里留存的珍贵,是不断让人们有精神追求的力量。这就是琳达·霍根在不断反复诉说的诗意故事。

第6章 转化本土族裔的愤慨与
   激越:温迪·罗斯^①

出生于加州奥克兰的当代本土裔诗人温迪·罗斯(Wendy Rose,1948—)在血统上属于霍皮和米沃克人的混血②,和众多印第安作家一样,有其多才多艺的特色。除了写诗,她还是成功的插图画家、编辑③、散文家、人类学家、历史学家、教育工作者④。罗斯在长期的诗歌创作中,著作丰富,自第一部诗集《霍皮走鹃的舞蹈》(*Hopi Roadrunner Dancing*,1973)以来,其他诗集

---

① 本章部分内容以"温迪·罗斯:转化的愤慨和激越"为题发表于2015年10月14日《文艺报》。

② Hopi-Miwok:霍皮人是美国亚利桑那州东南部印第安村庄居民;米沃克人是美国土著人一族,由从前大量居住在加利福尼亚州中部从谢拉内华达山脚至旧金山湾地区的群体构成,在以上地区现在有少量的后代。罗斯的父亲来自霍皮人部落,而其母亲的血缘可追溯到米沃克人和欧洲裔的混血。

③ 她担任过有关美国本土裔文学、政治和历史的重要期刊《美国印第安季刊》(*American Indian Quarterly*)的编辑。

④ 罗斯曾在伯克利加州大学及其他美国高校讲授"美国本土裔研究"及相关课程。

相继问世,包括《长期的分隔:一段部落历史》(*Long Division*: *A Tribal History*, 1976)、《学院派印第安妇女:自象牙塔向世界发出的报告》(*Academic Squaw*: *Reports to the World From the Ivory Tower*, 1977)、《美国印第安诗歌》(*Poetry of the American Indian*, 1978)、《建构者卡奇纳神:归家的循环》(*Builder Kachina*: *A Home-Going Cycle*, 1979)[①]、《霍皮人在纽约会怎样》(*What Happened When the Hopi Hit New York*, 1982)、《失去的铜》(*Lost Copper*, 1986)[②]、《她肯定离开了》(*Now Proof She Is Gone*, 1994)、《骨之舞》(*Bone Dance*, 1994)、《痒得发疯》(*Itch Like Crazy*, 2002)等,各部作品都真实地反映了罗斯不同阶段的生活和思想。例如,第一部诗作就反映了诗人在1960和1970年代在美国印第安人运动中对于族裔文化和身份的体验和感受,而此后的作品多从学院派生活、女性视角等揭示本土族裔的生存。如《学院派印第安妇女:自象牙塔向世界发出的报告》就是她故意以轻蔑的自称来讽刺当时伯克利加州大学的一些同事,因为后者在对待族裔问题上的态度和观点遭到了罗斯的奚落和批判;而《骨之舞》则以破碎的骨骸为意象,着重探讨了本土印第安人的文化认同问题。

罗斯的诗歌以其生动浓烈的视觉意象和听觉感受著称,也以诗人不妥协的愤慨和对现实的批判为特色。在诗歌富有浪漫

---

① 卡奇纳神是印第安普韦布洛人中众多的被神化了的古代神灵,据信他们每年都有一部分时间居住在印第安人的村落。

② 此书曾获普利策奖提名。

精神的同时,诗人毫不避讳残酷、反讽的现实,常常直面印第安人和少数族裔在美国社会中遭遇的不公,拒绝被边缘化和类型化。一些学者在罗斯的诗歌创作中发现她越发熟练和自如的情感控制,呈现出更丰富多样的层次和内涵。她在诗歌中所表达的思想,常常融合了她人类学专业的研究和独特的文化经历。她曾经在访谈中坦言:"我并不身处象牙塔,而是一个间谍。"[1]她也将自己的任务定位在故事保存者的角色,力图真实再现本土印第安人在文化错位感中的痛苦和迷惘。因此罗斯具有某种"隐形知情人"的视角,其作品常常具有多样性和多层面的特色。在罗斯见证和批判的愤慨和激越情绪中,读者能发现其中强烈的重塑和建构的意图,从而看到诗人对主流文化的民族历史书写进行质疑、抗诉,呈现出本土裔学者对印第安文化、历史的独到理解。在这些强烈情绪的诗意转化中,罗斯也为印第安文化和历史进行了动态的、发展的揭示和传扬,表达了积极交流和相互理解的重要性。

还在青少年期,罗斯就表现出反叛的个性,她曾经从中学辍学,在旧金山与波西米亚人过往甚密,并有过吸毒、街头流浪、入院精神治疗等经历。她始终感到自己身处白人文化和印第安文化之间的困惑,而城市生活经历和血缘背景又为她后来的诗歌创作带来了很重要的影响。此后,罗斯被伯克利加州大学录取,

---

[1] 见 Joseph Bruchac, *Survival This Way*: *Interview with American Indian Poets*. Tucson: The University of Arizona Press, 1987,第 261 页。

在那里先后获得学士和硕士学位,专业是文化人类学。后来她继续攻读并获得了文化人类学博士学位。其间,她积极投身于1960和1970年代的美国印第安运动(The American Indian Movement),为本土族裔的生活和文化权利不断抗争。在此过程中,罗斯用她游离于两个世界的视角,展现给读者自己对族裔身份和主流文化的思考,她提倡要超越生物学范畴的族裔感受,认为族裔身份,尤其是多重的族裔身份带来的是一种文化语境、历史、政治的感受,进而揭示出每个人实际上都具有文化多重性的困惑,并延展到具有普遍意义的主题,如殖民主义的影响、美国历史进程中的大屠杀创伤、核武器、文化帝国主义等。在罗斯的诗歌中,读者能看到司空见惯的博物馆展品具有了深刻而沉痛的文化背景,展品的陈列和展示,收藏者的搜罗和努力,甚至局外人欣赏展品的态度和行为等,都有了反讽的含义,其中的文化继承和保存激发了当代人的深思。

当然,罗斯作品中很鲜明的特色是她的愤慨和激越,而那直抒胸臆的愤怒并非简单的情感宣泄,是一种强大的转化能量,具有文化反思和重构的意义。诗歌中的伤痛表达是独特而有创新意义的。罗斯在她的"美国人"("American")中,就以"给我一种颜色/让我进入"和"昨日的承诺/变成今日如雨的哀号"[①],表达了文化失落和被漠视、忽略的历史和今天。在罗斯的作品中,她

---

① 见 Indrani Dewi Anggraini, "The Voices of the Survivals in the Poetry of Contemporary Native-American Women", http://www.angelfire.com/journal/fsulimelight/, July 1997。

也着重提到了"白种萨满教主义"(Whiteshamanism)①,并以其为诗作和研究中最重要的主题,尤其是在诗歌"那些只想当一次印第安人的白种诗人"("For the White poets who would be Indian just once")中表达得更为明确,批判了那些对本土文化充满猎奇、好奇、模仿态度的人和现象,并以"文化帝国主义"概之。她的许多作品具有鲜明的政治色彩,而诗人自身对此解释为政治就是个人的感受,也是诗歌生命的一部分。此外,罗斯诗作中有一个经常出现的意象——骨骸,那些破碎的骨骸寓意了美国本土印第安人对自我的认识,而这些或被拍卖、标价、出售、陈列展览的骨骸,带着诗人愤慨的情绪,成为了创作和阅读中不断困扰诗人和读者的幽灵,甚至有了自足的生命和启示性。罗斯的诗歌创作以自由诗体为主,其中蕴含了本土印第安人的口头表达传统和吟唱特色。另外,罗斯还喜欢从历史、考古学等文献中摘录一些针对和迫害本土族裔的段落,作为诗歌的题词或引文,从而让引文和诗歌主体的联系成为读者深入思索的重要契机,体会到艺术创作和历史现实的奇妙联系。罗斯的语言十分浅明通俗,贴近生活,这也是她的情绪容易传达并转化的重要原因。

展示真正的印第安文化

罗斯的诗歌中带有鲜明的愤慨和激越的情绪,这是她创作

---

① Whitshamanism 一词由切诺基族批评家 Geary Hobson 首先提出,特指某些欧洲裔基督教的美国诗人,他们在诗歌中以萨满教巫师的身份,假扮成本土印第安巫师。

的一大特色,而其中的幽默、讽刺、揶揄的态度,往往揭示出这样一个事实,即人们常常误读或误解了真正的印第安文化。这种去伪存真的转化作用,在很多诗歌中得到彰显。以"那些只想当一次印第安人的白种诗人"为例,此诗被人们认为是罗斯最有争议的作品之一,因为其中的白种萨满教主义针对了那些自称完全了解印第安文化和人民的白人。在本土文化中,巫师有着超能力,他们有魔法,是现实部落生活和精神世界的中介或桥梁,而这些装扮成巫师的白人实则是对本土文化的曲解,肤浅、猎奇的模仿,以及错误的传播。罗斯历来反对只通过阅读某些文献书籍或道听途说来了解印第安文化,对那些自称为印第安文化代言人的白人更是批判有加。在这首诗中,诗歌标题自身就有其轻蔑态度,因为关键词汇的首字母都没有按照规范进行大写,仿佛轻描淡写中就开始了描述,而"只想当一次"(just once)更明显具有揶揄和讽刺之意,揭示了这些人居高临下的文化优越感,同时也表达了诗人的怀疑,即那些非本土裔美国人对印第安文化的热爱究竟有多大的真诚度。这些人争抢词汇,用钓鱼般从"我们"舌头上钩起话语。钓鱼的隐喻充分表达了诗人的讽刺,即本土语汇像活鱼被迫脱离了生命之水,在失去鲜活本质的同时,成为了他们的话语。同时,钓鱼作为印第安人的一种生产方式被这些人的盗取行为所侮辱。诗歌仪式的"足够长久"和此后的"短暂的旅行"反讽地道出了文化猎奇的真相,即纯娱乐和休闲性质,缺失了真正投入的认真。因为真正的文化必然是无形的财富,是无法模仿的,如果偷去的语言失去了风格和精神,就犹如离开水的鱼,不再有真实的生命。因此,这些人表象的模仿和表演行为,如跪在大地上,咀嚼母鹿皮、胸部触碰大树等都只是滑稽和做作的效仿,而罗斯要批判的并非局外人的兴趣和好奇,实则是他们的真诚度和目的,诗中"你想起我们时/只有当你们的声音/想要寻根",这里的"根"和"想要"是微妙的,因为这种文化之根并非属于他们,而假扮的身份揭示了这些人视角的虚妄和不真诚。果然,诗歌结束之际,罗斯毫不留情地用"你们写完了诗歌/就回去了"来揶揄他们游移的视角和身归他处的优越感。

然而,什么才是真正的印第安文化呢?谁才能真正有介绍和展现这种文化的权利呢?诗人自身长期困惑于自己的文化认同,不断思索何为不偏不倚的文化态度,在她愤慨地对白人萨满教主义进行批判的同时,诗歌给出了解构,却并没有明确的建构。或许可以这样理解,罗斯的诗歌创作,其本身就是一种个人情绪的超越,是不断的探索和找寻,答案不可能在某一首诗歌中显现,而是诗人在用创作来无限接近答案。这种愤慨和不满,这种蕴藏在诗作中的激越,其实并非局限于印第安诗人,人人都是通过自我来认识世界的,印第安人亦是,本能的族裔中心观并不是罗斯批判的焦点,她在讽刺那些以俯视和猎奇姿态进入族裔文化的人们的同时,真正担忧的是文化帝国主义,即这些白人将欧洲文明的自由、民主、开放的理念强加在少数族裔文化的理解中,以印第安巫师的身份,将文化混同和误解,从而在博爱和自由的"文明"中干涉、破坏、扭曲特殊族群的文化,给少数族裔,尤其是族裔后代带来无穷的困惑和迷惘。这种文化的不平等性，在浅表的服饰、仪式、造型等模仿中，被掩盖了真相。

更令诗人担忧的是，这种白人萨满教主义会对本土作家的心理和精神产生影响。诚然，文化的真空保存和理想维护状态是不现实，也是没有必要的。此外，本土作家的书写语言基本是英语，不可避免地和西方哲学、理念、创作手法和理论等结合，甚至不可逆转地在文化生态环境下出现变异和进化。因此，如果继续深入思考，我们会意识到，所谓本真的族裔文化，并非族裔作家真正可以找到的东西，寻根并非仅仅回头看，还包括朝前望。正如罗斯自己在谈及白人萨满教主义时所认为的，"非本土作家存有疑虑，怕我们竭力要规定主题和形式，命令他们停止书写关于印第安文化的任何事情，……将自己确立为唯一的印第安文化诠释者，……所有这些担忧都是错误的，……问题在于真诚度和目的，而非主题、风格、兴趣、或实验"①。同样，读者也应该清醒地意识到，在他们的阅读中，有些文本在诠释某种文化时，作者是从这种文化的外部而非内部来审视的，要认识隐含在其中的真正文化意图。

不过，罗斯自身的族裔背景也在她的文化学和"真正的印第安文化"上带给她长期的困惑。借助于诗歌创作，她表达了如此

---

① 见 Wendy Rose, "Just What's All This Fuss About Whiteshamanism Anyway?", in Bo Schöler, ed., *Coyote Wars Here: Essays on Contemporary Native American Literary and Political Mobilization*. Aarhus, Denmark: Seklos, 1984, 第13—24页。

的写作意图,"诗歌既是全然的事实,也是全然的虚构;没有什么比诗歌更赤裸诚实,同时又隐秘编码"①。她同时认为,当有读者注意到她诗歌中的愤怒和忧郁时,应该明白,她曾经竭力地压抑,尽量将情绪控制好,平衡好,在"呻吟和愤怒"中超越。所以她的愤慨是有意图的,是平衡的,在何为真正印第安文化的质询中,她进一步探究着文化保存和生存的问题。

文化保存与族裔界定的质疑

罗斯的诗歌代表作"楚格尼尼"("On Truganinny")是一首看似并未提及印第安文化的诗作,诗人从历史文献的启发出发,以澳洲塔斯马尼亚岛上的土著妇女的控诉,响亮而激越地发出了文化保存和生存的质疑。楚格尼尼是最后活着的土著塔斯马尼亚人,她曾经目睹自己的丈夫在死后,身体被塞入防腐剂,当作展品挂了起来。诗中,这位女性留下了临终的遗愿,希望自己能被安葬在土地或海里,她不愿意自己的身体也成为屈辱的"文化"展品。不幸的是,她的身体在死后依然落入了收藏家手里,长达80年来被博物馆展藏。诗歌伊始,读者看到一位垂死的土著塔斯马尼亚妇女,自然进入了诗歌中的"你"的听者身份:

---

① 见 Wendy Rose, "Neon Scars," *I Tell you Now*. A. Krupat and B. Swann eds.. Lincoln: University of Nebraska Press, 1987, 第253页。

You will need

to come closer

for little is left

of this tongue

and what I am saying

is important

你需要

更靠近些

因为几乎没有什么遗留

在舌尖上

我所说的

很重要

  诗中的老妇嗓音虚弱无力,要嘱托些什么,希望听者靠近,而且用"很重要"一句传递着强烈的恳求。最初的 6 行,瞬间确立了叙述和倾听的关系,拉近了彼此的距离,也将冷冰冰的历史逼真温暖地放在了读者面前。读者明白,此后的声音,来自老妇,同样也来自诗人的心声。诗歌巧妙地吸引读者靠近,而后进入历史,最后进入沉思。身为诗人,罗斯也巧妙地进入了历史再现和感悟中。接下来的"我是最后一个"肯定了老妇的历史角色,也突显了她的孤独和绝望,她渴望被倾听的最后心愿。"最后一个"是触目惊心的,仿佛历史在她身上终结,传统在她那里断裂,这种急迫感呼之欲出,实际上应和了罗斯对同样是土著文化的印第安文化的保存和生存的急迫心情。因此,作为听者,读者似乎也被信任着成为了或许会将这段历史和传统延续下去的保护者。读者或许会心情沉重,或许也会体会到倾听的重要性。

全诗的各行十分短促,符合临终前身体愈发虚弱、情绪愈发急迫的节奏,句式短小,词汇大多是单音节的。这位老妇回顾着自己的生活,从哺乳到目睹女婴的死去,而后"融化"地进入了梦境。诗歌中进入梦境之前,老妇恳请听者抓住她的手,"黑色握住了黑色/仿佛黄色泥土/就是缓慢的混合/融进了金色牧场/和大地",这种色彩的渐变,仿佛进入了黑色的死亡,身体融入大地,像是一种安葬;而渐渐变暖的金色和充满生命的牧场,又似乎开始了再生的轮回,生命进入丰饶的土地。这种梦境般的描述,就像是族裔生命和文化的循环往复,是一种传承中的安宁和幸福的图景。可是老妇的叙述接着又突然跳回了现实,她请求听者"别离开",因为她还想唱出"另一支歌",并且是"你的歌"。于是乎,身为读者,同时为听者,我们被诗人巧妙地结合在一起,以共同的身份来面对、思考,甚至承担此后的问题。我们明白,咽气后,楚格尼尼的命运和遭遇实际上落到了被托付人"我们"自己的头上,而诗歌最初历史现实性的铭文实则把痛苦和悲伤留给了身为读者和听者的我们,即楚格尼尼的遗愿没有被实现,他们最终带走了她的身体。这种仿佛食言的遗憾,实际上是诗人转化了她的愤怒和激越情绪,进入了"我们"和更广大的读者的内心,让我们在道德和文明的思索中反省历史展品背后的文化断裂和痛苦,从而想到优势文化对边缘、族裔或地方文化的僭越态度。同样,印第安文化的古迹或历史展示也昭示了类似的被压迫民族的文化命运,也促发人们思索何为文化保存和传承,想到那些或许是反讽的博物馆展示和商品化的古物收藏。此外,更多关于殖民和被殖民关系的复杂问题因此出现:楚格尼尼在诗歌中的语言是英语,那么诗人如何在文明的语言中还原历史的真实?如若诗人是希望通过虚构的诗歌叙述来揭示更普遍深入的问题,即殖民者对于土著文化的保存方式和保存愿望,以及对土著人的生命杀戮和土地侵略,究竟在何种程度上保存了历史?当收藏的愿望超越了对生命的尊重,"文明人"眼中的"野蛮土著"是否具有强烈的讽刺意味?

作为读者,我们的任务何其艰辛:当我们沉浸在诗歌中,深觉辜负了楚格尼尼,而后我们挣扎出这样的身份重回现实,又面对历史再现和文化传承的困惑,更觉得沉寂下去的叙述声音似乎始终在侵扰我们旧有的、笃信、安全的文化认识。

如果说罗斯超越了自身的族裔身份,假托塔斯马尼亚妇女楚格尼尼倾诉了愤怒,那么她如何在自身的生命体验中审视族裔问题呢?在诗歌"假如你觉得我太棕黑或太白皙"("If I Am Too Brown or Too White for You", 1985)(以下简称为"假如")中,罗斯还是以仿佛对话的形式,对这个不断将人们类别化的世界进行了另一种角度的质询。在"楚格尼尼"中,土著人的生理和外貌特征引发了文化保存和历史收藏的反思和困惑,而"假如"中的外观形象特征又带来了新的困惑,即第一人称的"我"在两种颜色中的生命束缚。诗歌中,"我"既不白皙,也不完全棕黑,自比为河边石头中被你选择的那一块。其他的石头"有着明显的红色或白色",而我是具有层次的血色石头,"我的身体是血/在分娩中冻结/一次又一次,这同样的动作",此处诗人以自己的多族裔身份,表达了一代代血液融合和生命继续的动态生命历程,与外界的身份界定恰恰成为鲜明的对比,因为这里没有纯粹的血统,只有流水的"打磨"(polished)。在河畔挑拣石头的"你",其身份在诗歌中并没有明确指示,可是诗中有一句"于是你触摸石头/它在冬天分裂"却隐晦地道出了其中的意义。"石头"在诗中原词是"matrix",其词源是"mater",拉丁文中即为"母亲"("mother")。有学者将"冬天"其解读为美国印第安人在19世纪70年代所遭受的白人侵略和文化破坏。因此,分崩离析的母体遭受了任意"拼凑"的命运,诗中"你开始拼凑起/我的身形",喻示了本土族裔文化被外来征服者的任意解读和归类总结,原本有曲线的自然美"在你掌中毫无曲线/无法完美/形象不再模糊/不再含混"。这里无疑是对清晰类别化的批判,因为自然的曲线和特征被破坏,强硬的干涉和误读被采用。然而本质总是会露出端倪和真相,那点血色的真实,如同烟雾中的微光,像血中的微弱阳光,深邃,"似乎在似乎又不在那里",这种似在非在的存在状态,是征服者所无法清除或扫尽的。诗人在诗歌的尾声中,突然把这种含混和融合的血色揭示为真正意义的"纯粹"。此外,在读者的听觉感受中,最后一句"它正在歌唱"仿佛终曲愈加激越高亢,低吟变成了歌唱。如果时光如流水把石头打磨成形,那么岁月就是历练,文化传承以歌唱的形式激扬地传递出无可磨灭的传统魅力。

文化继承和族裔色彩的真正意义

由此,罗斯质疑了族裔文化保存形式和族裔的界定,那么,在她的创作理想中,她又怎样来表达文化继承和族裔色彩的意义呢?在一次访谈中,罗斯和许多其他少数族裔的作家一样,表达了希望不要被隔离在美国文学之外"特殊"对待,因为那样恰恰是弦外之音地界定了主流文学始终为欧洲后裔的白人文学,忽略了真正融合多元的美国文学。那么,她心目中的族裔特色又有怎样的普遍意义呢?

身为一个有着多元族裔血统的诗人,罗斯自称为"一半血统",也认为自己跨越在两端,来回游移和"窥探"着,自有不同的感受。在解释"半血统"(Half-breed)时,罗斯谈到了其中的两层意义,其一是生理上的一半血统,即种族背景上的混合,这种不符合"非黑即白"逻辑的身份曾经让罗斯感到困惑,而随着年龄的增长和阅历的增加,日渐成熟的她发现"半血统"有了另外一层意义,她在自己的诗集《混血儿编年史》(*The Halfbreed Chronicles*, 1985)中就表明,基因并非最重要,从某种意义上说,人人都是混血儿。遗传上的混合和文化认同上的混合交融在某种意义上是相似的,重要的是人与人,群体与群体,社会和社会,文化与文化之间的交流与关系。

在罗斯对自己和同样身为印第安作家的作品理解中,族裔文化的意义常常在于其文化视角和传统理念、仪式、象征等对于当下文明和生存的启示。例如,印第安人回归土地和骨骸的意象,以及他们关于生命轮回、时间非线性等的认识,包括本土族裔对于大自然中的动植物、生态关系、泛神论的感悟方式等,都以不同的角度展现了世界和生命的丰富。在表现现实世界时,罗斯常用各种意象来表达历史以及自己隐藏在其中的复杂情绪。在这一点上,她的诗作"外来的种子"("Alien Seeds")就极具典型意义。该诗以生长于加利福尼亚州的普通植物为主要意象,揭示了历史上的土著印第安人对于土地的尊重。诗歌的字里行间充满了诗人的愤懑和担忧,因为她在现实中看到诸多的环境保护主义理念,却少见付诸于行动的实践。这种让当代美国人学习印第安先辈对于土地和生命的尊重爱护,已经在诗歌中成为了某种热切甚而是愤慨的呼吁。

"外来的种子"是罗斯阅读加州野生植物书籍的有感而发。诗人从自己住所旁的"金色山坡"开始描写,金色此时是生命匮乏、植被种类单一的颜色,绿色不见了,少了绿色植被的山坡"如土地入侵者般陌生,就像/平直的木板和液体的岩石倾倒在我住所旁"。植物是鲜活的生命,一旦消失,承载它们的山坡就变得陌生。外来的种子如同侵略者的杀戮和屠杀,"扫荡着山谷,山麓","蓟草在最受践踏的果肉上恣意疯长"。诗人将外来种子对原本丰饶的山林土地的侵蚀比作嗜杀的人类"将家养的牲畜从一个圣地驱赶到另一个",甚至"放低了步枪,瞄准,开火"。然而,印第安部落的长者在罗斯的诗歌中对待植物的态度是敬畏和尊重,他们在找寻草类前,斋戒祈祷,按需索取,心怀对大自然的虔诚。因而,他们回家时,"眼中闪现着伟大的艺术",因为他们能憧憬大地上万物生长、欣欣向荣的图景。可是到了今天,人们只能空着手行走,只能面对日益沙漠化的土地,"我们打滑跌跤,猛然受伤,/手里抓住的不是草而是哀痛。"这种痛,或许是高速文明的代价,是生灵涂炭、破坏原生态之后的败相,其实从更深意义上讲,也是侵占和侵蚀土著文化的消极结果。外来的种子恣意生长,也隐喻了"文明"的强势破坏了原先平和繁茂的生态,从而失却了伟大的艺术。

此外,罗斯常常通过各种女性形象来表达族裔文化的传承和意义。在访谈中,罗斯曾被问及何种意象在她的诗歌中频繁出现,她很明确地回答:"我认为我用了许多女性意象。很多时候,我觉得只谈到岩石、树木、灵魂等,似乎没有真正的理由要赋予这些东西性别,可我本能地倾向于让它们具有女性特征。"① 在罗斯的作品中,许多叙述者、受害者、呐喊者都是女性,她们相对更为边缘和弱势的位置往往让她们更难以摆脱传统的感悟和思维方式。她们在生理上养育后代,在叙述上传递文化信息和价值观念,许多"老祖母"的形象常常带着家园守护者和文化珍存者的姿态。这与罗斯以及其他一些本土女作家和诗人的身份有着许多相似性,她希望自己身为族

---

① 见 Joseph Bruchac,第 261 页。

裔作家，能像其他美国各少数族裔的作家一样，在目睹着族裔文化和文学不断发生变化的同时，也坚信它们在融入美国文化时都依然具有完整性。这种变化中的完整，开放中的自立，融入中的独特，或许正是罗斯希望表达和传达的族裔精神和文化魅力。

罗斯有一首诗歌，标题就是一位印第安女人的名字"露薇"("Loo-wit")，而这位土著老妇人的泰然、固我，以及她从愤慨转为纵情歌唱的奔放，深深地打动着读者。诗歌开始，我们见到了一位躺在"高低不平的床铺"上的印第安老妇人，她不再在意别人怎么做，怎么想，而是将黑色的烟草从口中吐出，并且射程很长。她终于起床，将烟灰泼洒在雪地上。此时，四周景色和氛围是冷色调的，是阴郁的。白雪、孤丘、冬日、百年的雪松，这些都是寒冷沉郁的意象，没有暖意。可是，这个倔强、坚韧的老妇人的形象和行为举止在这一片凄清寂寞中有了一种定格，诗歌中，诗人以她被雪松束缚在大地上，"成串的越橘果/刺拉拉地挂在/她的脖子上"的土著妇女特有的形象来描绘，与下面的一句"在她周围/机器轰鸣，/咆哮并耕犁着"形成了强烈的反差，凄清冬日和轰鸣的机器，原始朴素的生活和装束与现代耕犁，这些对比的突然出现，打破了诗歌前半部分的孤寂。那轰鸣和咆哮似乎并非来自现代化的机器，而是转化成了老妇内心的激越情绪，平静冬日被打破了，静谧被侵占了。"大块大块的斑迹/在她的皮肤上"，终于，沧桑和衰老出现了，仿佛面对原有生活格局的变化、被干扰，老妇虽然忿然不平，可毕竟无奈无力无助。这是印第安文化被侵扰、改变、同化的过程中的普遍现象,她"蹲伏着"、"颤抖起",甚至"战栗的",然而就在这样的姿态中,女性柔韧而绵长的生命力却在爆发,在滋长,这或许也是诗人对族裔文化的隐喻。外界地动山摇的改变,"黑莓拆散了/石头移走了",应和着露薇内心的激越情绪。生活环境被任意破坏了,这样的威胁甚至迫近到了身体,睡了的露薇听到人们靴子在踩踏着周围的地面,刮擦作响,地板都吱呀地叫着,当"毯子被拉下",她瘦削的肩膀露出来后,她终于摸到了武器,"轻轻举起来;扫去了喉咙上的嫩枝",这种从容和岿然不动,带着一种生死置之度外的镇定。诗歌的最后,露薇歌唱了,用生命高歌着,"摇动着天空",诗歌的模糊性让我们可以有多重解读,是生命的抗争?是枪声的震天?是真正的歌声?还是至死不渝的坚持?唯一肯定的是,她没有畏惧,没有胆怯,"露薇唱啊唱啊唱!"这萦绕在所有人心中和耳畔的歌唱,仿佛是生命的洗礼,是坚持的胜利,是愤慨被提升后的华彩。

在本土裔诗歌中,我们能遇见许多女性叙述者,家园、后代、归属感都是她们生命的重心,她们的想象、叙述都与土地和自然息息相关,她们自身就像是文化生存和传承的母性大地。外在的土地被侵略,居所被破坏,生活方式被改变,可是文化滋养的土地依然在,她们自己就是那片肥沃的、移动的、温暖的土地。这种文化归属并非指向特定的地域、方向、载体,而是不断移动、发展、融合的。在温迪·罗斯和琳达·霍根等诗人的诗歌作品中,她们"对移民历史、移居政策和再次定居进行着再想象。这些诗人以现实的移居来表达文化身份和个人认同,历史的创伤,群体的反抗和生存。"① 甚至,不断迁徙和变化的生活成为了本土族裔的生活和文化本质,动态、变化、进取、反思、复苏、更新成为了族裔文化的一种精神,也成为了诗歌作品中的特色。正如罗斯在她的作品"伴着祈祷手杖行走"("Walking on the prayer-sticks")中所表达的,

> 当我们走向田野
> 我们总是歌唱;我们行走着
> 各自在不同时间
> 行走在世上
> 就像一根饰着羽毛神圣的祈祷手杖。
> 我们以此描绘着生活:追溯着历史。②

很显然,诗歌中的行走就是一种动态的文化历史和记忆的建构,而罗斯的诗歌正是表达了这样一种族裔文化,即文化身份始终是动态的、不断发展的。正如一位学者在分析本土裔作家莫马迪的小说《晨曦屋》(*House Made of Dawn*)时所言,"通过想象自

---

① 见 Amy T. Hamilton, "Remembering Migration and Removal in American Indian Women's Poetry", http://rmmla.wsu.edu/, 2012。

② 见 Wendy Rose, "Walking on the prayerstick." *That's What She Said: Contemporary Poetry and Fiction by Native American Women*. Ed. Rayna Green. Bloomington: Indiana University Press, 1984, 第194页。

己是谁,自己和特殊的地域有着怎样的联系,(本土)文化和文化中的个人才与这些地域形成了亲密的联系。"①尤其在这个日益全球化的世界中,族裔身份更加具有普遍性,同时又保持着特殊性。在一次访谈中,罗斯曾将文化身份比喻为"一条由各种织线编织成的毯子"②,而且这条毯子不断被编织、充实,与其他各种织线交缠、融合着。

对罗斯而言,诗歌创作中的族裔色彩和传承的基本意义在于,它们是一种生命和社会的实践,是一种分享。"她的诗歌不单纯是对于身份抗争的表达,它们事实上是身份建构,是与想象的对话者和读者就多元文化和宗教传统的象征、实践、体验等进行互动。……在每一次自我认识中,都有融合分解,故(罗斯的)诗歌作品在解构身份和拆解族裔性的同时,也在加固它们。罗斯这种通过诗歌创作进行自我创造和建构的宏图,因此成了一种仪式,必须被积极分享和恒久重复。"③这种动态的交互和回归的族裔观点,是罗斯在看似愤慨的张扬中的一种超越,因此她笔下的印第安族裔绝非博物馆里静止的展品,而是不断生成、更

---

① 见 Larry Evers, "Words and Place: A Reading of House Made of Dawn." in Andrew Wiget, ed., *Critical Essays on Native American Literature*. Boston: G. K. Hall, 1985, 第 212 页。

② 见 Kathleen Godfrey, "'A Blanket Woven of All These Different Threads': A Conversation with Wendy Rose", in *Studies in American Indian Literatures*. Volume 21, Number 4, (Winter 2009), 第 71 页。

③ 见 Sheila Hassell Hughes, "Unraveling Ethnicity: The Construction and Dissolution of Identity in Wendy Rose's Poetics" in *Studies in American Indian Literatures*. Volume 16, Number 2, (Summer 2004), 第 14 页。

新、融合的文化。这种观点,为美国多元的族裔文化带来了启示和激发,也是对"真正印第安人"质询的超越。

真诚表达愤怒与激越

既然文化身份具有普遍意义,而族裔的视角又为人们带来了独特的启示和不断更新、生成的动态感,那么,文学创作,无论作家的族裔背景如何,真诚表达的重要性就不断被彰显出来。在罗斯的诗作中,情感是真实的、坦诚的,即便是愤怒都是自然迸发的,如同直抒胸臆的歌唱。莫马迪在评论罗斯的诗集《失去的铜》时,就说此书"并非由诗组成,我认为,是歌曲"[1]。对此,罗斯认为若从主观角度分析,确实如此,因为她的表达方式和印第安人在传统上歌唱是一样的,"它们(歌唱),从某种角度说,界定了生命的疆域"[2]。诗歌对于罗斯的生活和生命具有重要的表达功能和巨大的作用,也体现了本土裔诗歌的口语传统。罗斯坦承自己在诗歌创作理念上更倾向于欧洲特色,但是她的诗歌更明显地突出了自我表达,即自我情感和情绪的表述和传达。对于本土裔诗人,诗歌吟诵就是一种感情维系,和公众演说的功能是相似的。"我越来越感觉到,当代的美国本土裔诗人群体正不断体现这种传统观念和价值,尽管他们的作品各不相同。"[3]

---

[1] 转引自 Joseph Bruchac,第 252 页。
[2] 同上。
[3] 同上,第 253 页。

罗斯诗歌中的情绪是真诚的,她的愤慨和激越是自然的,因而她对于公众的感染力也是强烈的。唯有真诚自然,其诗歌的魅力和转化力才能得以体现。在罗斯的众多诗歌中,"痒得发疯:抵抗"("Itch Like Crazy: Resistance")是很典型的一例。诗歌表达了她对早期欧洲殖民者的愤怒和恐惧,她化身为敢于抵抗的勇士,为民众发出呐喊。同时,诗人融入在印第安人的历史中,以往昔的斗争力量来隐喻当下的文化和传统保护,以捍卫自身的权利和尊严。诗歌中,买卖交易、调查和毁灭、卖掉本地人等殖民者的侵害被一一提及。在愤怒不满的揭示中,诗人坦然地表达"恐惧就蜷缩在那里/就在我双手的沟壑中"。然而,一系列的历史闪回和记忆出现,"我的母亲、岩石、水渠,/她血管中的鲜血,每一处/那里有历史的足迹"。于是情绪愈发激越,昂扬,不畏个人生死的激情随着诗歌节奏的亢进不断被促动,"世上每个红色的事物/都是鲜血的显现,/我们的死亡和新生。"终于,诗歌走向了高潮,情绪达到了最大程度地释放:"此刻我再次应使命开始了反抗之舞,/让心中埋藏之物花朵盛开,/用他们自己的语言宣称我的胜利,/明白脊梁连着脊梁的力量"。诗人由此鼓舞和激励了她的读者和听众,语言的力量产生了强大的行为推动力和战斗力。尤其是诗歌结尾处捍卫尊严和传统的决心,让人们感受到罗斯的话语仿佛锋利的刀刃,在愤慨中席卷着斗争力量,每个字词的音节和节奏都带动了情绪,仿佛古老的历史重新焕发了历久弥新的活力。

然而,在真诚的愤慨中,这种抵抗并非只针对历史上的土地侵略和文化征服,而是跨越了历史的文化反思。印第安文明不是旅游项目中的击鼓吟唱和仪式展现,不是巫师的行医,不是如之前所言的白人萨满教主义的仪式模仿。在罗斯和其他许多本土裔诗人的创作中,更深层面的文化意义正不断得到体现和传达,如本土族裔对于生命循环往复的尊重和哲学深度的沉思,对于环境、其他生命和其他族裔生存的尊重,真正意义的平等和开放、交流和融和态度等。因此罗斯的愤慨和反抗针对的是居高临下的优势文化姿态,她要改变的是本土族裔被迫顺服和听从的被动境地。

从罗斯的诗歌中,从她不断被转化的愤慨和激越中,我们看到的不再是诗人简单地描述族裔色彩,因而我们也不再预期从诗歌中获得猎奇的快乐和诊疗的奇效。在阅读和吟诵中,我们领悟到,美国本土裔诗歌不是单纯的族裔文化的传播载体,而是不断发展的文化生命,是平等,是启发,更是生生不息的生命歌唱。

第7章 诗意移译中的质朴与超越:瑞·杨·贝尔

当代美国本土裔诗人瑞·杨·贝尔("小熊";Ray Young Bear,1950—)的诗歌作品以突出其麦斯奎基部落(Meskwaki)传统和诗意个性为特色,极具原创性,对政治和文化问题的揭示也颇为鲜明独特。他于1960年代中期开始发表诗作,早期诗作影响巨大,引发了美国国内文坛的关注;加之当时美国本土裔文艺复兴的大背景,杨·贝尔也由此成为20世纪末美国本土裔作家中的重要一员。

杨·贝尔在诗歌创作的独特和创新方面与另一位本土裔诗人维兹诺(Gerald Vizenor)享有同样的盛名,两者都擅长独辟蹊径,为诗坛带来原创的新意。杨·贝尔为读者带来的独特风格主要在于语言使用上的新尝试,尤其是他超越了传统的语言形式,将部落文化巧妙融于英语诗歌中。或许因为他在语言处理上的过于独特,尽管专家学者们视其为1960年以来美国本土裔文学迅猛发展中的重要作家,却鲜有学者或批评者热衷于研究他的作品。①

杨·贝尔出生于爱荷华州马歇尔敦,自小成长于麦斯奎基部落定居地(Meskwaki Tribal Settlement),该定居地曾是杨·贝尔的曾曾祖父1856年为部落居民购买的,就在爱荷华河沿岸,这样乡亲们就可以避免遵从当时联邦政府所要求的将家园搬迁至肯萨斯州。也因为这片定居地,该部落人民并未生活在政府划定的印第安保留地。

杨·贝尔的外祖母曾是当地文化表演剧团的创始人,精通部落歌舞,她对杨·贝尔的影响非常巨大。随着剧团的巡回演出和艺术演讲,杨·贝尔接触了大量族裔仪式和表演,因而他的诗歌诵读常常是以歌唱形式,并在鼓乐伴奏下进行。诗人的母语为麦斯奎基部落语言,十岁以后杨·贝尔才正式使用英语书面语,并开始思考如何通过英语来真实再现部落文化和传统,尽可能减少其中的信息流失和变形扭曲,他也意识到部落语言在感性表述上与英语有着截然不同的特征,往往在移译中产生文化歪曲和误读。

在1968年的一次诗人和作家的会议上,初入诗坛的杨·贝尔得到了当时不少诗人和学者的关注,此后杨·贝尔又在加州波莫纳学院、爱荷华大学、格林内尔学院、北爱荷华大学、爱荷华州立大学等进修学习,进一步拓展自己的诗学研究和创作,汲取

---

① 参见"Selected Websites on Ray A. Young Bear's Life and Works", Gale Online Encyclopedia, Gale, 2017. http://www. go. galegroup. com/ps/i. do? p = LitRC&sw = w&u = fudanu&v = 2. 1&id = GALE% 7CH1440118137&it = r&asid = 68e34e9cb7eb10fea6ed0fd3659ba5c4. Accessed 10 Apr. 2017。

知识、博采众长，接触了大量族裔文化之外的诗歌作品，同时认识到其中的某些局限性，尤其是文化根源的缺失，而这恰恰是本土裔诗歌不可或缺的主要特征。认识到这一点后，杨·贝尔更坚定了自己的创作初衷，也确立了写作的信心，即专注于印第安原住民特色、质朴原始的风格。

杨·贝尔早期写诗得经过语言文字的移译转化过程，他用麦斯奎基部落语言思考，而后再自动在脑海里译为英文，最后记录下来。随着创作的发展，这个移译转化的过程从形式上消失了，但是实质的转化依然不动声色地存在着。诗人用英文书写，可是字里行间的风格仍然呼应着部落的口语特色，充满族裔部落自然和文化元素。他的诗歌在传达部落口述风格的同时，又融合了他个人的声音，因此有慎独和群体的交融，有庆典仪式和自我批评的结合，诗歌中的视角不断流动变化，可以从不同的个体看到族裔文化的特质。

在杨·贝尔的文学生涯中，他的妻子斯特拉（Stella Young Bear）始终是艺术合作者，而她的珠饰工艺品也成为了小说《黑鹰之子》（*Black Eagle Child*，1992）和诗集《无形的乐手》（*The Invisible Musician*，1990）的封面造型。斯特拉除了在杨·贝尔的诗歌创作上不断支持佐助，还与他合作成为"林地歌舞剧团"（Woodland Song and Dance Troupe）的共同创办人。杨·贝尔不仅在诗歌作品中以妻子为形象刻画女性人物，例如《无形的乐手》中的"月亮女神"（Selene）一诗讲述的主人公之妻，杨·贝尔就是通过这个人物来揭示人性之美，表达自己的审美价值观。不过杨·贝尔诗作中看似强烈的个性自我并不表明诗人是自我中心的,只关乎个人感受的。若是仔细阅读,读者很容易就发现,他的诗歌常常是内心和外在声音的交响,其中有独特的声音和意义的建构,需要人们在解读时品味到其中错综的交织和组合。其实斯特拉的珠饰工艺品和杨·贝尔的诗歌作品在创作上有异曲同工之妙,都是诸多艺术元素和材料的相互交织和组合,是整体艺术中的有机组成部分,也是更广义的文化历史语境下的艺术产物。

杨·贝尔的诗歌创作不断拓展了他对于族裔文化表述的深度和广度,自诗歌作品问世之后,他还进一步涉及小说创作,并从其他本土裔作家,诸如维兹诺、韦尔奇(James Welch)、希尔科(Leslie Marmon Silko)等那里获得了丰富的创作经验和灵感,而他的小说也彰显了诗歌的精美和巧妙特色,为族裔叙述带来了新的声音,深入揭示了印第安本土族裔的文化孤立和失落感。

杨·贝尔在对待自己的创作上,似乎从没有一蹴而就的完满观念,他认为诗歌创作就是生命体验的积累,是贯穿时间和生活的积聚,其中有意象的叠加和不断丰富,也有思想的渐渐发展和成熟,艺术家一旦开启创作旅程,他个人对目的地和结局并不预先知晓,而旅程也不一定是线性前进的,照杨·贝尔自己的话说,得"围着他称之为'无意义的哲学'打转"[1]这种无意义指的

---

[1] 参见"Selected Websites on Ray A. Young Bear's Life and Works", Gale Online Encyclopedia, Gale, 2017. http://www. go. galegroup. com/ps/i. do? p = LitRC&sw = w&u = fudanu&v = 2. 1&id = GALE% 7CH1440118137&it = r&asid = 68e34e9cb7eb10fea6ed0fd3659ba5c4. Accessed 10 Apr. 2017。

是人在宇宙中对自身无意义的自觉,也是杨·贝尔自创作早期就强烈感受到的生命理解,在此后的诗歌分析中笔者将进一步分析诠释。

在杨·贝尔的诗歌作品中,《火蜥蜴之冬》(*Winter of the Salamander*,1980)是最早获得学界认可的一部诗集,其中 83 首诗作带有鲜明的文化边界超越特征,而不少作品之前已经在诸如《美国诗歌评论》(*American Poetry Review*)、《西北诗歌评论》(*Northwest Poetry Review*)等重要期刊中单独发表,诗集中麦斯奎基和英语的双语题词也让读者印象深刻,"诗中并无意义阐明或预言/只有/文字实验"。杨·贝尔对于部落语言的彰显,也并不带有诠释和说明,他仅仅让人们看到这一语言文字的存在。有趣的是,读者发现诗集中的每一首诗作都毫无大写字母,鲜少有标点符号,这也成为杨·贝尔此后大多数诗歌作品中的共同特征。他的诗歌充满了意象,也着意表达梦境、幻觉,传达麦斯奎基部落的歌谣特征。道格拉斯·格罗佛(Douglas Glover)曾如此评价杨·贝尔:

> 杨·贝尔背负着双重的责任,一方面他要以真实和广博的信息量来满足读者,另一方面他又要兼顾个人和部落对隐秘的需求。他必须得创造出一种新的形式,具有双重性的本质,这种形式从不直截了当,充满了暗示。它是诗意的,但又并不一定满足传统诗歌体裁的各项要求。它始终令人惊讶;它也许没有终点,它是一种代码,换言之,只有对

的人才能破解这种代码。①

这种代码的解读难度,或许一定程度上源于部落语言的移译和其自身质朴无华却意味深邃的风格。

诗歌移译的创作实践

杨·贝尔自小和祖母生活在一起,度过了人生最初的12年,也从祖母那里了解了印第安文化,尤其是麦斯奎基部落传统。他倾听着祖母和部落乡亲们的口述传说,对部落语言有着与生俱来的亲切和熟悉,全身心感受并欣赏其中的节奏和独特魅力。他曾经在访谈中认为:"诗歌来自一系列复杂而交缠的图形意象,在我看来,其形式就像富有诗意的、自由诗体……"②他同时承认自己在创作中除了最初较为有意地将部落语言移译为英文,还要把视觉中的意象转化为语言。不过我们在阅读他的诗歌时,更强烈的感觉是其中文化感受的移译。

直到多年后,杨·贝尔都一直非常喜欢自己早期诗作"祖

---

① 见"Ray A. Young Bear."Contemporary Authors Online, Gale, 2006. Literature Resource Center, go.galegroup.com/ps/i.do? p = LitRC&sw = w&u = fudanu&v = 2. 1&id = GALE%7CH1000118137&it = r&asid = 1a6d98fe945fbd371bc39173595d50d9. Accessed 9 Apr. 2017.

② 见 Joseph Bruchac, "Connected to the Past," in *Survival This Way: Interviews with American Indian Poets*. Tucson: University of Arizona Press, 1987, 第343页。

母",认为在自己同期的不少作品中,这首诗是他愿意反复提及并重印出版的。他甚至为此感到骄傲,并认为在《火蜥蜴之冬》中,余下的不少诗作重在实验性,事后看并不一定令他满意,觉得只是"通往更高的境界和更好的体验的踏脚石。"①

诗人对"祖母"一诗的情有独钟,很可能因为这一作品反映了他身为麦斯奎基部落一员的身份意识,其中饱含着他对文化和族人的保护意识。全诗看似质朴平实,清晰明快,实则传达了杨·贝尔独特的感知方式。诗歌未曾描述祖母的身形样貌,一切表述都是通过诗人自己的感受来转达,读者眼前并没有某个人物形象,即便诗人提到自己"看到"、"察觉"、"听到",而且也嗅到了所有和祖母相关的特点,但是一切感受都是通过诗人折射和转递给我们的。诗歌一开始就是"如果我在/一英里外看到她的身影/我立刻能知道/那人就是她。"四行诗文只出现了一个标点符号。试想,一英里外的身影凭着肉眼是不可能看到的,这种超现实的感知方式并不符合常理,而且感知的速度极快,是"立刻"得知。读者等待着祖母形象的进一步清晰,可是接下来的表述并没有直截了当地回到祖母的形象上,却出人意料地给出了"紫色的围巾/还有那塑料/购物袋。"第二个句号才出现,却没有任何关乎祖母具体样貌的描写。若是再细想,我们可能会意识到他对祖母具体样貌和隐私的保护意识,正如之前学者所精辟概述的,"他要兼顾

---

① 见同上,第346页。

个人和部落对隐秘的需求",仿佛某种亲昵只有彼此才能分享,某些感触和细节,只可意会,不能言传。

由此,读者便会接受此后他同样借力打力般不着痕迹地表达自己对祖母的深深眷恋和热爱,却丝毫不会袒露具体的细节。但是我们能理解这种亲密并非常人能做到,即当祖母抚着他的头,他能知道这是谁的手,能感觉到"温暖而潮湿",甚至闻到"带着根茎的/味道。"这里纯然体悟的表达,准确细腻,会让人带着通觉的意识在脑海里自行建构起某个形象,每个人心中最爱的形象都不同,但是都符合这种深入身心的感受。杨·贝尔在此做到了最大程度的坦诚和真实,却不着一字具象的描摹,让人们感受到了强烈的感官冲击。

更深入的感受在诗中出现,而其中的体悟方式并非我们所熟悉,显然是部落传统中个体内外圆融体验的再现:"如果我听到/有声音/来自/一块岩石/我会知道/她的话语/能渗透我内心",来自岩石的声音是诗人感受到的祖母的话语力量,这种坚硬无比和温柔亲切的强烈比照也冲击着我们的感受,柔软却长驱直入,具有渗透人内心的力量,我们仿佛听到了富有节奏的部落吟唱,尽管语言代码无法理解,但是其中的感染力必然有效传达。诗人转而将这种渗透心灵的力量又比作火光,将其描述为夜之灰烬中燃起的火焰。从听觉到视觉的转换自然流畅,而声音如岩石,如火光的比喻也独特新奇,读着诗句,或许我们原本平淡镇定的心境也被火焰点燃。这里强烈的视觉意象就像另一种截然不同的语言,其中的秘密在祖母和诗人之间交换着,尽管我们听不真切,也听不懂,却依然感动不已。"沉睡的火堆"中"燃起火焰"这一效果不仅是祖母的话语对于诗人的影响力,也是诗歌带给读诗人的震撼。

或许可以这样感慨,果然杨·贝尔以真实的信息满足了读者,却又保留了某种隐秘。这种超越了语言文字和感受差异的诗意移译确实独特。他同样也用英语发出了部落族裔的困惑,涉及暴力、死亡、绝望、失落、愤怒等情绪,通过意象化处理将部落语言的表述转译为英语,巧妙地揭示着语言在建构认知世界上的差异,从而提醒人们现代文明在古老文化比照下的误区和症结。

以短诗"一块人骨"(One Chip of Human Bone)为例,诗歌伊始的三行:"一块人骨//几乎适宜/在铁轨上死去",颇为触目惊心,意象的视觉冲击强烈,读者的联想自然生成:沿着铁轨跋涉的旅人最终倒在了路途中,历史沧桑变换,在岁月中只留下一块人骨。因而此后诗人感喟漫长归途中蹒跚的人们会是怎样的感觉。关键信息在于,这一旅程的目的是"归"(back),能确定的信息即流浪的人们,或者在外身心疲惫的人们最终蹒跚而行的方向是回家,那必然是印第安人在文化迷途中一心所向的宁静家园。然而令人伤感的是,最终旅者没有归家,而是衰亡在工业文明象征的铁轨上。很自然,几行诗文的表述令人感到压抑、悲伤和无奈,似乎愿望始终难以达成,即便是拼尽了气力和挣扎。然而,正如帕维奇在评述《火蜥蜴之冬》时所言:"尽管其中不少诗歌有着末世论的情绪,但作品始终有一种对古老传统和家园土地的尊崇。"①

在方才的压抑无奈中,杨·贝尔转而跳入了故去的旅人的情绪中,想象着他们"对着星辰展露笑颜",以自己部落原住民的情感和认知方式来揭示不同于主流文明的世界观,即生命的继续和灵魂的慰藉无需外物,内在的本质最重要,最后一句尤为震撼人心:"身为印第安人无所失落。"此处的结尾完全符合杨·贝尔的诗歌风格,即结束并不意味着停止,而是有着一种永不停歇与恒久变化的态势,似乎在召唤或启示着什么。"无所失落"是一种独特的生存方式,尤其在历史语境中,当本土裔居民的传统和文化不断被殖民者入侵、倾轧、吞噬和改变,这种不会失去一切的态度,好像在表明:本质的文化价值在个人的感知方式上,在各种感官体验,在独特的语言表达中。这恰好也应和了杨·贝尔的诗歌在英语表达中的移译本质,即尽管叙述形式和代码载体不同,但是语言要传达的意义具备固有的、不可剥夺的力量。杨·贝尔曾明确表示,"我的文字遵从这样的特质,即宇宙中的无意义,坚信人类不过是世界秩序中的渺小组成。我的期许仅仅在于要表达自我,而我不过是有效的传达者,能以充满旋律和哀愁的音调奏出和弦,表达遭遇过创伤的个人存在。然而在有限的时空中,还存在着无穷的情感更需要被表达"②。

---

① 见 Pavich, Pavich, Paul N. "Review of *Winter of the Salamander*" in *Western American Literature*. 16. 4 (Feb. 1982): p330—331, go. galegroup. com/ps/i. do? p = LitRC&sw = w&u = fudanu&v = 2. 1&id = GALE%7 CH1420008889 &it = r&asid = 00b931910798bcf3534c2df7dd62dff0. Accessed 9 Apr. 2017。

② 见 Young Bear, *Black Eagle Child: The Facepaint Narrative*. Iowa City: University of Iowa Press, 1992, 第 55 页。

关于文化的哀愁,杨·贝尔在一首名为"身为政治刺客的眼镜王蛇"(The King Cobra as Political Assassin)中也有独特的族裔文化移译深意。该诗写于1981年5月30日,创作时诗人正处于沮丧和挫败的心情中,对自己的诗歌创作充满困惑,感到无比彷徨。当时发生了总统里根的遇刺事件,而诗人在事件前一晚恰好做了一个梦,基于这样的巧合,杨·贝尔便写下了这一作品。在访谈中他坦言梦境与刺客事件的偶合并不一定表明他自身的预见性,然而其中的关联或许在部落传统和感受中并不奇异。诗中的"我"就是杨·贝尔梦境中的自己,他身处麦斯奎基居住地之外,看到两条蛇在交缠搏斗,而发生场景恰恰就在他的曾曾祖父从白人手里买下的那片土地上。

当然,杨·贝尔在访谈中开玩笑地说:"我很重视自己的这个梦境,不过至于牵强地要与里根事件联系起来,那这首诗在现实中就只是对地产和土地投资需求的一种陈述。"[①]正因如此,理解诗作需要一定的背景知识,普通读者若是不了解麦斯奎基部落首领花钱购买本来就属于自己部落的土地这一历史,诗歌的理解就会有一定的难度。这种被剥夺后再购买赎回的行为,在杨·贝尔的文化记忆中成了某种创伤般的存在,这种感觉进入诗歌,化为英语语言,自然需要独特感官感受的移译。在诗歌中,两条蛇的交缠搏斗,最后一方奄奄一息的画面,被诗人形象地表现出来。其中那条善斗而入侵的小蛇出现时,被诗人表述

---

① 见 Joseph Bruchac,第343页。

为"嬉皮士裸露的手臂和肩膀/装饰般缠绕着一条异域蛇",此后这位嬉皮士"松开了他蠢蠢欲动的宠物"。就在诗人和嬉皮士的附近有一条溪流,而水中有一条大得多的蛇静静地躺着。画面中一动一静形成鲜明对比:一边是异域蛇"蜿蜒滑过/柳树",滑向溪流,"目光如注,盯上了猎物";一边是似乎并未有任何防备的大蛇,正安静地在水里冷却身体。"我"想制止小蛇的入侵,希望嬉皮士喊住他的宠物,可是对方并不担心,反而提醒大家留意"那追逐猎物的舞蹈",于是动人心魄的入侵和搏杀开始:

> The larger water snake recoiled
> into its defensive stance
> as the smaller slid into
> the water. Before each came within
> striking distance, the hunter-snake
> struck. They splashed violently
> against the rocks and branches.
> Decapitated, the water snake's
> muscled body became lax
> in the sunlit current.

> 那条更大的水蛇缠绕成
> 防御的姿态
> 而小蛇则滑入

> 水中。没等它们各自进入
> 格斗距离,猎者小蛇
> 出击了。它们猛溅起水花
> 拍打着岩石和树枝。
> 斩首后,水蛇那
> 结实的身躯变得松弛
> 浮在阳光照耀的水流中。

就在这样的戏剧性一幕中,我们惊愕地看到了大蛇的溃败。这种力量的冲突和斗争,诗人并没有好恶的立场,也并没有给人任何具体的类比或逻辑的联想,但是这宛若天翻地覆的殊死搏杀,交缠在他的梦境中,发生在这片失落而复得,记载着耻辱和尊严的土地上,就像是两股力量的绞杀和缠绕,这种文化记忆的意象化再现,显然跳脱了我们的文化理解和感知方式,是杨·贝尔所独有的。

然而他就在这样的怪异奇幻的梦境之后,又从理性的视角反观,从诸多细节回想,"无数遍地思考着,分析它/不和谐的象征意义"。"不和谐"恐怕只是两种代码之间表象的差异,是梦境感受在移译过程中形成的理解障碍。因此,诗歌最后道出的"刺客"、"影迷的女明星"[①]、"政治决策人"等等,与当时的新闻报道中涉及的事件因素都一一对应,与之前诗人做的梦显得毫无关

[①] 据当时报道,总统刺杀事件的嫌疑犯是电影女明星朱迪·福斯特的狂热影迷,而刺杀行为也是他对女明星表示痴情的举动。

联,风马牛不相及,如果牵强附会,必然显得荒诞不经。因而诗人在结尾如此表述,即他在自己的"林中印第安人日记"里写道:"这是预演式的对/房地产和投资的渴望;/是完全不相干的事……"表象看,这是就事论事的平静陈述;然而再细想,这片林地本来属于部落居民,被殖民者剥夺后,他们再以现金交易购买,但是那笔现金却是用贩卖马群换来的,其中的荒谬反讽,不是同样强烈吗?根据诗人此后的分析,他的祖母曾经告诉他,梦境,尤其是梦中的意象和感受,常常是印第安人与往昔产生关联的途径。那么这种"预演式的"渴望,实质在于这片土地的历史(即反讽的地产投资)对于诗人的感官冲击,以两条蛇的缠绕搏斗得以怪异体现。究竟是否"完全不相干",诗人有意将解读抛给读者,他只是诗歌意象的传达者和移译人,其中的深意,他有意识地不予以解释,以一种自然的不自知的载体形式存在。

这种存在,杨·贝尔在访谈中表述得十分明确:"有时我发现,我的一些朋友是诗歌意象的重要承载者,尽管他们并不自知。所以我常常会充满兴趣地倾听他们,我觉得在印第安人群体中人人都是独特的诗人。我就是从他们身上得到了诗歌意象,从而创作诗歌,从中获取一切。"[①]

质朴的神秘及矛盾本质

杨·贝尔诗歌的重要特质还在于其始终不变的质朴。他的

---

① 见 Joseph Bruchac,第 343 页。

诗歌作品常常有一种"源于土地的神秘"①,并且有着非常统一的文化审美体系,即族裔部落的文化传统和生活与当下文化反思的结合。其中的语言风格有着鲜明的族裔部落口述特征,而浑然质朴的表达也是诗人对于文化根源的回归意识,以及本土族裔独特世界观的揭示载体。

关于杨·贝尔诗歌的修辞特点,科克拉曾做过这样的评价:"杨·贝尔诗学语境中文化动态在他的作品中起着决定性的作用,他代表了这样的一种创作状态,即同时保持倾诉和抑制的双重性。即便在倾诉中,杨·贝尔的修辞张力恰恰与他抑制诉说的力度相得益彰。"②由此我们可以这样认为,杨·贝尔彰显的语言质朴,与其诗意的复杂错综有着一种奇异矛盾的双重性。若要形象生动地比喻这种特征,可以从他的祖先向殖民者买下自己的土地之举加以类比,即麦斯奎基部落的生存从本质上有一种矛盾性,他们究竟是生活在美国文化语境之内,还是之外?因为他们从来不承认自己生活在政府划定的印第安保留地。麦斯奎基部落居民长久以来努力珍存并保留着自己的家园,并不采取被动接受的文化态度。从祖辈购买地产的举动中,族人的生活不仅在地域上有着矛盾性,由此引发的文化、生态、政治观念也有其独特性。这所有的差异和鲜明特征,似乎都源于部落

---

① 见同上,第337页。

② 见 Jim Cocola, "The keeping of Ray A. Young Bear", in *Discourse*, 29. 2—3 (Spring-Fall 2007), Detroit, MI: Wayne State University Press, 2007, 第282页。

居民脚下的土地的特殊性,因而杨·贝尔的诗歌在质朴中也同样反映了本质的、基于地域的文化归属特性,与当下的全球化社会趋势大相径庭。"在诗歌集和更为拓展的叙述中,杨·贝尔创造了一个文学世界,这个世界与他自己居住的家园高度契合,作品中的文化传承也得到竭力维护。"[①]阅读杨·贝尔的诗歌,读者仿佛得到许可进入了他笔下的麦斯奎基部落世界,可是面对着这些质朴的族裔文化,读者又分明觉得其中有着不可企及或触碰的距离。

其中,出自《火蜥蜴之冬》的诗歌"生命四歌"("Four Songs of Life")就是这种倾诉和抑制双重性的典例,让人们在质朴的语言底下看到了文化珍存的维护和谨慎。例如第三首诗中,诗人明确表述"我清晰地记得/我们部落的/歌谣",读者自然会期待着诗人重述部落歌谣,有着一饱耳福的期待。但是诗人笔锋一转,却说"我不会/透露给任何人/说我知道/这些歌谣。"话语如此单纯明了,却令人期待落空,同时心生疑虑:既然不愿意透露,甚至连自己"知道"都不说,那前面的表述岂不自相矛盾,多此一举,吊人胃口?

当然,诗歌可以对具体内容不着笔墨,情感和情绪是表述的主旨,杨·贝尔在这首诗中坦诚表示:"我是有意/想要/把/它们/藏起来",读到这里,想必读者会有一种"何必说"的怪异感觉,正如之前所述,读者觉得从第一诗行开始,自己似乎得到倾

---

① 见同上。

听的许可,可是再继续进入,却觉得不可企及和触碰,这种矛盾怪异地影响着人们对于诗歌的感受,就像完整统一的理解被生生地阻止、割裂和碎片化。于是诗人坦诚地继续表达,说出了他对于部落歌谣的独特维系和情感,"因为它们此时属于我/要随我/至死不离。"其中有着明确的谨慎细致和深入血肉的眷恋,这与杨·贝尔创作之初就尊崇的诗意态度高度吻合,即前面所提及的"诗中并无意义阐明或预言/只有/文字实验。"这句话也是《火蜥蜴之冬》诗集的题词,诗人有意用麦斯奎基语和英语予以双重表达,似乎有意表明,两种语言在移译中本质上也会有差异变奏,对其中的深意,他本人以及部落的乡亲们,还有不懂部落语言的人们,在感受上是不同的,但是变奏的存在不会改变诗歌存在的意义。在这首诗中,杨·贝尔对于部落文化的珍藏隐匿显然多于彰显揭示,这种心理似乎令人费解。

异曲同工的是,在一次访谈中,当诗人被问及第一部诗集名称里"火蜥蜴"的意义时,他如此回答:"这个问题最好不讨论,"并解释道,"它是一个强烈的意象,有其象征指示,有待分析讨论,但是为了安全起见,我不作解释。"[①]其中的"安全起见",一定程度上源于诗人对自己文化记忆的不确定,所以他用英语移译诗意时,保留意象的展现,但不轻易或随意地进行跨文化解释;另一方面,这种谨慎也出于对文化误解和臆断的防范,因为杨·贝尔在深究部落传统的同时,不断地与长者沟通,从而渐渐

---

① 转引自 Jim Cocola,第 282 页。

形成了对文化传承和传统价值维护的批判性认识,即接受某些文化特质无法被真正有效传递和理解的特质前提,并在此前提下进行积极的诗意移译。

这种无奈的前提也给读者和学者提出了一个重要的设问:杨·贝尔的诗歌和传统的麦斯奎基诗歌究竟是怎样一种关系?有学者尝试对这一困惑做出解答,认为可以"通过文化的细节特征进行的诗歌重新定义,强调……不同的传统"。[①] 例如,这位学者认为部落语言中的声音效果在英语中不可译,因而诗人会有将歌谣有意藏起来的本能反应。然而是否能将某种音节特征以英语表征,让读者从这些看似无意义的音节声效中体会不同的传统?杨·贝尔对这种解惑方式持保留意见,事实上他偏向于不做解释,以免文化猎奇和好奇的导向让部落外的人们产生被误导的、妄断的结论。这种文化态度有其自身的矛盾性,因为其前提预设是,族裔部落的传统并不一定要为外界的旁观者建构和诠释,但是杨·贝尔身为本土裔诗人的英语诗歌创作却必然会引发人们对于族裔传统的诠释。

所以,杨·贝尔在创作中对于文化传统展现的矛盾情结也成为解读他诗歌的重要症结,读者应该关注到他的审慎和高度的选择性(即杨·贝尔在创作中常常细致而微妙地权衡什么是可以分享,什么是不能分享的),在他质朴的语言底下

---

① 见 Jerome Rothenberg, "Pre-Face," in *Symposium of the Whole: A Range of Discourse Toward an Ethnopoetics*, ed. Jerome Rothenberg and Diane Rothenberg, Berkeley: University of California Press, 1983,第 xi 页。

洞察到他对"坦诚与自由"表达的谨慎和矛盾态度,从而品味杨·贝尔所特有的跨文化交流方式,对他的隐而不发给予充分理解。

至于什么是可以分享的,我们也能欣慰地认识到,杨·贝尔在不少作品中依然可以表达得淋漓尽致,例如他从部落生活体验的感知出发,对生存环境和社会公正予以审视批评,对族裔内外文化差异所引发的观念进行展现评述,并且他的表述通常不从跨文化对话的模式展开,而是给予启示,给出借鉴,而非有针对态度的指示。所以杨·贝尔的诗歌常常没有针对某人或某些人的语调预设,有一种叙述目标模糊淡化的风格,这也是他诗歌显出质朴特征的原因之一,其中的干涉意图和"我对你说"式的指示特点是极少的。这也从另一个侧面巧妙隐射了殖民文化对于族裔文化的强烈干涉和侵占态度,将主流文化之外的文明和人民视为"他者"的僭越。这种反其道而行之的巧妙,在于杨·贝尔不跟随、不迎合主流文化的前在阅读期待,他不展现无法真实和忠诚传递的部落传统,但是他可以通过自己的文化身份,以艺术创作来再现西方主流文明,从而质疑和解构强势文化态度对于他者的干涉。若是问及杨·贝尔的诗歌作品目标读者究竟是谁时,我们也应该有这样的共识,即在印刷文化和数字文化时代,族裔作家的作品一旦问世,其结果必然不能限制在特殊的群体之内,人们阅读和感受的是在普遍的口述和表演文化中被移译的、被理解的内容,这也是我们需要关注的核心价值。所以杨·贝尔诗歌中对于家园和部落的专注和投入,是他希望传达、人们也能理解的生活信念和体验,而非刻意强调差异,他的沉默、抑制和审慎,在学者眼里,是保留、珍存自身的部落哲学体系,有着潜文本的自足特征,即"被发表的记录远非故事的全部;在它之外有着杨·贝尔保留给自己和麦斯奎基部落乡亲的东西,而他也以一个被委托的意义保留者的姿态存在着"①。

语言文化的超越、困惑与反思

从某种意义上说,意义的保留者与之前杨·贝尔所提出的无意义的生命哲学又貌似自相矛盾,但本质上有着深刻的关联,后者强调在有限的时空中,还有无穷的意义需要被表达,而前者的文化保留者姿态并不彰显个人的重要性,而是一种面对自然万物的谦卑和融入姿态。两者都强调整体性,强调个体之间的关联。因此意义的保留在于意义的关联性,即为懂得的、有关联的人保留,而个体的渺小和无意义在大的秩序建构中能关联出宏大和意义。不知这种诠释能否破解之前的意义隐藏,表明实际上掩藏和沉默从宏观的视角和关联来看依然能达成表达和传递,那是一种超越语言文化差异的理解。正如穆尔所认为的,杨·贝尔的诗歌具有"超现实"和"令人迷惑"的特征,"但是他看似超现实主义的意象和文化关联,在这个生存宇宙的个人无意

---

① 见 Jim Cocola,第 282 页。

义的体系中却变得现实起来"①。

杨·贝尔有一首读来颇令人困惑和超现实主义的诗歌"狄金森、俾斯麦和走鹃的质询"("Emily Dickinson, Bismarck and the Roadrunner's Inquiry"),从诗歌标题看,这三者完全毫无相干,不过既然诗人在诗歌伊始就坦言"这只是表示喜爱的举动",于是他写了几封信,"每封信都倾注了/同样的热情"。也许,同样是诗人的狄金森影响了杨·贝尔的创作,是他非常喜爱的作家;俾斯麦是建立德意志帝国的政治家,依靠他"铁和血"的信条,即战争暴力,发动了对丹麦、奥地利、法国的战争,完成了德意志统一大业,他所奉行的"铁血政策"后来发展为"专制和战争"的代名词;走鹃是美洲的一种擅长疾行的鸟类。诗人的个人生活体验让三者在诗中产生了关联,他用诗歌创作联系了毫无关联的彼此,甚至在诗人的想象中,三者仿佛"共同乘坐一叶独木舟/就在曼尼托巴的阿加西湖上,"三者的联系超越了语言、文化,甚至物种的差异。

更怪异的是,诗人和三者同在一叶独木舟里,"划向月光中的迷雾",最初的状态是彼此都没有失落对方,仿佛混沌之初,一切都是整体,同在一个生存境地。不过分离的时刻必然临近,这

---

① 见 David L. Moore, "Ray A. Young Bear" in *Native American Writers of the United States*, edited by Kenneth M. Roemer, Gale, 1997. *Dictionary of Literary Biography* Vol. 175, Literature Resource Center, go.galegroup.com/ps/i.do? p = LitRC&sw = w&u = fudanu&v = 2.1&id = GALE%7CH1200007276&it = r&asid = eedc41208e74fdbf72440ee3c7c82696. Accessed 9 Apr. 2017。

种区分和别离或许也是宇宙建构自身,形成广袤空间的过程。不过诗人令人意外地又描写了一种生命物种,即翠鸟,翠鸟的意象在迷雾中的离别时刻显得格外鲜明突兀,它突然飞来,"胸口脖子蓝白相间/就像湖水和雾色。"

诗人自始至终没有任何意义的解释和逻辑的说明,读者在迷惑中继续在诗歌中前行。诗人说翠鸟意味着"永冻和干旱",两者都是他无法生存的气候。这里的两种极端气候是否有着特殊的隐喻或暗示,我们不得而知,生存境遇在诗人即将与三者分离时发生,其中的隐秘关联和用意也只能各人去意会。不过,在下一个诗节中,诗人转换了之前的话题,指出"有必要让你的幽灵/成为秘密"。"你"是谁,从语境分析不难看出应该是三者中唯一的女性,即诗人狄金森,潜文本中的信息似乎是,狄金森隐秘地影响着诗人,成为他在困境中的灵魂慰藉或支持。之后对于"你"的描写也符合女诗人在杨·贝尔心里的形象:裸露双肩,上衣起皱,她还演奏着小提琴。不过琴声优雅流畅,赞美地"说着阿尔冈昆语的/美丽女神。"阿尔冈昆族(Algonquin)是生活在北美的印第安人,他们的语言就是阿尔冈昆语,最初生活在加拿大东部靠近北极的地带,在历史上该族的不少部落向南迁徙,进入密西西比河沿岸的林地,并来到大西洋沿岸定居。狄金森和印第安部落本应毫无关系,在杨·贝尔的诗意空间里,这种不可能成为了想象中的可能,狄金森的诗意表达成了动听的琴声,她的感受与印第安古老族裔部落的话语产生了跨时空的联系。

这些令人应接不暇、错愕的关联不断在诗歌中出现并推进,我们阅读诗句,展开了狂野、怪异、神秘的想象,想象诗人在极端的困顿环境下生存,靠饮食其他捕食者不能摄取的食物,在不同于常人常态的隐秘中生活,"猎捕麋鹿获取肉体和皮毛,/追踪走鹃以得到羽毛。"在三者中,走鹃(roadrunners)是一种走动迅速、大型的陆地鸟类,是北美特有的物种。在诗歌中,它的羽毛似乎能让在冻土环境下生存的诗人得到温暖庇护。诗人在下一个诗节的第一行中就提到"可是我们的语言几乎相同!"这里的"我们"有着诗意模糊性,究竟是指诗人和狄金森,还是诗人和走鹃?或是人类和鸟类的方言几乎相同?此后的表述似乎隐约给出了另一种意义的关联:

> Our Creation stories hopped out
> from a nest of undigested bones,
> overlooking the monolithic glaciers.
> This is what we were supposed to have
> seen before our glacial internment.
> That time before the Missouri River
> knew where to go.

> 我们的创世故事从一堆
> 未消化的骨头里跳出来,
> 俯瞰着庞大的冰川。
> 这一幕我们本该

> 在受困于冰川前就看见。
> 在未抵达密苏里河前
> 就知道去向何处。

在某种意义上,可以将诗中的"我们"解读为跨越物种的人类和走鹃之间的关系,因为从诗歌表达中似乎可以看到生命的起源,看到万物关联的意义。创世故事的开端,文明危机的产生,环境恶化的趋势和预见,这一幕幕展现在我们面前,世间生命的依存关联有了奇异的展现。

诗意的逻辑是跳脱独特的,这让读诗的人们暂时挣脱理性常识的束缚,肆意自由地感受。面对危机和困境的"我"产生了奇幻的反应,"记忆自地底下开启",回忆起曾经将热炭放在前臂上烧灼出的瘢痕,此举更是令人费解,尤其当诗人提到,这一瘢痕会在来世发出萤火虫般的光,加快人重生的进程,指引人走出黑暗。这种超自然的力量、感应和想象或许是部落仪式中所特有的,我们不得而知,不过这种个体生命在时间、空间、文化、语言上的关联令人惊讶,这是当下文明中颇为匮乏的相互贯通。

在此后的诗节中,诗人提到某日收到了你的信,而后跌下轮船扶梯失去意识。我们不禁疑虑,"你"是谁?是俾斯曼,还是狄金森?根据诗中的上下文,他说出的原委涉及了希腊神话典故,即著名的西西弗斯神话,西西弗斯被惩罚推巨石上山,徒劳地看石头滚下,而后周而复始地继续推动,尽管石头落下是必然,一切努力是徒然。诗中说到诗人在船上目睹了这一幕,同时"我发现自己在低语/'何必把神话政治化'",这也是他跌落扶梯的原因。此处将神话政治化的感喟,只能与俾斯曼相关,后者的战争暴力信仰,从历史隐喻而言就是一切努力的徒劳和重复。不过我们再如何深究与诠释,甚至穿凿附会,诗人不会给予任何答案。他只表达自己,词汇就像身体的血液,从伤口渗出……,此处创伤之下的哀痛感觉明显,可是诗人在任何境遇下的使命就是呐喊。

接下来的诗节中,"我们的信件"主动以时间次序排列,诗人以守夜人的身份,看着眼前幻化的一切,在整节诗的最后道出:

> They tell me of your dissatisfaction
> in mysociety where traffic signs
> overshadow the philosophy
> of being Insignificant.

> 他们对我说了你的不满
> 因为在我的社会中交通信号
> 让甘于无足轻重
> 的哲学黯然失色。

这里"无意义哲学"被诗人再次提出,似乎暗示人们忘却了万物的关联,个体的和谐消融,而一味突出彰显和强悍,这些似乎与俾斯麦战争暴力的铁血信条相悖。

全诗的篇幅很长,在之后的几个诗节中,诗人将各种元素天马行空般自由关联的表述不计其数,无论是空间的跳转跨越(例如格兰德河畔的德克萨斯桥下),还是意象或象征的自然衔接(盲眼火蜥蜴、污损的相片、椭圆相框等),但是我们能明显感觉到诗人最终的诗意表述落在了狄金森身上,相片中的人物形象是女诗人的,而杨·贝尔希望她一直保有当年"我初见你时的模样",诗中有不少关于女诗人样貌的表述,神态、脸庞、年龄,但是用词非常抽象,不给人任何具象的体验,模糊朦胧,诠释理解的空间很大。可以看出,诗人通过"文化清偿"、"幻灭"、徒劳的尝试等,似乎在表述着印第安族裔在文化侵占和竭力珍存的过程中的困境,其核心的难题是"无法复原分裂的两半"。然而,其中与狄金森的关联提出了发人深思的话题,似乎女诗人的诗意感悟和体验是杨·贝尔能够认同的文化相通和融合,而主流文明中其他的东西,似乎更多是带来损耗。

随着诗歌表达的深入,我们步入了更隐秘晦涩的诗意空间,不过令人确信的是,杨·贝尔与狄金森的关联依然是表达的重点:

> Whenever we were fortunate
> to appearwithin each other's prisms,
> studying and imploring our emissaries
> beyond the stations
> of our permanence,

I had no words to offer.

每当我们有幸
彼此出现在对方的生命中，
研究和探索我们的使命
它超越了
我们恒久不变的存在，
我竟无言以对。

直到诗歌最终，我们读到的依然是诗人自身和狄金森的沟通融合："无需暗示或指示/你会接受我。/亲爱的埃米莉。"这种无需暗示或指示的理解和接受，完全超越了文化和差别，是关联的至高境界，其中毫无障碍和迟疑，表明不同的文化和语言之间实质上存在着融合和彼此接受的可能，这种"生存无意义"的消融哲学，应该也是杨·贝尔在诗歌中不断表达的感受，类似于返璞归真的意义超越。

从上述的几首代表诗作来看，杨·贝尔诗歌擅长以独特的梦境来超越语言文化的差异，通过梦境中的意象集合来形成意义，不加主观诠释地将本土部落的声音发出去。他被人们视为"不仅是本土裔文学研究的核心人物，也是具有国际意义的艺术家。"[①]

---

① 见 David Moore & Michael Wilson, "Staying afloat in a chaotic world: a conversation with Ray Young Bear" in *Callaloo*, 17.1 (Winter 1994), 第 205 页。

其中普遍的、超越族裔差异的意义一定程度上是因为他在诗歌创作上的特立独行。他在学院教学诗歌创作时,也强调梦境对诗歌创作的灵感启发。在访谈中,杨·贝尔提到自己对梦境有多种不同的观察方式,说自己"对梦境着迷,并不断在日记里记录梦里的意象。最终,当收集到十到十二个梦时,我就将它们整合起来,像拼图一般,竭力形成一种叙述。"[1]这个梦境启发的创作,其实对杨·贝尔的诗歌理解具有很重要的帮助,它强调了思绪过程的本真和质朴,不受理性逻辑和外加诠释的干涉;梦境同时也是印第安人在生活中获得灵魂引导的重要资源,自身具有族裔独特性的同时,又具有人性的普遍意义。有趣的是,杨·贝尔自己也会在由梦境而起的诗歌中得到不同的领悟,有时是迷惑不解,有时会领悟什么,这种超越形式、文字、文化的移译像一个敞开的体系,让人在走入时生发特殊的感受和体验,而诗人自己也坦言,每一次阅读自己的作品,他同样会感到迷惑,从而沉浸、探索,直到新的领悟产生。

或许这种与身俱来的独特感应方式,这种杨·贝尔声称始终汲取自祖母的部落意识,让他坦承:尽管在诗歌创作生涯中受到不少诗人的影响,但是由于自身的哲学体系更适于不同的创作过程,他很少竭力而牵强地从其他作家那里获取创作经验和方法。作为双语的诗人,杨·贝尔希望在英语中移译自身部落传统的语言美学,而他的创作过程,尤其是创作早期,确实有语

---

[1] 见同上。

言转化的重要步骤,他甚至认为自己应该倡导其他的本土裔作家用自己的族裔部落语言进行完整创作,为特定群体读者写出一些作品来,因为语言差异有时难以在英语作品中得到充分完全的转达。据诗人所言,祖母一直教诲他,强调词汇个体的强大力量,因而他也始终努力秉持这些原则,可是在跨语言创作中他一直感到困难重重,因此他更多诉诸于诗歌,并认为诗歌是语言移译时相对失真率最小的。

在诗集《无形的乐手》中,杨·贝尔尤为突出了诗歌中的一个关键词"缥缈"(ethereal),这与他将梦境和现实结合的描述紧密相连,通过梦境的缥缈,诗人将个人的梦境与部落神话紧密相连,而由此也展现了麦斯奎基部落的生活面貌,寓意其缥缈与质朴相结合的族裔生态,从而传达出超越语言和文化的美学体验。

杨·贝尔非常重视族裔文化的隐秘性,在他使用英语创作的同时,他也不断探究和深思一个问题,即文化传统究竟是为谁保存?尽管他自己坚持不通过英语表述族裔部落的敏感问题,但是他的诗歌创作以某种方式沉默地传递着差异的存在和部落的文化困境,尤其是展现独特的审美感受和认知差异。他也通过自己的作品,努力忠实于独特的族裔部落伦理思想,并结合自己的跨文化体验,让人们看到诗人在其中的真实感受,哪怕是困惑。例如,在一首象征意丰富复杂的诗歌"水生动物的意义"(The Significance of a Water Animal)中,杨·贝尔以超自然的神秘叙述涉及了部落生命的形成,诗歌前半部分的描写缥缈虚幻,宛若梦境,似乎关于生命的起源,意境神秘美丽,不易被人清晰理解,水生动物潜在水中想上岸,而后"自造物主的/心脏和肉体"产生了神圣领袖的后裔,接下来的"此后/自红土地/产生了余下的我们所有人"则较为明确地告知人们:诗人是在写自己部落的神秘源头,

  "To believe otherwise,"
  as my grandmother tells me,
  "or to simply be ignorant,
  Belief and what we were given
  to take care of,
  is on the verge
  of ending …"

  "要相信其他,"
  我祖母这样告诉我,
  "或者干脆无知,
  信念和交付给我们
  珍存的东西,
  正濒临
  终结……"

不过全诗的结尾一段最是意味深长,它贯穿并呼应着杨·贝尔创作理念和文化态度,与诗人的其他诗作有着密切有机的

关联。祖母的教诲只可意会,难以通过文字移译传达,其中的"相信其他"突出了族裔部落内外的文化、思想、认知、感悟体系的差异,不过其中的文化态度,尤其是"干脆无知"的貌似消极,也一直是杨·贝尔不同于其他诗人,甚至是其他本土裔诗人的差异所在。

跨语言和跨文化的理解,在杨·贝尔笔下并不通畅,其中的超越自有它的前提限制。他也在一些访谈和作品里提到过族裔文化被主流文化侵占、僭越、误读或文物藏品般展示时的消极弊端。根据学者所言,"人类学、历史、英语、政治科学等学科中的理论和方法论大行其道,……西方的诠释体系普遍存在,多元文化的美国价值被倡导,以殖民主义为核心的美国民主与自由被赞许颂扬,新时代的印第安文化研究显得支离破碎。"[1]这一观点与杨·贝尔的担忧不谋而合。由此看来,"干脆无知"的智慧在于反讽地提出了文化僭越和误解的危害。

因此诗人的文化观念完全不立足于美国多元文化"平等交融"的视角,而是意在突出族裔意识的独特,部落的文化政治权利,他的价值珍存是针对部落内部的,是自内向外地展现族裔文化和思维想象,否则反其道而行之,那么这些交付给他的信念和珍存的东西就必然濒临终结。杨·贝尔以部落为核心的创作从主旨上展现了本土裔居民的生活和感受方式,以及他们对于自

---

[1] 见 Jennifer Denetdale, "New Indians, Old Wars" in *Wicazo Sa Review*, 23.2 (Fall 2008), 第 105 页。

身仪式、哲学体系、世界观的依赖和珍视。

从杨·贝尔的诗歌作品中,读者直面其中质朴的语言和诗歌意象,感受到诗人诉诸于声音表达的族裔口述特色,虽然其中有部落语言移译至英语的过程,也可见本土裔部落的梦境感受方式,但是从文字到诗意想象的超越过程自然流畅。从杨·贝尔的创作和文化立场来理解他的诗歌作品,我们能深深领会他的"生存无意义"的哲学观念,意识到个人的主观或情感的反应并不一定要强化扩展到干涉他人的观念,而是无数体验和观点中的渺小元素,不同的个体生命,不同的族裔,不同的国家,不同的文化体系等并不必然要寻求大同或理解。正如一位学者曾经颇有洞察地提出:"在一些跨文化的文本中,其实可以存在一定的文化无知,即一种'并不一定美国公民人人皆知的东西。'"[①]同样,承认和尊重差异,同时感受并领悟能够汲取的诗意,这也是我们对待杨·贝尔诗歌的理想态度。

---

① 见 David L. Moore, 1997, 第 633 页。

第8章　圈画心灵内境的诗意围隔:乔伊·哈乔[①]

乔伊·哈乔(Joy Harjo,1951—　)是当代美国本土裔最重要、影响力最大的诗人之一,她在艺术领域有着多重身份,除了知名美国本土裔女诗人外,她还是剧作家、爵士歌手和音乐家[②],是美国本土裔文艺复兴的重要推动力量。哈乔的诗歌具有强烈的生命感召力和律动,也同时充满了文化反思及批判的张力。

哈乔的族裔背景较为多元,融合了克里克、切诺基、法国和爱尔兰人的血统。哈乔出生于俄克拉荷马州的塔尔萨(Tulsa),在大学里主修过艺术、诗歌专业,获得了新墨西哥大学文学创作的学士学位,并在爱荷华大学完成了美术硕士学业,此后又在圣

[①] 本章部分内容以"乔伊·哈乔:诗意的围隔"为题发表于 2015 年 7 月 3 日《文艺报》。

[②] 她曾屡次获得原创音乐唱片奖,2009 年还荣膺美国本土音乐奖(Native American Music Award (NAMMY))的年度最佳女艺术家奖项。

达菲学院研修了电影学。她曾在多所大学里任教多年,还担任了美国印第安文化的顾问等重要社会角色。其间,她出版了《最后一支歌》(*The Last Song*, 1975)、《月亮带我到何方?》(*What Moon Drove Me to This?*, 1979)、《第三位女性》(*The Third Woman*, 1980)、《她有几匹马儿》(*She Had Some Horses*, 1983)、《她的所言》(*That's What She Said*, 1984)、《陷入疯狂之爱和战争》(*In Mad Love and War*, 1990)、《从天而降的女性》(*The Woman Who Fell from the Sky*, 1994)、《在他人的语言中重塑自我:当代北美本土女性写作》(*Reinventing Ourselves in the Enemy's Language: Contemporary Native Women's Writing of North America*, 1997)、《下一个世界的地图:诗歌与传说》(*A Map to the Next World: Poetry and Tales*, 2000)、《我们如何成为人:新近及精选诗歌,1975—2001》(*How We Became Human: New and Selected Poems, 1975—2001*, 2002)、《灵魂谈话,歌唱语言》(*Soul Talk, Song Language*, 2011)等诗歌散文集,探索了女性在多元文化世界中的心路历程,也日渐超越了本土印第安文化的标签。她近年来还出版有诗集《消弭冲突》(*Conflict Resolution for Holy Beings*, 2015)和《美国日出》(*An American Sunrise*, 2019),她主编的诺顿本土裔诗歌选集《世界之光黯淡,我们歌声响起》(*When the Light of the World Was Subdued, Our Songs Came Through: A Norton Anthology of Native Nations Poetry*)于 2020 年出版。

哈乔深受 20 世纪 70 年代美国印第安文化运动(the American Indian Movement)的影响,她关注性别和族裔的差异,并赋予创作更高远普遍的主题。因此她的作品总是具有深刻的文化忧患意识,着力探讨传统和现代文化的关系。迄今,哈乔的艺术创作赢得了诸多奖项和认可,其中包括美国本土裔作家终身成就奖和美国诗歌协会的"威廉·卡洛斯·威廉奖"(William Carlos Williams Award)等。2019年,她获封"美国桂冠诗人"称号。这不仅是对她个人诗歌成就和影响的肯定,也彰显了当代美国本土裔诗歌的整体成就。

哈乔认为,诗歌是最精粹的语言,身体力行地用语言的形式、结构、诗意、音律围隔出她特有的诗歌世界,其间充满了丰富而独特的诗歌意象、符号和风景,唱吟出族裔部落、女性甚而更广泛的读者的心灵歌声。在她的诗歌世界中,音乐和语言文字是融合的,她认为诗不应局限于书页,而是被吟诵歌唱甚至是表演的。确实,哈乔组织了个人乐队"诗的正义"("Poetic Justice"),在美国国内乃至国际舞台上进行表演。在哈乔围隔出的艺术世界中,人们会觉得自己踏上了走向真实、公正、爱和大自然的旅程,感受到音乐和语言的之美,从而激发出动力和思索。

哈乔的诗歌和音乐还具有灵魂诊疗的作用,其中融合了美国印第安神话、象征和价值特征,突出了西南地区的自然风光,强调了回忆和对现实超越的重要性。哈乔的作品大多从个人视角出发,具有明显的自传特征,表达了诗人对真实的自然世界的深情,对女性生存的关注,以及对语言局限的探讨和深思。在哈乔的第一部小开本诗集《最后一支歌》中,她就深刻揭示了本土印第安人碎片式的历史和世界观;在此后的《月亮带我到何方?》

中,诗人继续将深层的精神探索融入日常生活细节中,以她深邃独到的创作思考引领人们走进那个被语言和音乐所围隔出的艺术空间。正如她在一次访谈中所言,"我从一粒情感的种子和一个地点开始,从那里出发……我不再将诗歌视为终点,它也许不仅仅是一段旅程的目的地,这一漫长的旅行几年前就开始了,或许是从某人脸颊上的霞光、某种特定的气味、疼痛所激发的模糊记忆开始,若干年后,它会在一首诗中到达终点,它渗透了某个点,穿越了我心灵的某个湖泊,而此间必然有语言产生。"①阅读哈乔的诗歌,就像是在她设定的空间中寻求自由和自我实现。例如,在诗人的《她有几匹马儿》的诗集中,祈祷吟唱和动物意象不断涌现,不仅促动了诗人绵延不断的记忆和思索,也激发着读者的情感共鸣。在哈乔获奖最多的诗集《陷入疯狂之爱和战争》中,诗歌世界中出现了更多关于政治、族裔传统、文化焦虑和困惑等元素。然而,在文化冲突和主流文化霸权的语境中,读者进入的不是越发局促、狭窄、逼仄的世界,而是逐渐与永恒的矛盾和变化达成和谐共存。此后,哈乔的散文诗集《从天而降的女性》又从易洛魁族人的女性造物主的神话为原点,探索当代社会中创造和毁灭力量的此消彼长,从而涉及越战等严肃主题。紧接着,《下一个世界的地图:诗歌与传说》进一步彰显了美国印第安文化的多样性和独特意义,而其中的神话、传说、自传性叙述等,进一步引导读者从文化记忆的大门进入了各自不同的想象

---

① 见"Joy Harjo", http://www.joyharjo.com/, 2012。

空间。2002年出版的《我们如何成为人:新近及精选诗歌,1975—2001》则关注艺术家在社会中的角色,以及艺术、家庭、人与人之间的联系,诗歌以本土族裔特有的吟唱、神话、叙述形式,将读者引入了一个彼此心心相印、血肉相连的关系中。在2015年的诗集《消弭冲突》中,哈乔以诗歌为载体,穿越了一段黑暗的族裔历史,通过颂词、祈祷、蓝调布鲁斯等形式,将诗作汇聚成宛若史诗的篇章,仿佛引领读者经历了一次灵魂旅行,最后走出黑夜,迎接黎明。此后,在2019年出版的诗集《美国日出》中,哈乔再次从故乡和族裔部落的乡亲们那里,得到赐福般的精神力量,她纪念去世的母亲,回忆自己参与印第安民权运动的往昔,以及各种情感历程,以此开启新的生命旅程和领悟。哈乔在诗歌创作中并不直接传达理念和文化意图,而是让读者在她的语言中体验到生存和思考,意识到文化记忆的力量,而文化记忆也是本土印第安诗人创作的某种共性。在哈乔的诗歌世界中,历史与现实是交融的,神秘色彩和平凡生活细节是相通的。

在一次访谈中,当哈乔被问及美国本土女性所面临的特有挑战是什么时,她回答道,"作为本土女性,我们始终和所有人一样要面对生活的各种现实,还要不断应对与我们的生活毫无联系或几乎没有关联的印第安形象。"[①]由此可见,哈乔的诗歌创作并非刻意主打族裔特色,而是在特性中寻找诗意的永恒,在共

---

① 见"The Growth and Change of the Poetic Voice...Words from Musician & Poet, Joy Harjo", http://freewebs.com/lilylitreview/index.html, 2012。

性中显现其独特的视角、思维方式和语言魅力。

诗意围隔:多样艺术手法的融合

身兼诗人、乐手、表演艺术家、剧作家等多重身份的哈乔,自然在诗歌创作中融合了多样的艺术手法,从而为读者围隔出一个她所特有的诗意世界。这个世界,不同于我们所预设的印第安裔的、旖旎、异域风格的想象空间,而是一种重塑,是现代文明和部落往昔的交融,也是诗歌语言和音乐艺术的奇异结合。因为诗人的女性身份,她所展现的艺术作品又是对美国主流文化的某种重新审视和比较,即通过诗意的围隔,跳出范围来看曾经熟视无睹的世界。

哈乔的诗歌语言充满激情和乐律,而她也常常用音乐来吟唱这些诗句。对于诗人来说,"几乎所有创造性的作品都是某种或其他形式的协作"[①]。因此,阅读或聆听她的诗歌,无论其主题如何,读者往往会联想到舞蹈和音乐,这就是哈乔诗歌的独特性,也是作品感染人,甚而召唤人进入诗意世界的某种魔力。诗人在创作诗歌前,常常先被舞蹈和歌唱所激发,而后才由其中的节奏和韵律进入诗歌的语言创作。对于哈乔,节奏和拍子推动了诗歌意象的出现。因而,阅读她的诗歌,读者应该打破静止的

---

① 见 Frank Mundo, "For a Girl Becoming: an Interview with Poet Joy Harjo", http://www.examiner.com/arts-and-entertainment, October 9, 2009。

书页的局限,敞开心怀感受音乐和舞蹈的节奏。哈乔本人曾用非常诗意的话语如此表达,"我是在歌曲中第一次发现了诗歌,或者说是它发现了我,那是破晓时分,我独自站在一棵巨大的榆树下,大树掩映着我童年的住所,我听到收音机在播放,听到了妈妈的歌声。我曾经以为,那棵榆树也是一首诗,因为它表达了季节的变换,让我们在那里扎根。"①

榆树下的发现让诗人从此开始了诗意的探索,她的作品仿佛带人们暂别繁琐庸常的生活,开始旅行,"蓝调音乐在哈乔部落的女性主义美洲的各个角落里低语和流淌……她诗歌中的语言通俗低调,普通的言语却有着非凡的混合,正在安静而频繁地将恐惧和失落向诗人自身诉说。"②例如,哈乔的诗作"称它为恐惧"("Call It Fear")是《她有几匹马儿》的开篇诗,全诗伊始"在这个边缘我们一些人的影子/和骨头倒着后行走。"就将人们带入了一个阴影遮蔽的边缘地带,仿佛要寻觅或聆听即将消失的踪影或声音,四周沉静下来,聆听成为必然,而无声的呐喊开始冲破这个冷漠、逼仄的世界。诗中的边缘地带并不存在于我们真实具象的生活中,那是精神濒临绝望与崩溃的边缘,是无法界定、模糊存在的地方。那个单独成诗行的"倒退"(backwards)在表达上与前面的"走着"(walk)形成倒装,有摇摇欲坠的残片感。紧接着,第4诗行的"诉说着倒退"(talk backwards)推进了诗歌

---

① 转引自 Kenneth Lincoln, *Speaking Like Singing*: *Classics of Native American Literature*. Albuquerque: University of New Mexico Press, 2007, 第 221 页。

② 见同上,第 225 页。

的音律节奏,而此后顿时出现的"这个边缘/可称其为黑色的恐惧之海"又以波澜起伏的意象缓冲了之前的急促,而与此诗句同一诗行的"或者"(or)成为了该诗行的结尾词,以顿锉的节奏转换,进入"用其他歌曲命名"的下一诗行。诗歌中,遥远壮阔、不可界定的模糊,和之后清晰自我的"肋骨之下"的"心脏"形成同样跌宕的起伏感。旋即,心脏被比拟为"鲜血之星",不断"闪烁着",起伏感化作了"马儿们飞奔着"的跳跃,"冲击肋骨的曲线"。读者体会着心跳,"剧烈地倒吸气",一直回吸,直到抵达"这是我心里的边缘"。

阅读至此,爵士乐的曲调和即兴变奏特点十分明显,心跳与呼吸的感觉都十分配合,我们仿佛身临其境地聆听着鼓点和吟唱,也倒吸着气,听诗人接着讲述她的经历:

> I saw it once
> an August Sunday morning when the heart hadn't
> left this earth. And Goodluck
> sat sleeping next to me in the truck.
> We had never broken through the edge of the
> singing at four a.m.

> 我曾经见过它一次
> 那是八月周日的上午当心灵尚未
> 离开土地。好运

坐在我身旁在卡车里睡着了。

我们还从未在凌晨四点穿越过

歌唱的边缘。

诗歌描写的是一次在阿尔伯克基西部冲积平原的卡车之旅,"好运"(Goodluck)是她伙伴的名字,而叙述中"歌唱的边缘"又是一个无法捕捉的、无形的地带,同伴间不断地说话和倾听,包括"充溢在四周的其他声音",诗歌中的句法出现了常规的出逸,仿佛卡车脱离了正常轨道,进入了另一个时空。于是,诗人进一步诠释着她的边缘:

And there was this edge—

not the drop of sandy rock cliff

bones of volcanic earth into

  Albuquerque.

Not that,

  but a string of shadow horses kicking

and pulling me out of my belly,

not into theRio Grande but into the music

barely coming through

  Sunday church singing

From the radio. Battery worn-down but the voices

talking backwards.

　　　　这个边缘——
不是沙质悬崖石的坠落
不是火山土的灰烬跌入
　　　　　　阿尔伯克基
不是的，
　　　而是一串影子由马儿踢着
将我拉出了我的肚子，
　　　不是进入格兰德河而是进入音乐
它很少从
　　　周日的教堂歌声
经由电台传出。电池耗尽但声音
在往回叙说。

新的声音"周日的教堂歌声"进入诗歌，因为"电池耗尽"而渐渐低沉。谈话声、马儿的奔跑声，渐渐轻下来的吟唱声，这一切共鸣的混响，到了诗歌尾声"在往回叙说"，让我们不禁产生了一种从激越回到沉缓的释放感，仿佛诗人和我们都经历并战胜了恐惧，从"将我拉出了我的肚子"的奇异经历，即重新经过产道的新生体验，以女性的"我"的声音和生命过程，在黎明将至时，焕发了希望和勇气。

　　这首诗并不符合常规的语法和叙述秩序，而是以吟唱的节奏为重，多处有跨行的语意连接，视觉上的空行则有喘息、咏叹的感觉。沉吟其间,我们仿佛体验到某种无可名状的恐惧,而在诗人恰似演奏的表达中,我们从"影子"、"骨头"、"鲜血"、"灰烬"中触碰到死亡和恐惧,又从歌声和重生中恢复安宁和生命力。这段历程,恍如进入了哈乔用诗意围隔的世界中,走到未知、恐惧、死亡的边缘,而后跨过去,凭借着回忆追溯并诉说,并在诉说中回归安宁,仿佛在马蹄声声和奔马的跳跃中,渐渐回归平静,即将迎来黎明。这个过程,并非全然的孤独,有朋友"好运"相伴,在平原上行驶的卡车中,从黑夜跨越到白昼,从混沌驶向了平静与清晰,当声音平复消退时,心灵也归于安宁。在这个历程中,读者是身心参与的,我们不仅聆听,而且还想象并目睹了明暗交替、跌宕起伏的心灵内外景象,甚至加入了整个过程,直到曲终时的释然和安定。这段蓝调爵士民谣般的旋律,融合了诗人的语言、音乐、艺术表演的艺术手法,无论是"音色、音调、音强、声音的质感、节奏,都交织和渗透在斟字酌句中,滑行在起伏的音符里"[①]。同时,这段旅程并非是诗人个体独有的,读者在各自的体验中或许都会寻找自身的边缘境地、困惑与恐惧,也在这个过程中展开了不同的体验和解释。

哈乔的诗集《她有几匹马儿》是其诗歌创作生涯中里程碑式的作品。诗集的同名诗歌则更凸显了诗人标志性的创作特色,也在本土裔诗歌创作中占有非常重要的地位。该诗具有强烈的印第安神话和民谣特点,彰显了独特的世界观,兼具简约与深远

---

① 见 Kenneth Lincoln,第 227 页。

的思维模式。马儿在整部诗集中不断出现,被诗人视为具有灵魂特质的意象。马儿所表现的活跃和生命力,也表达了女性的私密情感、压抑、束缚、觉醒和爱,以及她们面对男性社会和文化失落的思索。据哈乔个人的观点,马具有雌雄同体的精神,它的强大并不止于雌雄的性别差异,因而它在诗歌中的形象不同于女性主义文学中的性别区分,而是一种超越性别差异、二元对立的形象。

这首诗反反复复以"她有几匹马儿"(She had some horses)的句式进行表达,而精灵般的"马儿"不仅遍布女人的生活,也存在于女人的身体和灵魂深处。在印第安人的生活中,马儿曾经是叱咤驰骋的坐骑,尤其是在遥远而失落的女系氏族时代。马的力量、速度、不断奔跑的姿态,曾经是马背上的祖先向远方迁徙,寻找家园的象征;在本土族裔的文化记忆中,马儿还负载着激情和生殖力,甚至在神话体系中具有雌雄同体和变形的神秘力量,汇合了阳刚、阴柔、力量和感性等生命特质。马儿们的形态、动作、表达方式、生存态度等,与诗人是同一的,而全诗最后的三行:

She had some horses she loved.
She had some horses she hated.

These were the same horses.

> 她的马儿是她之所爱。
>
> 她的马儿是她之所恨。
>
> 他们都是同样的马儿。

以爱恨的同一和融合,表达了诗人竭力化解冲突,渴望和谐安宁。

第一诗节中,"她的马儿是沙堆的身体"、"鲜血画成的地图"、"海水的皮肤"、"天上蔚蓝的空气"、"皮毛和牙齿"、"会破碎的黏土"、"劈裂的红色绝壁",这一系列的意象来自氏族部落的往昔,传达着经典的族裔形象;接下来一段,"她的马儿有火车的双眼"、"有丰满棕色的腿"、"笑得太多"、"会把石头砸向玻璃屋子"、"会舔着刀锋"又将我们带离了历史,仿佛看到这些生动的、可爱的生灵;在诗歌的第三诗节中,马儿有了情感和浪漫色彩,"会在母亲的怀抱中舞蹈"、"在月亮上跳华尔兹",又时而"十分羞怯,静静地呆在自己筑成的马厩里";当我们继续阅读下去,她有几匹马儿更具有了现实生活的特征,如喜欢"踢踏舞的歌曲"、会"为自己的琐事哭泣"、"朝异装男人吐沫子";诗人赋予马儿们语言能力,它们管自己叫"马儿","精灵","并压住/声音不让别人听见",马儿们有鲜明的情绪,会紧张、害怕寂寞,"不敢出声","等待毁灭",也"等待着重生",它们仿佛是文化记忆的守护者,也是女性在遭遇伤害时的代言者,在诗歌中,我们看到马儿是灵魂的拯救者,它们把破坏力和复原力合而为一,让人们在撕裂中获得意识的整合。

阅读此诗,我们从浓郁多彩的画面进入节奏明快的吟唱,仿佛听到激越的鼓点、随着舞蹈的击掌和踢踏声,我们从平静过渡到激动,又从惊慌归于平静,音乐声是贯彻始终的,那句"她有几匹马儿"是反复吟唱的歌词,而记忆被歌声唤起,身体随节奏舞动,在诗歌的世界中,我们在梦想中穿行。我们确切地感受到诗歌语言和音乐的合一,无论是节奏还是语汇,而事实上"她有几匹马儿"也是哈乔音乐专辑《二十世纪末的来信》(*Letter from the End of the Twentieth Century*)中的一曲,在诗作和歌曲的融合中,音乐是诗歌,歌唱者是诗人,诗回归了它自身口头表达的本源。

在诗歌创作中,哈乔常常以谱写歌词的手法来写诗,也曾将一些诗歌改编成歌词,并且将这种融合贯彻在她的艺术创作中。她的诗歌读者群从最初的本土印第安族裔扩展到了广大的非印第安人群,而诗人本人也承认,她的诗作并没有时间性,她要表达的是"灵魂的时间","没有开始、中间状态或结束。"她在访谈中坦言,"小时候我在梦中到处旅行,这些旅行和我其中的发现形成了我的时间观念。我依然在旅行,而诗歌、音乐和其他创作等,是我旅程中所有感受所发出的声音。"[①] 从更深意义上看,旅程和旅行就是进入诗意围隔的世界,而在这个天地中,艺术形式和艺术手法的界限是模糊而交融的。

---

① 见 Frank Mundo, "For a Girl Becoming: an Interview with Poet Joy Harjo", http://www.examiner.com/arts-and-entertainment, October 9, 2009。

诗意围隔:族裔特色与现代艺术的结合

在哈乔的诗意世界中,读者的族裔身份是多样和谐的,但是,我们依然能在现代艺术的包容共存和作品对当下文化的沉思中,感受并领略到其中独特的印第安色彩。诗歌结合了族裔文化特色,又同时体现了现代艺术和文化精神。从哈乔的第一部真正意义的诗集《月亮带我到何方?》(1979)中,我们就能看到她对当代本土族裔的生活有很深刻的文化反思。其中日月阴晴圆缺的变化和周期就是对文化得失、现实与身份认同变化的隐喻。

正如维吉特在《美国本土裔文学》一书中指出的,哈乔诗歌所表现的动态旅程和变化,与英美主流社会的文学中的漂泊旅行有明显的区别,后者是随着地域或经历的变化而放弃或舍弃原有的文化重负。① 哈乔解释其为英美作家有意而为的"文化无根性",但是,她身为本土印第安诗人,却始终怀着一种地域、家庭和文化根源的传承感。因而在她的诗歌世界中,我们总是能感受到自身与家园、遥远回忆的维系,并且在语言中体会到记忆深处的召唤,不过这种记忆的感受又不同于惯常的"回溯",而是一种"再现",甚至是一种"预言",是对未来的重要影响力量。

---

① 见 Andrew Wiget, *Native American Literature*. Boston: G. K. Hall & Company, 1985, 第 91—93 页。

哈乔认为,"我并不将其(记忆)视为回归,或挖掘各种琐碎材料,搜罗所有往昔的浪漫传奇。人就是人,不管身处哪个时代,无论他们是谁,他们就是人。"①

哈乔自述具有本能的部落意识(tribal consciousness),她在谈及诗歌时,认为自己相信语言和词汇能产生改变事物的神奇力量。她在访谈中提到自己曾写过一首关于鹰的诗歌,并将诗歌带回家乡。次日清晨,有一位女性大声诵读此诗,竟然将那只老鹰召唤回来。②印第安人相信语言能改变世界,认为话语具有精神力量,这种信念也确实体现在了"鹰之歌"("Eagle Poem")之中。诗歌首句"在祈祷中你彻底敞开了自我","向着天空、大地、太阳、月亮",表达了诗人在发出声音的时刻,是全心诚服、彻底敞开的。身为个体的人,诗人明白有许多事物,我们"无法洞察"、"无法倾听"、"无法了解"。但是,"稳稳地成长"的生命却赋予人们特殊的力量,因为人可以运用语言,那些语言"并非总是有声的","而是不同的循环运动。"于是诗人将语言的循环运动,比作"老鹰在星期天的早晨/飞过盐河。在蓝天中盘旋/在风中,轻盈地掠过我们的心灵/拍着神圣的翅膀。"语言的魔力体现在老鹰的飞翔中,其自然灵动的节奏,毫不拘束的姿态,让人领悟到要"万事小心翼翼/对一切仁慈善良"。这种衔接和联系,具有明显的本土印第安族裔的体悟特色,他们与自然亲密无间,

---

① 见 Andrew Wiget,第 93 页。
② 见同上,第 100 页。

从盘旋高飞的老鹰明白了自己是由"这一切所塑造"。他们不惧怕逝去,而是心怀感恩,觉得被赐福,因为自己投入了这种盘旋的循环中:"曾经出生,很快逝去,就在/一次真正的运动循环中"。这种循环,如同老鹰盘旋于内心,这种沟通和天人合一的状态,正如诗人所祈愿的,都完成于"美好之中"。

在这首诗中,我们的视觉和精神被激发,不由得加入了这种祈祷的节奏中,进入了不同于现实的世界,因为我们相信身体和外界可以交融,可以与天空、大地、太阳、月亮发生联系。老鹰盘旋着,它的飞翔是圆形的循环式的,应和着人的呼吸起伏,使人在万物有灵的感受中超越死亡,心怀感恩。这种祈祷,若是如诗人所言,召唤来了老鹰,那其中的魔力和信念也对人们产生了巨大的影响。无怪乎,在当代的本土美国文学中,不少学者感受到这些族裔叙述对英语文学的冲击,甚至认为"许多美国本土作家正在竭力为英语带来新的视野和新的深度,即让人们对那些已经变得非常物质和科学的事物重新拥有精神上的感受。"[1]不谋而合的是,现代艺术的重要作用,也是让人们在理性和科学中,重新获得灵魂和精神的体验和感动。

因此族裔创作并非有意凸显族裔身份或血统,而事实上许多本土作家自身的族裔背景也较为混杂。哈乔本人就经历了族裔身份的多重困惑,她最初对族裔外的文化持有摈弃和排斥的态度,此后又长期处在中间模糊地带,最终她意识到族裔文化是

---

[1] 见同上,第94页。

一种文化财富和负载,而她可以在独特的视域看待司空见惯的文化现象,甚至可以让更广大的读者站在新的视角理解生命和社会文化。那么,这种文化遗产就不再是需要费力背负的重压,而是一种恩赐。哈乔在创作中尽量打破这种族裔或非族裔的两极状态,以普遍的、融合的文化视角和感受方式来揭示生活。值得深思的是,这种个人观念和认同的改变和发展,并不局限于族裔作家,而是许多作家所经历的普遍过程。

例如,在哈乔2019年出版的诗集《美国日出》中,有一首诗歌高度融合了她创作中普适而独特的情感体验,即"为母亲擦拭身体",它读来令人感慨良多,尤其触动身心。诗中哈乔凭借自己的回忆和想象为母亲擦身,因为她一直遗憾自己没能在现实中真正做到过,所以要通过写诗来细致感受,表达对母亲的深爱。"由此来与未完成之事和解","让灵魂释然",诗歌充满了对母亲的思念,从母亲曾使用过的器物,如白色的搪瓷盘子,曾经的对话和生活细节等,到想象中为母亲擦脸,感叹母亲面容的美丽,精神的果敢,琐碎的生活回忆中充满了诗人和母亲对族裔生活和文化的欣赏与喜爱,这想象中的告别仪式,被诗中的两行表述得矛盾十足:"我还不能说再见。/我永远不会说再见。"诗歌的最后两句:"河流是古老的路,就像歌谣,会穿越记忆。/我从故事中出来,滴淌着回忆的水珠。"那震颤在空气中的情感力量,令人浑身颤抖,并坚信诗人的母亲一定听到了,也感受到了。全诗所表达的情感是人类普适的亲情,感受方式和细节又富有族裔独特的风格,这是哈乔诗歌富有个性魅力的重要原因之一。

当被问及自己的创作有无政治性时,哈乔直言诗作具有强烈的政治性,并进一步解释说她所言的政治性就是"巨大的原动力"[①],即促进变化,改变人们的意识,尤其是人们对不同族裔和文化及其如何发展的观念。在她的创作发展中,"身份认同的失落、文化根源的瓦解、社群和家族的分离、嗜酒、暴力、生存和新生活的渴望,所有这一切都成了哈乔诗歌的重要主题"[②]。

在具有原动力色彩的诗歌"昼夜平分点"("Equinox")中,这种促发思想改变,展现文化态度的意识非常明显。诗歌伊始,诗人就忧伤愤懑地提到"你的民族就灭亡在你的身旁",第二诗节的"我不断走开尽管这已是永恒"真实表达了诗人在族裔部落之外的文化流浪,符合哈乔自身所经历的文化反思的过程。第三诗节,"我对你诉说,自北方小城的黄昏/就在汽车和工业的诞生地不远处",反映了不同于本土氏族部落的地域和文明,可是紧接着"大雁归来交配,番红花早已/破冻土而出"又猛然急速地回到家乡的视角。接下来,诗人的文化干预意识就浮出水面:

Soon they will come for me and I will make my stand
before the jury of destiny. Yes, I will answer in the clatter

---

① 见 Andrew Wiget,第 100 页。
② 见 Laura Coltelli, "Joy Harjo's poetry" in Joy Porter and Kenneth M. Roemer, eds. *The Cambridge Companion to Native American Literature*. Cambridge University Press, 2005, 第 284 页。

of the new world, I have broken my addiction to war

and desire. Yes, I will reply, I have buried the dead

and made songs of the blood, the marrow.

他们很快会来找我,我会坚持立场
面对命运的裁决。是的,我会作答
在新世界的喧嚣中,我破除对战争和欲望
的癖好。是的,我会回答,我埋葬了死者

并谱写了热血和骨气之歌。

在这样的诗行中,彰显出的是一个逐渐从分离矛盾转向坚定融合的包容态度,其中的"坚持立场"其实是破除冲突,寻求新生。于是,之前的忧伤失落在诗歌的语言力量中转化为新的自我确立,而其中的语言词汇也就带有强烈的述行特征,在人们的思想上产生了诗人所渴望的动力。

同样,彰显文化记忆及其推动力的诗歌"记住"("Remember")是对不同文化交融的呼唤。诗人用一系列的"记住……",从诞生、倾听故事、日出、日落、血脉传承、土地、生灵、族群、家庭、历史等,说到"和它们对话"、"倾听它们",揭示出这些记忆就是鲜活的诗歌,让人们理解自己的起源,了解"你就是人民而人民就是你",从而递进地领悟"你是宇宙而宇宙就是你"。全诗看似在吟唱中平静自如,好像在展示本土印第安人的歌唱和舞蹈特色,但是语言中充满了包容的推动力,仿佛读诗诵词的人们都会不由自主地进入那个记忆的波流中,在回想中与诗人愈发统一协调,从而拓展了自身的文化视域,明白真正的变革是爱、理解和包容。

作为现代艺术的一种,爵士音乐给哈乔的诗歌带来了古老和现代结合的新鲜生命。从上述诗作中,我们往往能体会到爵士乐的节奏、韵律、变调和即兴弹奏等特点,因而有学者认为"其中有让书面文本回溯到本土的口述传统的意图"[①]。因此诗人既是创作者、吟诵者,又是口述者,而现代的文字也和古老的叙述传统结合成一体。例如,在"这是我的心"("This is My Heart")中,诗人提到了歌唱的语言:

When we make love in the flower world
my heart is close enough to sing
to yours in a language that has no use
for clumsy human words.

当我们在花的世界中做爱
我的心紧靠你歌唱着
歌词的语言超越了
笨拙的人类词汇。

---

① 见 Joy Porter and Kenneth M. Roemer,第 291 页。

正是这种迥异于人类词汇的语言,让诗人怀疑"这歌声源于何处,它询问着/如果有来源的话为何我看不到",这样的疑问,确实是本土族裔诗人的困惑,文化记忆和传承化为了不可知的神秘,流淌在所思所想的血液中,"始终在火和水的边界游走",却"攀上欲望的肋骨抵达我的嘴唇为你唱歌"。在倾诉和歌唱中,诗人继续写道:"过来躺在我旁边,我的心这样说。/把头靠在这里。/这样做很不错,我的灵魂说",这种呼唤是不容拒绝,也是难以抗拒的,而一旦我们走过去,她那不知源于何处的吟唱就会带我们进入被诗意围隔的世界,从新的视角看到不同的现实。

虽然诗人的语言载体是英语,可是她"赋予英语语言代码一种新的代码、新的语言交流和知觉渠道","重新创作语言因此成了一种真正地去殖民化的过程",[1]而这事实上也是潜伏在本土裔诗人作品之下的文化基调,因此文学创作的政治化和推动力在哈乔的创作中得到了体现。

诗意围隔:由内而外的视野

当我们进入哈乔的诗歌世界,会进一步发现,她所给予的视角,实则为由内而外的审视,是从心灵和遥远的回忆出发,对现实世界的观察、质询,甚至是改变。当然,这种改变是观念和启

---

[1] 见 Joy Porter and Kenneth M. Roemer eds., *The Cambridge Companion to Native American Literature*. Cambridge: Cambridge University Press, 2005,第 294 页。

发式的。尽管诗歌体现的是艺术之美,本土裔诗人也从不会忽视主流文化对于本土传统的征服、驱逐、杀戮,甚至是文化灭绝。只是,哈乔倡导的是理解和宽容的力量,希望开创一个多元文化和谐共存的新篇章。

在文化征服和侵略的过程中,许多本土印第安人感到自己被疏离,尤其是生活在城市的本土族裔,他们当中有不少人依赖酗酒、犯罪、自杀等过激手段表达对生活的不满。"失去了家庭或传统的本土构建,他们无可依傍,许多移居到城市的人陷入了文化深渊。自尊、生活意义和归属感的失落等,都在毒品或酒精的滥用,或是绝望中得以体现……。"[1]哈乔在创作中充分融入了她希望鼓舞这些失意人群的努力,因为她始终坚信印第安人具有强悍的生命精神,"我知道语言是活泼而富有生命力的,因此我希望自己的诗歌能通过一些微不足道的方式将愤怒转化为爱。"[2]

在诗歌"日出"("Sunrise")中,哈乔直接写到了这些人的痛苦:"我们已崩溃了好几日,或者好几年了。""我们因过度的渴望而憔悴,充满了恐惧。"在日出时分,"我们"却在山脉的阴影中哭泣。然而,诗歌要表达的是希望和灵魂的重生,虽然"我们的尸

---

[1] 见 P. Wearne, ed. *Return of the Indian: Conquest and Revival in the Americas*. London: Cambridge University Press, 1996, 第 146 页。

[2] 见 B. Moyers, "Ancestral Voices: Interview with Bill Moyers" in Laura Coltelli, Ed., *The Spiral of Memory: Interviews. Poets on Poetry Series*. Ann Arbor: The University of Michigan Press, 1996, 第 44 页。

体被扔到了死人堆里。我们在那里腐烂。"诗人在这些颓废的沉沦中,坦诚地认为"我们很羞愧上千年来一直告诉自己,/我们就是不甘心如此——"。于是,在阳光渗入人世的时刻,那些曾被建构的文化记忆传递出积极的力量和信息,而诗人也在她要围隔的世界中以诗歌的形式真实地揭示族裔历史,以比现实更真切的"我们"来表达文化失落、记忆碎片化、土地流失的痛苦,并从这些废墟般的煎熬中站起来,最终"我们移动着轻盈的身体,我们将前往/属于自己的地方。""轻盈"一词道出了一种情绪的转化,读者能体会到其中的精神复苏,也能瞬间接收到"我们"发送出来的和解讯息。一个词汇如同破茧而出的领悟,在诗歌的尾声揭示了"我们"要珍存完整和独立的信念。同样,结尾处的"属于自己的地方"并不现实存在于某个地域,而是消解愤怒和恐惧的灵魂家园,自怨自艾在那里被消解,理解和勇气却在那里长存。

在哈乔的诗歌中,有一个女性形象深入人心,她是"悬挂在十三楼窗口的女人"("The Woman Hanging From The Thirteenth Floor Window",1983)。这位女性无名氏的愤怒和悲哀是深重的,她正处于生存和灭亡的矛盾之中,她以为跳下去就是解脱,可是生存下去的本能又让"她的双手发白紧紧抓住/住宅楼水泥边缘。"她的困境甚至是普遍的,因为"在东芝加哥她并不是唯一",她有几个孩子,自身又是"她母亲的女儿是她父亲的儿子"是"她两位丈夫之间她所曾有的/那几块肉体。",可是这种身份和痛苦,几乎是许多女人所共有的,读者面对的仿佛是纠结不已的自己,这种"抑或/还是"(either/or)的生存状态是许多现代人的共同困境。诗中,哈乔明确地写出这个女人生活在城市的印第安区,赋予她独有的文化和族裔身份,可是她身上又带着普遍的城市和文明的特质,她是多元文化和各种生活方式中的一员,她在这种困境中想到孩子们、父母,"她想到自己曾是所有女人,所有的/男人。她想到自己的肤色,还有/芝加哥的街道,瀑布和松树。"到了诗歌最后,哈乔并没有给予读者确定的生存选择:

She thinks she remembers listening to her own life
break loose, as she falls from the 13th floor
window on the east side ofChicago, or as she
climbs back up to claim herself again.

她想起要记得聆听自己生命
挣脱的声音,当她从十三楼坠下
在芝加哥东区的窗口,或是当她
爬回去重获自我。

可是,"挣脱"后的坠落和"爬回去重获自我"的选择一直在继续,内外的两个方向犹如一种新的审视方式,即哈乔所言的"我觉得在同一个时间里,有其他不同的世界也在运行,可是因为我们局限于此在世界的视角中,我们无法看清……有一种内在的景观和一种外在的景观……我觉得你可以尽可能向内,而很可能你同时在向外延伸,冲破了天空的界限,经历冲撞,跨越边界和边缘……"①这是一种奇异的生存方式。从更深的层面看,诗歌中的坠落死亡并非字面意思的肉体终结;在诗中,处于两者之间的抉择并没有答案,这种向外或向内的中间地带,正如诗人所言,"我们飞入身体,又飞了出去,我们被太阳改变,被乌鸦改变,它们操纵着理性的边界。"②身体在诗歌中占有重要的位置,是一种能量场,具有变形的力量。虽然,这里女性的身体曾受到种族和性别的限制和压抑,却从其内在的思索拓展到外在的生存境遇,从个体发展到群体,从生存和毁灭的选择,由内及外地进行了潜在而坚韧的文化干预,即为身体在权力结构和关系的暴力下松绑。

阅读哈乔,听到其中的吟唱,感受身体在音乐和舞蹈中的解放,从而进入一个被诗意围隔的世界,更重要的是,进出的过程带来了改变和重生的变化,是美国本土印第安族裔、甚而是更广泛的读者打开视域,释放自我的途径。

---

① 见 Andrew Wiget,第 117 页。
② 见 Joy Harjo, *The Woman Who Fell from the Sky*, New York: Norton, 1994, 第 26 页。

第9章 在诗的叙事中追寻本土裔家园：路易斯·厄德里克

路易丝·厄德里克(Louise Erdrich,1954—)作为当代美国著名本土裔作家,不仅在小说创作上成绩斐然,还在诗歌创作上极有造诣,是一位非常优秀的当代诗人。她的成名诗作《照明灯》(*Jacklight*,1984)与同样大获成功的处女小说《爱药》(*Love Medicine*,1984)几乎同时问世,该诗集在诗歌和学术界都赢得了高度赞誉。厄德里克迄今为止的文学创作经历和成就,充分体现出她的诗歌和小说叙述相得益彰,其引人入胜的小说叙述魅力在诗歌创作中也具有独树一帜的风格,在揭示本土齐佩瓦族神话体系的作用上丝毫不亚于小说体裁。在诗歌创作方面,厄德里克迄今出版了三部重要的诗歌集,除上述《照明灯》外,还有《欲望的洗礼》(*Baptism of Desire*,1989),以及《原初之火:新诗及其他诗选》(*Original Fire*: *New and Selected Poems*,2003)。

厄德里克出生于美国明尼苏达州,母亲是印第安齐佩瓦族人和法国人的混血后裔,父亲是美籍德国裔。和许多美国本土作家相似,厄德里克这种介乎其中的族裔背景,使她在面对不同的文化和神话元素时,具有兼收并蓄的广阔视野。她母亲的祖辈大多生活在北达科他州,代表了齐佩瓦族的文化传统,而厄德里克在神话构建和艺术审美上,也常常遵循该族的叙述特色和文化习俗,同时能深入地揭示当代的美国本土族裔,尤其是血统混杂的族裔后代们在文化生活上的思考、困惑和态度。在文学探索中,厄德里克也像许多优秀的本土作家一样,超越了自身的族裔背景和疆域的局限,深入涉及更为深远的思考,如文化身份、生存格局和模式、生命本质等。

在厄德里克的诗歌道路上,她的前夫迈克尔·道里斯[①]曾经给她带来重要的影响。在达特茅斯学院就读时,厄德里克曾是道里斯讲授的美国本土文化课上的学生,正是通过后者的教学、指导和激励,她生发出强烈的探究兴趣,开始研究自己先辈的文化,诗歌创作的热情也被激发出来。也正是在达特茅斯学院,厄德里克的诗歌才华被教授肯定,受到鼓励后,她还在大学期间发表了一首诗作,并在大三那年获得了美国学院诗人奖(American Academy of Poets Prize)。1978年,厄德里克在约翰·霍普金斯大学攻读硕士学位,在此期间,她写了不少诗歌和小说,将本土族裔

---

① Michael Dorris(1945—1997):当代美国本土裔文学创作及本土裔文化研究的先驱人物之一,在达特茅斯学院创设了美国高等院校第一个美国本土裔研究项目计划,他的主要文学作品有:长篇小说《蓝水黄筏》(*A Yellow Raft in Blue Water*, 1987),《哥伦布王冠》(*The Crown of Columbus*,1991;与厄德里克合著),以及非虚构作品《断裂的绳索》(*The Broken Cord*, 1989)等。他于1981年和厄德里克结婚,共育有6个儿女。1995年两人离婚,道理斯于1997年自杀身故。

的文化传统融入了自己的文学创作中。诗集《照明灯》中的作品主要聚焦于印第安文化和美国主流文化的冲突,以家庭为情感和精神的凝聚核心,充满了诗人对家园的依恋和深爱。在这本诗集中,作品主要涉及了五个相互间重叠关联的主题,即印第安文化传统与白人主流文化的碰撞、姐妹情谊和家庭关系、爱情、往昔人物的故事,以及神话叙述等。在厄德里克的创作中,诗歌就是精神的依托,为她提供了沉思、独白、爱之表达的载体,同时也向世人展现了印第安神话和诸多文化元素所构建的心灵家园。

厄德里克的诗歌充满了故事叙述的魅力,这与她自小生活在擅长讲故事的家人中不无关系。她的大多数诗歌都与叙述故事有关,语言直白凝练,充满丰富的戏剧性独白、意象和隐喻。然而,她的诗歌主题常常是反复重叠的,而诗歌和小说也有强烈的互动性。例如,《照明灯》中的诗歌"爱药"和同名小说《爱药》探究的是相似、共鸣的主题。有趣的是,当被问及在诗人和小说家之间更喜欢哪一种时,厄德里克以"讲故事的人"来概括自己的创作,在诗歌中,也在小说中叙述故事,这个身份定位,或许道出了作家在不同体裁背后同样的叙述渴望。

厄德里克的第二部诗集《欲望的洗礼》的创作也是和她的小说创作交叉进行的,作品标题中的洗礼具有明显而强烈的宗教意味。诚然,诗集的主要内容围绕着罗马天主教和本土价值(尤其是灵性说)的结合和冲突,揭示了诗人自身的情感、信念,以及与上帝沟通的形式。同时,诗人在创作时期的怀孕、生产经历,也让不少诗歌的主题依然聚焦母性和孩童,其家园的叙述贯穿始终,回归的渴望也持续进行。诗集由五部分组成,各部分并没有特别的标题。第一部分的诗歌是关于仪式和罗马天主教;第二部分是对《照明灯》中"屠夫之妻"部分的叙述和人物描写的延续;第三部分是一首题为"许德拉"①的诗歌,全诗共五个诗章;第四部分延续《照明灯》中恶作剧者坡契库(Potchikoo)的七则故事;第五部分则由12首较为个性化的短诗组成。这种谋篇结构,在形式上更像是小说,仿佛各个诗篇之间暗含着相互联系的线索,独立而又密切相关。厄德里克的第三部诗集《原始之火:新诗及其他诗选》在作品内容上收纳了之前两部诗作中的不少诗歌,其中的新作品在主题上是读者喜闻乐见的,如阳光、石头、水流、动植物等,而且也可以从互文性的角度来解读诗人同期的小说创作,不少人物在诗歌和小说中同时出现,他们的世界观,视域,情感认同等都如出一辙,只是表达的载体不同,艺术形式迥异。总体上看,厄德里克从几代本土族裔的生活经历,生活细节中不断探索着超越个体、具象、细节的家庭生活的普遍生存意义,而家庭(或者用更深广意义的家园一词)始终是体现作家创作意图的焦点。

诗歌故事:交融发展的印第安文化元素

厄德里克的诗歌创作带有强烈的直觉性,这种风格同时也贯穿于她其他形式的文学创作。阅读她的诗歌,许多喜爱她小

---

① Hydra:希腊神话中的九头怪蛇,比喻难以根除的祸害。

说的读者会感受到厄德里克在本质上更是个诗人,她的小说和非小说写作其实也是她特有的诗意寄存的形式。

在一次访谈中,当谈到厄德里克诗歌中具有明显的叙述线索,诗歌中的人物在叙述故事,诗歌自身是故事时,厄德里克本人也乐见自己这种独特的诗歌中的故事性,她不无自豪地解释说,"当我想到什么是故事时,我能听到我家庭的某个人,如我的爸爸、妈妈,或是外祖母等,正在讲述故事。被讲述的故事有某种特别强烈的效果,你(叙述者)知道你的听众在这里,你已经让他,或者她,上钩了。于是,你使用着各种悬念……"[1]因此,在厄德里克的诗歌创作中,还有一条不一样的准则,即读者是否会有继续读下去的兴趣,这个叙述是否吸引他们。在诗人眼里,一旦好的叙述开始后,就是故事自行带动叙述,而作者是无法控制故事发展的。

同时,诗人在创作时具有强烈的地方感,一种归属感。在厄德里克的诗歌中,这个让她感到渴望回归、充满温暖,也不乏情感冲突和纠结的地方,就是家园,即故事上演和发生的地方,情感寄托和最终回归的所在。正如她在谈及创作时所说的,"通过对一个地方、一群人、个性、农作物、产品、偏执、方言以及失败等的细致研究,我们才会更接近属于自己的现实。"[2]

---

[1] 见 A. LaVonne Brown Ruoff, *American Indian Literatures: An Introduction, Bibliographic Review, And Selected Bibliography*. New York: The Modern Language Association of America, 1990, 第 85 页。

[2] 转引自 Kenneth Lincoln, *Speak Like Singing: Classics of Native American Literature*. Albuquerque: University of New Mexico Press, 2007, 第 185 页。

与其他著名的本土裔诗人如莫马迪、韦尔奇等人相比较之下,厄德里克的诗歌更多叙述的情节性,很多场景让人自然联想到她小说中的森林、田野、家园,想到由此发生的一系列故事。同样,在富有故事性的特点中,厄德里克的诗歌语言自然有种散文的平实感,"她并不使用莫马迪特有的点彩式的精准的音节,或是韦尔奇多变的无韵体诗歌中缓缓的旋转感,而采用更有叙述特色的风格,贯穿戏剧性的情节,从一个特定的人物或场景深入到洞察和结论。"[①]以《照明灯》诗集中的标题诗歌"照明灯"为例,该诗和诗集中其他的40首是分开的,因为其他的诗歌在诗集中被分为"逃跑"、"捕猎"、"屠夫之妻"、"神话"等部分,共同展现了诗人统一完整的、多层次的宇宙观,而这些部分又让人体会到生存家园的主题。"照明灯"以题眼的标题形式,突出了一种仪式化的叙述特色,全诗是对古老传说的重述和再创造。诗歌伊始,读者就意识到叙述者"我们"或许是捕猎中被捕猎的那一方,在照明灯下无处遁形,在猎人的追赶下讲述着自己的命运。这个独特的视角,把印第安部落中仪式般重要的捕猎进行了不同的叙述,其中的体验是不同凡常的,尤其是"我们"敏锐无比的嗅觉,闻到了"他们枪筒的生铁味,/皮毛上的貂油,舌间的酸大麦味。/闻到他们的母亲把下巴深埋在湿土中。/闻到他们的父亲那反复擦洗的指节。"不仅如此,嗅觉的感受依然继续,"闻到"一词不断反复着,猎捕和被猎捕两方的冲突在"我们"的感官感

---

① 见 Kenneth Lincoln, 第 185—186 页。

受中十分明显,读者仿佛倾听着一个被猎杀的故事,一步步进入戏剧性的高潮,最后诗歌如此呈现:

> It is their turn now,
> their turn to follow us. Listen,
> they put down their equipment.
> It is useless in the tall brush.
> And now they take the first steps, not knowing
> how deep the woods are and lightless.
> How deep the woods are.

> 现在轮到他们,
> 轮到他们来追踪我们。听着,
> 他们放下了装备。
> 在高高的灌木丛里装备无用。
> 此刻他们迈开了步子,不知道
> 树林有多深又有多幽暗。
> 树林有多么的深。

"放下了装备"的他们,如果在我们的解读中是文明社会的"现代猎人",或者,更隐喻性的,这些追捕"我们"的人和"我们"的关系,是主流文化对少数族裔文化的围捕和排斥,那么,其间的冲突是强烈而敌意的。然而,捕猎是印第安人生存的重要方式,亲近自然的"我们"善于倾听、嗅察、隐藏,而且在高高的灌木丛里行动自如,可是"他们"却不知道树林有多深,有多幽暗。那种幽深,如同引人入胜的故事中神秘莫测的世界,将他们的命运带入了不可知的境地,于此,叙述戛然而止,悬念似乎建立,然而读者又似乎明白了"他们"会遭遇的结局。这个看似日常的生活叙述,让读者看到了完整的场景、人物、动态活动和心理反应。如果更深入地解读,读者不难看出,这种对多元文化的遏制和对异己的排斥,其结果自然是不容乐观的,必然进入幽暗、不可测、危险的境地。

更令人深思的部分是在"照明灯"一诗最开头的注释中,诗人巧妙地从关于美国本土裔文化史的专著《北方奥吉布瓦族的社会和经济变迁》[1]中引用了这样一段话:"齐佩瓦族的'调情'和'狩猎'是同一个词,而另一个齐佩瓦族的词语既隐含了在交流上使用武力之意,又意味着赤手杀死一头熊。"这段看似平静的注释引用,实则揭示了语言的解构功能,即此后诗歌叙述中的捕猎和被捕猎关系,实质上是文化上的辩证关系,猎人和被猎者会随着相互力量的变化,发生关系上的转化。只有阅读完全诗,在故事叙述的戏剧性感染之后,细心的读者才会发现其中看似无痕的文化隐喻和反讽。

在厄德里克的诗歌叙述中,我们不难感受到其中独特的本

---

[1] 参见 R. W. Dunning, Social and Economic Change Among the Northern Ojibwa, University of Toronto Press, 1959。

土族裔的感悟方式,以及不同的人与自然的联系形式。在她的诗歌里,石头、树木、熊、鸟、各种风景、精灵等,都对人有一种疗伤和治愈的作用,都是家园中不可或缺的元素。这些家园中的林林总总,也使读者进入了诗人所构建的心灵家园中,成为不同文化、新旧世界的交汇地。在厄德里克的构建中,齐佩瓦族的神话体系和美国的欧洲后裔的文化传统交织着,并以故事情节的形式形象生动地展现在读者面前。例如,印第安土著和城市屠夫的结合,其源头是诗人自身的族裔融合背景,不仅在她的长篇小说《肉铺老板的歌唱俱乐部》(*The Master Butcher's Singing Club*,2003),也在诗歌"屠夫之妻"(The Butcher's Wife)中出现。该诗属于《照明灯》的第三部分,而这一部分的各种人物和意象等,又在厄德里克1986年出版的小说《甜菜女王》(*The Beet Queen*)中得到了扩展和转化。这部分的诗歌,其创作灵感来自诗人的祖母,一位德国移民。当时她在北达科他的倾盆大雨下在美国登陆,遇到了当地的印第安人,他力大无比,"他能用牙齿咬住带子拎起一个成年男人。/在比赛中,他摁住整头猪,掀倒一头牛。/他喜欢高杯酒、青鱼,还有女人们的/注意/他死时捶打着胸膛没对人留下任何话"。男人解救了女人,让这位曾经长发辫披垂的女人把重重的发辫在头顶盘起,"这样我的双臂就能自由地伺候他。"可是,当这位强壮不羁的丈夫去世后,留下了欧洲后裔的妻子,在这个新世界中,她似乎没有归属感,跑到海边,仿佛回到了原先的故土,"进入了海边的不莱梅"。在远方,灯光在召唤她,"仿佛内心闪烁的信号,/微弱,而决绝。"诗歌虽然在此结束了，可是，读者希望看到的情节发展在继续，这位女子究竟会怎样？她能否在异乡找到家园？在此后的诗歌中，我们会看到故事的发展：自然的一切给予她母性的力量，树林、岩石、自然万物等弥补了她的失落感，带给她抚慰和释然，她仿佛在倾听万籁的诉说和慰藉，重新获得了家园。于是，我们看到了并非纯粹的本土文化元素，而是文化和神话元素的融合，这种融合带给人真正的生命启示和力量，这种交汇的形式，也是厄德里克在文学创作所揭示的从地方走向全局，个体走向普遍的积极意义。

在厄德里克的诗歌中，她看似用具象的、琐碎的事物和词汇进行诗意叙述，实则用叙述不断构建和加固心灵的家园。她也时常通过自己的写作，不断提问："如果人类是在母亲的心脏下面孕育生活了9个月，那么他们诞生于怎样的最初的家，他们的先辈在哪里，为何他们要离开本源，而后又努力回归？"[1]带着这样的询问，厄德里克笔下的人物走到哪里都背负着自己的文化，向往着真正的归属，在不断的叙述中和祖先形成真正的沟通和联系。即便抽离了文化之根，他们依然用叙述的形式，努力重归本土的感受和家园。于是，一草一木皆可以成为接近族裔文化的载体。"石头精灵"（Stone Spirits）中，诗人讲述了观看岩画的感受。然而她并不采用直接描写的手法，依然用故事的表达来传达自然的灵性。精灵要进行一场长达4天的旅行，由此生进入来生。岩画栩栩如生，给人们展现了一个温馨的故事：爱人要

---

[1] 见 Kenneth Lincoln，第187页。

为精灵提供"食品、精神滋养,还有鼓励/以祈祷和歌唱的形式。"这种面对艰辛旅程,积极乐观而充满关爱的态度,正是本土文化得以生存和渗透的本质。从无声的岩画中听到歌唱和祈祷,这种聆听贯穿了诗歌的叙述。

与小说创作不同之处在于,诗歌在展现厄德里克直接和真实声音的意义上更为强烈。同样是叙述,诗歌中的话语精练,更容易让人捕捉和总结诗人在文化体验上的反思。在诗歌中,我们看到了瑰丽的马赛克式的多元文化拼贴:天主教、德国文化、大学教育、齐佩瓦族海龟山保留地的生活等,其中的视点和价值观也有多元的变化,并不是单一的族裔文化彰显。在阅读诗歌时,我们听到的声音都是个性化的,是讲故事人的语调,而讲述者自身就是某个群体或部落文化的见证者和体验人,无论她/他是来自主流文化或齐佩瓦族传统,这些私人的、主观的声音比小说的叙述更能表现创作者的文化态度,以至于厄德里克本人常常觉得写小说更为安全,因为诗歌的叙述往往让她濒临过于私密的危险。在《欲望的洗礼》中,读者感受到比《照明灯》更加情绪化、隐私化的表达,也看到了比第一部诗集更强烈、执着的关于神秘主义、宗教、存在论的各种探寻。根据诗人本人在第二部诗集中的注释,我们得知:"此书中的大多数诗歌都是写在凌晨两点和四点间,那是一段因怀孕而失眠的时间。"[1]诗歌出版后,

---

[1] 见 Louise Erdrich, *Baptism of Desire*. New York: Harper and Row, 1989, 第48页。

很多评论者认为厄德里克的诗歌给人的感受是,在故事叙述和抒情上,前者超越了后者。不过,前者在叙述上的主旨是重新以诗歌的形式讲述故事,突出印第安部落的世界观,同时又结合主流文化的视点,让读者更好地把握族裔传统和文化。例如,厄德里克的诗歌在叙述上建立了一种平等的对话和倾听,以群体的、家园式的归属感消融了阶层的差异,缔结了人与人之间的信任和亲密,也在叙述声音中跨越了文化界限。不少人认为,厄德里克在小说,尤其在诗歌中,从印第安人特有的口头叙述传统和形式,结合西方的诗歌体裁、英语语言,巧妙地将各种文化相互渗透交融。"照明灯"一诗就是典型的文化交融和转换的隐喻,诗歌看似讲述,读者跟随着叙述声音进入被追捕的紧张,然而走进森林后的结局没有人能够预言,力量的抗衡是此消彼长的,位置会发生转换,这种二元对立,无论是性别的、文化的、语言的、生态的,都在重复着"现在轮到他们"的转化。

在文化元素的融合上,厄德里克的诗歌"夜空"(Night Sky)就是在故事叙述上巧妙交融文化的典范。这首诗由四部分组成,讲述了被齐佩瓦族人奉为神明的大熊追寻爱人的故事。这只大熊的前生是典型的印第安女性,而她在夜空中代表大角星,又生活在希腊神话的星座体系中,这种文化意象的结合,在诗歌伊始就非常清晰了:女人因为丈夫曾经忧伤地奔向"森林般浩瀚的星辰",于是浸泡熊皮,"直到皮质变软能贴住她的身体",并"把油漆起皮的木板绑在胸口",最后飞快奔跑,"像卡车般撞向天空"。在这个情节线索清晰丰富的故事中,诗人将夜空的星星和遥望星星的人间的距离隔开:"我们独自在地球的此处/身旁有孩子们不均匀的呼吸/在旧羊毛毯里吸纳呼出"。在这种奇异的神话组合和融会中,我们看到的是彼此相爱的对方无法真正靠近的痛苦。他们曾经彼此相依,"她睡在其下的棚子是他用短叶松搭起,/吃着小块的黑骨头/那鸟骨头是他用炊火烤的。"然而,女熊和爱人的距离却只能是彼此找寻和凝望,熊看见丈夫自星光的河流汲水,"在角树上直直地凝望着他"。这则忧伤浪漫的爱情故事,因为副标题为"月蚀,致迈克尔",被诠释为是诗人对自杀的前夫迈克尔的悼念。然而,诗歌飘逸而模糊的最后一部分:

> Simple
>
> to tear free
>
> stripped and shining
>
> to ride through crossed firs

轻松地

挣脱了

剥去了闪烁着

飞驶过交错的杉木

诗人并不给人们任何明确的答案和解读,在飞驶中,印第安部落的古老传说和西方神话的星空自然地融合着:生活在平凡生活中、孩子身旁的我们遥望着神话般的星空,我们无法像传说中的女熊,我们挣脱不了肉体,无法飞跃天际,可是,即便是神话中的星辰,他们也在困惑中有诸多无奈和无法超脱的痛苦。因此,诗歌在无可置信的神话叙述中,指向了我们共同的追索:挣脱什么? 剥去什么? 跨越什么? 叙述自身是不属于现实主义的,然而距离和困惑是真实的。如果我们继续阅读厄德里克的诗歌,会发现她创作的魅力常常在于用动人甚至魅惑般的叙述,让不可信的变成逼真的现实,让古老的传说和神话元素融入我们当下的思索,甚至让不可挣脱和无法靠近的无奈,成为我们接近家园的载体。这种奇异的结合,唯有通过诗歌这种体裁,诗意的叙述,通过故事、人物的命运,才能传达给更多的读者。

家园建构与文化追寻

在厄德里克的叙述中,传说、梦境、幻想、神话、夸张、絮语、闲聊、琐碎等等都可入诗,而诗中人物往往是那些她所熟知的家人和亲友。可以说,厄德里克通过文学创作,不断建构着家园,寄托着心灵的归属愿望,缩短着人与家园的距离,即便在叙述中充满困惑和疑问。

在诗人的生活中,一切似乎都能勾起她对家园的思念和向往。她有一首关于岩画的短诗"母亲神"(Mother of God),岩画来自她拍摄的照片,就挂在她整日写作的书房里。照片不时激发出诗人内心千头万绪的乡愁。她时刻感觉那地方捕获了她,而她也感受到日益增长的爱。于是诗人通过自身,以及她所孕育的孩子,感受到先祖和几百年前一直生活在那里的家人。其实这种感受贯穿厄德里克的文学创作,尤其是诗歌。此外,在诗人的笔下,家园具有丰富的隐喻性,无论是在小说,还是诗歌中,部落的重生和女性的滋养特征和爱的胸怀息息相关。女性给予的爱能缓解消弭疼痛,无论这爱是母性的关怀,还是性爱。在厄德里克的创作中,女性所特有的理解和包容让人们团聚在一起,成为孩子们和爱人们不断渴望回归的家园。然而,有时候爱药的剧烈和危险却并非读者所能预见。例如,在与成名小说同名的诗歌"一贴爱药"("A Love Medicine")中,特丽萨(并非圣人的世俗女子)的出场与我们在标题中所期待的差异很大:

> Still it is raining lightly
> in Wahpeton. The pickup trucks
> sizzle beneath the blue neon
> bug traps of the dairy bar.
>
> Theresa goes out in green halter and chains
> that glitter at her throat.
> This dragonfly, my sister,
> she belongs more than I
> to this night of rising water.

依然在轻柔地下着小雨
在瓦佩顿。敞篷小货车
嘶嘶作响于蓝色霓虹下
那奶制品标牌成了捕虫器。

特丽萨穿着绿色背心走出来项链
在脖子上闪着光。
这只蜻蜓,姐姐,
她比我更属于
这涨潮之夜。

　　这段叙述与诗意似乎相去甚远,此后,特丽萨离开了开道奇车的男子,走入了涨潮的红河旁的湿草丛,那曾经的齐佩瓦族的故乡。在对比之下,开车的男子"他开车到处找寻她。/他在迷雾中磨出了一条长长的车辙。"这让我们仿佛看到了宁静家园的不和谐音。然而这种冲突不断发展,在特丽萨执意回家的过程中,男人拳头相向,而女人"迎着男人的拳头走过去。/走进了湿草里",甚至无畏男人的靴子在她的脸庞踩下印记。

　　可是,特丽萨在黑暗中依然感受到回家的路,大雨中,她蜷缩在树根,沟渠、田野,感受着回家的渴望。诗结尾处的那句话,仿佛是诗人对着特丽萨说出的:"**姐,无论是什么/我都愿去做。**"其中的含义模糊,可以有不同的诠释。之前的男女冲突和特丽萨的遭遇,似乎在回答执意回家的坚定决心,以及在自然中的回归感受。道奇车、开出一道道车辙的男子、奶制品标牌上闪烁的霓虹等,与诗歌中的回家是相悖的,抗衡的,而其中的抵抗和坚持,以"一贴爱药"为题,也可见深刻的用意。

"一贴爱药"是《照明灯》中的第二首诗,既可单独阅读,又延续着诗集对于文化冲突的探究,同时又是同名小说的主题。其中,爱似乎难以捕捉,至少在诗歌的表象中十分隐秘,但是爱的形式和表达是多样的。厄德里克在访谈中曾坦言:"对于我,诗歌和小说创作是不同的经历,诗歌中几乎少见有目的的意识,它是一种大惊讶。我不再写诗,我在某些方面丧失了这种能力。在故事的重复中,我已经把我的无意识变得如此有意识,我似乎没有了这种激动,即让某些情感自行转变为诗歌。"[1]由此看,诗歌中回归的渴望是发乎本能和强烈的情感愿望,那种"没有什么我做不了的"的肯定,就是对家园回归和文化归属的强烈期盼。特丽萨的身体里涌动着狂野的能量,她走出车子,对于拳头和脚印的攻击毫无畏惧,本能地报以"不"的反抗。这贴爱药,从深层意义上解读,就是体验自身的力量,服从真实的愿望,而非对社会礼仪的规范亦步亦趋。这种女性的力量和愿望,对于文化和归属上颇觉怅惘失落的印第安后裔而言,就是真正的家园,就是让他们认识到自己是谁,从哪里来的抚慰力量。

在另一首诗歌"印第安人寄宿学校:逃离者"("Indian

---

[1] 见 Joseph Bruchac, *Survival This Way: Interviews with American Indian Poets*. Tucson: Sun Tracks and The University of Arizona Press, 1987, 第82页。

Boarding School: The Runaways")中,家是更明确具体的地方。诗歌第一句,"家是我们睡梦中前往的地方"就道出了魂牵梦萦的回家心情。诗歌源于厄德里克少年的学校生活经历,印第安人的孩子们离开家乡求学,教育让他们远离了自己的文化,而这也是当时美国政府的文化归化战略之一。严格的学校管理让孩子们无法在情感上有归属,警察常常在孩子们逃跑的半路上将他们阻拦并带回。因此,逃离中的威胁感、惊慌等,在诗歌中鲜明生动。"我们"跑着追上货车,沿着回家的铁轨,坚信自己不会迷路,因为"家就是它们经过的地方"。即便孩子们知道警长等在半路,可是逃跑的愿望无法阻拦。有不少人读了此诗,感受到印第安孩子从寄宿学校逃跑,就是一种文化的隐喻,当本土裔美国人不断经历着欧洲和美国文化的同化,进入完全不同的思想模式和文化体系时,他们本能地产生逃离的愿望,这种逃离,实质上是回归,是对家园和传统的依恋和归属。诗歌中,被追回后的逃跑孩子必须接受惩罚,被迫穿上长长的绿色外套,"那颜色让你想起耻辱",而且孩子们还要擦洗人行道,感受"羞耻":

> Our brushes cut the stone in watered arcs
> and in the soak frail outlines shiver clear
> a moment, things us kids pressed on the dark
> face before it hardened, pale, remembering
> delicate old injuries, the spines of names and leaves.

我们的刷子划着弧线水痕擦过石头
那浸湿的淡色轮廓线中碎片清除了
在瞬间,那是我们这些孩子压在黑色
地面的,趁它们还未变硬、褪色,铭记着
脆弱的旧伤,那名字和树叶的荆刺。

诗歌最后的这一段,是逃离后受惩罚的孩子眼中的一切,他们的心灵不会因为受罚而诚服,因为他们在记忆中铭记了这些伤痕,任刷子如何擦洗,都不会褪去。诗句中的一切是具体而现实的,然而传达给读者的意义却是一种执拗的倔强。惩罚不能改变人们对家的渴望,擦得去的是表象,擦不掉的依然是内心所铭记的东西。

同样,在"家庭团聚"(Family Reunion)中,诗人呈现了另外一种回家的感受:雷蒙·双熊离开印第安家园去城市发展,某日开车回家,车子穿过矮树林,开上那里的乡村道,"简直是牛的小径,轮轴/陷入了泥泞"。诗歌开头几句就充满了本土气息,回家的感觉十分浓郁。看到满是狗的院子,雷对同行的"我"说:"瞧它们认识我。"诗歌一直以不急不慢的讲故事节奏进行着,场景颇有随意、安闲的回家味道:

and the inflammable mansmell: hair tonic, ashes, alcohol.
Ray dances an old woman up in his arms.
Fiddles reel on the phonograph and I sink apart

in a corner, start knocking the Blue Ribbons down.
Four generations of people live here.
No one remembers Raymond Twobears.

易燃的男人味:洗发水、烟灰、酒精。
雷臂弯里搂着一位老妇人跳起舞。
留声机里小提琴声流淌而我深陷于
一个角落,将蓝色绶带解下。
这里生活着四代人。
没人记得雷蒙德·双熊。

尤其是"没人记得雷蒙德·双熊"一句,这种彼此的熟稔和随便,仿佛雷从未离开过。此后,雷从当地的湖里捕得一头三尺长的麝香鳖,用爆竹炸掉了鳖头,准备以后"放进车后厢开回家等着明天煮汤"。

精彩故事还在继续,雷把鳖放在后院的树丛下,进屋倒头就睡了。那无头鳖居然自己拖着身子走了,进入小溪,流入了又深又宽的湿地。此后发生的一切就更为神奇和超自然了:雷发现无头鳖走后,他回到房间双臂紧抱着自己,跌坐下来。"男孩们和老人们把他塞进车子/他蜷缩着护着孱弱的心,听到它叩击/要咔哒作响地冲破他的肋骨。"这一幕,不由让人联想到雷此前准备处理鳖的方式,我们惊讶地发现,两者如此相像。最后,当我们开车驶上归来的路,雷唱起了古老的歌,"身子拖着他/往家走",而我们之前的联想也得到了印证:"他的双手变成了灰色的鳍状",他真正与无头鳖合体了! 故事的高潮处,我们惊讶不已。麝香鳖即使是被炸没了头,依然拖着沉重的外壳,走向湿地的家,而雷叔的回家,在诗歌中呈现出两种方向,之前我们以为他回家了,可是此后他的返回似乎更像是回家,是无需指引和理性的本能回归,变得和无头的鳖一样。然而,诗歌结束时,出现了具有天主教色彩的两行:"于是天使们飞来/放低了他们的弹弓和弹射物。"此句极为晦涩模糊,让读者突兀地感受到与诗歌之前诗行截然不同的文化介入,是基督教对于残忍杀生的惩罚? 是身体本能的回归中突然的异质文化的干涉? 是理性对情感的干预? 这突兀的两行让我们至少明确感到了冲突和诧异,然而其戏剧化的故事却并未受到破坏。故事依然完整诱人,我们仿佛还等着聆听下面发生的事,可是诗歌结束了,延宕着的是我们无尽的想象和反思。

身为女性,厄德里克在诗歌中常常让女性承担着更多文化冲突的矛盾和痛苦,"粉红悍马车里的女士"(The Lady in the Pink Mustang)就给人一种不断漂泊、挣扎、努力生存的女性形象,她不断驾车前行,穿越美国大陆,"为了继续前行非得抛却沉重的部分",希望抵达能够真正休憩安宁的地方。诗歌十分隐喻地提及了这位女士的生活背景:"她仿佛被时间焚烧/包括烙印、标记,拥有了整个女人体",而那行"低于此价我不卖"的结束句更让我们看到了挣扎中不断前行的身心创痛。这首诗歌的叙述相对模糊,我们感受到不断动荡、移动的、飘零的孤独感,不知家在何方的困惑。因此,在诗人许多关于回家的诗歌中,我们不断寻找着其中

统一合理的诗人的意图和情感。在厄德里克第三部诗集《原始之火》中,"悲伤"(Grief)似乎在继续着之前的回家叙述:

> Sometimes you have to take your own hand
> as though you were a lost child
> and bring yourself stumbling
> home over twisted ice.

> 有时候你得抓住自己的手
> 仿佛自己就是个迷路的孩子
> 带着你自己蹒跚着
> 走过卷曲的冰层回家

抓住自己的手,带着自己蹒跚着回家,其中的回家渴望持续着,而担心迷路的忧虑依然在。诗歌的标题"悲伤"似乎并非回家的心情,而是触发回家愿望的起因;短诗中,家门里流出的是温暖的光,熟悉的床铺等着疲惫的人去躺下。于是,我们仿佛寻找到答案,看到了那个归属后的宁静。

在诗歌中达到安宁

安宁是任何人内心的向往,无论其真实生活是动荡或平静,从某种意义上看,诗歌创作常常成为达成心灵安宁的载体。在厄德里克的诗歌中，各种文化、传统、宗教、情感上的冲突，在故事的叙述中得以展现，甚至缓释。她的诗歌中，故事的叙述是通往历史的重要途径。尤其是诗歌中老人的声音。厄德里克曾经在访谈中提到自己的外祖父，认为老人们的声音就是各种声音的汇合，是文化和历史的见证；更重要的是，他们还是现在和往昔的结合，他们容纳新的甚至是异己的文化和信息。对此，厄德里克认为，这或许正是印第安文化的重要特征。因此，她常常在回到龟山保留地的体验中，不断感受、倾听老人们的叙述，观察这个推陈出新、保持自我的文化群体。这种创作素材、情感、体验的积累，也是一种身心的回归。在阅读诗歌时，读者体会到的并非隔绝的、防护意识的文化和族裔生活，而是遍布在字里行间的开放和融合态度。厄德里克让读者在倾听中走入一片未知的世界，而这些看似平凡生活中的话语却提醒着忙碌的人们不要忽略了生活中的珍贵点滴。

在厄德里克的诗歌中，读者时常能品味出大写意的回家愿望。那个家，在叙述中带给诗人和读者久远、熟悉的安宁节奏，让烦躁、激越的心情渐渐感到安宁。当然，这个家园地图，在人们的内心，并非具象的、实际的场所。在厄德里克第三本诗集《原始之火》中，有一首"给自己的忠告"(Advice to Myself)道出了诗人内心创作的真谛。她罗列了大量生活的琐碎和家务的细节，如要洗刷的盘碟、冰箱里的芹菜、厨房地板的泥印、烤箱底上的黑色面包屑、破碗、安全别针、纽扣、拼图碎片、小鞋子、牙膏等林林总总，并坚决地用"别管"、"千万别"等否定词。既然作为对自己的忠告,"别"的频繁使用是可以被理解的。仔细想一下,难道这些家庭生活中的琐碎不是凡人必须面对的吗?

不对,诗人作品中的忠告实质是指向真实和艺术的,家并非让我们困于基本的需求和安定,厄德里克看重的是:

> Pursue the authentic—decide first
> what is authentic,
> then go after it with all your heart.
> Your heart, that place
> you don't even think of cleaning out.
> That closet stuffed with savage mementos.

> 要追求真实——先决定
> 什么是真实,
> 而后用心追随它。
> 你的心,那个地方
> 你都没想过要打扫干净。
> 那柜子里塞满了原始的回忆。

由此看,要获得诗意和感悟,最重要的是先打扫干净自己的心,整理自己的记忆,而后静下来思考什么是真实,并且追随它。继续读此诗,诗人甚至忠告"别去读,什么都别读",而后道出了"除了那些打破/你自身和你的体验之间隔阂的东西/和那些摧毁攻击或粉碎/你称之为必需的伎俩的一切。"

或许,我们已经从中找到了家园的真正意义。那个心灵回归的地方,会让人卸下所有的虚妄和伪装,甚至放下为生活所迫而心生的一切无奈。厄德里克的诗歌,一直在努力朝着这样一个方向摸索着前行。

第 10 章 探寻独特的诗意:谢尔曼·阿莱克西[①]

谢尔曼·阿莱克西(Sherman Alexie,1966—)[②]是当代美国本土裔作家中的新生力量,他兼具多重创作身份,包括诗人、小说家、剧作家及电影制作人等,其小说着力反映当代本土裔生活的诸多困境,被《纽约客》称为"美国小说的未来"(Alexie and Fraser 59)。他同样是一位极具特色的诗人,诗作幽默诙谐,与当代流行文化密切结合,体现了与前辈作家在文学诉求方面的鲜明差异,事实上,阿莱克西认为诗人才是自己的第一身份[③]。国内外学术界的研究多围绕其小说展开,且多以族裔冲突与融合为切入点[④],但事实

[①] 本章部分内容以"论阿莱克西的'诗意'"发表于《英美文学研究论丛》第 27 辑,上海外语教育出版社,2017 年。
[②] 又译"亚历克谢",见虞建华主编《美国文学大辞典》,北京:商务印书馆,2015。
[③] 见 Grassian,第 7 页。
[④] 国内研究者如刘克东(2009, 2010),国际研究者如 Connette (2010)、Cox (2011)、Huminski (2014)和 Grassian (2015) 等,多以其小说或电影作品为研究对象,成系统的诗歌研究成果尚不多见。

上,阿莱克西的诗歌作品在其政治文化表象之下,同样具有深刻的文学与艺术意义,而他通过诗歌的身份探寻和族裔抗争的内容及日常性、表演性的艺术手法,对"诗意"的追求,更使他在当代美国本土裔诗歌成就中独树一帜。

在"你""我"交错中读出诗意

阿莱克西和不少美国本土裔作家一样,都将诗歌创作视为自己文学作品的重要部分,并将文学理念和态度高度浓缩于诗歌表达中。他广受好评的第一部诗集《奇幻舞蹈之事:故事与诗歌》(*The Business of Fancydancing*:*Stories and Poems*,1992)[①]以及同年出版的另一部诗集《我要偷马》(*I Would Steal Horses*,1992),充溢着当代本土裔的生活挣扎和困惑,从一定程度阐释了诗人的诗学态度。在此后的《黑寡妇之夏》(*The Summer of Black Widows*,1996)及《一根棍子之歌》(*One Stick Song*,2000)、《偷来的、挣来的》(*What I've Stolen*,*What I've Earned*,2013)等诗集中,阿莱克西通过愤怒宣泄揭示当代本土裔生存困境,对族裔身份进行反思与超越,对凡常生活表达深切关注,并通过艺术手法使诗歌具有强烈的表演性。这一切都构成了阿莱克西"诗意"的核心内容。

需要指出的是,这样的反思往往通过诗中的"你-我"关系来

---

① 该诗后被改编成电影,于2003年搬上银幕。

进行,这在《黑寡妇之夏》的第一首诗歌"第一道闪电后"中体现得尤为明显。该诗以蜘蛛吐丝结网的意象来形象地界定"你""我"关系,而"吐丝"隐喻着讲述故事,宣泄情感,建构世界:"我会请你允许我/编织一个故事/用你的头发,编织//围绕在我俩四周"。该诗集中的作品始终围绕着这样的隐喻和象征,在形散而神不散的生命力中,一直表达着生生不息的情感,而其中因为坎坷遭遇和复杂的历史变迁所导致的愤懑不平的情绪,则是诗意的必然因素。如果细究诗歌中"你"和"我"的关系及差异,即探寻愤懑情绪的诉说者和诉说对象,就引发了阿莱克西创作中的重要问题,也是本土裔作家无法回避的问题,即他们的创作对象是谁,是广义的普遍读者,还是特定的本土裔读者?同样对愤懑、创伤、失落、断根等问题,不同的文化背景会有怎样的诠释差异?阿莱克西非常清楚目标读者的差异,也对不同的反应颇为释然。他在传达族裔信息的同时,也衷心希望能传达出重要的诗意。利伯曼指出,"阿莱克西并不希望非本土裔读者对美国印第安人产生错误的理解和情感,但他接受两者间存在桥梁的可能;然而,这取决于双方要承认,而不是抹杀差异"[①];因此"我"和"你"之间的关系是微妙复杂的,有叙述和倾听的关系,有信任、托付、分享的亲密性,也有不满和宣泄。倾听者的身份复议多重,有理想读者和非理想读者的多样差异。普通读者对本土

---

① 见 Laura Arnold Leibman, "A Bridge of Difference: Sherman Alexie and the Politics of Mourning", *American Literature* 77.3 (Sept. 2005), 第550页。

裔诗歌中的不满和控诉常常无法像族裔诗人那样感受强烈,其中的移情和共鸣难以达到相同程度。因此诗意对阿莱克西而言,更多的是诗人与读者间的再创作,即读者在读诗过程中不断发生认识的变化和感受的深入,从视觉想象渐渐进入深层理解和体察,因为诗意并非诗人的垄断产品。

因而,阿莱克西的诗歌带有较强的述行特点,词汇和诗句能产生某种行为,诗人和读者可以共同参与其中。例如,"西方文明介绍"一诗中,标题看似知识普及,而内容却是戏剧化的故事叙述,读者仿佛跟随诗人在西班牙海边一座围城里参观,看到诸多废墟,慢慢聚焦到一所破落教堂,那里只剩下墙面和一间叫不出名的屋子。视线再转移,到了教堂外墙,那里有一只金属篮筐对着大海,"我以为它是用来游戏的",可诗人接下来话锋一转,一反符合常规思维和常识的猜测,令人惊讶地说:"直到本特解释说那篮筐曾装过敌军战士的/头骨,并用来/有效警示不许再攻击教堂。"这个过程,述行效果微妙而有效,这段介绍并不铺陈客观信息,却强烈影响了人们对文明的认识,甚至让之前的颔首成了惊愕中的倒抽凉气。试想,宗教是西方文明的核心,教堂是心灵寻求安宁的和平之地,可那只海边的篮筐却被欧洲人用来以死亡的骷髅头恐吓敌人,这种剧烈的想象反差和期待落差自然会搅动读者的心绪。这里的目标读者是本土族裔内外的,也是西方文明内外的,无论是文明内的自信自豪的归属者,还是文明外的好奇探寻者,事实是明白无误的,而它所激发的反思却是动态各异的。因为读者的差异,有人必然会吃惊而沉思,有人或许会起身找相关历史资料来探究,有人会因为期待的受挫而情绪波动,西方文明的裂口被撕开,认识的稳固被动摇,其中的诗意产生和价值,正是诗人所期待的。

在愤怒宣泄中传达诗意

阿莱克西自小成长于斯波坎印第安保留地,其诗歌多将诗人自己的本土裔生活经历与印第安部落传统相结合,十分在意对本土裔身份的探寻。正如甘博所指出,"阿莱克西花了大量时间来写印第安人的各种身份,思考着'印第安身份'到底有何种意义"①。奎克则指出:"阿莱克西在他所有的作品中探求了这样三个问题:身为生活在当下的印第安人意味着什么?印第安人意味着什么?最终,生活在保留地又意味着什么?"②这三个问题本身就揭示了文化形象套式化的负面影响。阿莱克西认为自己在本质上是被放逐者,他曾说,"我们并不真正属于印第安群体,于是我们通过写作来融入,变得像印第

---

① 见 John Gamber, "We've been stuck in place since House Made of Dawn: Sherman Alexie and the Native American Renaissance", in Alan R. Velie & A. Robert Lee eds.. *The Native American Renaissance: Literary Imagination and Achievement*. Norman: University of Oklahoma Press, 2013, 第 189 页。

② 见 Sarah A. Quirk, "Sherman Alexie (7 October 1966—)". *Dictionary of Literary Biography*. Seventh 278: 3—10, http://galenet.galegroup.com.proxy2.ulib.inpui.edu/servlet/OLBC-Online/iulib_iupui/BK1560155002. 第 278 页。Accessed 2015—09—15。

安人。反讽的是,我们成了印第安群体的代言人,被视为我们部落的代表人物。"①由此可见,他对自己始终背负的"印第安作家"标签是有疑义的,认为这种标签会对创作产生内外夹击,使作家不断承受不必要的批评压力。因此,他的诗歌尽管会沿袭和传承族裔传统,但同样也受到美国经典诗人如惠特曼、狄金森等的影响。他着力重塑读者对印第安人和印第安文化的理解与态度,尤其是希望改变形象套式和偏见,而他所要改变的文学形象,正是好莱坞套式人物和大众文化中的印第安英雄意象,他首先要做的,就是通过极具族裔特色的情绪宣泄来传达作品的诗意。

阿莱克西一直强调族裔身份的差异,他明确认为,非本土裔作家关于印第安人及文化的表述都是"局外人"的视角,甚至可称为殖民文学,带有优势、权力、殖民主义感受,因此他的诗歌首先要揭开美国民主的虚妄和幻想②,而这样的揭露必然以愤怒的宣泄来表达。因此,他的诗意就是在愤懑情绪中充分发挥想象力,让两者结合发挥出最大效应,以促使族裔文化生存的发展和自新。博格伦德甚至据此将阿莱克西的诗歌概括为:"生存 = 愤怒 × 想象"③,穆尔则更进一步指出,"对阿

---

① 见 Jeff Berglund and Jan Roush, *Sherman Alexie*: *A Collection of Critical Essays*. Salt Lake City: The University of Utah Press, 2010, 第 xxv 页。

② 参见 Sherman Alexie and Joelle Fraser. "An Interview with Sherman Alexie." *The Iowa Review* 30.3 (Winter 2000): 第 59—70 页。

③ 见 Berglund, 第 25 页。

莱克西而言,愤怒是一股积极的力量,它回荡着激情、真实、与汗水和身体的接触"[1]。这一点,在《奇幻舞蹈之事》中体现得相当明显。该作品是诗歌和短篇小说的混合,诗文态度坦诚爽直,颇有自白色彩,许多细节都有自身的现实影子,表达了最深层困惑的情绪,又不乏奇幻虚构的色彩,亦真亦幻,幽默诙谐与严肃愤懑难分彼此。诗人不希望自己凌驾于普通人,不愿将保留地的印第安人刻画成悲哀无助、贫困酗酒之徒,让读者心生同情和优越感,而是要引发深层反思。《黑寡妇的夏天》中的"世界末日的大舞会"一诗,就深刻反映了印第安人遭受大屠杀的历史,将自己的文化位置放在不迎合、不超越的客观立场。诗歌中多次反复"你们很多人都告诉我说我必须原谅我应该原谅",而诗人却通过整首诗的叙述递进表明自己的立场,即不愿忘却和原谅,即便在世界末日到来之际。周遭的一切都呈现出灾难的巨变征兆:洪水冲垮水坝,河水上涨,城市被淹没,三文鱼逆流冲入保留地,可印第安人在灾难面前却表现出等待的姿态,而且我的态度强硬坚定,不原谅曾经的伤害,历史的痛苦绝不因为末日而一笔勾销。诗中最奇幻的一幕出现,"当那条三文鱼跃入水上的夜空,在我脚下/甩出一道闪电,引发了火焰/它将带领所有迷失的印第安人归家。"这个生动怪异的景象,仿佛时间被推回到起点,历史回溯到伤害产生之前,即诗人所言之"归家",回到和平安宁

---

[1] 见 David L. Moore, "Sherman Alexie: irony, intimacy and agency", in Joy Porter & Kenneth M. Roemer eds., *The Cambridge Companion to Native American Literature*. Cambridge, 2005, 第 299 页。

的前殖民主义状态,"当印第安人和三文鱼一起聚集在火堆旁"。可是这一幕的想象是永远无法实现的,时间无法倒流,发生过的不会撤销,原始也并非诗人所渴望的理想状态。这一切的不可能揭示了诗人的态度,即历史中的创伤、伤害、杀戮、侵略是永远无法抹灭的。

在诗集《脸》(*Face*, 2007)中"痛苦呼唤我们关注世间万物"一诗里,阿莱克西从题目和第一诗节起即戏仿引用了美国当代著名诗人威尔伯①的诗句"爱呼唤/我们关注世间万物",可对于困惑重重的印第安人,首要情绪是痛苦而非爱。诗人以一个身处五星级宾馆浴室的男子为叙述者,从理查·威尔伯的关于爱能呼唤人关注世间万物偏离出去,困惑不堪的"我""望着那蓝色的电话/在五星级宾馆的浴室中。//我想该给谁打电话?"此后一连串的身份令人迷惑:水管工(plumber)、直肠科医生(proctologist)、泌尿科医生(urologist)、牧师(priest)?这些英文单词之间有不同的节奏韵律关系,既有押头韵的短促,又有尾韵上的擦齿音,在朗读感受上与之前的"爱"较为背离,恰恰暗合"痛苦"的感受,这些身份也有其微妙用意。不难想象,这个身处五星级宾馆的人其实困境重重,他似乎无奈地逃避自己的家,有一种绝望中的任性;他也许家中水管爆裂,污水泛滥,或许酗酒成性,长期的不良生活令他陷入健康困境,而牧师更是他困惑重重的宗教

---

① Richard Wilbur(1921—2017):美国当代著名诗人、文学翻译家,1957和1989年两度获普利策诗歌奖,1987年获聘美国桂冠诗人评选顾问。

信仰和道德告解上需要求助的人。诗歌道出了潜藏在诗句之下的丰富内容和复杂情感,随后问题来了:"我们中谁能有幸并最该/头一个被拨打?"回应着诗题"痛苦呼唤我们关注世间万物",而答案并非之前的各个角色,"我"挑选的是父亲,而后一个跨行连接,情绪似乎来了一个大回转,表述的停顿和转折恰恰暗示了"我"与父亲长期不沟通和彼此情感缺失,以至于"我"认为父亲"会被浴室电话震惊";可更大的回旋转折和意外在于,接电话的是母亲,当"我"表示要与父亲对话时,母亲"喘息着",而"我"这才想起父亲(又一个跨行连接)"已经去世近一年"。

诗意的感人至深在于普遍情感的共鸣。儿子自觉失言冒犯,而母亲一句"没事的,""我今早为他泡了一杯速溶咖啡//就留在桌上——/就像我,嗯,二十七年一直如此——//我都没意识到做错了/直到今天下午"让人不禁动容,亲情和思念,故人的缺席和生活的悲凉等,都尽在不言中。"我怎么会忘了呢?"这句修辞设问表明:忘却不了故人,更忘却不了由此而引发的情绪。诗歌将这段电话中看似毫无诗意的母子对话以诗歌节奏和结构加以凝练,就像蜘蛛吐丝般不断揭示隐藏其中的故事,而贯穿始末的拍着翅膀的天使,在情绪释放中显得突兀起来。这高高在上的天使如西方文明中被视为核心美学、思想价值的希腊神话体系中的象征,它们"等我们歌颂忘却/而后用冰冷的翅膀拍打我们的灵魂。"冷静的理性就像强加于个体的主流思想,干涉着人们独特的认知,忽略个性化的需求,提倡放下包袱的忘却。这里似乎隐喻着美国文化对于族裔传统的态度,殖民主义对于被殖民者或传统失落者的思想征服。因此诗歌最终的一句"这些天使让我们背负压力失去平衡。/这些可恶的天使骑在我们头上。//这些天使,不断堕落,诱惑我们/拖着我们,折磨并祈祷我们入土",把情绪表达推向高潮,正如阿莱克西曾说过的,"最微小的痛苦/也能改变世界",诗歌中不断反复的节奏,有规律的语言表达和抑扬顿挫的句式,都让这种无处不在的痛感呼之欲出。这一诗意特征普遍存在于阿莱克西的众多诗作中,也确实如拉米雷兹所言,其作品核心是这样一种洞见:"这些微小且巨大的痛苦就是美国印第安人的现实,也是21世纪世界的现状。"[①]

倘若族裔诗人使诗歌背负起社会责任,以艺术形式表达强烈的诉求和愤懑,是否原本美好的诗意会带上政治目的,使本土裔诗歌为求索政治权利而牺牲了艺术价值?是否从某种意义上扭曲了诗意?然而,政治是文化保存和复兴的重要途径,本土裔诗歌无法忽略其政治目的,从某种意义上看,诉求甚至是诗歌传递的核心信息,因为面对失落、文化断层、身份危机,生存困惑和绝望,诗人必然会通过诗歌途径寻求文化保存和传统反思。

在凡常琐碎中寻找诗意

阿莱克西坚持认为,好的艺术作品并不出自文化同化,而是来自独特的文化语境。个人生活必然有烦琐、平凡的部分,但它

---

① 转引自 Berglund,第108页。

们毫不阻碍诗意的想象和反思。贝尔格伦德指出,"对于阿莱克西,历史的负荷是多重的:它同时是个人、文化、历史、宗教、政治、艺术的"①。这里,个人的生活细节和感受放在了首位,诗歌更关注和聚焦对个人的深度理解,对特定细节时刻的揭示。

因此,阿莱克西的诗歌常在细节中延伸问题,将读者带出接受和理解的藩篱,如诗歌"自'动物寓言集'"的一开始平淡无奇:"母亲寄给我一张她和父亲的/黑白照片,大约摄于/1968年,旁边还有两个印第安男人。"由此引发的母子电话对话也稀疏平常:"'这些印第安人是谁?'我打电话/问她。/'我不知道,'她说。"自此疑问加深:母亲为何寄给他这样一张照片?另外,父母身边竟还有两个陌生的印第安男人。在常人想象中,他们无非是父母共同或一方的亲朋好友,或是两人外出时遇上的同伴,可母亲出乎意料的回答"不知道",将前面的困惑推到高潮。此刻,儿子也并未按常理去追问母亲,却转而以具体的描述结束了全诗:"其中一个陌生印第安男人正/指着天空。//在他们上面,是一只鸟形状就像/一个问号。"这个问号并没有答案,令人迷惑不已,而诗题"自'动物寓言集'"此时就更像断裂、毫无关联的细节。正如拉米雷兹指出的,"阿莱克西反向运用了诗意陌生化的策略,他将陌生事物'熟悉化',让美国本土裔文化(无论是保留地或城市,历史或当下、现实或想象的一切)变得熟悉和集中。"②这首诗中,展现在

---

① 见 Berglund,第242页。
② 转引自 Berglund,第109页。

读者面前的一切都像是日常生活中最熟悉的事情,但这些熟悉的东西却引发疑惑,揭示的恰恰是我们从未有过的经历。这种以反陌生化策略,先让人们关注到某样平凡事物,而后聚焦,疑虑,最后成了挥之不去的好奇。

这种从寻常烦琐进入诗意的创作,是本土裔诗人创作中的重要特色,阿莱克西继承和运用得尤为自如。他认为,能入诗的其实就在点滴寻常中,诗意是生活磨砺中敏感的领悟和丰富的想象。以诗歌散文综合体作品"阅读灯"为例,诗的缘起平淡无奇,诗人半夜惊醒,辗转反侧难以入睡,便将那段困惑吟诵成诗:"我失去的那几个小时/辗转反侧//研磨着思想/还有牙齿。"这种屡屡出现的失眠让人烦恼,此后的表现也十分平常:蹒跚下楼,到厨房去找东西吃,心里暗暗地诅咒等。短小精悍的诗句之后出现了一大段散文表达,关于失眠的懊丧和痛苦,其中不乏幽默荒诞的表述,还声称借用了多位名人关于失眠的妙语警句,然而这些话语无从考证,诗人转而承认撒谎了,名人并未这么说,于是他只能回到自己的语言体系中,将失眠形容为"世间最悲惨的音乐",并从下一段起恢复了诗歌形式。

此后,短诗节和大段白话表述的交替组合又重复两次,散文部分再次"引用"林肯、王尔德、奥斯丁、狄金森、哈姆莱特等名句,但这些充满诙谐戏谑的句子全是戏仿,如狄金森的"因为我无法为睡眠停步/失眠为我驻留",哈姆莱特的"睡还是不睡:这是个问题。"此后的诗句又回归父子对话的日常琐碎:"你该睡了。"/"我得读书,"/他说,"这本书/真的棒极了。//它很好笑。/爸爸,拜托,我还有//五页就完。"如此对话或许毫无诗意,但身为父亲的诗人想到,"哦,在他的年纪,//我读了此书。"这种岁月反复、父子传承所体现的亲情关切,以及阅读感悟的相似,为失眠的长夜增添了抚慰。更重要的是,阅读的乐趣让"我"感到传承生命和价值的快乐,失眠抑郁一扫而空,虽然诗中依旧感叹"我半是抑郁半是躁狂",可欣慰的是,孩子很容易入睡,而结尾两句"可是我依然感谢上帝/因为我的失眠并不遗传",在父爱和亲情中道出了心声,下一代是有希望的,习得的爱好,思想文化的熏陶和影响等会改变困境。诗人在此结束全诗,他不必费力地深挖或延伸诗意,凌晨三点的困顿不适合更费力的用意,就在慵懒随意的节奏中结束了这段表达,而留下诗意的延宕和沉思让读者各自品味。

在吟诵表演中传递诗意

阿莱克西诗歌的又一个特点是具有强烈的表演性,他也是自己诗作的优秀表演家,曾在诗歌朗诵会、节日庆典以及其他场合表演过诗作,让作品中的情感和能量以演绎的方式表现出来。他认为诗歌并非超凡脱俗的东西,它现实具体甚至看似浅显,毫无抽象高深的姿态,是情绪的直接载体。他笔下的悲哀和愤怒,其诗意并不像温迪·罗斯诗歌中被逐渐转化的愤慨激越,而是真切、共鸣、接受,进而反思困境和生存;他传达的愤怒和愁闷更加直接,冲击力更强烈。尽管这一点或许会被诟病为诗意含蓄不足,但他自己却将此比拟为"奇幻舞蹈",是身体、情绪、精神的舞蹈,是更为畅达和彻底的表达。从这一点上看,阿莱克西的诗歌在更本质的意义上传递了印第安传统文化中的语言神圣性,即文字脱离于叙述者的生命和活力。

前文论及的《奇幻舞蹈之事》揭示了诗人的文化态度,即历史中的创伤、伤害、杀戮、侵略是永远无法抹灭的。诗人毫无超脱之心,他为历史感到痛心,为现实感到愤懑,他仿佛和部落亲人们聚在一起,通过这条神性的三文鱼的三个故事,在诗歌的最后给出当下的态度,"一个一个故事将教会我们/如何祈祷;另一个故事会让我们笑好几个钟头;/第三个故事会让我们有理由舞蹈。"但是祈祷、幽默、舞蹈这三个途径不能让人真正忘却痛苦,所以最后"我"和族人一起舞蹈在世界末日的仪式中,为诗人的态度做出了最后的阐明。根据第一部诗集中"奇幻舞蹈"的解释,这种仪式性的舞蹈是二战后的印第安退伍军人创造的,是带有传统色彩和象征意义的现代改编,渐渐变成一种公众娱乐形式,阿莱克西由此找到了情绪、精神、思想的宣泄渠道,而他诗歌中的这种舞蹈描述很大程度上是一种自我表达,其中交织着复杂的情绪。

《一根棍子之歌》诗集中的标题诗歌同样展现了这种情绪错综的表演特点。它从部落族人日常进行的游戏入手,虽然读者对游戏形式和规律一无所知,不过从诗歌叙述中能模糊了解其中吟唱所具有的述行功能,即当游戏将尽,当手里只剩一根棍子时,"我"可以通过唱歌,将其他失去的棍子唱回来。诗人仿佛将读者视为一同参与此项游戏的人,彼此亲切友好平等,而他最后的吟唱,形式重复、节奏规律,就是在表达、揭示、宣告着内心的强烈情绪。整首诗诗节的反复显然是适应和彰显表演效果,诗人要把所有亲人都唱回来,而唱的同时,他们的遭遇和经历一一呈现,展示了曲折变幻的家庭历史:堂兄跳桥自尽、祖父在冲绳被狙击手杀害、叔叔被倒下的大树压死、祖母患肺结核病逝、姨妈得糖尿病去世、表兄离家出走失踪、姐姐因拖拉机起火烧死、舅舅肝硬化死去、外祖母患恶性肿瘤、酒醉的表弟被人用枪误杀……吟唱中,不同的红色、白色和其他色彩反复出现,渲染着强烈的悲剧色彩和哀恸效果,而诗人一遍遍念着"我要把你们唱回来,把你们全都唱回来"。在人们似乎亲眼目睹的长卷画面中,该发生的悲剧都发生了,逝者如斯,留下的人希望孤注一掷地用最后剩下的棍子来赢取什么,可人人都明白这是不可能的无奈和绝望,历史的倒转和回到起点的重新来过都是虚妄。诗人在最后用六次反复的"重回我身边"来竭力唤回失落,可是余音袅袅中,读者明白表演结束了,游戏结束了,我们唯有正视现实和历史,可以有所作为和改变的只有将来。

本土裔诗人沿袭美国印第安人的口头吟唱风格,直抒胸臆及述行特征本身就是本土裔诗歌的重要特点。阿莱克西身体力行着诗人兼表演歌手的身份,同时汲取西方经典诗歌的形式,将人们普遍接受的诗歌创作形式与斯波坎印第安部落传统相结合,从而凸显了他特有的诗意风格。拉米雷兹曾尖锐指出,"非殖民化的文学研究已经在全球范围内成为趋势。最近三十年来学术上的革命转向即侧重社会学和历史学研究,已经在文学文本研究上有了长足发展,可是这一过程的负面影响在于,这些转向也削弱了学者对于诗学、韵律、技巧等的关注。正如伊格尔顿所言,'作品的文学性被忽略了'",①但阿莱克西的诗歌因其独特的语言明快和节奏性,以及突出有效的重复、平行、倒转等运用,充分汲取了韵律、节奏、对位、押头韵、谐音、标点、跨行连续等诗歌技巧,与情绪表达形成了强烈的效果共鸣,从一定程度打消了对族裔作品轻诗学重政治的负面批评,反而突出了美国本土裔诗歌在朗诵时声音洪亮悦耳的优势,强化了诗歌语言因为情绪而富有的声音效果,也突出了诗歌节奏和结构的重要性。

正如拉德尔所言:"当代美国印第安诗歌成为了一种真正独特和有效的即时参与和反抗的形式。"②诗歌抵御着文化和传统的消亡,彰显印第安人的吟唱和口头叙述风俗。他坦言,"只有百分之一的印第安人阅读过 N·司各特·莫马迪的得奖小说《晨曦屋》,却有百分之九十九的印第安人看过电影《大舞会公路》(*Powwow Highway*)。"③因此,阿莱克西诗歌的创作更偏向于新的口头表达方式,更具有通俗的表演性,希望能有更多人产生共鸣和情感互动,诗意传达就如同将纸页当成影像投射的屏幕,被赋予了更多视听效果,更强烈的情绪和思想储存,从而吸引更

---

① 转引自 Berglund,第 107 页。

② 见 Dean Rader, "Word as weapon: visual culture and contemporary American Indian poetry", *MELUS* 27.3 (2002):第 150 页。

③ 见同上,第 154 页。

多无论是族裔内部还是外部的读者。

阿莱克西笔下的诗人并不凌驾和超越读者,诗意的传达并不自上而下,而是平等的交流,愤懑质疑的表达是因为彼此的信任,而且创作者始终坚持表达自己幽默、诙谐的态度,不哭诉着求可怜,不放低姿态让人同情。抒情诗歌在人际关系和力量转化中产生巨大意义,让人感受到诵读和倾听之间的情绪互动,进入诗人所希望的平等交流关系。这样的对话式诗歌,通过强烈的表演性,以交流的形式传递诗意,促动文化思考与意义传播。

结语:"生存抵抗"的恒久启示

当代美国本土裔诗歌创作丰富多彩,著名诗人众多,当下美国学界对此的研究日趋成熟。本书所重点分析的诗人只是其中较为典型、兼具个性和代表性,同时具有重要成就的一部分,他们的诗歌创作,若是有总体上的概述,或许可以用诗人杰拉德·维兹诺独创的"生存抵抗"(survivance)来表达。"生存抵抗"并非指被动生存而是主动抵抗;它拒绝将族裔部落居民视为受害者,或是因于固化历史的野蛮人,或理想化新时期未来的先锋。这个概念跳脱了族裔的忍耐或机械反应;它是对文学强势统治的终结,对其他族裔文学的研究也富有启发。"生存抵抗"也是一种思考和实践方式,作为一种全新的族裔部落存在主义,它通过文学实践和在场来达成自我发现,以逆转强加于个人的统治。

当代本土裔诗歌在丰富族裔文化和传统,积极参与并影响美国文学过程中具有重要的价值和意义,它们在绵绵不息的生存中,同时以自身独特的生命来抵抗族裔传统的失却和扭曲。

因而,探讨这些代表性诗歌如何从族裔传统诗歌叙述中发展而出,又如何在现代文学中不断演变进化,必然能拓展我们对美国文学多元性、族裔性和现代性的理解视域。

自17世纪初叶至19世纪,美国本土裔文化经历了巨大的失落和文化同化过程,在语言、文化、传统、历史上屡遭身份危机。1960和1970年代的美国本土文艺复兴以来,诗歌创作日益成为美国文学不可或缺的部分,逐渐获得新的活力和机遇。毋庸置疑,诗歌是族裔文化生存的有效途径,当代美国本土裔诗歌继承了印第安文化的传统,强调族裔文化中人与自然的独特关系,彰显丰富了族裔传统,更深入探究了在时代发展中族裔传统的生命力,以及生存和传承的途径。

众多优秀的本土诗歌作品逐渐超越族裔范畴,与经典的诗学理论和技巧日臻融合,同时发挥自身的独特个性,为美国文学、历史和政治提供了某种批评视角,而本土裔诗人也从美国当代诗歌有意识的内向性主流文化中脱颖而出。本书所聚焦的九位诗人在一定程度上可以让人们见证并领会到当代美国本土裔诗歌的重要价值和研究意义。通过深入挖掘各位诗人作品中的文化记忆和想象,人们也能管窥本土裔文化历史的演变,并从中理解诗人巧妙智慧的"生存抵抗"和珍存族裔传统的方式。

全书的各章尽管以个体的诗人创作风格和诗学特色展开,这些诗人无论性别、部落、身份、年龄上有何差异,整体上依然体现了本土裔文学在珍存、展现文化记忆,形成有效的"生存抵抗"的创作态势。这些诗人的诗歌作品必然能促进人们深入了解美国本土族裔文化传统,同时反思美国多种族、多元文化的现状,形成观察和研究美国文学及文学历史的新视域。诚然,当下思维影响了人们对历史的理解,而历史理解又对人们的当下行为产生重要的影响。

基于对诗人及其作品的介绍和分析诠释,笔者提出以下问题,希望能勾连起之前各位诗人和各章分析的内在关系,形成进一步的反思:1.文化记忆和叙述特色如何蕴藏并交织于当代美国本土裔诗歌?2.诗人以怎样的文化策略,通过诗歌作品彰显族裔传统,凸显自身价值?3.他们如何从美国当代诗歌有意识的内向性主流文化中脱颖而出?4."生存抵抗"的文化态度是怎样以其超验的形式来再现和传达族裔文化的价值,在超越族裔范畴和疆域上有着怎样的意义?5.美国本土裔诗歌该如何延续、保持其发展势头,又具有怎样的借鉴意义?如何在当下的民族文化遗产、人文生态关系和文化保护上给人们提供全新和独特的启示?

本书主要涉及的诗人和诗作,难免有挂一漏万的遗憾;此外,研究过程中笔者尽力搜集大量的历史、批评资料,也尽量拓展跨学科和多媒体的研究视域,例如亲历美国本土裔原住民的庆典现场、文化仪式、诗歌作品的现场朗诵和音乐表演、文化展览等,感受吟唱、口述的独特风格等,同时关注并收集最新的信息和资源。

考虑到研究的时间跨越,以及其中一些诗人不断有新作出版,笔者竭力了解最新信息,并不断补充。在书稿撰写进入尾声之际,以2019年最新出版的当代本土裔诗人作品集《本土的声音:美国土著诗歌、艺术及对话》所列出的诗人做最新的补入,列入该书在导言部分所提及的诗人及大体年代分类,考虑到大部分诗人都并未在国内正式介绍,笔者保留其英文姓名,方便有兴趣的读者进一步索引研究①:

重要的先驱派诗人:Carter Revard(1931—),Simon Ortiz(1941—),Diane Glancy(1941—),Adrian C. Louis(1945—),Chrystos(1946—),Linda Hogan(1946—),Leslie Marmon Silko(1948—),Ray A. Young Bear(1950—),正是这些诗人引领美国本土裔诗歌进入了更高的发展阶段,进入了美国众多诗歌选集和课堂文学读本。

还有一批优秀的本土裔诗人出生于1950和1960年代,其中包括Joy Harjo(1951—),LeAnne Howe(1951—),Luci Tapahonso(1953—),Louise Erdrich(1954—),Kimberly Blaeser(1955—),Allison Adele Hedge Coke(1958—),Elise Paschen(1959—),Deborah A. Miranda(1961—),Heid Erdrich(1963—)等。

我们也期待有更多新一代的本土裔中青年诗人不断涌现,发出他们独特的声音。

---

① 参见 Ccarie Fuhrman & Dean Rader, eds. *Native Voice*: *Indigenous American Poetry*, *Craft and Conversations*. North Adams, Massachusetts: Tupelo Press, 2019. pxxiv—xxv。

笔者在撰写本书的过程中不断体会到,细读作品是极为重要的一个环节,诗歌的一字一句都是诗人最真挚、深刻、细致、充分的表达,诗歌不仅是诗人与自己,也是与他人和世界的对话;这些诗人之间也仿佛形成了对话和交流,彼此叙述、倾诉、回应着,为本土裔内外的读者和自身展现了回忆、梦境、希望、担忧、愤怒,以及恒久的爱。在真正的诗人笔下,诗歌作品永远见证着人性和创造力。因而笔者在研读诗歌的同时,为了方便读者更深入全面的了解文中关于不同诗作的诠释,将重点涉及的诗歌进行了翻译,以中英文对照的形式放在附录部分,并在此强调:文学批评需要不断回到作品,进入作品,感受作品。

笔者非常有感《本土的声音》一书编辑的一句话,也将它放在此书结语的尾声:"本土诗歌并不仅仅是主题研究的一片领域,而是世间存在的一种方式。"谨以此句与所有在诗歌中获得感悟的人们分享。

参考文献

Alexie, Sherman. *The Business of Fancydancing: Stories and Poems*, Hanging Loose Press, 1992.
—. *I Would Steal Horses*, Slipstream, 1992.
—. *The Summer of Black Widows*. New York: Hanging Loose Press, 1996.
—. *One Stick Song*. New York: Hanging Loose Press, 2000.
—. *Face*. New York: Hanging Loose Press, 2007.
—. *What I've Stolen, What I've Earned*, Hanging Loose Press, 2013.
—. "Bestiary". http://www.poetryfoundation.org/poetrymagazine/poem/246350, (Accessed Sept. 24, 2015).
—. "Reading Light". *Harvard Review* 36 (2009): 56+. Literature Resource Center.
http://go.galegroup.com/ps/i.do? id = GALE%7CA204427317&v = 2.1&u = fudanu&it = r&p = LitRC&sw = w, (Accessed August 31, 2015).
Alexie, Sherman, and Joelle Fraser. "An Interview with Sherman Alexie." *The Iowa Review* 30.3 (Winter 2000): pp. 59—70. Rpt. in *Poetry Criticism*. Ed. Timothy J. Sisler. Vol. 53. Detroit: Gale,

2004.

Allen, Paula Gunn. *Studies in American Indian Literature*: *critical essays and course designs*. Modern Language Association of America, 1983.

—. *The Sacred Hoop*: *Recovering the Feminine in American Indian Traditions*. Boston: Beacon Press, 1986.

Al-Meten, Catherine. "N. Scott Momaday, Native American Poet, Author, Teacher", http://www.examiner.com/? cid = PROG-Logo, April 6, 2013.

Andrews, Jennifer. *In the Belly of a laughing god*: *humor and irony in Native women's poetry*. University of Toronto Press, Toronto, 2011.

Anggraini, Indrani Dewi. "The Voices of the Survivals in the Poetry of Contemporary Native-American Women", http://www.angelfire.com/journal/fsulimelight/, July 1997.

Bear, Ray Young. *Waiting to be Fed*. Port Townsend, Washington: Graywolf, 1975.

—. *Winter of the Salamander*: *the Keeper of Importance*. San Francisco: Harper & Row, 1980.

—. *The Invisible Musician*. Duluth, Minn.: Holy Cow, 1990.

—. *Black Eagle Child*: *The Facepaint Narrative*. Iowa City: University of Iowa Press, 1992.

—. *Remnants of the First Earth*. New York: Grove, 1996.

—. *Manifestation Wolverine*: *The Collected Poetry of Ray Young Bear*. New York: Open Road Integrated Media, Inc., 2015.

Berglund, Jeff. and Jan Roush, *Sherman Alexie*: *A Collection of Critical Essays*. Salt Lake City: The University of Utah Press, 2010.

Berner, Robert L. "Ray A. Young Bear: The Rock Island Hiking Club", *World Literature Today*. 76. 1 (Winter 2002), http://www.worldliteraturetoday.com, (Accessed April 10, 2017).

Bruchac, Joseph. "Connected to the Past," in *Survival This Way*: *Interviews with American Indian Poets*. Tucson: University of Arizona

Press, 1987, pp. 337—348.

Bernardin, S.K. "Vizenor, Gerald. Native Liberty: natural reason and cultural survivance," *CHOICE*: *Current Review for Academic Libraries*. 47. 11 (July 2010): p.2104.

Birns, Nicholas. "Post-authenticity", in*Antipodes*. 18.1 (June 2004): p. 89, http://www.austral ianliterautre.org/Antipodes_Home.htm, (Accessed March 7, 2017).

Blaeser, Kimbely M. *Gerald Vizenor*: *Writing in the Oral Tradition*. Norman: University of Oklahoma Press, 1996.

Branham, Benjamin. "Reviving Tasmania and the textual reconstruction of history", http://voices.cla.umn.edu/authors/wendyrose.html, 2012.

Brinkman, Lillie-Beth. "Poet and storyteller N. Scott Momaday's mission is to help Indians preserve their identity", http://newsok.com/poet-and-storyteller-n.-scott-momadays-mission- is-to-help-indians-preserve-their-identity/article, November 4, 2012.

Bruchac, Joseph. *Survival This Way*: *Interview with American Indian Poet*. Tucson: The University of Arizona Press, 1987.

Bruchac, Jeseph ed. . *Songs from This Earth on Turtle's Back*: *Contemporary American Indian Poetry*. The Greenfield Review Press, New York: NY, 1983.

Carnes, Jeremy M. . "Reinventing the Enemy's Intentions: Native Identity and the City in the Poetry of Joy Harjo", in *Studies in the Humanities*, Dec, 2015, Vol. 42 Issue 1, pp. 36—59.

Cocola, Jim. "The keeping of Ray A. Young Bear", in*Discourse*, 29. 2—3 (Spring-Fall 2007), Detroit, MI: Wayne State University Press, 2007.

Coke, Allison Adele Hedge ed. *Sing*: *Poetry from the Indigenous Americas*, Tucson: University of Arizona Press, 2001.

Coltelli, Laura. "Joy Harjo's poetry" in Joy Porter and Kenneth M. Roemer, eds. *The Cambridge Companion to Native American Literature*. Cambridge University Press, 2005.

Denetdale, Jennifer. "New Indians, Old Wars" in *Wicazo Sa Review*, 23.2 (Fall 2008).

Donahue, James J. "Toward a Native American Critical Theory", *MELUS*. 29.2 (Summer 2004).

Dunning, R. W.. *Social and Economic Change Among the Northern Ojibwa*, University of Toronto Press, 1959.

Erdrich, Heid E. ed.. *New Poets of Native Nations*, Graywolf Press, Minneapolis: MN, 2018.

Erdrich, Louise. *Jacklight*, Henry Holt, 1984.

—. *Baptism of Desire*. New York: Harper and Row, 1989.

—. *Original Fire: Selected and New Poems*. New York: HarperCollins Publishers Inc., 2003.

Erdrich, Louis ed.. *New Poets of Native Nations*. Graywolf Press, Minneapolis: MN, 2018.

Evers, Larry. "Words and Place: A Reading of House Made of Dawn." in Andrew Wiget, ed., *Critical Essays on Native American Literature*. Boston: G. K. Hall, 1985, pp. 211—230.

Evers, Larry ed., *The South Corner of Time*. Tucson, Ariz.: The University of Arizona Press, 1980.

Fuhrman, CMarie & Dean Rader eds.. *Native Voice: Indigenous American Poetry, Craft and Conversations*. North Adams, MA: Tupelo Press, 2019.

Gamber, John. "We've been stuck in place since House Made of Dawn: Sherman Alexie and the Native American Renaissance", in Alan R. Velie & A. Robert Lee eds.. *The Native American Renaissance: Literary Imagination and Achievement*. Norman: University of Oklahoma Press, 2013, pp. 189—206.

Gannon, Thomas C.. "Gerald Vizenor. *Almost Ashore: Selected Poems*,"

Prairie Schooner. 82.2 (Summer 2008).

Gannon, Thomas C.. *Skylark meets meadowlark: reimagining the bird in British romantic and contemporary Native American literature*. Lincoln: University of Nebraska Press, 2009.

Godfrey, Kathleen. "'A Blanket Woven of All These Different Threads': A Conversation with

Wendy Rose", in *Studies in American Indian Literatures*. Volume 21, Number 4, Winter 2009, pp. 71—83.

Grassian, Daniel. *Understanding Sherman Alexie*. Columbia: University of South Carolina Press, 2005.

Green, Rayna. Ed., *That's What She Said: Contemporary Poetry and Fiction by Native American Women*. Bloomington: Indiana University Press, 1984.

Grewe, Lauren & Matt Cohen, "Deep Waters: The Textual Continuum in American Indian Literature" in Wicazo Sa Reivew, 26.2 (Fall 2011).

"The Growth and Change of the Poetic Voice... Words from Musician & Poet, Joy Harjo", http://freewebs.com/lilylitreview/index.html, 2012.

Hamilton, Amy T. "Remembering Migration and Removal in American Indian Women's Poetry", http://rmmla.wsu.edu/, 2012.

Harjo, Joy. *The Last Song* (chapbook), Las Cruces, NM: Puerto Del Sol Press, 1975.

—. *What Moon Drove Me to This*? New York: I. Reed Books, 1980.

—. *She Had Some Horses*, New York: Thunder's Mouth Press, 1983.

—. *In Mad Love and War*, Middletown, CT: Wesleyan University Press, 1990.

—. *The Woman Who Fell from the Sky*, New York: Norton, 1994.

—. *A Map to the Next World: Poetry and Tales*, New York: Norton, 2000.

—. *How We Became Human: New and Selected Poems*, 1975—2001, New York: Norton, 2002.
—. *Conflict Resolution for Holy Beings*. Norton & Co., New York: NY, 2015.
—. *An American Sunrise*. Norton & Co., New York: NY, 2019.
Harjo, Joy. eds. *Reinventing the Enemy's Language: North American Native Women's Writing*, New York: Norton, 1997.
Harjo, Joy, Tanaya Winder & Laura Colteli. *Soul Talk, Song Language: conversations with Joy Harjo*. Middletown: Wesleyan University Press, 2011.
Harjo, LeAnne Howe, et al. eds.. *When the Light of the World Was Subdued, Our Songs Came Through: A Norton Anthology of Native Nations Poetry*, Norton & Company, 2020.
"Headwaters: N. Scott Momaday: Summary and Critical Analysis", http://www.bachelorandmaster.com/index.html, 2013.
Hertz, Jason. "Native American Poetry in the Academy: Recognizing the Potential and Peril of Ethnic Studies Formations for Indigenous Cultures", in *Teaching American Literature: A Journal of Theory and Practice*, Fall/Winter 2014 (6:2/3), pp. 24—32.
Hogan, Linda. *Dwellings: a spiritual history of the living world*. New York: W. W. Norton, 1995.
—. *The Book of Medicines*. Minneapolis MN: Coffee House Press, 1993.
—. *Rounding the Human Corners*. Minneapolis MN: Coffee House Press, 2008.
—. *Dark. Sweet.: New & Selected Poems*. Minneapolis MN: Coffee House Press, 2014.
Howson, Emily. "Louise Erdrich's 'Jacklight'", http://suite101.com/reading-literature, May 29, 2008.
Hughes, Sheila Hassell. "Unraveling Ethnicity: The Construction and

Dissolution of Identity in Wendy Rose's Poetics" in *Studies in American Indian Literatures*. Volume 16, Number 2 (Summer 2004), pp. 14—49.

Hussain, Azfar. "Joy Harjo and Her Poetics as Praxis: A "Postcolonial" Political Economy of the Body, Land, Labor, and Language" in *Wicazo Sa Review*. Volume 15, Number 2 (Fall 2000), Tempe, AZ: University of Minnesota, pp. 27—61.

Jones, Mariah. "Spiritual Commodification and Misappropriation: What Native People Want You to Understand", http://www.sonomacountyfreepress.com/index.html, 2012.

"Joy Harjo", http://www.joyharjo.com/, 2012.

"Joy Harjo: Acclaimed Native American Poet, NAMMY-winning Musician", http://www.blueflowerarts.com/wwc, 2012.

Kelsey, Myrtle Penelope. "Writing home: indigenous narratives of resistance", *Wicazo Sa Review*, 24.2 (Fall 2009).

Kim, Seonghoon. "We Have Always Had These Many Voices: Red Power Newspapers and a Community of Poetic Resistance", in *American Indian Quarterly*, Vol. 39, No. 3 (Summer 2015), pp. 271—301.

Krupat, Arnold. *That the People Might Live: loss and renewal in Native American elegy*. Cornell University Press, Ithaca & London, 2012.

Kwasny, Melissa. "Ghost Dance: The Poetics of Loss", *The American Poetry Review*. 44.2 (March-April 2015).

Leibman, Laura Arnold. "A Bridge of Difference: Sherman Alexie and the Politics of Mourning." *American Literature* 77.3 (Sept. 2005): pp. 541—561. Rpt. in *Contemporary Literary Criticism*. Ed. Jeffrey W. Hunter. Vol. 265. Detroit: Gale, 2009.

Lincoln, Kenneth. *The Nature of Native American Poetry*, Tucson: The University of New Mexico Press, 2001.

—. *Speak Like Singing: Classics of Native American Literature*. Albuquerque: University of New Mexico Press, 2007.

"Linda Hogan", http://www.lindahoganwriter.com/, 2012.

Lynch, Tom. "To Honor Impermanence: The Haiku and Other Poems of Gerald Vizenor," in *Loosening the Seams: Interpretations of Gerald Vizenor*, A. Robert Lee, ed., Bowling Green, Ohio: Bowling Green State University Popular Press, 2000.

Madsen, Deborah L. *Understanding Gerald Vizenor*. Columbia: University of South Carolina Press, 2009.

McAdams, Janet. "The Invisible Musician" in The American Indian Quarterly, 18.1 (Winter 1994).

Momaday, N. Scott. *Angle of Gees and Other Poems*. Boston: D. R. Godine, 1974.

—. *The Gourd Dancer*. New York: Harper & Row, 1976.

—. *In the Presence of the Sun: Stories and Poems, 1961—1991*. New York: St. Martin's Press, 1992.

—. *In the Bear's House*. New York: St. Martin's Press, 1999.

—. *In the Presence of the Sun: Stories and Poems, 1961—1991*, University of New Mexico Press, 2009.

—. *Again the Far Morning: New and Selected Poems*, University of New Mexico Press, 2011.

—. *The Death of Sitting Bear: New and Selected Poems*, Harper, 2020.

"Momaday's Angle of Geese and Other Poems", http://www.123HelpMe.com/view.asp?id=2716720, May 2013.

Moore, David L. "Ray A. Young Bear." in *Native American Writers of the United States*, edited by Kenneth M. Roemer, Gale, 1997.

—. "Rough Knowledge and Radical Understanding: Sacred Silence in American Indian Literature" in *The American Indian Quarterly*, 21.4 (Fall 1997).

—. "Sherman Alexie: irony, intimacy and agency". In Joy Porter & Kenneth M. Roemer eds.. *The Cambridge Companion to Native A-*

merican Literature. Cambridge, 2005, pp. 297—310.

Moore, David. & Michael Wilson, "Staying afloat in a chaotic world: a conversation with Ray Young Bear" in *Callaloo*, 17. 1 (Winter 1994), John Hopkins University Press (Accessed April 11, 2017).

Moyers, B. "Ancestral Voices: Interview with Bill Moyers" in Laura Coltelli, Ed., *The Spiral of Memory: Interviews. Poets on Poetry Series*. Ann Arbor: The University of Michigan Press, 1996, pp. 36—49.

Mundo, Frank. "For a Girl Becoming: an Interview with Poet Joy Harjo", http://www.examiner.com/arts-and-entertainment, October 9, 2009.

Murray, John A.. "Of Panthers & People: An Interview with American Indian Author Linda Hogan" in *A Journal of the Built & Natural Environments*, http://www.terrain.org/, 2012.

Napikoski, Linda. "Joy Harjo: Feminist, Indigenous, Poetic Voice", http://www.womenshistory.about.com, 2012.

Niatum, Duane. ed., *Harper's Anthology of 20 th Century Native American Poetry*. New York: HarperCollins Publishers, 1988.

Ortiz, Simon J. *After and Before the Lightning*. Tucson: The University of Arizona Press, 1994.

—. *Woven Stone*. Tucson: The University of Arizona Press, 1992.

—. *from Sand Creek*, University of Arizona Press, 2000.

—. *Out There Somewhere*. Tucson: The University of Arizona Press, 2002.

Pavich, Paul N. "Review of *Winter of the Salamander*" in *Western American Literature*. 16.4 (Feb. 1982): p330—331, go.galegroup.com/ps/i.do? p = LitRC&sw = w&u = fudanu&v = 2.1&id = GALE%7CH1420008889&it = r&asid = 00b931910798bcf3534c2df7dd62dff0, (Accessed April 9, 2017).

Perron, David. "About Wendy Rose", http://voices.cla.umn.edu/authors/wendyrose.html, 2012.

"Poetry Retrospect: The Work of Louise Erdrich", http://www.wakemag.org/author/archivedstory/, March 22, 2006.

Porter, Joy & Kenneth M. Roemer. eds., *The Cambridge Companion to Native American Literature*. Cambridge: Cambridge University Press, 2005.

Quirk, Sarah A. "Sherman Alexie (7 October 1966—)". *Dictionary of Literary Biography*. Seventh 278: 3—10, http://galenet.galegroup.com.proxy2.ulib.inpui.edu/servlet/OLBC-Online/iulib_iupui/BK1560155002. (Accessed Sept. 15, 2015).

Rader, Dean. "Contemporary American Indian Literatures and the Oral Tradition", *MELUS*. 27.3 (Fall 2002), pp. 216—225.

—. "Word as weapon: visual culture and contemporary American Indian poetry". *MELUS* 27.3 (Fall 2002), pp. 147—167.

"Ray A. Young Bear." Contemporary Authors Online, Gale, 2006. Literature Resource Center, go.galegroup.com/ps/i.do? p = LitRC&sw = w&u = fudanu&v = 2.1&id = GALE%7CH1000118137&it = r&asid = 1a6d98fe945fbd371bc39173595d50d9, (Accessed April 9, 2017).

Rader, Dean. *Engaged Resistance: American Indian Art, Literature, and Film from Alcatraz to the nmai*, Austin: University of Texas Press, 2011.

Roemer, Kenneth M. "N. Scott Momaday: Biographical, Literary, and Multicultural Contexts", http://www.english.illinois.edu/maps/index.htm, 2013.

Roman, Trish Fox. ed., *Voice Under One Sky*. Freedom: The Crossing Press, 1994.

Rose, Wendy. *The Halfbreed Chronicles*. Albuquerque: West End Press, 1985.

—. *Lost Copper*. Morongo Indian Reservation, Banning, CA: Maliki Museum Press, 1980.

—. "Neon Scars," *I Tell you Now*, Ed. A. Krupat and B. Swann. Lincoln: U of Nebraska Press, 1987.

—. *Itch Like Crazy*. Tucson: University of Arizona Press. 2002.

Rothenberg, Jerome. "Pre-Face," in *Symposium of the Whole: A Range of Discourse Toward an Ethnopoetics*, ed. Jerome Rothenberg and Diane Rothenberg, Berkeley: University of California Press, 1983, xi—xviii.

Ruoff, A. LaVonne Brown. *American Indian Literatures: An Introduction, Bibliographic Review, and Selected Bibliography*. New York: The Modern Language Association of America, 1990.

"Scott Momaday Interview", http://www.achievement.org/autodoc/page/mom0int-5, Sun Valley, Idaho, June 28, 1996.

Schöler, Bo. ed., *Coyote Wars Here: Essays on Contemporary Native American Literary and Political Mobilization*. Aarhus, Denmark: Seklos, 1984, pp. 13—24.

"Selected Websites on Ray A. Young Bear's Life and Works", Gale Online Encyclopedia, Gale, 2017. http://www.go.galegroup.com/ps/i.do? p = LitRC&sw = w&u = fudanu&v = 2. 1&id = GALE%7CH1440118137&it = r&asid = 68e34e9cb7eb10fea6ed0fd3659ba5c4, (Accessed April 10, 2017).

Smelcer, John. *Indian Giver: Poems*. Fredonia, New York: Leapfrog Press, 2016.

Smith, Patricia Clark. "Simon Ortiz: writing home" in Joy Porter & Kenneth M. Roemer, eds. *The Cambridge Companion to Native American Literature*. Cambridge University Press, 2005.

Spivak, Gayatri, "Can the Subaltern Speak?" In Cary Nelson and Lawrence Grossberg, eds. *Marxism and the Interpretation of Culture*. Urbana: University of Illinois Press, 1988.

Sullivan, Clare E.. "I Am Those We Are Here: Multiplying Indigenous Voices through Poetic Translation", in *The New Centennial Review*,

16.1 (Spring 2016), pp. 195—211.

Teuton, Christopher B. "Embodying life in art", *The Kenyon Review*, 32.1 (Winter 2010).

Velie, Alan R. *Four American Indian Literary Masters*. Norman: University of Oklahoma Press, 1982.

Velie, Alan R. ed., *American Indian Literature: an anthology*. Norman: University of Oklahoma Press, 1991.

Vizenor, Gerald. *Two Wings the Butterfly*. Privately printed in a limited edition of one hundred copies in the print shop at the Minnesota State Reformatory in Saint Cloud, Minnesota, 1962.

—. *Raising the Moon Vines*. Minneapolis: Callimachus Publishing Company, 1964.

—. *Seventeen Chirps*. Minneapolis: Nodin Press, 1964.

—. *Empty Swings*. Minneapolis: Nodin Press, 1967.

—. *Matsushima: Pine Islands*. Minneapolis: Nodin Press, 1984.

—. "Envoy to Haiku," *Chicago Review* 39, nos. 3—4 (1993): pp. 55—62; reprinted in *Shadow Distance: A Gerald Vizenor Reader*, ed., A. Robert Lee, Hanover, N.H.: Wesleyan University Press, 1994.

—. *Cranes Arise*. Minneapolis: Nodin Press, 1999.

—. *Favor of Crows: New and Collected Haiku*, Wesleyan University Press, 2014.

—. "The poetry and poetics of Gerald Vizenor", http://www.ala.org/acrl/choice/about, (Accessed March 5, 2017).

—. *Native Provenance: the betrayal of cultural creativity*. Lincoln: University of Nebraska Press, 2019.

Vizenor & Tom Marshall and Larry McCaffery, "Head Water: An Interview with Gerald Vizenor", *Chicago Review* 39.3—4, pp. 50—54, 1993.

Vizenor & A. Robert Lee, *Postindian Conversations*. Lincoln: University of Nebraska Press, 1999.

Wearne, P. ed. *Return of the Indian: Conquest and Revival in the Americas*. London: Cambridge University Press. 1996.

Wiget, Andrew. *Native American Literature*. Boston: G. K. Hall & Company, 1985.

Wilson, Norma C. "America's indigenous poetry", in Joy Porter & Kenneth M. Roemer, eds., *The Cambridge Companion to Native American Literature*. Cambridge: Cambridge University Press, 2005.

附录一：
当代美国本土裔诗人诗选译

N. 司各特·莫马迪

Angle of Geese

How shall we adorn

Recognition with our speech? —

Now the dead firstborn

Will lag in the wake of words

Custom intervenes;

We are civil, something more:

More than language means,

The mute presence mulls and marks.

Almost of a mind,

We take measure of the loss;

I am slow to find

The mere margin of repose.

And one November

It was longer in the watch,

As if forever,

Of the huge ancestral goose.

So much symmetry! ——
Like the pale angle of time
And eternity.
The great shape labored and fell.
Quit of hope and hurt,
It held a motionless gaze,
Wide of time, alert,
On the dark distant flurry.

大雁的角度

我们怎样用语言
来修饰赞誉?——
此刻这死去的头生儿
会随着话语滞后

风俗开始干涉;
我们是文明的,更甚于:
更甚于语言的表达,
沉默的存在沉思并留意着。

我们几乎一致地

衡量着损失；
我慢慢才发现
静止的纯粹边缘。

某个十一月
在观察中变得更漫长,
仿佛是永远,
看着那只巨大的大雁祖先。

那样的对称！——
就像时间苍白的角度
还有永恒。
这伟大的身形费力挺着而后倒下。
终止了希望和伤害,
它保持着静静凝望的姿势,
时间辽阔,警惕着,
幽黑的远方的骚动。

The Bear

What ruse of vision,
escarping the wall of leaves,
rending incision
into countless surfaces,

would cull and color
his somnolence, whose old age
has outworn valor,
all but the fact of courage?

Seen, he does not come,
move, but seems forever there,
dimensionless, dumb,
in the windless noon's hot glare.

More scarred than others
these years since the trap maimed him,
pain slants his withers,
drawing up the crooked limb.

Then he is gone, whole,
without urgency, from sight,
as buzzards control,
imperceptibly, their flight.

熊

那视觉的诡计,
将满墙的叶子倾斜,

撕裂并切入
无数的平面,
将精选并粉饰
他的梦幻,他年长的岁数
磨损了勇猛,
徒留勇气的事实?

看,他没有来,
没有动,却似乎永远在那里,
没有维度,默不作声,
在无风的正午的热光中。

比其他动物都更多伤痕
自那陷阱使他伤残后好几年,
疼痛倾斜了他的肩胛骨,
缩起了弯曲的肢体。

于是他走了,彻底离开,
毫不急促,从视线中消失,
就像秃鹰
令人难以察觉地控制着飞行。

Buteo Regalis

His frailty discrete, the rodent turns, looks.

What sense first warns? The winging is unheard,
Unseen but as distant motion made whole,
Singular, slow, unbroken in its glide.
It veers, and veering, tilts broad-surfaced wings.
Aligned, the span bends to begin the dive
And falls, alternately white and russet,
Angle and curve, gathering momentum.

王 鵟

他的脆弱是离散,这啮齿动物转头,凝望。
哪种感官最先发出警告? 那展翅无声,
无形然而远处的动作自成一体,
在滑行中独特、缓慢、流畅。
它转向,转向中,倾斜着宽阔的翅膀。
成直线,延展弯曲开始俯冲
并降落,白色和黄褐色交替着,
成角度成曲线,聚集着动力。

Pit Viper

The cordate head meanders through himself:
Metamorphosis. Slowly the new thing,
Kindled to flares along his length, curves out.
From the evergreen shade where he has lain,

Through inland seas and catacombs he moves.
Blurred eyes that ever see have seen him waste,
Acquire, and undiminished; have seen death-
Or simile-come nigh and overcome.
Alone among his kind, old, almost wise,
Mere hunger cannot urge him from this drowse.

蝮 蛇

心形的脑袋蜿蜒地穿越他自己:
正在变形。新的生命慢慢地,
沿着整条身体燃烧成火焰,向外转。
离开他曾经匍匐的常绿树荫,
他穿越内海和地下墓穴。
模糊的双眼目睹他消瘦,
汲取,并未损耗:目睹了死亡——
或是比喻——靠近并得胜。
他独自身处同类中,年长,近乎睿智,
纯粹的饥饿无法将他从瞌睡中唤醒。

Man-made Passages

AtBarrier Canyon, Utah, there are some twenty sites at which are preserved prehistoric rock art. One of these, known as the Great Gallery, is particularly

arresting. Among arched alcoves and long ledges of
rock is a wide sandstone wall on which are drawn
large, tapering anthropomorphic forms, colored in
dark red pigment. There on the geologic picture plane
is a procession of gods approaching inexorably from
the earth. They are informed with irresistible power;
they are beyond our understanding, masks of infinite
possibility. We do not know what they mean, but we
know that we are involved in their meaning. They
persist through time in the imagination, and we cannot
doubt that they are invested with the very essence of
language, the language of story and myth and primal
song. They are two thousand years old, more or less,
and they remark as closely as anything can the origin
of American literature.

人造通道

在犹他屏障峡谷,有二十处
被保留的史前岩石艺术。其中之一
叫做大画廊,它尤为
迷人。在拱顶的凉亭和狭长的岩礁中
有一堵广阔的砂岩墙上画着
巨大、锥形的神人同形的身体,颜色

暗红。在石头画的表面

是一群神正无可抗拒地从大地

走近。他们势不可挡；

他们高深莫测，隐藏着无尽的

可能。我们不知道他们的用意，可是我们

知道我们就在这用意之中。他们

在想象中持续存在于时间，而我们无法

怀疑他们具备了语言的

精粹，那故事、神话和原始歌曲的

语言。他们大约有两千岁的年纪，

他们如此逼真地讲述着关于美洲

文学的起源。

Plains Origins

A single knoll rises out of the plain inOklahoma,
north and west of theWichita①Range. For my people,
the Kiowas, it is an old landmark, and they gave it the
nameRainy Mountain. The hardest weather in the
world is there. Winter brings blizzards, hottornadic
winds arise in the spring, and in summer theprairi

---

① 威奇托，美国土著人的一个部落，先是居住在堪萨斯州中南部，后向南移至俄克拉荷马和得克萨斯，现在南俄克拉荷马西仍有一部分居民。

is an anvil's edge. The grass turns brittle andbrown
and it cracks beneath your feet. There are greenbelts
along the rivers and creeks, linear groves ofhickory
and pecan, willow and witch hazel. At adistance in
July or August the steaming foliage seemsalmost to
write in fire. Great green and yellow grasshoppers are
everywhere in the tall grass, popping up likecorn to
sting the flesh, and tortoises crawl about on thered
earth, going nowhere in the plenty of time.

  Loneliness
is an aspect of the land. All things in the plainare
isolated; there is no confusion of objects in theeye,
but one hill or *one* tree or *one* man. To look upon
that landscape in the early morning, with thesun at
your back is to lose the sense of proportion.

  Your
imagination comes to life, and this, you think, is
where Creation was begun.

平原之初

俄克拉荷马的平原上升起一座小山,
在威奇托山脉西部和北部。我的乡亲们,

基奥瓦人,视其为古老地标,给了它
雨山的名字。世间最糟糕的天气
也在那里。冬天大风雪,火热的龙卷风
在春天升腾,到了夏天大草原
像铁砧的边缘。草儿脆弱晒成褐色,
就在脚下破裂。那里有绿色地带
沿着河流与小溪伸展,山胡桃和山核桃
柳树和金缕梅小树林排成直线。七八月
远处冒热气的树叶仿佛被火焰
勾勒。浓绿和黄色的蚱蜢遍布
高高的草丛,跳出来像皮疹似地
刺人的肉体,龟儿在红土上爬动,
很久都没有走远。

  孤独
是土地的表情。平原的一切都
相互隔离;视线内万物从不混淆,
只是一座山一棵树一个人。清晨望着
这风景,太阳照在你的背后
会失去比例感。

  你的
想象复活了,而这,你觉得,就是
创造开始的地方。

Earth and I gave you turquoise

Earth and I gave you turquoise
    when you walked singing
We lived laughing in my house
    and told old stories
You grew ill when the owl cried
We will meet on Black Mountain

I will bring corn for planting
    and we will make fire
Children will come to your breast
    You will heal my heart
I speak your name many times
The wild cane remembers you

My young brother's house is filled
    I go there to sing
We have not spoken of you
    but our songs are sad
When Moon Woman goes to you
I will follow her white way

Tonight they dance near Chinle
> by the seven elms

There your loom whispered beauty
> They will eat mutton

and drink coffee till morning

You and I will not be there

I saw a crow by Red Rock
> standing on one leg

It was the black of your hair
> The years are heavy

I will ride the swiftest horse

You will hear the drumming hooves.

大地和我给予你绿松石

大地和我给予你绿松石
> 当你边走边唱着歌

我们笑着生活在我的房子里
> 还讲着古老的故事

当猫头鹰叫的时候你生病了

我们会在黑山上相遇

我会带来玉米种植
> 我们会生火

孩子们会聚在你的胸前
　　　你会治愈我的心灵
我许多次地念叨你的名字
那野藤记得你

我小哥的房子住满了人
　　　我去那里歌唱
我们没有说到你
　　　可是我们的歌曲很忧伤
当月亮女神走向你
我会跟随她走在白亮的大道上

今晚他们在钦利附近舞蹈
　　　靠着七棵榆树
那里有你的织机那低语的美人
　　　他们会吃羊肉
喝着咖啡直到黎明
你和我不在那里
我在赤岩旁看到一只乌鸦
　　　单腿独立
它是你乌黑的头发
　　　岁月沉重
我会骑着最快的马儿

你会听到嗒嗒的马蹄声。

Rainy Mountain Cemetery

Most is your name the name of this dark stone.
Deranged in death, the mind to be inheres
Forever in the nominal unknown,
The wake of nothing audible he hears
Who listens here and now to hear your name.
The early sun, red as a hunter's moon,
Runs in the plain. The mountain burns and shines;
And silence is the long approach of noon
Upon the shadow that your name defines-
and death this cold, black density of stone.

雨山公墓

至多你的名字是这黑石的名字。
在死亡中疯狂,成为精神存在于
永恒的不知名的名字中,
他听到了虚无的痕迹
他在此倾听此刻听到了你的名字。
朝阳,红如猎人之月,
在平原上奔跑。山脉燃烧闪亮着;
寂静是正午的长距离助跑

投在你名字所定义的阴影上——

还有死亡这冰冷、幽黑的岩石密度。

Before an Old Painting of the Crucifixion

I ponder how He died, despairing once.
I've heard the cry subside in vacant skies,
In clearings where no other was. Despair,
Which, in the vibrant wake of utterance,
Resides in desolate calm, preoccupies,
Though it is still. There is no solace there.

That calm inhabits wilderness, the sea,
And where no peace inheres but solitude;
Near death it most impends. It was for Him,
Absurd and public in His agony,
Inscrutably itself, nor misconstrued,
Nor metaphrased in art or pseudonym:

A vague contagion. Old, the mural fades…
Reminded of the fainter sea I scanned,
I recollect: How mute in constancy!
I could not leave the wall of palisades
Till cormorants returned my eyes on land.

The mural but implies eternity:

Not death, but silence after death is change.
Judean hills, the endless afternoon,
The farther groves and arbors seasonless
But fix the mind within the moment's range.
Where evening- would obscure our sorrow soon,
There shines too much a sterile loveliness.

No imprecisions of commingled shade,
No shimmering deceptions of the sun,
Herein no semblances remark the cold
Unhindered swell of time, for time is stayed
The Passion wanes into oblivion,
And time and timelessness confuse, I'm told.

These centuries removed from either fact
Have lain upon the critical expanse
And been of little consequence. The void
Is calendared in stone; the human act,
Outrageous, is in vain. The hours advance
Like flecks of foam borne landward and destroyed.

在受难十字架旧画前

我疑惑他是如何死的,曾经如此绝望。
我听到叫声在空芒的天际消散,
在那无人的空旷地。绝望,
它在话音的震动中,
存在于阴郁的平静中,盘踞着,
尽管它静止不动。那里没有慰藉。

平静占据着荒野,大海,
那里没有和平只有孤独;
它极其逼近死亡。它是为了他,
在他的痛苦中既荒谬又公开,
它自身不可思议,不被曲解,
也不直译入艺术或假名:

暧昧的蔓延。古老的,那壁画褪色了……
让我想起曾见过的黯淡的大海,
我回想起:那是如此恒定的沉默!
我无法离开那道木栅墙
直到鸬鹚让我的双眼回视陆地。
那壁画只是暗示了永恒:

并非死亡,但死亡之后的沉寂就是变化。
犹太人的丘陵,那无尽的下午,
那远处的小树林和不平整的林阴
却将思绪固定在瞬间的光阴。
夜晚——将很快淡化我们的忧伤,
那里闪烁着太多贫瘠的魅力。

没有混合阴影的含糊,
没有太阳微光的把戏,
此处没有什么表象在评论着冷漠
不受限制的时间扩张,因为时间被抑制
激情消散被湮没,
时间和永恒混杂起来,我被告知。

这些个百年从现实中剥离
依赖于各种评论
而且毫无意义。那段空白
的历史镌刻在石头上;人类的行为,
蛮横残暴,是徒劳。时间在前行
仿佛泡沫朝着陆地散落开并摧毁。

Headwaters

Noon in the intermountain plain:

There is scant telling of the marsh—
A log, hollow and weather-stained,
An insect at the mouth, and moss—
Yet waters rise against the roots,
Stand brimming to the stalks. What moves?
What moves on this archaic force
Was wild and welling at the source.

源 头

山间平原的正午:
沼泽的延展颇为稀疏——
圆木空洞而老化变色,
洞口有只昆虫,还有苔藓——
可是流水在根部升起,
漫到了茎部。什么在移动?
是什么在这古老的力量中移动
在源头如此狂野而奔涌。

The Fear of Bo-Talee

Bo-talee rode easily among his enemies, once, twice, three-and four times. And all who saw him were amazed, for he was utterly without fear; so it seemed. But afterwards he said: Certainly I was afraid. I was afraid of the fear in the eyes of my enemies.

波塔利的惊慌

波塔利轻松地骑着马在敌群中周旋,一次、两次、三次,接着第四次。所有看到他的人都惊讶无比,因为他毫无惊慌;他看起来就是这样。可是后来他说:我当然害怕。我是对敌人目光中的惊慌感到害怕。

The Stalker

Sampt'e drew the string back and back until he felt the bow wobble in his hand, and he let the arrow go. It shot across the long light of the morning and struck the black face of a stone in the meadow; it glanced then away towards the west, limping along in the air; and then it settled down in the grass and lay still. Sampt'e approached; he looked at it with wonder and was wary; honestly he believed that the arrow might take flight again; so much of his life did he give into it.

追踪人

桑普迪一遍一遍地将弓弦往回拉直到他觉得弓在他手里晃动,于是他让箭飞离。它射穿了清晨的阳光撞击到草地石块的黑色表面;它朝着西方闪去,在空气中颠簸着前行;接着它跌落在草里静静地躺下。桑普迪走过去;他惊奇地看着它十分警惕;他真心相信这支箭会再次飞起;他为它注入了如此多的生命力。

Dream Wheel Names

This is the Wheel of Dreams
Which is carried on their voices.
By means of which their voices turn
And center upon being.
It encircles the First World,
This powerful wheel.
They shape their songs upon the wheel
And spin the names of the earth and sky,
The aboriginal names.

梦之轮命名

这是梦之轮
它承载着梦的声音。
这些声音借此回转
并以生命为中心。
它环绕着第一世界,
这强大的轮子。
梦想在轮子上创作歌曲
旋转着大地和天空的名字,
这些原始的名字。

Age with Grace and Beauty

Imagine the time of our meeting

There among the forms of the earth at Abiquiu,

And other times that followed from the one-

As easy conjugation of stories,

And late luncheons of wine and cheese.

All around there were beautiful objects,

Clean and precise in their beauty, like bone.

优雅而美丽地老去

想象着我们的相遇

在阿比丘的大地起伏中,

此后又遇见了几次——

仿佛简单的故事结合,

还有葡萄酒和奶酪的晚午餐。

四周围绕着美丽的事物,

美得如此干净而精确,就像骨头。

The Delight Song of Tsoai-Talee

I am a feather on the bright sky

I am the blue horse that runs in the plain

I am the fish that rolls, shining, in the water

I am the shadow that follows a child

I am the evening light, the lustre of meadows

I am an eagle playing with the wind

I am a cluster of bright beads

I am the farthest star

I am the cold of the dawn

I am the roaring of the rain

I am the glitter on the crust of the snow

I am the long track of the moon in a lake

I am a flame of four colors

I am a deer standing away in the dusk

I am a field of sumac and the pomme blanche

I am an angle of geese in the winter sky

I am the hunger of a young wolf

I am the whole dream of these things

You see, I am alive, I am alive

I stand in good relation to the earth

I stand relation to the gods

I stand relation to all that is beautiful

I stand relation to the daughter of Tsen-tainte

You see, I am alive, I am alive.

才塔利的欢乐之歌

我是晴空的一片羽毛

我是奔驰在原野上的蓝马
我是水中翻滚、闪烁的鱼
我是跟随着孩子的倒影
我是夜光,是草地上的光泽
我是与风儿戏耍的苍鹰
我是一串晶莹的珠子
我是最遥远的星辰
我是早晨的清冷
我是雨水的呼喊
我是积雪上的闪光
我是湖中月亮修长的身影
我是四色的火焰
我是黄昏中走远的鹿
我是种着漆树和白苹果的田野
我是冬季天空中成角度的雁阵
我是追捕狼崽的猎人
我是包含这一切的完整的梦
你瞧,我活着,活着
我与大地和谐相处
我和诸神发生联系
我和一切美好都有关系
我和沁洁的女儿很亲近
你瞧,我活着,活着。

Four Notions of Love and Marriage

For Judith and Richardson Morse, their wedding

1.

Formerly I thought of you twice,

as it were.

Presently I think of you once

and for all.

2.

I wish you well:

that you are the runners of a wild vine,

that you are the roan and russet of dusk,

that you are a hawk and the hawk's shadow,

that you are grown old in love and delight,

I wish you well.

3.

Be still, lovers.

When the moon falls away westward,

there is your story in the stars.

4.

In my regalia,

in moccasins,

with gourd and eagle-feather fan,

in my regalia

imagine me;

imagine that I sing

and dance at your wedding.

爱与婚姻的四种观念

为朱迪丝和理查森·摩尔斯的婚礼所作

1.

以前我两次想到了你,

似乎如此。

此刻我一想到你

就永远如此。

2.

我祝福你们:

你们是野生葡萄藤的匍匐茎,

你们是黄昏的赤褐斑斓,

你们是鹰和鹰的影子,

你们在爱和喜悦中变老,
我祝福你们。

3.
静下来,爱人们。
当月亮消失在西面,
你们的故事就在星辰中。

4.
在我的盛装中,
在印第安软皮鞋里,
还有葫芦和鹰毛扇,
在我的盛装中
想象我;
想象我唱歌
跳舞在你的婚礼上。

The Story of a Well-Made Shield

Now in the dawn before it dies, the eagle swings low and wide in a great arc, curving downward to the place of origin. There is no wind, but there is a long roaring on the air. It is like the wind– nor is it quite like the wind–but more powerful.

一面好盾的故事

在它死前的黎明,鹰盘旋在
低空并划出长长的弧线,弯曲着朝下
指向初始之地。那里没有风,可是有
悠长的咆哮回荡在空中。它就像风——
又不完全像风——却更有力。

North Dakota, North Light

The cold comes about
among the sheer, lucent planes.

Rabbits rest in the foreground;
the sky is clenched upon them.

A glassy wind glances
from the ball of bone in my wrist
even as I brace myself,
and I cannot conceive
of summer;

and another man in me
stands for it,

wills even to remain,

figurative, fixed,

among the hard, hunchbacked rabbits,
among the sheer shining planes.

北达科他,北方之光

寒冷产生于
透明、清澈的平面。

兔子在前景中休息;
天空笼罩其上。

透明的风儿掠过
我手腕的骨关节
这时我振作精神,
我无法想象
夏季;

我体内的另一个男人
象征着它,
甚至愿意保持,

这象征,停留在,

这些倔强、驼背的兔子中,
在这些透明闪亮的平面中。

To a Child Running
with Outstretched Arms
in Canyon de Chelly

You are small and intense
In your excitement, whole,
Embodied in delight.
The backdrop is immense;

The sand banks break and roll
Through cleavages of light
And shadow. You embrace
The spirit of this place.

致涤泻峡谷①中
一个张开双臂
跑过来的孩子

你娇小而热情

---

① 该峡谷位于美国亚利桑那州东北部,也译"切利峡谷"。

如此兴奋,整个地,
洋溢着欢乐。
你背后如此广袤;

沙坝断裂并翻滚着
穿越了光的裂缝
和阴影。你拥抱着
此处的灵性。

The Burning

In the numb, numberless days
There were disasters in the distance,
Strange upheavals. No one understood them.
At night the sky was scored with light,
For the far planes of the planet buckled and burned
In the dawns were intervals of darkness
On the scorched sky, clusters of clouds and eclipse,
And cinders descending.
Nearer in the noons
The air lay low and ominous and inert.
And eventually at evening, or morning, or midday,
At the sheer wall of the wood,
Were shapes in the shadows approaching,

Alway, and always alien and alike.
And in the foreground the fields were fixed in fire,
And the flames flowered in our flesh.

燃　烧

在麻木而无尽的时日中
远方发生了灾难,
奇怪的暴乱。无人理解。
夜晚天空闪着亮光,
因为这行星的远处鼓胀并燃烧着
到了黎明间或有黑暗出现在
焦黄的天际,一团团的云和月蚀,
还有降落的灰烬。
接近正午
空气低沉不祥并且倦怠。
最终到了夜晚,或是清晨,或是正午,
在薄薄的木墙上,
是阴影不断靠近的形状,
总是,总是那样陌生而相像。
前景中的田野正在燃烧,
火焰在我们肉体上盛放。

杰拉德·维兹诺

Spring Haiku

Quite early in May
Mother Raccoon from the stream banks
Calculated my garden.

The clouds had passed
But it rained again with their songs
Fluttering wings.

Spring rains
Blossoming on the dark earth
Beneath the apple tree.

春日俳句

五月方到
来自溪边的母浣熊
打量我的花园。

白云飘过

却歌唱着下起雨来
翅膀颤动。

春天的雨
花儿在黑土地绽放
就在苹果树下。

(选自 Gerald Vizenor, *Raising the Moon Vines*. Minneapolis: The Nodin Press, 1964)

October sunflowers

October sunflowers
Like rows of defeated soldier
Leaning in the forest.

Horse in the frost
Like an engine puffing the slopes
Missing a breath.

Maple beetle
Stood where I was writing
Watching the cat.

Night of the full moon
A barking dog awakened me
The smell of dew.

Shoo young squirrel!
That tree had only eleven leaves
Go find another.

Stones and leaves
Piled on the picnic bench
Whistly for lunch.

The old man
Admired the scarecrow's clothes
Autumn morning.

Coming from school
Every morning at the gate
Dawdling dogs.

The last crickets
Practiced night after night
For Halloween.

Spider threads

Held the red sumac still

Autumn wind.

十月的向日葵

如同一列列残兵败将
倚靠在林间。

马儿披霜
像火车头突突地爬坡
上气不接下气。

淡棕色的甲虫
驻足在我的书桌
凝视着猫咪。

满月之夜
我在狗吠中惊醒
嗅闻露水。

走开小松鼠!
此树只有十一片叶子
去寻另一棵吧。

石头和树叶
堆在野餐长凳上
午餐哨声。

老人家
赞叹稻草人之衣
于秋日清晨。

从学校返回
日日清晨停驻屋门
闲散的狗儿们。

最后一批蟋蟀
夜复一夜地排练
准备万圣节。

蜘蛛的网线
静静挂在红色漆树
秋风拂动。

(选自 Gerald Robert Vizenor, *Seventeen Chirps*. Minneapolis: The Nodin Press, 1964)

Autumn

Fallen trees
Seem to cross the easiest paths
Defending an old man.

Waiting like trees
To be free. Leaves and rain
Down around us.

With the moon
My young father comes to mind
Walking the clouds.

Dandelion seeds
Spreading like family secrets
On an evening walk.

秋

倾落的树木
似乎横亘在捷径
守护一位老者。

树木般等候

自由。树叶和雨滴

在我们四周落下。

月光下

年轻的父亲浮上脑海

云上行走。

蒲公英种子

如家族秘密般散落

在夜路之上

Winter

Young widow

Feeding the gossiping sparrows

Bends her ear.

Down the fence

Squirrels design the snow

Teeth like a pumpkin.

Snow ticking

Cricket chirping in a flower pot

Waiting for morning

Newspapers are piled
Day by day under the window
Raising the cat.

冬

年轻寡妇
喂食啾啾麻雀
竖起耳朵。

围栏外
松鼠在雪上绘图
牙齿宛若南瓜

白雪塞窣
蟋蟀在花盆里唧啾
等待清晨

报纸堆积
日复一日于窗下
抬高了猫咪。

Spring

Frozen watermelon
First to appear in the snow
Spring is here.

Woodpeckers
And maple sugar tapers
On different trees.

Day after day
The ice house gathered on shore
Waiting for Spring.

Frozen underwear
Stiff enough to scare the crows
Collapsed in time.

春

冰冻西瓜
第一个显现于白雪
春来了。

啄木鸟

还有枫糖锥

停在林间

日复一日

岸边堆起冰屋

等待春天。

冻结的内衣裤

僵硬得吓住了乌鸦

迟早会化软。

Summer

With the evening gulls

Not enough posts on the dock

Giving up my perch.

Every day at the lake

Our footprints are washed away

Remembering a friend.

We are like the leaves

Down after a heavy rain

Showing our teeth.

Beneath the waves
Stems of lilypads go up and down
Like kite strings.

夏

夜晚鸥鸟飞来
码头驻足空位紧缺
我遂离身让渡。

日日在湖畔
足迹被水冲刷消散
挚友忆上心头

我们如同树叶
急雨后飘零落地
龇牙裸露。

在波涛之下
睡莲连根起伏不定
宛若风筝拖线。

(选自 Gerald Robert Vizenor, *Empty Swings*. Minneapolis：The

Nodin Press, 1967)

Autumn Haiku

calm in the storm
master basho soaks his feet
water striders

fat green flies
square dance across the grapefruit
honor your partner

autumn operetta
leaves sweep across the bandstand
cold corners

red squirrels
shake the smallest maple tree
four leaves abide

秋日俳句

暴风雨中的静谧
芭蕉大师浸湿了双脚

水中鼋蟳

肥头蚜虫
葡萄柚间跳起方形舞
向你的同伴致敬

秋日轻歌剧
树叶拂过演奏台
阴冷的角落

红松鼠
晃动幼小的枫树
四叶驻留

Winter Haiku

first snow

squirrels tie the trees together

double bows

breaks in the ice

sun shivers on the water

geese alight

ornamental fir

crouch below the windows

snow scanties

snow at the gate

curtains wave from the windows

letter from home

冬日俳句

初雪

松鼠将树木相连

形成双弓

冰上的裂缝

阳光在水中轻颤

雁群飞落

观赏杉

在窗外低垂躬身

白雪衬裤

门前白雪

窗棂帘布摇荡

一封家书

Spring Haiku

april ice storm
new leaves freeze overnight
words fall apart

wooden buckets
frozen under the rain spouts
springs a fast leak

late storm
spring rises in the snow
primroses

april tolls
children stone the school bell
willow buds

春日俳句

四月冰风暴
一夜新叶冻结
语汇纷落

木制水桶

冻结于落水槽下

裂缝乍现

近日暴风雨

泉涌雪中

报春花

四月钟声响

孩童掷石校园钟

柳树吐翠

Summer Haiku

hail stones

sound once or twice a summer

old school bell

bold nasturtiums

dress the barbed wire fences

down to the wild sea

ocean sunset

sandpipers watch on one foot

shoes full of sand

thunder clouds

billow in the shallow pond

wet mongrel

夏日俳句

冰雹

夏日坠落一两次

古校钟鸣

率性金莲花

点缀于铁丝围栏

直下狂野之海

海上日落

矶鹬单足独立眺望

满鞋的沙粒

雷雨乌云

在浅滩翻腾

湿漉漉的混种狗

(选自 Gerald Vizenor, *Matsushima*: *Pine Islands*. Minneapolis: Nodin Press, 1984)

西蒙·奥蒂茨

A New Story

Several years ago,
I was a patient at the VA hospital
in Ft. Lyons, Colorado.
I got a message to call this woman,
so I called her up.
She said to me,
"I'm looking for an Indian.
Are you an Indian?"
"Yes," I said.
"Oh good," she said,
"I'll explain why I'm looking
for an Indian."
And she explained.
"Every year, we put on a parade
in town, a Frontier Day Parade.
It's exciting and important,
and we have a lot of participation."
"Yes," I said.

"Well," she said, "Our theme

is Frontier,

and we try to do it well.

In the past, we used to make up

paper mache Indians,

but that was years ago."

"Yes," I said.

"And then more recently,

we had some people

who dressed up as Indians

to make it more authentic,

you understand, real people."

"Yes," I said.

"Well," she said,

"that didn't seem right,

but we had a problem.

There was a lack of Indians."

"Yes," I said.

"This year, we wanted to do it right.

We have looked hard and high

for Indians but there didn't seem

to be any in this part of Colorado."

"Yes," I said.

"We want to make it real, you understand,

put a real Indian on a float,

not just a paper mache dummy

or an Anglo dressed as an Indian

but a real Indian with feathers and paint.

Maybe even a medicine man."

"Yes," I said.

"And then we learned the VA hospital

had an Indian here.

We were so happy,"

she said, happily.

"Yes," I said.

"there are several of us here."

"Oh good," she said.

Well, last Spring

I got another message

at the college where I worked.

I called the woman.

She was so happy

that I returned her call.

Then she explained

that Sir Francis Drake,

the English pirate

(she didn't say that, I did)

was going to land on the coast

of California in June, again.

And then she said

she was looking for Indians . . .

"No," I said. No.

一则新故事

几年前,

我是退伍军人医院的病人

在科罗拉多里昂堡。

我得到口信说要给这个女人打电话,

于是我打电话给她。

她对我说,

"我要找一个印第安人。

你是印第安人吗?"

"是的,"我说。

"哦,好的,"她说,

"我先解释为何要找

一个印第安人。"

于是她做了解释。

"每一年,我们都有游行

是在城里,是边疆日游行。

非常热闹和重要,
很多人都积极参与。"
"哦,"我说。
"嗯,"她说,"我们的主题
是边疆,
我们努力要把活动搞好。
在过去,我们常常制作
印第安人纸面具,
不过那是好多年前了。"
"哦,"我说。
"于是,最近,
我们让一些人
扮成印第安人
表现得更逼真些,
你知道,要真人。"
"哦,"我说。
"嗯,"她说,
"这样好像不对,
不过我们有难处。
这里缺少印第安人。"
"哦,"我说。
"今年,我们想有改进。
我们到处寻找

印第安人,可是他们似乎
没在科罗拉多。"
"哦,"我说。
"我们想有真人,这你知道的,
让真正的印第安人站在彩车上,
而不是带着纸面具的假人
或是扮成印第安人的白人
是饰有羽毛画着彩妆的真印第安人。
甚至可能是有法术的人。"
"哦,"我说。
"于是,我们得知退伍军人医院
就有一位印第安人。
我们非常高兴,"
她很愉快地说。
"哦,"我说。
"这里不止我一个。"
"啊,很好,"她说。
于是,在春季
我接到了另一则口信
就在我工作的大学里。
我打电话给这个女人。
她非常高兴
因为我回了电话。

于是她解释说

弗朗西斯·德雷克爵士,

那个英国海盗

(她没这么说,是我的用词)

将于六月再次抵达

加利福尼亚的海岸。

接着她又说

她正要找印第安人……

"不,"我说。不。

Starting at the Bottom

The truth is,

most of us didn't know

much about the unions

at any rate.

A job was a job.

You were lucky to have one

if you got one.

The truth is,

the companies didn't much care

nor did the unions,

even if both of them

were working our land.

When the mines came

to the Laguna and Ácoma land,

the men and their families were glad

in a way because

the men wouldn't have to go

so far away to work

for the railroad in Barstow,

Richmond, Flagstaff, Needles.

Or to pick beets and onions

in Idaho, Utah, and Colorado.

Or work for the Mormons

in Bluewater Valley

who paid you in carrots and potatoes.

When Jackpile opened up

on Laguna Land, some Laguna men got on alright,

at the bottom.

You have to start at the bottom, personnel said,

for a training period and work your way up.

The Ácoma men went to the Ambrosia Lake mines

and always got stuck by the space

on the application forms

for previous mining experience,

but the mine steward explained,

you have to start at the bottom

and work your way up.

So, almost thirty years later,

the Ácoma men

were at the bottom

of the underground mines at Ambrosia Lake,

and the Laguna men

were at the bottom of the open pit at Jackpile,

they were still training, gaining experience,

and working their way up.

And weekends, that city jail

was still full.

自井底开始

事实上,

总之

我们多数人对联盟

知之甚少

工作就是工作。

能找到就是幸运的

如果你谋到一个。

事实上,

公司和联盟

并不很在意

即便两者

都在经营我们的土地。

当矿产被发现位于

拉古纳和艾可玛人的土地,

工人和家庭都很快乐

主要是因为

他们不必

走太远去工作

去巴斯托,

里奇蒙,弗莱格斯塔夫,尼德斯修铁路。

或是去爱达荷、犹他和科罗拉多

采甜菜和洋葱。

或为蓝水谷的

摩门教徒工作

他们用胡萝卜和土豆支付工钱。

当打桩机在拉古纳土地上

开工,那里的工人乐意

下到井底。

你得从井底开始,他们说,

度过一阵训练期才能上来。

艾可玛人去安布罗莎湖矿场

他们总是在填写申请表时

在以往矿工经历一栏上
碰到麻烦,
可是矿场负责人解释说,
你得从井底开始
而后再升上来。
于是,差不多30年以后,
艾可玛的工人
还在井底
在安布罗莎湖地下矿井底部
而拉古纳工人
则在杰克派尔采石场的井底,
他们依然在接受训练,获取经验,
等着升上来。
到了周末,城市的监狱
依然爆满。

(以上选自 Simon Ortiz: *Woven Stone*, Tucson: University of Arizona Press, 1992)

Blind Curse

1 You could drive blind
2 for those two seconds

3 and they would be forever.

4 I think that as a diesel truck

5 passes us eight miles east of Mission.[①]

6 Churning through the storm, heedless

7 of the hill sliding away.

8 There isn't much use to curse but I do.

9 Words fly away, tumbling invisibly

10 toward the unseen point where

11 the prairie and sky meet.

12 The road is like that in those seconds,

13 nothing but the blind white side

14 of creation.

15 You're there somewhere,

16 a tiny struggling cell.

17 You just might be significant

18 but you might not be anything.

19 Forever is a space of split time

20 from which to recover after the mass passes.

21 My curse flies out there somewhere,

22 and then I send my prayer into the wake

---

① 苏瀑位于南达科他州米希恩(Mission)市东约257英里处。

23of the diesel truck headed forSioux Falls

24one hundred and eighty miles through the storm.

What is a Poem?

Picture a man going from place

to place, finding a bone here,

a skull there, a chunk of stone,

a shard of plate, an old calendar,

a rusty bolt, a piece of cloth.

What is a poem but that. What is a poem but that?

Four sparrows hop about in the backyard

near the path to the trashbarrel.

They pick scraps and bits off the ice. Two blue jays come upon them,

and the sparrows don't hesitate to flee.

What is a poem but that?

What is a poem but that.

The man sees a murder one morning.

This is in America.

Another day he sits in a goverment office.

This is the place it happens.

Things happen. Murder

and waiting in government offices.

This is not a poem.

This is not a poem?

That man cannot be saved.

Everything must be saved before he will be.

He doesn't eat for days.

There is nothing to eat.

This is not a poem?

This is not a poem.

What is a poem? This is not a poem.

This is not a poem? What is a poem.

What is a poem but that?

What is a poem but that.

诗歌是什么?

想象有个男人来回

走动,这里找到一根骨头,

那里有一个头骨,一块石头,

一片碎盘子,一本老日历,

一个锈掉的门闩,一块布。

除此之外哪有诗。

除此之外哪有诗?

四只麻雀在后院跳跃

就在通往垃圾桶的小径旁。

它们从冰上挑出碎片小块。

两只蓝色松鸦飞过来,

麻雀毫不犹豫地飞离。

除此之外哪有诗?

除此之外哪有诗。

一天清晨男人看到一场谋杀。

这事发生在美国。

另一天他坐在政府办公室。

这就是事发现场。

事情发生了。谋杀

就等在政府办公室里。

这不是一首诗。

这不是一首诗?

那个男人无法得救。

在救他前先得拯救一切。

他好几天没吃东西了。

没有可吃的东西。

这不是一首诗?

这不是一首诗。

什么是诗?这不是一首诗。

这不是一首诗吗?诗是什么。

除此之外哪有诗?

除此之外哪有诗。

(以上选自 Simon Ortiz: *After and Before the Lightning*, Tucson: University of Arizona Press, 1994)

Always Just Like You Just Like Me

Meanwhile
and meantime
and always

After and before
and during
and always
always no matter what always and always and even despite
the greatest believers and disbelievers in the world, they/we were people
they/we were/are people we/they are people four times and without
number or need for number we/they are people like you and just
like me

永远就像你我

同时
同时

永远

以后和之前
其间
永远
总是无论如何总是甚至尽管

世上最笃信和最不信的人,他们/我们都是人

他们/我们曾是/依然是人我们/他们是人四遍却没有
号码也无需号码我们/他们是人
就像你完全
像我

(选自 Simon Ortiz: *Out There Somewhere*, Tuson: University of Arizona Press, 2002)

琳达·霍根

Turtle

I'm dreaming the old turtle back.

He walks out of the water,

slow,

that shell with the water on it

the sun on it,

dark as the wet trunks of hackberry trees.

In water

the world is breathing,

in the silt.

There are fish

and their blood changes easy

warm to cold.

And the turtle,

small yellow bones of animals inside

are waking

to shine out from his eyes.

Wake up the locusts whose dry skins

are still sleeping on the trees.

We should open his soft parts,
pull his shells apart
and wear them on our backs
like old women who can see the years
back through his eyes.

Something is breathing in there.
Wake up, we are women.
The shells are on our backs.
We are amber,
the small animals
are gold inside us.

海 龟

我又梦到了老海龟。
他走出海水,
慢慢地,
龟壳上有水
有阳光
幽黑如同朴树的潮湿树干。

在水中
世界正呼吸，
在泥中。
那里有鱼
它们的血轻易就改变
由暖转寒。
那只海龟，
内在那细小黄色的动物骨骼
苏醒着
从他的双眸向外闪耀。
唤醒了蝗虫而它干燥的皮肤
依旧在树上沉睡。

我们该打开他柔软的身体，
拆开他的龟壳
将它们放在自己背上
就像老妇人能从中看到往昔
就透过他的双眸。

那里面有呼吸。
醒来，我们是女性。
龟壳就在我们背上。
我们是琥珀，

那些小小的动物

是我们体内的黄金。

(选自 Linda Hogan：*Calling Myself Home*. Minneapolis, MN：Coffee House Press, 1978)

To Light

At the spring

we hear the great seas traveling

underground

giving themselves up

with tongues of water

that sing the earth open.

They have journeyed through the graveyards

of our loved ones,

turning in their graves

to carry the stories of life to air.

Even the trees with their rings

have kept track

of the crimes that live within

and against us.

We remember it all.

We remember, though we are just skeletons

whose organs and flesh

hold us in.

We have stories

as old as the great seas

breaking through the chest

flying out the mouth,

noisy tongues that once were silenced,

all the oceans we contain

coming to light.

致光明

整个春天

我们听到巨大的海洋穿行在

地底下

它们拼命努力

用水的舌头

唱开了大地。

它们穿越了墓地

我们所爱的人长眠的地方,

走入了墓穴

将生命的故事带入空气。

即使有着年轮的树木

都明白

生长于我们内心和忤逆着

我们的罪恶。

我们都记得。

我们记得,尽管我们只是骨骸

器官和肉体

约束着我们。

我们有故事

像大海般悠久

穿透了胸膛

飞出了嘴唇,

曾经安静的舌头聒噪起来

我们拥有的所有海洋

都显现出来。

The Truth Is

In my left pocket a Chickasaw hand

rests on the bone of the pelvis.

In my right pocket
a white hand. Don't worry. It's mine
and not some thief's.
It belongs to a woman who sleeps in a twin bed
even though she falls in love too easily,
and walks along with hands
in her own empty pockets
even though she has put them in others
for love not money.

About the hands, I'd like to say
I am a tree, grafted branches
bearing two kinds of fruit,
apricots maybe and pit cherries.
It's not that way. The truth is
we are crowded together
and knock against each other at night.
We want amnesty.

Linda, girl, I keep telling you
this is nonsense
about who loved who
and who killed who.

Here I am, taped together
like some old civilian conservation corps
passed by from the great depression
and my pockets are empty.
It's just as well since they are masks
for the soul, and since coins and keys
both have the sharp teeth of property.

Girl, I say,
it is dangerous to be a woman of two countries.
You've got your hands in the dark
of two empty pockets. Even though
you walk and whistle like you aren't afraid
you know which pocket the enemy lives in
and you remember how to fight
so you better keep right on walking.
And you remember who killed who.
For this you want amnesty
and there's that knocking on the door
in the middle of the night.

Relax, there are other things to think about.

Shoes for instance.

Now those are the true masks of the soul.

The left shoe

and the right one with its white foot.

真相就是

在我左口袋里有一只奇克索人的手
搭在盆骨上。
在我右口袋里
是一只白人的手。别急。那是我的
不是窃贼的手。
它属于一个睡在双人床上的女人
尽管她太早陷入了爱河,
行走着一边将双手
放在自己空空的口袋中
尽管她曾将双手放在其他人袋中
为了爱情而非金钱。

关于手,我想说
我就是一棵树,嫁接的树枝
结着两种果实,
或许是杏子和樱桃。
并非如此。真相是

我们被挤在一起
在夜晚相互抵撞。
我们想获得赦免。

琳达,姑娘,我一直对你说
这是胡话
什么谁爱了谁
谁又杀害了谁。

你看我,被胶带黏合着
就像某个古老的民间保护队伍
挺过了大萧条
口袋空空。
因为它们恰好也是面具
遮盖了灵魂,而硬币和钥匙
又都有尖锐的齿口。

姑娘,我说,
做双重国籍的女人十分危险。
你把双手放在黑洞洞的
两只空口袋中。尽管
你边走边吹着口哨好像并不害怕
知道哪只口袋里住着敌人

你记得如何去搏斗

所以你最好继续好好地行走。

你记得谁杀害了谁。

为此你想获得赦免

这时传来了敲门声

就在夜半三更。

放轻松,还有别的事情可想。

比如说鞋子。

那些就是灵魂的真面具。

左边的鞋子

还有插着白人的脚的右边那只。

(选自 Linda Hogan: *Seeing through the Sun*. Minneapolis, MN: Coffee House Press, 1985)

Nothing

Nothing sings in our bodies

like breath in a flute.

It dwells in the drum.

I hear it now

that slow beat

like when a voice said to the dark,

let there be light,

let there be ocean

and blue fish

born of nothing

and they were there.

I turn back to bed.

The man there is breathing.

I touch him

with hands already owned by another world.

Look, they are desert,

they are rust. They have washed the dead.

They have washed the just born.

They are open.

They offer nothing.

Take it.

Take nothing from me.

There is still a little life

left inside this body,

a little wildness here

and mercy

and it is the emptiness

we love, touch, enter in one another,

and try to fill.

空　无

空无在我们身体里唱歌
就像笛子里的呼吸。
它留在鼓中。
此刻我听到了它
那缓慢的拍子
就像对着黑暗说出的声音,
让那里有光明,
让那里有海洋
还有蓝色的鱼
诞生于空无
它们就在那里。
我转身上床。
那里有男人在呼吸。
我触碰他
用早已属于另一个世界的双手。
瞧,它们是沙漠,
它们是铁锈。它们洗涤过死者。
它们洗涤过新生儿。
它们开放。
它们提供空无。

拿着。

从我这里拿走空无。

还有一点点生命

残留在这身体里,

这里有一点点野性

还有仁慈

这空虚

我们爱它,触摸它,不断地进入,

并试图填满。

Tear

It was the time before

I was born.

I was thin.

I was hungry. I was

only a restlessness inside a woman's body.

Above us, lightning split open the sky.

Below us, wagon wheels cut land in two.

Around us were the soldiers,

young and afraid,

who did not trust us

with scissors or knives

but with needles.

Tear dresses they were called

because settler cotton was torn

in straight lines

like the roads we had to followtoOklahoma.

But when the cloth was torn,

it was like tears,

impossible to hold back,

and so they were called

by this other name,

for our weeping.

I remember the women.

Tonight they walk

out from the shadows

with black dogs,

children, the dark heavy horses,

and worn-out men.

They walk inside me. This blood

is a map of the road between us.

I am why they survived.

The world behind them did not close.

The world before them is still open.

All around me are my ancestors,

my unborn children.

I am the tear between them

and both sides live.

眼　泪①

那是在我

出生之前。

我很瘦弱。

我很饥饿。我只是

女人身体里不安分的生命。

我们头上,闪电劈开了苍穹。

我们身下,车轮将大地碾得一分为二。

我们身边围着战士,

年轻而忧虑,

他们不信任我们

不让我们拿起剪子和刀

除了缝衣针。

它们被称为破衣烂衫

---

① Tear 在诗中有双关意,既有眼泪又有撕扯的意思,第 13 行的 tear dresses 被译作破衣烂衫,而后面的"它们的命名/带有其他的意思/因为我们哭泣了"则道出了此词眼泪之意。诗中褴褛、撕扯、眼泪等都来自这个词。

因为殖民者的棉布被撕成
丝丝褴褛
就像那些我们被迫走上的公路
通往俄克拉荷马。

可是当衣服被撕扯,
它就像眼泪,
不可能被收回,
于是它们的命名
带有其他的意思,
因为我们哭泣了。

我记得这些女人。
今晚她们走着
走出了阴影
带着黑狗,
孩子,壮硕的黑马,
还有精疲力竭的男人。

他们走入我的身体。这鲜血
就是我们之间的公路地图。
我就是他们活下来的原因。
他们身后的世界并未关闭。

他们眼前的世界依然开启。

在我周围都是我的祖先,

我未出生的孩子们。

我是他们之间的眼泪

两方都还活着。

The History of Red

First

there was some other order of things

never spoken

but in dreams of darkest creation.

Then there was black earth,

lake, the face of light on water.

Then the thick forest all around

that light,

and then the human clay

whose blood we still carry

rose up in us

who remember caves with red bison

painted in their own blood,

after their kind.

A wildness

swam inside our mothers,

desire through closed eyes,

a new child

wearing the red, wet mask of birth,

delivered into this land

already wounded,

stolen and burned

beyond reckoning.

Red is this yielding land

turned inside out

by a country of hunterswith iron, flint and fire.

Red is the fear

that turns a knife back

against men, holds it at their throats,

and they cannot see the claw on the handle,

the animal hand

that haunts them

from some place inside their blood.

So that is hunting, birth,

and one kind of death.

Then there was medicine, the healing of wounds.

Red was the infinite fruit

of stolen bodies.

The doctors wanted to know

what invented disease
how wounds healed
from inside themselves
how life stands up in skin,
if not by magic.
They divined the red shadows of leeches
that swam in white bowls of water:
they believed stars
in the cup of sky.
They cut the wall of skin
to let
what was bad escape
but they were reading the story of fire
gone out
and that was a science.
As for the animal hand on death's knife,
knives have as many sides
as the red father of war
who signs his name
in the blood of other men.
And red was the soldier
who crawled
through a ditch

of human blood in order to live.
It was the canal of his deliverance.
It is his son who lives near me.
Red is the thunder in our ears
when we meet.
Love, like creation,
is some other order of things.
Red is the share of fire
I have stolen
from root, hoof, fallen fruit.
And this was hunger.
Red is the human house
I come back to at night
swimming inside the cave of skin
that remembers bison.
In that round nation
of blood
we are all burning,
red, inseparable fires
the living have crawled
and climbed through
in order to live
so nothing will be left

for death at the end.
This life in the fire, I love it.
I want it,
this life.

红色的历史

最初
事物有其他的秩序
未被人说起
却存在于最幽暗的创造物的梦中。

而后有了黑色的土,
湖泊,水面上的光泽。
于是浓密的森林围绕着
亮光,
而后有了人体
血液依然会在我们体内
升起
我们记得住着红野牛的洞穴
被它们自己的鲜血涂绘,
在它们的生命之后。

一种野性

在我们母亲体内涌动,
欲望穿越了紧闭的双眼,
一个新生儿
穿着红色,那是湿润的出生印记,
来到了这片土地
这里早已被伤害,
盗窃和焚烧
损失无以估算。

红色是这片丰饶的土地
被翻了个底朝天
被一国的猎人
用铁器、燧石和火围攻。
红色是恐惧
它调转了刀尖
对着人类,架在他们的脖子上,
他们看不到紧握着刀柄的爪子,
畜生的手
那手纠缠着他们
自他们血液里的某处。

因此那就是狩猎、出生,
和一种死亡。

于是有了药物,对伤口进行医治。
红色是无尽的产物
源自被盗取的身体。
医生们想知道
究竟是什么滋生的疾病
伤口如何治愈
从他们的体内
生命如何在皮肤下生长,
如果这并非是魔力。

他们以水蛭的红色影子占卜
影子在白色水碗里游弋:
他们相信星辰
在杯状的天穹中。
他们割开皮肤的屏障
让
邪恶逃离
可是他们阅读火的故事
关于火的熄灭
而那是科学。

至于死亡刀刃上的畜生之手
刀有许多面

就像战争的红色父亲
他签署自己的名字
用其他人的鲜血。

红色是战士
他匍匐着
穿过人血的壕沟
为了活下去。
那是他获得解救的途径。
他的儿子就住在我附近。
红色是我们耳畔的响雷
当我们相遇。
爱,就像创造,
是事物的另一种秩序。

红色是火的一部分
我将它盗取
从根、蹄、掉落的果实。
这就是饥饿。

红色是人类的房屋
夜间我回到那里
游进了皮毛的洞穴

它让我记起野牛。

在那个球形的血之

民族

我们全都在燃烧,

红色,不可分的火焰

活着的人们匍匐

并攀爬过去

为了生存

因此最终不会为死亡

留下什么。

这火中的生命,我爱它。

我渴望它,

这生命。

Two

The weight of a man on a woman

is like falling into the river without drowning.

Above, the world is burning and fighting.

Lost worlds flow through others.

But down here beneath water's skin,

river floor, sand, everything

is floating, rocking.

Water falls through our hands as we fall

through it.

And when a woman and a man come up from water

they stand at the elemental edge of difference.

Mirrored on water's skin,

they are fired clay, water evaporating into air.

They are where water turns away from land

and goes back to enter a larger sea.

A man and a woman are like those rivers,

entering a larger sea

greater than the sum of all its parts.

一 对

女人身上的男人重量
如同落入河中却不会溺水。

上面,世界在燃烧和斗争。
失落的世界在其他世界中流过。

可是在底下在水面之下,
河底,流沙,一切

都在漂浮,摇动。

在我们落水时水流穿过
我们的手。

当一对男女从水里浮上来
他们呈现出基本的差异。

在水面的倒影中,
他们是火泥,水汽蒸发消散。

从他们身上水离弃了大地
回归并融入了更大的海洋。

一对男女就如同这些河流,
融入了更大的海洋。

超越了他们所有的组成元素。

(选自 Linda Hogan: *The Book of Medicines*. Minneapolis, MN: Coffee House Press, 1993)

Deer Dance

This morning

when the chill that rises up from the ground is warmed,
the snow is melted
where the small deer slept.
See how the bodies leave their mark.
The snow reveals their paths on the hillsides,
the white overcrossing pathways into the upper meadows
where water comes forth and streams begin.
With a new snow the unseen becomes seen.
Rivers begin this way.

At the deer dance last year,
after the clashing forces of human good and evil,
the men dressed in black,
the human women mourning for what was gone,
the evergreen sprigs carried in a circle
to show the return of spring.
That night, after everything human was resolved,
a young man, the chosen, became the deer.
In the white skin of its ancestors,
wearing the head of the deer
above the human head
with flowers in his antlers, he danced,

beautiful and tireless,

until he was more than human,

until he, too, was deer.

Of all those who were transformed into animals,

the travelers Circe turned into pigs,

the woman who became the bear,

the girl who always remained the child of wolves,

none of them wanted to go backto being human. And I would do it,

too, leave off being

human

and become what it was that slept outside my door last night.

One evening I hid in the bush south of here

and watched at the place where they shed their antlers

and where the deer danced, it was true,

as my old grandmother said,

water came up from the ground

and I could hear them breathing at the crooked river.

The road there I know, I live here,

and always when I walk it

they are not quite sure of me,

looking back now and then to see that I am still

far enough away, their gray-brown bodies,

the scars of fences,

the fur never quite straight,

as if they'd just stepped into it.

鹿　舞

今天早晨
自大地升起的寒气变得温暖，
雪融化了
小鹿曾睡在那里。
瞧身体是如何留下了印记。
雪在山坡上显现出它们的足迹，
白色的纵横路径伸向更高的草地
那里有水涌出成了溪流的源头。
再来一场新雪那隐藏着的就会现形。
河流由此开始。

去年在鹿舞大会上，
在人类善恶的冲撞之后，

男人们穿着黑色衣服，
女人们为逝者哀悼，

长青的树枝编成了环状
展示着春天的回归。
那一夜,当每个人都安定下来,

一个年轻男子,被挑选,成了鹿。
披上了祖先的白皮,
戴着鹿头
套在人脑袋之上
他的鹿角上插着花,他舞蹈着,
优雅而不知疲倦,
直到他超越了人类,
直到他,也成了鹿。

在所有转变成动物的人中,
瑟茜①将旅行者变成了猪,
女人变成了熊,
小姑娘总是变成狼孩,

没有人愿意变回
人类。我也愿意如此,不做
人

---

① 希腊神话中的女巫,她有把人变成猪的法术。

变成昨夜睡在我门外的
动物。

有一晚我藏在南面的矮树丛里
看着它们脱掉鹿角的地方

鹿在那里舞蹈,千真万确,
就像我的老祖母说过的,
水从地里冒出来
我能听到它们在蜿蜒的河流旁呼吸。
我知道去那里的路,我住在这里,
每次当我上路时
它们对我不是很信赖,
此时回头望我发现自己依然
离得很遥远,它们灰褐色的身体
被篱笆擦伤后的疤痕,
总是不太直的毛发,
仿佛它们刚刚踏进那里。

Inside

How something is made flesh

no one can say. The buffalo soup

becomes a woman

who sings every day to her horses
or summons another to her private body
saying come, touch, this is how
it begins, the path of a newly born
who, salvaged from other lives and worlds,
will grow to become a woman, a man,
with a heart that never rests,
and the gathered berries,
the wild grapes
enter the body,
human wine
which can love,
where nothing created is wasted;
the swallowed grain
takes you through the dreams
of another night,
the deer meat becomes hands
strong enough to work.
But I love most
the white-haired creature
eating green leaves;
the sun shines there
swallowed, showing in her face

taking in all the light,

and in the end

when the shadow from the ground

enters the body and remains,

in the end, you might say,

This is myself

still unknown, still a mystery.

内　在

肉体怎样构成

无人能答。水牛汤

变成一个女人

她每日对着马儿唱歌

或召唤其他马儿来到自己身边

她说来吧,摸摸看,这就是如何

开始了生命,这新生儿的通道

宝宝从其他生命和世界抢救出来,

会成长为女人,男人,

有着一颗永不停歇的心脏,

而那些采集来的浆果,

野葡萄

进入了身体,

这人体酒液

有爱的能力,
那里的造物不会被废弃;
吞下的谷物
带着你穿越梦境
在另一个夜晚,
鹿肉变成了双手
足够强壮可以工作。

可是我最爱
那白色毛发的生命
吃着绿叶;
阳光照耀着
被吞咽,她的脸显现出来
吸纳了所有的亮光,

最终
当地面的影子
进入身体并留在那里,
最终,你会说,
这就是我自己
依然未知,依然神秘。

Rapture

Who knows the mysteries of the poppies

when you look across the red fields,

or hear the sound of long thunder,

then the saving rain.

Everything beautiful,

the solitude of the single body

or sometimes, too, when the body is kissed

on the lips or hands or eyelids tender.

Oh for the pleasure of living in a body.

It may be, it may one day be

this is a world haunted by happiness,

where people finally are loved

in the light of leaves,

the feel of bird wings passing by.

Here it might be that no one wants power.

They don't want more.

And so they are in the forest,

old trees,

or those small but grand.

And when you sleep, rapture, beauty,

may seek you out.

Listen. There is

secret joy,

sweet dreams you may never forget.

How worthy the being

in the human body. If,

when you are there, you see women

wading on the water

and clouds in the valley,

the smell of rain,

or a lotus blossom rises out of round green leaves,

remember there is always something

besides our own misery.

狂　喜

谁知道罂粟的神秘
当你眺望红色的田野,
或听到雷声长鸣,
而后是救世的雨。
一切都是美丽的,
个人身体的孤独
或是有时候,当身体被温柔地吻
在双唇或双手或眼皮处。
或是身体内生存的快乐。

有可能,有可能某一天

这世界被快乐萦绕,

人们终于得到了爱

在透过树叶的阳光中,

能感受鸟翼飞过。

有可能没有人需要权力。

他们不再需要它。

于是他们在森林里,

古老的大树,

或是那些渺小却又伟大的生命。

当你入睡,狂喜,美丽

会来寻觅你。

听着,那是

秘密的喜悦,

是你永远不会忘却的甜梦。

生命是如此珍贵

就在人体内。如果,

你在那里,你会看到女人们

在水中跋涉

云朵在山谷徘徊,

还有雨水的气味,

荷花盛开在圆圆的绿叶上,

要记住我们总会拥有什么
除了我们自身的痛苦。

Turtle Watchers

Old mother at water's edge
used to bow down to them,
the turtles coming in from the sea,
their many eggs,
their eyes streaming water like tears,
and I'd see it it all,
old mother as if in prayer,
the turtles called back to where they were born,
the hungry watchers standing at the edge of trees
hoping for food when darkness gathers.

Years later, swimming in murky waters
a sea turtle swam beside me
both of us watching as if clasped together
in the lineage of the same world
the sweep of the same current,
even rising for a breath of air at the same time
still watching.
My ancestors call them

the keepers of doors

and the shore a realm to other worlds,

both ways and

water moves the deep shift of life

back to birth and before

as if there is a path where beings truly meet,

as if I am rounding the human corners.

观龟者

老妈妈在水边

常向它们俯下身去,

龟儿从海中游过来,

带来很多龟蛋,

它们的眼中淌着水如同眼泪,

我看到全部,

老妈妈仿佛在祈祷,

龟儿被召唤回它们的出生地,

饥饿的看龟者站在树林旁

希望在天黑前吃到食物。

几年后,我在幽暗的水中游弋

一只海龟游在我身旁

我们俩都互望着仿佛紧密相连

进入同一个世界的谱系

游进同样的波流,

甚至同时浮上来呼吸

我们依然互望着。

我的祖先称它们为

门户的守卫者

而海岸就是通往其他世界的领域,

那是双程路

水流向了生命的深处

回归本源和往昔

仿佛那里有一条路真会有生命相遇

仿佛我正在走过人类的拐角处。

The Way In

Sometimes the way to milk and honey is

through the body.

Sometimes the way in is a song.

But there are three ways in the world:

dangerous, wounding,

and beauty.

To enter stone, be water.

To rise through hard earth, be plant

desiring sunlight, believing in water.

To enter fire, be dry.

To enter life, be food.

进入的方式

有时候进入牛奶蜂蜜得

经过身体。

有时候进入的方式是一首歌。

可世上有三种方式：

冒险,伤害,

还有美。

进入石头,是水。

穿过坚土,是植物

渴望阳光,信任水。

进入火焰,是干燥。

进入生命,是食物。

(选自 Linda Hogan: *Rounding the Human Corners*. Minneapolis, MN: Coffee House Press, 2008)

温迪·罗斯

Rose, Wendy. *The Halfbreed Chronicles*. Albuquerque: West End Press, 1985.

—. *Lost Copper*. Morongo Indian Reservation, Banning, CA: Maliki Museum Press, 1980.

—. "Neon Scars," *I Tell you Now*, Ed. A. Krupat and B. Swann. Lincoln: U of Nebraska Press, 1987.

—. *Itch Like Crazy*. Tucson: University of Arizona Press. 2002.

For the White poets who would be Indian just once

just long enough
to snap up the words
fish-hooked from
our tongues.
You think of us now
when you kneel
on the earth,
turn holy
in a temporary tourism
of our souls.

With words

you paint your faces,

chew your doeskin,

touch breast to tree

as if sharing a mother

were all it takes,

could bring instant and primal

knowledge.

You think of us only

when your voices

want for roots,

when you have sat back

on your heels and

become

primitive.

You finish your poem

and go back.

致只想当一次印第安人的白人诗人

足够长久

抢到那些词汇

用钓鱼钩从

我们舌头钩起。
此刻你们想起了我们
当你们跪在
大地上,
变得神圣
在短暂的旅行中
在我们灵魂里。
用词语
你们描绘着自己的脸庞,
咀嚼着母鹿皮,
胸部触碰大树
仿佛有着共同的母亲
如果这一切,
能带来即刻而最初的
知识。
你们想起我们时
只有当你们的声音
想要寻根,
当你们挺直了腰背
屈腿坐起
变得
原始。

你们写完了诗歌
就回去了。

On Truganinny

You will need
to come closer
for little is left
of this tongue
and whatI am saying
is important

I amthe last one.

I whose nipples
wept white mist
and saw so many
dead daughters
their mouths empty and round
their breathing stopped
their eyes gone gray.

Take my hand
black into black

as yellow clay
is a slow meld
to grass gold
of earth

andI am melting
back to the Dream.

Do not leave
for Iwould speak,
I would sing
another song.

Your song.

They will take me.
Already they come;
even as Ibreathe
they are waiting for me
to finish my dying.

We old ones
take such

a long time.

Please

take my body

to the source of night,

to the great black desert

where Dreaming was born.

Put me under

the bulk of a mountain

or in the distant sea,

put me where

they will not

find me.

楚格尼尼

你需要

更靠近些

因为几乎没有什么遗留

在舌尖上

我所说的

很重要

我是最后一个。

我的乳头
滴下了白色的迷雾
我曾见过那么多
死去的女儿们
她们的嘴巴空洞地圆张着
她们的呼吸停止了
她们的眼睛变得暗淡。

抓住我的手
黑色握住了黑色
仿佛黄色泥土
就是缓慢的混合
融进了金色牧场
和大地

我正在融化
回归到梦境。

别离开
我还没说完,
我想唱出
另一支歌。

你的歌。

他们会带走我。
他们已经来了；
甚至在我呼吸时
他们就在等着我
咽气死去。

我们这些老人
要拖上
很长的时间。

请你
带走我的身体
去黑夜的源头，
去那广袤的黑色沙漠
那里是梦诞生的地方。
将我安放在
山脉之下
或在遥远的大海里，
把我放在那里
他们不会

找到我。

If I am too brown or too white for you

remember I am a garner women
whirling into precision
as a crystal arithmetic
or a cluster and so

why the dream
in my mouth,
the flutter of blackbirds
at my wrists?

In the morning
there you are
at the edge of the river
on one knee

and you are selecting me
from among polished stones
more definitely red or white
between which tiny serpents swim
and you see

that my body is blood
frozen into giving birth
over and over, a single motion,

and you touch the matrix
shattered in winter
and begin to piece together
the shape of me

wanting the curl in your palm
to be perfect
and the image less clouded,
less mixed

but you always see
just in time
working me around
the last hour of the day

there is a small light
in the smoke, a tiny sun
in the blood, so deep
it is there and not there,

so pure

it is singing.

假如你觉得我太棕黑或太白皙

记住我是个谷仓女人
旋转得如此精确
就像一个几何的晶状体
或是一个蜂团

那为何梦想
在我口中，
黑鸟的羽翼颤动
在我的手腕？

清晨
你来了
在河边
单膝跪地

你选择了我
从那些打磨过的石头中
有着明显的红色或白色

小蛇在其中游走

你看到
我的身体是血
在分娩中冻结
一次又一次,这同样的动作,

于是你触摸石头
它在冬天分裂
你开始拼凑起
我的身形

在你掌中毫无曲线
无法完美
形象不再模糊,
不再含混

可是你总是看见
在恰当的时机
我工作到
一日将尽的最后时刻

有一点微光

出现在烟雾中,是微弱的阳光

在血中,如此深邃

似乎在似乎又不在那里,

如此纯粹

它正在歌唱。

Alien Seeds

(on reading a book about plants growing wild inCalifornia)

How is it that I did not know the gold hillside near my house
is as foreign to the land as any intruder, as the straight boards
and liquid rock poured onto the land where my house stands?
All these, wild oats, the strangling grass, even the succulents
with the secret of moisture within, the tumbleweed
rode on the tails of strange beasts or were caught
in the wool of Spanish sheep. How can I not feel
the killing, the massacre that cleard the valley, the foothills,
the mountains of my kind? For every seed, its wagon train;
rhizomes colonize underground, spines catch foxes
on their little hooks-barbed wire crosses our nations
and taproots suck the stolen dew
no matter how dry the desert.
Thistles thrive on the most ravaged flesh;

invaders ruthlessly kill just as the bloodthirsty men

who drove their cattle from shrine to shrine

lowered their rifles, aimed, fired.

The Elders have always known this.

They fast and pray, then hunt

for exactly the right kind of grass

as their grandmothers before them;

they pick a few, never the first one,

never more than they need.

They return home with great art in their eyes.

And now they walk forever with empty hands,

baskets made thin with ribs sticking out.

Beads, yarn, safety pins replace beargrass and willow.

Eucalyptus rolls its seeds on the ground,

we slip and fall, hurtle into the sacrifice,

gather not grass but sorrow in our hands.

Vanishing Americans, endangered species,

vermin and weeds, call it what they will,

rock hard places where bones rattle down.

外来的种子

(读一关于加州野生植物之书有感)

我怎么会不知道住所旁的金色山坡

如土地入侵者般陌生,就像
平直的木板和液体的岩石倾倒在我住所旁?
所有这些,野生的燕麦,绞杀草,
甚至是多汁植物
饱含着秘密的潮湿,那风滚草
滚落在陌生野兽的尾巴上或被粘在
西班牙绵羊的皮毛里。我怎么没觉出
这杀戮,这屠杀,扫荡着山谷,山麓,
我身边的山脉?对每一粒种子,这就是马车队;
根茎在地下拓殖,荆棘抓住狐狸
用它们的小钩,那刺毛的线穿越了我们的民族
主根吸吮着偷来的露水
无论沙漠有多干涸。
蓟草在最受蹂躏的果肉上恣意疯长;
侵略者无情地杀戮如同嗜杀者
他们将家养的牲畜从一个圣地驱赶到另一个
放低了步枪,瞄准,开火。
年长者总是明了这一切。
他们斋戒祈祷,接着搜寻
这种特定的草类
仿佛祖母们就站在眼前;
他们捡起几粒,绝不是第一粒,
也绝不超过所需。

他们回家时眼中闪现着伟大的艺术。
而此刻他们永远空手行走,
稀疏编就的篮子藤条戳出。
珠子、纱线、安全别针代替了藜蒿草和柳木
桉树种子滚在地上,
我们打滑跌跤,猛然受伤,
手里抓住的不是草而是哀痛。
消失的美洲人,濒危的物种,
害虫和丧服,不管它们叫什么,
岩石般坚固的地方骨头嘎嘎作响。

Loo-wit

The way they do

this old woman

no longer cares

what we think

but spits

her blacktobacco

any which way

stretching

full length

from her bumpy bed.

Finally up

she sprinkles

ash on the snow,

cold buttes

promise nothing

but the walk

of winter.

Centuries of cedar

have bound her

to earth,

huckleberry ropes

lay prickly

on her neck.

Around her

Machinery growls,

Snarls and ploughs

Great patches

of her skin.

She crouches

in the north,

her trembling

the source

of dawn.

Light appears

with the shudder

of her slopes,

the movement

of her arm.

Blackberries unravel,

stones dislodge;

it's not as if

they were not warned.

She was sleeping

but she heard the boot scrape,

the creaking floor, felt

the pull of the blanket

from her thin shoulder.

With one free hand she finds her weapons

and raises them high; clearing the twigs from

her throat

she sings, she sings, shaking the sky

like a blanket about her

Loo-wit sings and sings and sings!

露 薇

他们的行为处事

这位老妇人
不会再管
我们怎么想
而是吐出
她黑色的烟草
那射程
延展
很长
自她高低不平的床铺。
终于起床
她泼洒
烟灰在雪上，
冰冷的孤丘
展现不了什么
只是冬日
在迈进。
百年的雪松
将她束缚
在大地上，
成串的越橘果
刺拉拉地挂在
她的脖子上。
在她周围

机器轰鸣,
咆哮并耕犁着
大块大块的斑迹
在她的皮肤上。
她蹲伏着
在北方,
她颤抖起
最初的
拂晓时分。
光线亮了
伴随着战栗的
她的山坡,
那运动的
她的胳膊。
黑莓散开了,
石头移走了;
这并非仿佛
他们没有被警告。

她睡了
可她听到了靴子在刮擦,
吱呀作响的地板,感受到
毯子被拉下

她瘦削的肩膀

她空出的那只手摸到了武器

轻轻举起来;扫去了喉咙上的嫩枝

她唱啊,唱啊,摇动着天空

仿佛那是身上的毛毯

露薇唱啊唱啊唱!

Itch Like Crazy: Resistance

This is one of those days
when I see Columbus
in the eyes of nearly everyone
and making the deal
is at the fingertips
of every hand.
The voices beyond my office door
speak of surveys and destruction,
selling the natives
to live among strangers,
rewards from service
or kinship with the Crown.
The terror crouches there
in the canyon of my hands,
the pink opening rosebud mouths

of newborns or the helplessness

of the primal song.

Ghosts so old

they weep for release,

have haunted too long

the burrs and ticks

that climb, burrow and stick.

Sand Creek, Wounded Knee, Piedras,

My Lai, Acteal, Hispaniola, Massachussetts

Bay Colony,

my mother, the stones, channels of water,

blood of her veins, every place

a place where history walked,

every ring on Turtle's Back

a mortar to split our seeds,

every sunflower bursting from asphalt

raises green arms to the sun,

every part of Tewaquachi

has formed the placenta

from which we emerge,

every red thing in the world

is the reflection of blood,

our death and our rising.

Now I dance the mission revolts again,

let the ambush blossom in my heart,

claim my victory with their own language,

know the strength of spine tied to spine,

recognize him when he arrives again,

this hungry one, must feed him

poisoned fish. Must lure the soldiers

into trap after trap, must remember

every bit of this.

痒得发狂:抵抗

那些日子中有一天

我看到哥伦布

几乎就在每个人的眼里

在买卖交易

唾手可得

每个人都行。

我办公室外的声音

说着调查和毁灭,

卖掉本土人

去陌生人中间生活,

靠服务获得报酬

或是和君王攀亲。

恐惧就蜷缩在那里
就在我双手的沟壑中,
那粉色的开启的花蕾般的嘴
是新生婴儿或是无助的
最初歌曲。
幽灵如此苍老
他们为释放而哭泣,
已经出没飘零得太久
那嗡嗡声和滴答声
那攀爬、挖洞和刺戳。
沙溪、伤膝、岩石,
我的莱伊、阿克蒂尔、西班牙人、马萨诸塞
湾区,
我的母亲、岩石、水渠,
她血管中的鲜血,每一处
那里有历史的足迹,
龟背上的每次响铃
那分裂我们种子的研钵,
从沥青中爆出的每朵向日葵
向着太阳升起了绿色的臂膀,
特瓦卡奇的每个部分
组成了胎盘
我们从中产生,

世上每一个红色的事物
都是鲜血的显现，
我们的死亡和新生。
此刻我再次应使命开始了反抗之舞，
让心中埋藏之物花朵盛开，
用他们自己的语言宣称我的胜利，
明白脊梁连着脊梁的力量，
当他再次来临时就能认出，
这个饥饿的人，一定得喂他
有毒的鱼。一定要引诱战士们
掉入一个又一个陷阱，一定得记住
其中的每个点滴。

To Some Few Hopi Ancestors

No longer the drifting

and falling of wind

your songs have changed,

they have become

thin willow whispers

that take us by the ankle

and tangle us up

with red mesa stone,

that keep us turned

to the round sky,
that follow us down
to Winslow, to Sherman,
to Oakland, to all the spokes
that have left earth's middle.
You have engraved yourself
with holy signs, encased yourself
in pumice, hammered on my bones
till you could no longer hear
the howl of the missions
slipping screams through your silence,
dropping dreams from your wings.
Is this why
you made me
sing and weep
for you?
Like butterflies made
to grow another way
this woman is chiseled
on the face of your world.
The badger-claw of her father
shows slightly in the stone
burrowed from her sight

facing west from home.

致少数霍皮人先辈

不再有轻轻浮动
落下的风
你们的歌变了,
它们变成了
细细的柳叶在低吟
拂过我们的脚踝
把我们缠在
红色岩石上
让我们转而面对
苍穹,
并跟着我们前往
温斯洛,去谢尔曼,
去奥克兰,去所有
离开了大地中央的辐条。
你们将自己铭刻进
神圣的标记,把自己装入
浮石,钉在我的骨头上
直到你再也听不到
使命的大声召唤
那叫声穿越了你们的沉默,

从你们翅膀上跌落梦想。
难道这就是为何
你们让我
为了你们
歌唱和哭泣?
就像蝴蝶被迫
长成另一种样子
这个女人被凿刻在
你们的世界表面
她父亲獾州人①的手爪
在石头上微微显露
家中的她正面对西方
看不见藏着的石头。

---

① Badger:"獾州人"指威斯康星州的印第安人或居民。

杨·贝尔

Grandmother

if i were to see

her shape from a mile away

i'd know so quickly

that it would be her.

the purple scarf

and the plastic

shopping bag.

if i felt

hands on my head

i'd know that those

were her hands

warm and damp

with the smell

of roots.

if i heard

a voice

coming from

a rock

i'd know

and her words

would flow inside me

like the light

of someone

stirring ashes

from a sleeping fire

at night.

祖　母

如果我在

一英里外看到她的身影

我立刻能知道

那人就是她。

紫色的围巾

还有那塑料

购物袋。

如果我察觉

有人抚着我的头

我会知道那是

她的双手

温暖而潮湿

带着根茎的

味道。

如果我听到

有声音

来自

一块岩石

我会知道

她的话语

能渗透我内心

宛若火光

像有人

自沉睡的火堆

那夜之灰烬中

燃起光焰。

One Chip of Human Bone

one chip of human bone

it is almost fitting
to die on the railroad tracks.

i can easily understand
how they felt on their long
staggered walks back

grinning to the stars.

there is something about
trains, drinking, and being
an indian with nothing to lose.

一块人骨

一块人骨

几乎适宜
在铁轨上死去。

我立即明白
在漫长的归途
蹒跚的人们是何种感觉

对着星辰展露笑颜。
一路谈着
火车,饮酒,身为
印第安人无所失落

Four Songs of Life

3) this one

i remember well

my people's

songs.

i will not

reveal to anyone

that i know

these songs.

it was intended

for me

to keep

them

in secrecy

for they are now

mine to die with

me.

生命四歌(3)

3)这一个

我清晰地记得

我们部落的

歌谣

我不会

透露给任何人

说我知道

这些歌谣。

我是有意

想要

把

它们

藏起来

因为它们此时

属于我要随我

至死不离。

The King Cobra as Political Assassin

May 30, 1981

About two miles east of here

near the Iowa River bottom

there is a swampy thicket and inlet

where deer, fox and eagles

seem to congregate every autumn

without fail.
When I am hunting there
I always think:
if I were an eagle
bored by the agricultural
monotony of Midwestern landscape,
I would stop, too.
This morning I dreamt
of a little-used road going
from an overlooking hill down
into their divine sanctuary.
I tried to drive through
thinking it was a short cut
towards tribal homeland,
but stopped after the automobile
tires sank into the moist earth.
I walked down the ravine and met
two adolescents and inquired
if the rest of the road was intact
or passable. A bit wary of me
they indicated that they didn't
know. A faceless companion
rolled down the car window

and spoke in Indian.
"Forget them! They shouldn't
be here, anyway."
I walked on. Further down
I met a minister and began
to chat with him about
the tranquil scenery,
how far the road extended
into the land founded
by the Boy-Chief in 1856.
(I avoided the personal
question of whether the dense
timber reminded him of South America.)
He turned and pointed with his black arm
to a deteriorating church mission
in a distant valley.
"Yes," I said. "The Founder's wish—
when he purchased this land—
was a simple one."
Soon, a hippie with an exotic snake
wrapped decoratively around
his bare arms and shoulders joined
our polite and trivial

conversation about directions.
As we were talking the hippie
released his hyperactive pet.
We watched it briefly as it slithered
over the willows. We did not think
too much of the snake until it slid
towards a nearby stream,
stopping and raising its beady-eyed
head intermittently, aware of prey.
Following it, we discovered what held
it attention: a much larger snake
was lying still and cooling itself
in the water. I told the hippie,
"You better call your pet."
With a calm face he said,
"I'm not worried; watch
the dance of hunting motions."
And we did.
The larger water snake recoiled
into its defensive stance
as the smaller slid into
the water. Before each came within
striking distance, the hunter-snake

struck. They splashed violently
against the rocks and branches.
Decapitated, the water snake's
muscled body became lax
in the sunlit current.
I thought about this scene today
and the events which led to it
many times over, analyzing its
discordant symbolism.
I finally concluded this dream
had nothing to do with would-be
assassins, cinema-child prostitutes,
political decision-makers or anything
tangible. In *Journal of a Woodland Indian*
I wrote:
"It was a prophetic yearning
for real estate and investments;
something else, entirely …"

身为政治刺客的眼镜王蛇

1981 年 5 月 30 日

此地往东约两英里
在爱荷华河底附近

有一处沼泽林和水湾
那里鹿,狐狸和老鹰
每年秋季似乎都聚集
从不爽约。
当我在那里打猎
我总是想:
如果我是老鹰
对这片中西部单调的
景致感到厌倦,
我也会驻足停留。
今天早上我梦见
一条人烟罕至的公路
从俯瞰景色的山头自上而下
直入那神圣的福地。
我想要驾车穿越
以为那是一条捷径
通往部落家园,
可是汽车停下来
轮胎陷入了潮湿的土地。
我走下山涧遇到
两个少年便询问
前面的路是否完好
畅通。他们有些警觉

说不知道。
那未露面的同伴
摇下车窗
说起了印第安方言。
"忘了他们！反正,他们
不该在这里。"
我继续前行。又走了一段
我遇见一位牧师便开始
与他聊起了
宁静的风景,
问他公路会延伸多远
才进入那片由男头领
在1856年建立的领地。
(我回避了那个私人问题,
没问那重木有否
让他想起南美洲。)
他转身用黝黑的手臂指着
那下山的教会使团
他们身处远处的山谷。
"是的,"我说,"创立者的遗愿——
当他购买这片土地时——
其实很简单。"
很快,一个嬉皮士裸露的手臂和肩膀

装饰般缠绕着一条异域蛇
他加入了
我们文雅而琐碎的
关于问路的谈话。
在我们说话时那个嬉皮士
松开了他蠢蠢欲动的宠物。
我们很快看到它蜿蜒滑过
柳树。我们没有太多地
关注那条蛇直到它滑向
附近的溪流,
停下来不时地抬起头
目光如注,盯上了猎物。
跟随它,我们发现了它的
聚焦物:一条大得多的蛇
正静静地躺在水中
冷却身体。我对嬉皮士说,
"你最好喊住你的宠物。"
他神色镇定地说,
"我并不担心;留意
那追逐猎物的舞蹈。"
我们便照做着。
那条更大的水蛇缠绕成
防御的姿态

而小蛇则滑入
水中。没等它们各自进入
格斗距离,猎者小蛇
出击了。它们猛溅起水花
拍打着岩石和树枝。
斩首后,水蛇那
结实的身躯变得松弛
浮在阳光照耀的水流中。
我想着今日的这一幕
以及引发这结果的诸多细节
无数遍地思考着,分析它
不和谐的象征意义。
我最终认为这个梦
与此后诸事毫无关系,
无论是刺客,影迷的女明星,
政治决策人,或是任何
具体事件。在《林中印第安人日记》里
我写道:
"这是在预演
对房地产和投资的渴望;
是完全不相干的事……"

Emily Dickinson, Bismarck and the Roadrunner's Inquiry

I never thought for a moment
that it was simply an act of fondness
which prompted me to compose
and send these letters.
Surely into each I held
the same affection as when
we were together on a canoe
over Lake Agassiz in Manitoba,
padding toward a moolit fog
before we lost each other.

From this separation came
the Kingfisher, whose blue and white colored
    bands on chest and neck
represent the lake-water and the fog.
But this insignia also stands
for permafrost and aridity:
two climate conditions
I could not live in.

It's necessary to keep your apparition
a secret: your bare shoulders,
your ruffled blouse, and the smooth
sounds of the violin you play
are the things which account
for this encomium for the Algonquin-
speaking goddess of beauty.

Like the caterpillar's toxin
that discourages predators,
I am addicted to food
which protects me,
camouflages me.
I would be out of place
in the tundra or desert,
hunting moose for its meat and hide,
tracking roadrunners for their feathers.

But our dialects are nearly the same!
Our Creation stories hopped out
from a nest of undigested bones,
overlooking the monolithic glaciers.
This is what we were supposed to have

seen before our glacial internment.
That time before the Missouri River
knew where to go.

My memory starts under the earth
where the Star-Descendant taught me
to place hot coals on my forearm.
"In the Afterlife, the scar tissue
will emit the glow of a firefly,
enabling one to expedite the rebirth
process. This light guides one's way
from Darkness."

The day I heard from you,
I accidently fell down the steps
of a steamboat and lost consciousness,
which was befitting because
there was little rationale
for the play (I had just watched
onboard) of a man who kept
trying to roll a stone uphill,
a stone which wanted to roll downhill.
I found myself whispering

"No business politicizing myth"
the moment I woke up.
Gradually, in the form of blood
words began to spill from
my injuries: Eagle feathers
1-2-3 & 4 on Pipestone.

I now keep vigil for silhouettes
of boats disappearing over
the arête horizon.
I keep seeing our correspondence
arrange itself chronologically,
only to set itself ablaze,
and the smoke turns to radiant
but stationary cloud-islands,
suspended on strings above
Mt. St. Helens, Mt. Hood
and Mt. Shasta: Sisters
of Apocalypse waiting
for Joseph's signal.
They tell me of your dissatisfaction
in my society where traffic signs
overshadow the philosophy

of being Insignificant.

It is no different
Than living under a bridge in Texas
beside the Rio Grande.
Please accept advice from the blind
pigmentless Salamander
who considers his past an inurement.
"Perplexity should be expected,
especially when such a voyage
is imminent."

I want to keep you as the year
I first saw your tainted photograph,
preserved in an oval wooden frame
with thick convex glass,
opposite the introvert
you were supposed to be,
walking in from the rain,
a swan minus the rheumatism.

All of a sudden it is difficult
to draw and paint your face

with graphic clarity,
when the initial response is to alter
your age.
Automatically, the bright colors
of Chagall replace the intent.
When the Whirlwind returned
as a constellation,
we asked for cultural acquittance,
but when the reply appeared as herons
skimming along the updraft
of the homeland's ridge,
we asked again.
It was never appropriate.
We were disillusioned,
and our request became immune
to illness, misfortune and plain hate.
Or so we thought.

Contempt must have predetermined
our destiny.
To no avail I have attempted to
reconstruct the drifting halves
to side with me.

All that time and great waste.
Positive moon, negative sun.

Way before she began to blossom
into a flower capable of destroying
or healing, and even during times
she precariously engaged herself
to different visions,
I was already dependent upon her.
Whenever we were fortunate
to appear within each other's prisms,
studying and imploring our emissaries
beyond the stations
of our permanence,
I had no words to offer.

Mesmerized, she can only regret
and conform to the consequences
of an inebriate's rage
while I recede from her
a listless river
who would be glad
to cleanse and touch

the scar the third mutant-flower

made as it now burns and flourishes

in her arms.

I would go ahead and do this

without hint or indication

you would accept me,

    Dear Emily.

狄金森、俾斯麦及走鹃的质询

我未曾想过

这只是表示喜爱的举动

它促使我写就

并寄出了这些信件。

当然我每封信都倾注了

同样的热情一如

我们共同乘坐一叶独木舟

就在曼尼托巴的阿加西湖上，

划向月光中的迷雾

当时我们尚未分离。

在离别的时刻飞来了

翠鸟,胸口脖子蓝白相间

就像湖水和雾色。
可是这形象也意味着
永冻和干旱：
这两种气候
我都无法生存。

有必要让你的幽灵
成为秘密：你裸露的双肩，
起皱的上衣，还有你演奏的
优雅小提琴声
这些都是为了
赞美说着阿尔冈昆语的
美丽女神。

仿佛毛毛虫的毒液
阻止了捕食者，
我沉溺于那些食物
它们能庇护我，
隐藏我。
我浑身不自在
身处沙漠的冻土层，
猎捕麋鹿获取肉体和皮毛，

追踪走鹃以得到羽毛。

可是我们的语言几乎相同!
我们的创世故事从一堆
未消化的骨头里跳出来,
俯瞰着庞大的冰川。
这一幕我们本该
在受困于冰川前就看见。
在未抵达密苏里河前
就知道去向何处。

我的记忆自地底下开启
那里有星辰的后裔教我
将热炭放在前臂。
"来世,瘢痕组织
会发出萤火虫之光,
让人加快重生的
进程。这亮光会指引人
走出黑暗。"

我收到你信的那一天,
意外地跌下了
轮船的扶梯失去意识,

时机恰好因为
本来就没道理
干这活(我之前正在
船上望)让一个男人努力
把石头推上山,
可石头自然会滚落下去。
我发现自己在低语
"何必把神话政治化"
当时我刚苏醒。
慢慢地,像血一样
词语开始从我的
伤口渗出来:老鹰的羽毛
1-2-3＆4就在烟斗石上。

此时我是守夜人看着
船只剪影慢慢消散
在山脊的水平线上。
我不断看到我们的信件
自动按时间排列,
只为了让自己闪耀起来,
烟雾变得光芒四射
可是静止的岛状云,
层叠地悬挂在

圣海伦山,胡德山
还有夏士达山顶:天启的
姐妹们正等待着
约瑟的信号。
他们对我说了你的不满
因为在我的社会中交通信号
让甘于无足轻重
的哲学**黯然失色**。

这就如同
生活在德克萨斯一座桥下
就在格兰德河畔。
请接收盲眼
无色火蜥蜴的建议
它将往昔视为一种习惯。
"困惑可以预见,
尤其当这样的旅程
即将来临。"

我希望你一直保有当年
那污损的相片上我初见你时的模样,
它就放在一个椭圆木头相框里
厚厚的凸面玻璃,

扣在凹面上
你该是那个样子
从雨中回来,
像天鹅摆脱了风湿病。

突然觉得很难
将你的脸勾勒和描绘得
生动清晰,
最初的反应就是想改变
你的年龄。
不经思索,夏加尔①的明亮色彩
取代了我的意图。
当**旋风**如星座般
返回,
我们请求获得文化清偿,
可是当回复像苍鹭
随着家乡山脊的
上升气流飞掠而过,
我们再次请求。
它总是不合时宜。
我们感到幻灭,

---

① 俄罗斯画家。

我们的请求不再受
疾病、灾祸和直接嫌恶的影响。
也许我们自己这么觉得。

蔑视必然预先决定了
我们的命运。
我的尝试变得徒劳
无法复原分裂的两半
来支持自己。
所有的时间和巨大的损耗。
阳性的月亮,阴性的太阳。

早在她开始绽放
成有破坏和治愈能力的
花朵之前她,甚至在此之间
她涉险让自己和不同的
幻影订婚,
我早已依赖她。
每当我们有幸
彼此出现在对方的生命中,
研究和探索我们的使命
它超越了
我们恒久不变的存在,

我竟无言以对。

被施了魔法,她唯有后悔
和顺从一个酒鬼
发飙后的后果
而我回退着离开她
一条倦怠的河流
她会乐意
清洗和触碰
那伤疤那第三朵变异的花
此时烙印和盛开在
她的手臂。

我会着手做此事
无需暗示或指示
你会接受我。

      亲爱的埃米莉。

The Significance of a Water Animal

Since then I was
the North.
Since then I was
the Northwind.

Since then I was nobody.
Since then I was alone.

The color of my black eyes
inside the color of King-
fisher's hunting eye
weakens me, but sunlight
glancing off the rocks
and vegetation strengthens me.
As my hands and fingertips
extend and meet,
they frame the serene
beauty of bubbles and grain—
once a summer rainpool.

A certain voice of *Reassurance*
tells me a story of a water animal
diving to make land available.
Next, from the Creator's
own heart and flesh
O ki ma[①] was made:

---

① O Ki Ma 可能是"唯一"、"独特"(Okima: unique)的意思。(译者)

the progeny of divine

leaders. And then

from the Red Earth

came the rest of us.

"To believe otherwise,"
as my grandmother tells me,
"or to simply be ignorant,
Belief and what we were given
to take care of,
is on the verge
of ending …"

水生动物的意义

自那时起我就是
北方。
自那时起我就是
北风。
自那时起我就是无名者。
自那时起我独自一人。

我黑色双眼的颜色

就在翠鸟捕猎之眸
的深处
它让我虚弱,可是阳光
掠过岩石
而植物让我有力。
当我的双手和指尖
伸展并相碰,
它们架构了宁静的
泡沫和谷粒之美——
那曾经是夏日雨水塘。

那安抚人的声音
给我讲述了一个水生动物的故事
它潜在水中想由此上岸。
接着,自造物主的
心脏和肉体
产生了 *O ki ma*:
神圣领袖的
后裔。此后
自红土地
产生了余下的我们所有人。

"要相信其他,"

我祖母这样告诉我,
"或者干脆无知,
信念和交付给我们
珍存的东西,
正濒临着
终结……"

Four Hinterland Abstractions

1.

today a truck

carrying a tomahawk

missile reported tipped

over on the interstate

    somewhere

labeled an "unarmed warhead"

its fabulous smoke had to be

placated with priest-like

words being murmured by

    yucca-wielding

authorities & while covering

the dormant but cross entity

with tarps that had paintings

of blue mountaintop lakes

    they affirmed
their presence with nudges
& reminders this valley
was sculpted by the once-lovely
wings of a vulture & here

    is where
you will quietly attend to
the disorder we heard plainly
over the traffic's ubiquitous
din & before a smoldering

    star's song

2

from one winter night
an inquisitive firefly has directed
itself toward my three children
& through its testament

    of cold light
floral patterns appear over
their snowy tracks replacing
shadows with light that's detailed
& compelling us to place ourselves

    beside the weeping

willow grandfather to ask him

please behold the witness

    witness

3.

previously as a winsome

ghost that's awash in green

& yellow pulsating colors

it taunted the blue heeler

    named

simon simoneese' who lunged

thereafter fish-like into the night

arcing its scaled torso in order

to bite the protoplasmic wings

    so make note

of this psychically-attuned

defender i scratched on

the frosted car window

without looking around

4.

on a hot windy afternoon in

downtown why cheer he walked

across the street from where

the dime store used to be

  pointing

to a remnant column he said

ke me kwe ne ta ayo a be i yo e te ki?

do you recall what used to be here?

having just arrived from

  overseas

& wearing boots covered

with ochre grains of distant

battlefields he reached down

& crushed several into small

  Clouds

that sped over the sidewalk

as i nodded yes

四幅内地抽象画

1.

今天一辆卡车

载着报道中所述的

战斧式导弹

翻倒在州际公路的

  某处

标示写着"空装弹头"
它那惊人的烟雾非得用
牧师般的话语来消除
那喁喁细语
　　　出自编织丝兰的
高手＆同时覆盖住那静止却乖戾的东西
用防水布那上面还画着
蓝色的山顶湖泊
　　　它们用催促＆提醒
肯定了自己的存在
这片山谷
被曾经可爱的秃鹰
塑造＆此地
　　　就是
你将安静地关注的所在
我们清楚地听到了骚乱
到处都是交通的
嘈杂＆在阴郁的
　　　星辰歌曲之前

2
自某个冬日夜晚
一只好奇的萤火虫把自己

引向我的三个孩子
&凭借它确实的
　　　冷光
花纹图案出现在
它们雪白的轨迹上
清晰的光线取代了阴影
&促使我们来到了
　　　依依垂柳旁
央求柳树爷爷
请看好证据
　　　证据

3.
曾经像一个迷人的
幽灵浑身绿色
&黄色的跳跃色彩
它奚落着蓝色牧羊犬
　　　后者名为
西蒙·西蒙尼斯它便
像鱼一般跳入了夜色
弓起长鳞片的躯体就为了
咬住原生质的双鳍
　　　请留意

这个精神健全和谐的
守卫者我刮擦着
霜冻的车窗玻璃
不朝四下望

4.
在一个炎热起风的下午
市中心为何有欢呼他走过
街道附近的
折扣商店曾经
  对着
一根残留的圆柱他说
ke me kwe ne ta ayo a be i yo e te ki?
你能记得这里曾经是什么?
他刚从海外
  归来
& 穿着靴子上面覆盖着
他摘下的远处
战场的赭色谷物
& 有一些被碾压成小小的
  云朵
在人行道上迅速蔓延

此时我点头称是

(选自 Ray Young Bear, *Manifestation Wolverine*: *The Collected Poetry of Ray Young Bear*. New York: Open Road Integrated Media, Inc., 2015)

乔伊·哈乔

Call It Fear

There isthis edge where shadows
and bones of some of us walkbackwards.
Talk backwards. There is this edge
call it an ocean of fear of the dark. Or
name it with other songs. Under our ribs
our hearts are bloody stars. Shine on
shine on, and horses in their galloping flight
strike the curve of ribs.

       Heartbeat
and breathe back sharply. Breathe
         backwards.
There is this edge within me
     I saw it once
an August Sunday morning when the heart hadn't
left this earth. And Goodluck
sat sleeping next to me in the truck.
We had never broken through the edge of the
singing at four a.m.

We had only wanted to talk, to hear
any other voice to stay alive with.
    And there was this edge—
not the drop of sandy rock cliff
bones of volcanic earth into
        Albuquerque.
Not that,
    but a string of shadow horses kicking
and pulling me out of my belly,
    not into theRio Grande but into the music
barely coming through
        Sunday church singing
From the radio. Battery worn-down but the voices
talking backwards.

称它为恐惧

在这个边缘我们一些人的影子
和骨头倒着后行走。
倒着诉说。这个边缘
可称其为黑色的恐惧之海。或
用其他歌曲命名。在我们肋骨之后
心脏是鲜血之星。闪烁着
闪烁着,马儿们飞奔着

冲击肋骨的曲线。
　　　　　　心跳
剧烈地倒吸气。呼吸
　　　　　　往回抽气。
这是我心里的边缘
　　　　　　我曾见过它一次
那是八月周日的上午当心灵尚未
离开土地。好运
坐在我身旁在卡车里睡着了。
我们还从未在凌晨四点穿越过
歌唱的边缘。
　　　　　我们只是想说话,想聆听
充溢在四周的其他声音。
　　　　这个边缘——
不是沙质悬崖石的坠落
不是火山土的灰烬跌入
　　　　　阿尔伯克基
不是的,
　而是一串影子马儿踢着
将我拉出了我的肚子,
　不是进入格兰德河而是进入音乐
它很少从
　周日的教堂歌声

经由电台传出。电池耗尽但那些声音
在往回叙说。

She had some horses.

She had horses who were bodies of sand.
She had horses who were maps drawn of blood.
She had horses who were skins of ocean water.
She had horses who were the blue air of sky.
She had horses who were fur and teeth.
She had horses who were clay and would break.
She had horses who were splintered red cliff.

She had some horses.

She had horses with eyes of trains.
She had horses with full, brown thighs.
She had horses who laughed too much.
She had horses who threw rocks at glass houses.
She had horses who licked razor blades.

She had some horses.

She had horses who danced in their mothers' arms.

She had horses who thought they were the sun and their bodies shone and burned like stars.
She had horses who waltzed nightly on the moon.
She had horses who were much too shy, and kept quiet in stalls of their own making.

She had some horses.

She had horses who liked Creek Stomp Dance songs.
She had horses who cried in their beer.
She had horses who spit at male queens who made them afraid of themselves.
She had horses who said they weren't afraid.
She had horses who lied.
She had horses who told the truth, who were stripped bare of their tongues.

She had some horses.

She had horses who called themselves, "horse".
She had horses who called themselves, "spirit", and kept their voices secret and to themselves.
She had horses who had no names.

She had horses who had books of names.

She had some horses.

She had horses who whispered in the dark, who were afraid to speak.
She had horses who screamed out of fear of the silence, who
carried knives to protect themselves from ghosts.
She had horses who waited for destruction.
She had horses who waited for resurrection.

She had some horses.

She had horses who got down on their knees for any saviour.
She had horses who thought their high price had saved them.
She had horses who tried to save her, who climbed in her
bed at night and prayed as they raped her.

She had some horses.

She had some horses she loved.
She had some horses she hated.

These were the same horses.

她有几匹马儿

她的马儿是沙堆的身体。
她的马儿是鲜血画成的地图。
她的马儿是海水的皮肤。
她的马儿是天上蔚蓝的空气。
她的马儿是皮毛和牙齿。
她的马儿是会破碎的黏土。
她的马儿是劈裂的红色绝壁。

她有几匹马儿。

她的马儿有火车的双眼。
她的马儿有丰满棕色的腿。
她的马儿笑得太多。
她的马儿会把石头砸向玻璃屋子。
她的马儿会舔着刀锋。

她有几匹马儿。

她的马儿会在母亲的怀抱中舞蹈。
她的马儿觉得自己就是太阳它们的
身体闪亮像星星般燃烧。

她的马儿夜晚会在月亮上跳华尔兹。
她的马儿十分羞怯,静静地呆在
自己筑成的马厩里。

她有几匹马儿

她的马儿喜欢溪边踢踏舞的歌曲。
她的马儿为自己的琐事哭泣。
她的马儿朝异装男人吐沫子这些人
让马儿对自己产生了恐惧。
她的马儿说他们不会害怕。
她的马儿会撒谎。
她的马儿说了真话,他们被割掉了
舌头。

她有几匹马儿。

她的马儿管自己叫"马儿"。
她的马儿管自己叫"精灵",并压住
声音不让别人听见。
她的马儿没有名字。
她的马儿有关于姓名的图书。

她有几匹马儿。

她的马儿在黑暗中低语,不敢出声
她的马儿害怕寂静而尖叫,他们
带着刀以防鬼魂的攻击。
她的马儿等待毁灭。
她的马儿等待着重生。

她有几匹马儿。

她的马儿朝任何救世主跪倒在地。
她的马儿以为是高身价救了自己。
她的马儿试图救她,他们在夜晚
爬上她的床一边祷告一边强奸了她。

她有几匹马儿。

她的马儿是她之所爱。
她的马儿是她之所恨。

他们都是同样的马儿。

The Woman Hanging From The Thirteenth Floor Window

She is the woman hanging from the 13th floor window.
Her hands are pressed white against the
concrete moulding of the tenement building. She hangs from the

    13th floor window in east Chicago,
with a swirl of birds over her head. They could
be a halo, or a storm of glass waiting to crush her. She thinks she
    will be set free.

The woman hanging from the 13th floor window
on the east side of Chicago is not alone.
She is a woman of children, of the baby, Carlos,
and of Margaret, and of Jimmy who is the oldest.
She is her mother's daughter and her father's son.
She is several pieces between the two husbands
she has had. She is all the women of the apartment
building who stand watching her, watching themselves.

When she was young she ate wild rice on scraped down
plates in warm wood rooms. It was in the farther
north and she was the baby then. They rocked her.

She sees Lake Michigan lapping at the shores of
herself. It is a dizzy hole of water and the rich
live in tall glass houses at the edge of it. In some
places Lake Michigan speaks softly, here, it just sputters
and butts itself against the asphalt. She sees
other buildings just like hers. She sees other
women hanging from many-floored windows
counting their lives in the palms of their hands
and in the palms of their children's hands.

She is the woman hanging from the 13th floor window
on the Indian side of town. Her belly is soft from
her children's births, her worn levis swing down below
her waist, and then her feet, and then her heart.
She is dangling.

The woman hanging from the 13th floor hears voices.
They come to her in the night when the lights have gone
dim. Sometimes they are little cats mewing and scratching
at the door, sometimes they are her grandmother's voice,
and sometimes they are gigantic men of light whispering
to her to get up, to get up, to get up. That's when she wants
to have another child to hold onto in the night, to be able

to fall back into dreams.

And the woman hanging from the 13th floor window
hears other voices. Some of them scream out from below
for her to jump, they would push her over. Others cry softly
from the sidewalks, pull their children up like flowers and gather
them into their arms. They would help her, like themselves.

But she is the woman hanging from the 13th floor window,
and she knows she is hanging by her own fingers, her
own skin, her own thread of indecision.

She thinks of Carlos, of Margaret, of Jimmy.
She thinks of her father, and of her mother.
She thinks of all the women she has been, of all
the men. She thinks of the color of her skin, and
of Chicago streets, and of waterfalls and pines.
She thinks of moonlight nights, and of cool spring storms.
Her mind chatters like neon and northside bars. She thinks of the 4
    a. m. lonelinesses that have folded
her up like death, discordant, without logical and
beautiful conclusion. Her teeth break off at the edges.
She would speak.

The woman hangs from the 13th floor window crying for
the lost beauty of her own life. She sees the
sun falling west over the grey plane ofChicago.
She thinks she remembers listening to her own life
break loose, as she falls from the 13th floor
window on theeast side of Chicago, or as she
climbs back up to claim herself again.

悬挂在十三楼窗口的女人

她是那个悬挂着的女人在十三楼
窗口。她的双手发白紧紧抓住
住宅楼水泥边缘。她
悬挂在芝加哥东区的十三楼窗口
头上有鸟儿盘旋。它们成了
一道光环,或是即将碾碎她的玻璃风暴。
她觉得自己会得到解脱。

那悬挂在十三楼窗口的女人
并非独自生活在芝加哥东区。
她是有孩子的女人,有婴儿,卡洛斯,
还有玛格丽特,吉米是最大的孩子。
她是她母亲的女儿是她父亲的儿子。

她两位丈夫之间她所曾有的
那几块肉。她是公寓楼的所有女人
她们站着看她,看她们自己。

她年轻时胡乱地吃着残羹冷炙
在温暖的木屋里。那是在更远的
北方那时她还是婴儿。他们摇着她。

她看见密歇根湖拍打着岸边
她自己的水岸。那是眩晕的水洞而
富人们住在水边高高的玻璃房里。在
有些地方密歇根湖水声温柔,可它在
这里却飞溅猛撞向沥青路。她看见
其他房屋就像她自己。她看见其他
女人正悬挂在高层的窗口
用她们的手掌计算着生命
也用她们孩子的手掌。

她是悬挂在十三楼窗口的女人
就在城市的印第安区。她的腹部柔软
因为生育了孩子,她破旧的牛仔裤
落到了腰下,落到脚上,落到心里。
她悬在那里。

悬挂在十三楼的女人听到了声音。
夜里灯光黯淡时他们来到她身旁
有时是小猫喵喵叫着刮擦着
大门,有时候是祖母的声音,
有时候是巨型的点着火的男人低声
喊她起来,起来,起来。那时她想有
另一个孩子能够在夜里依靠,能让她
坠入梦乡。

悬挂在十三楼窗口的女人
听到其他声音。有些是底下的高喊
让她跳下去,他们会把她推下去。有人
在路边低声哭着,把孩子花一般地
拔起,拉入臂弯。他们会帮她,就像他们自己。

可她是悬挂在十三楼窗口的女人,
她知道自己靠手指悬挂着,靠
自己的肌肤,自己那一丝优柔寡断。

她想到卡洛斯、玛格丽特、吉米。
她想到父亲和母亲。
她想到自己曾是所有女人,所有的

男人。她想到自己的肤色,还有
芝加哥的街道,瀑布和松树。
她想到月夜,冰凉的春天的暴风雨。
她的思绪像霓虹和北面酒吧的嘈杂。
她想到凌晨四点的孤独包围着自己
就像死亡,毫无和谐,缺乏逻辑和
美好的结局。她的牙齿从边缘断裂。
她要说话。

悬挂在十三楼窗口的女人叫哭喊着
为了生命中逝去的美丽。她看见
夕阳西沉在芝加哥铅灰色的地平线。
她想起要记得聆听自己生命
挣脱的声音,当她从十三楼坠下
在芝加哥东区的窗口,或是当她
爬回去重获自我。

(选自 Joy Harjo:*She Had Some Horses*, New York : Thunder's Mouth Press, 1983)

Perhaps the World Ends Here

The world begins at a kitchen table. No matter what,

we must eat to live.

The gifts of earth are brought and prepared, set on the
table so it has been since creation, and it will go on.
We chase chickens or dogs away from it. Babies teethe
at the corners. They scrape their knees under it.
It is here that children are given instructions on what
it means to be human. We make men at it,
we make women.
At this table we gossip, recall enemies and the ghosts of lovers.
Our dreams drink coffee with us as they put their arms
around our children. They laugh with us at our poor
falling-down selves and as we put ourselves back
together once again at the table.
This table has been a house in the rain, an umbrella in the sun.
Wars have begun and ended at this table. It is a place
to hide in the shadow of terror. A place to celebrate
the terrible victory.
We have given birth on this table, and have prepared
our parents for burial here.
At this table we sing with joy, with sorrow.
We pray of suffering and remorse.
We give thanks.
Perhaps the world will end at the kitchen table,

while we are laughing and crying,
eating of the last sweet bite.

也许世界在此终止

世界在一张厨房桌子上开始。无论如何,
我们必须饮食方能活下去。
大地的礼物备好被送来,放在
桌上自创世已然如此,并且会继续如此。
我们离开它去追逐鸡或狗。婴儿长牙

自角落开始。他们在桌下刮擦着膝盖。
孩子们在此接受教育明白什么
是为人之道。我们在桌旁养育男人,
也养育女人。
我们在桌旁闲聊,回想着敌人和爱人的魂灵。
我们的梦陪着我们喝咖啡一边用手臂
搂着我们的孩子。他们和我们一起笑着
看自己摔倒在地,当我们爬起来时
他们和我们一同再次回到桌旁。
这桌子一直是雨中的房子,是烈日下的
一把伞。
战争在这桌子旁开始并结束。这里是
藏起恐惧阴影的地方。是庆祝可怕的

胜利之地。

我们在这张桌子上生育,曾经在此准备将父母埋葬。

在桌旁我们欢唱,哀歌。

我们因痛苦和悔恨而祈祷。

我们感恩。

也许世界会在厨房桌子旁终止,

当我们正在欢笑和哭泣,

正吞下最后一口美食。

(选自:*Reinventing the Enemy's Language*. Edited by Joy Harjo and Gloria Bird. New York:Norton,1997)

Promise of Blue Horses

A blue horse turns into a streak of lightning,

then the sun—

relating the difference between sadness

and the need to praise

that which makes us joyful, I can't calculate

how the earth tips hungrily

toward the sun - then soaks up rain—or the density

of this unbearable need

to be next to you. It's a palpable thing—this earth

philosophy

and familiar in the dark

like your skin under my hand. We are a small earth. It's no

simple thing. Eventually

we will be dust together; can be used to make a house, to stopa

flood or grow food

for those who will never remember who we were, or know

that we loved fiercely.

Laughter and sadness eventually become the same song turning us

toward the nearest star—

a star constructed of eternity and elements of dust barely visible

in the twilight as you travel

east. I run with the blue horses of electricity who

surroundthe heart

and imagine a promise made when no promise was possible.

蓝马的承诺

蓝马变成了一道闪电，

接着太阳——

连接了相异之处在忧伤

和赞美的必要之间

后者让我们快乐，我无法计算

大地如何饥渴地

倾向太阳,吸收雨水,无法测量强度

这无法承受的渴望

渴望靠近你。这显而易见,这大地的

哲学

在黑暗中熟知一切

就像我手下你的皮肤。我们是小块泥土。这并非简单之事。最终

我们一起变成尘土;成为建造房子的材料,能抵挡洪水或种植粮食

为那些忘记我们是谁的人们,或明白

我们爱得热烈。

笑和忧伤最终变成同样的

歌曲让我们

朝着最近的星辰——

一颗永恒之星它由尘土构成几乎

无形

曦光之中而你在行进

向东。我骑着闪电的蓝马,马儿围绕着

心脏

想象着许下的承诺在无法承诺的时刻。

Eagle Poem

To pray you open your whole self

To sky, to earth, to sun, to moon
To one whole voice that is you.
And know there is more
That you can't see, can't hear
Can't know except in moments
Steadily growing, and in languages
That aren't always sound but other
Circles of motion.
Like eagle that Sunday morning
Over Salt River. Circles in blue sky
In wind, swept our hearts clean
With sacred wings.
We see you, see ourselves and know
That we must take the utmost care
And kindness in all things.
Breathe in, knowing we are made of
All this, and breathe, knowing
We are truly blessed because we
Were born, and die soon, within a
True circle of motion,
Like eagle rounding out the morning
Inside us.
We pray that it will be done

In beauty.

In beauty.

鹰之歌

在祈祷中你彻底敞开了自我
向着天空、大地、太阳、月亮
向着你全部的声音。
你明白有许多事物
你无法洞察,无法倾听
无法了解除非在某些时刻
稳稳地成长,在某些语言中
它们并非总是有声的而是不同的
循环运动。
就像老鹰在星期天的早晨
飞过盐河。在蓝天中盘旋
在风中,轻盈地掠过我们的心灵
拍击着神圣的翅膀。
我们看到你,看到自己并知道
我们必须万事小心翼翼
对一切仁慈善良。
呼吸着,我们明白自己是由
这一切所塑造,呼吸着,知道
我们真地被赐福因为我们

曾经出生,很快逝去,就在
一次真正的运动循环中,
就像清晨的老鹰盘旋于
我们内心。
我们祈祷这一切都完成于
美好之中。
美好之中。

Equinox

I must keep from breaking into the story by force
for if I do I will find myself with a war club in my hand
and the smoke of grief staggering toward the sun,
your nation dead beside you.

I keep walking away though it has been an eternity
and from each drop of blood
springs up sons and daughters, trees,
a mountain of sorrows, of songs.

I tell you this from the dusk of a small city in the north
not far from the birthplace of cars and industry.
Geese are returning to mate and crocuses have broken through the
    frozen earth.

Soon they will come for me and I will make my stand

before the jury of destiny. Yes, I will answer in the clatter

of the new world, I have broken my addiction to warand desire.

Yes, I will reply, I have buried thedead

and made songs of the blood, the marrow.

昼夜平分点

我必须忍着不强行打断这故事
一旦如此我会发现自己手里拿着大棍
而忧伤的烟雾会冲向太阳,
你的民族就灭亡在你的身旁。

我不断走开尽管这已是永恒
从每一滴鲜血
涌出儿女,树木,
忧伤的山脉,和歌曲。

我对你诉说,自北方小城的黄昏
就在汽车和工业的诞生地不远处
大雁归来交配,番红花早已
破冻土而出。
他们很快会来找我,我会坚持立场

面对命运的裁决。是的,我会作答
在新世界的喧嚣中,我破除了对战争和欲望
的癖好。是的,我会回答,我埋葬了死者

并谱写了热血和骨气之歌。

Remember

Remember the sky that you were born under,
know each of the star's stories.
Remember the moon, know who she is. I met her
in a bar once inIowa City.
Remember the sun's birth at dawn, that is the
strongest point of time. Remember sundown
and the giving away to night.
Remember your birth, how your mother struggled
to give you form and breath. You are evidence of
her life, and her mother's, and hers.
Remember your father. He is your life also.
Remember the earth whose skin you are:
red earth, black earth, yellow earth, white earth
brown earth, we are earth.
Remember the plants, trees, animal life who all have their
tribes, their families, their histories, too. Talk to them,

listen to them. They are alive poems.
Remember the wind. Remember her voice. She knows the
origin of this universe. I heard her singing Kiowa war
dance songs at the corner of Fourth and Central once.
Remember that you are all people and that all people are you.
Remember that you are this universe and that
this universe is you.
Remember that all is in motion, is growing, is you.
Remember that language comes from this.
Remember the dance that language is, that life is.
Remember.

记　住

记住你诞生于那片天空下,
知道每个星辰的故事。
记住月亮,知道她是谁。我曾遇见她
在爱荷华城的一间酒吧。
记住拂晓的日出,那是
最有生命力的时刻。要记住日落
此后就是黑夜。
记住你的诞生,你的母亲如何竭力
赋予你身体和呼吸。你验证了
她的生命,以及她母亲的,她自己的。

要记住你的父亲,她也是你的生命。

记住大地是你的肌肤:

红土、黑土、黄土、白土

棕色土,我们就是土地。

记住植物、树木,动物们都有它们的

族群,家庭,历史。和它们对话,

倾听它们。它们就是鲜活的诗歌。

记住风,要记住她的声音,她知道

宇宙的起源。我听她歌唱基奥瓦战争的

舞蹈歌曲,曾经在第四中央角落。

记住你就是人民而人民就是你。

记住你是宇宙而宇宙就是你。

记住一切都在运动,在成长,都是你。

记住各种语言从此而生。

记住舞蹈就是语言,就是生命。

记住。

This Is My Heart

This is my heart. It is a good heart.

Bones and a membrane of mist and fire

are the woven cover.

When we make love in the flower world

my heart is close enough to sing

to yours in a language that has no use

for clumsy human words.

My head, is a good head, but it is a hard head

and it whirrs inside with a swarm of worries.

What is the source of this singing, it asks

and if there is a source why can't I see it

right here, right now

as real as these hands hammering

the world together

with nails and sinew?

This is my soul. It is a good soul.

It tells me, "Come here forgetful one."

And we sit together with lilt of small winds

who rattle the scrub oak.

We cook a little something to eat, then a sip of something

sweet, for memory.

This is my song. It is a good song.

It walked forever the border of fire and water

Climbed ribs of desire to my lips to sing to you.

Its new wings quiver with vulnerability.

Come lie next to me, says my heart.

Put your head here.

It is a good thing, says my soul.

这是我的心

这是我的心,是颗善良的心。
骨头和一层雾与火的隔膜
交织成了外壳。
当我们在花的世界中做爱
我的心紧靠你歌唱着
歌词的语言超越了
笨拙的人类词汇。
我的头脑,是健智的头脑,却很顽固
里面充斥着大量的烦忧。
这歌声源于何处,它询问着
如果有来源的话为何我看不到
在此地,此时
就像双手般真切地锻造着
世界,并同时运用了
指甲和肌腱呢?
这是我的灵魂,是善良的灵魂。
它告诉我,"来这里你这健忘的人。"
于是我们一起坐下随着轻风摇摆
风儿让矮栎树沙沙作响。
我们烧了些东西吃,又喝点些
甜的,留作回忆。

这是我的歌,是一首好听的歌。

它始终在火和水的边界游走

攀上欲望的肋骨抵达我的嘴唇为你唱歌。

它全新的翅膀柔弱地颤动。

过来躺在我旁边,我的心这样说。

把头靠在这里。

这样做很不错,我的灵魂说。

(选自 Joy Harjo: *How We Became Human*: *New and Selected Poems*, *1975—2001*, New York: Norton, 2002)

Sunrise

Sunrise, as you enter the houses of everyone
  here, find us.
We've been crashing for days, or has it been years.
Find us, beneath the shadow of this yearning
  mountain, crying here.
We have been sick with sour longings, and the
  jangling of fears.
Our spirits rise up in the dark, because they hear,
Doves in cottonwoods calling forth the sun.
We struggled with a monster and lost.

Our bodies were tossed in the pile of kill. We
    rotted there.
We were ashamed and we told ourselves for a thousand years,
We didn't deserve anything but this—
And one day, in relentless eternity, our spirits
    discerned movement of prayers
Carried toward the sun.
And this morning we are able to stand with all the rest
And welcome you here.
We move with the lightness of being, and we will go
Where there's a place for us.

日　出

日出,当你进入这里每个人的屋子,
    发现了我们。
我们已崩溃了好几日,或者好几年了。
发现我们,在这思念山脉的阴影底下,
    正在哭泣。
我们因过度的渴望而憔悴,充满了恐惧。
我们的灵魂在黑暗中升起,因为他们听到了,
三叶杨林中的鸽子唤来了太阳。
我们曾和怪物搏斗并输了。
我们的尸体被扔到了死人堆里。我们在那里腐烂。

我们很羞愧上千年来一直告诉自己,
我们就是不甘心如此——
有一天,在残酷的永恒中,我们的灵魂
发现了祈祷者正被
送往太阳那里。
于是今天早晨我们能够和其他人
  站在一起
在此欢迎你。
我们移动着轻盈的身体,我们将前往
属于自己的地方。

(选自 Joy Harjo: *Conflict Resolution for Holy Beings*, New York: Norton, 2015)

路易斯·厄德里克

Jacklight

We have come to the edge of the woods,

out of brown grass where we slept, unseen,

out of knotted twigs, out of leaves creaked shut,

out of hiding.

At first the light wavered, glancing over us.

Then it clenched to a fist of light that pointed,

searched out, divided us.

Each took the beams like direct blows the heart answers.

Each of us moved forward alone.

We have come to the edge of the woods,

drawn out of ourselves by this night sun,

this battery of polarized acids,

that outshines the moon.

We smell them behind it

but they are faceless, invisible.

We smell the raw steel of their gun barrels,

mink oil on leather, their tongues of sour barley.

We smell their mothers buried chin deep in wet dirt.

We smell their fathers with scoured knuckles,

teeth cracked from hot marrow.

We smell their sisters of crushed dogwood,

bruised apples,

of fractured cups and concussions of burnt hooks.

We smell their breath steaming lightly behind the jacklight.

We smell the itch underneath the caked guts on their clothes.

We smell their minds like silver hammers

cocked back, held in readiness

for the first of us to step into the open.

We have come to the edge of the woods,

out of brown grass where we slept, unseen,

out of leaves creaked shut, out of our hiding.

We have come here too long.

It is their turn now,

their turn to follow us. Listen,

they put down their equipment.

It is useless in the tall brush.

And now they take the first steps, not knowing

how deep the woods are and lightless. How deep the woods are.

照明灯

我们来到树林边缘,

走出我们睡躺的褐草丛,不被人看见,

走出多节的树枝和浓密**窘窄**的树叶,

走出隐藏之地。

最初灯光摇动,掠过我们。

而后它汇聚成一束光打探着,

搜寻着,将我们分开。

每个被照到的就像心脏遭受重击。

我们每一个都独自向前移。

我们来到了树林边缘,

被夜晚的太阳拉长,

这极性酸的电池,

照明比月光更亮。

我们闻到了躲在树后的他们

可他们没露面,看不见。

我们闻到了他们枪筒的生铁味,
皮毛上的貂油,舌间的酸大麦味。
闻到他们的母亲把下巴深埋在湿土中。
闻到他们的父亲那反复擦洗的指节。
因为热切冲动牙齿咯吱作响。
我们闻到他们的姐妹带着碾碎的
山茱萸,压伤的苹果味,
开裂的杯子和滚烫钩子的震荡。

我们闻到他们的呼吸在照明灯后冒着轻烟
我们闻到他们衣服上结块的内脏下面的疮疥。
闻到他们的心思如银锤子般
被高举起来,准备着
看我们当中谁首先现身。

我们来到树林边缘,
走出我们睡躺的褐草丛,不被人看见,
走出浓密**窸窣**的树叶,走出隐藏之地。
我们来到此地太久了。

现在轮到他们,
轮到他们来追踪我们。听着,
他们放下了装备。

在高高的灌木丛里装备无用。

此刻他们迈开了步子,不知道

树林有多深又有多幽暗。

树林有多么的深。

The Butcher's Wife

1

Once, my braids swung heavy as ropes.

Men feared them like the gallows.

Night fell

When I combed them out.

No one could see me in the dark.

Then I stood still

Too long and the braids took root.

I wept, so helpless.

The braids tapped deep and flourished.

A man came by with an ox on his shoulders.

He yoked it to my apron

And pulled me from the ground.

From that time on I wound the braids around my head

So that my arms would be free to tend him.

2

He could lift a grown man by the belt with his teeth.
In a contest, he'd press a whole hog, a side of beef.
He loved his highballs, his herring, and the attentions of women.
He died pounding his chest with no last word for anyone
The gin vessels in his face broke and darkened. I traced
Them

Far from that room intoBremen on the Sea.
The narrow streets twisted down to the piers.
And far off, in the black, rocking water, the lights of
Trawlers
Beckoned, like the heart's uncertain signals,
Faint, and final.

屠夫之妻

1

曾经,我的发辫摆动起来如绳索般沉重。
男人怕它们像绞架。
夜幕降临
我将它们梳展开。

没有人能在黑暗中看到我。

于是我静静地站着
站得太久发辫生了根。
我哭了,如此无助。
那发辫垂得幽深而浓密。

一个肩上扛着牛的男人经过。
他把牛拴在我的围裙
将我拉出了大地。
从此我将发辫盘在头上
这样我的双臂就能自由地伺候他。

2

他能用牙齿咬住带子拎起一个成年男人。
比赛中,他摁住整头猪,掀倒一头牛。
他喜欢高杯酒、青鱼,还有女人的
注意。
他死时捶打着胸膛没对人留下任何话
他脸上充满酒精的血管爆裂变黑。我追寻
它们

远离那屋子进入了海边的不莱梅。

狭隘的街道蜿蜒着通往码头。

在远方,在幽黑、摇晃的水中,

拖捞船的灯光

召唤着,仿佛内心闪烁的信号,

微弱,而决绝。

Stone Sprits

On a great gray sweep of boulder, high aboveObabikon channel, a rock painting gives instructions to the spirit on how to travel from this life into the next life. Such a journey takes four days and is filled with difficulties. For that reason, loved ones provide the spirit with food, spirit dishes, and encouragement in the form of prayers and songs. We climb to the painting with tobacco and leave handfuls by the first painting, a line with four straight, sweeping branches, and the second painting, which is of a *mikinaak*, or turtle.

石精灵

在一大片灰色巨石上,远远高于

奥巴比康海峡,一幅岩画指示

精灵如何从此生旅行进入

来生。这样的旅程长达四天充满了

艰辛。为此,爱人提供给

精灵食品,精神滋养,还有鼓励
以祈祷和歌唱的形式。我们爬上
岩画带着烟草在第一幅画处留下好几
把,把四根笔直、伸展的枝叶摆成直线,
第二幅画,画的是米齐纳克,也叫
乌龟。

Night Sky

Lunar eclipse, for Michael

I

Arcturus, the bear driver,

shines on the leash of hunting dogs.

Do you remember how the woman becomes a bear

because her husband has run in sadness

to the forest of stars?

She soaks the bear hide

until it softens to fit her body.

She ties the skinning boards over her heart.

She goes out, digs stumps,

smashes trees to test her power,

then breaks into a dead run

and hits the sky like a truck.

We are watching the moon
when this bear woman pulls herself
arm over arm into the tree of heaven.
We see her shadow clasp the one rusted fruit.
Her thick paw swings. The world dims.
We are alone here on earth
with the ragged breath of our children
coming and going in the old wool blankets.

II

Does she ever find him?
The sky is full of pits and snagged deadfalls.
She sleeps in shelters he's made of jackpine,
eats the little black bones
of birds he's roasted in cookfires.
She even sees him once
bending to drink from his own lips
in the river of starlight.

The truth is she cannot approach him
in the torn face and fur
stinking of shit and leather.

She is a real bear now,

licking bees from her paws, plunging

her snout in anthills,

rolling mad in the sour valleys

of skunk cabbage!

III

He knows she is there,

eyeing him steadily from the hornbeam

as she used to across the table.

He asks for strength

to leave his body at the river,

to leave it cradled in its sad arms

while he wanders in oiled muscles,

bear heft, shag, and acorn fat.

He goes to her, heading

for the open,

the breaking moon.

IV

Simple

to tear free

stripped and shining

to ride through crossed firs

夜 空

月蚀,致迈克尔

I

大角星,熊的驾驭者,
闪耀在猎狗的颈带上。
你还记得那女人怎样变成了熊
因为她的丈夫忧伤地奔跑着
进入了森林般浩瀚的星辰?

她浸透了熊皮
直到皮质变软能贴住她的身体。
她把油漆起皮的木板绑在胸口。
她走出去,挖起树桩,
打碎了树木以测试自己的力量,
而后她猛地奔跑起来
像卡车般撞向天空。

我们正望着月亮
这熊女伸出臂
一把一把将自己拖上天堂之树。

我们见她的影子钩住一只生锈的水果。
她厚厚的手掌摇摆着。世界黯淡了。
我们独自在地球的此处
身旁有孩子们不均匀的呼吸
在旧羊毛毯里吸纳呼出。

II
她找到他了吗？
天空满是坑坑洼洼。
她睡在其下的棚子是他用短叶松搭起，
吃着小块的黑骨头
那鸟骨头是他用炊火烤就。
有一次她甚至看见他
俯身用嘴唇汲水
从星光的河流中。

其实她无法靠近他
脸颊和皮毛都撕裂了
散发着粪便和皮革的臭味。
她此刻是一头真正的熊，
舔食着掌上的蜜蜂，将鼻子
探进蚁丘。

在酸腐的山谷里疯狂地打滚
就在臭菘地里!

III
他知道她在那里,
在角树上直直地凝望着他
如同往昔坐在桌对面看他。
他企求能有力量
在河里摆脱自己的身体,
摆脱它任它被忧伤的双臂抱住
而他则在浸了油的肌肉中游荡,
背负重量、粗毛,还有橡子油。
他走向她,朝着
那开阔的,
散碎的月亮。

IV
轻松地
挣脱了
剥去了闪烁着
飞驶过交错的杉木

Mother of God

And even now, as I am writing in my study, and a
I am looking at photographs I took of the [rock]
paintings, I am afflicted with a confusing nostalgia
It is a place that has gripped me. I feel a growing
love. Partly, it is that I know it through my baby an
through her namesake, but I also had ancestors who
lived here generations ago.

母亲神

即使是现在,当我在书房里写作,当我
看着我拍摄的照片上的(岩石)
画,我内心千头万绪是乡愁。
那地方捕获了我。我感到日益递增的
爱。可能,因为我通过自己的孩子以及
她相同的名字知道了它,可是我也有祖
先好几代前就住在这里。

A Love Medicine

for Lise

Still it is raining lightly
in Wahpeton. The pickup trucks

sizzle beneath the blue neon

bug traps of the dairy bar.

Theresa goes out in green halter and chains

that glitter at her throat.

This dragonfly, my sister,

she belongs more than I

to this night of rising water.

The Red River swells to take the bridge.

She laughs and leaves her man in his Dodge.

He shoves off to search her out.

He wears a long rut in the fog.

Andlater, at the crest of the flood,

when the pilings are jarred from their sockets

and pitchinto the current,

she steps against the fistwork of a man.

She goes down in wet grass

and his boot plants its grin among the arches of her face

Now she feels her way home in the dark.

The white-violet bulbs of the streetlamps

are seething with insects,

and the trees lean down aching and empty.

The river slaps at the dike works, insistent

I find her curled up in the roots of a cottonwood.

I find her stretched out in the park, where all nigh

the animals are turning in their cages.

I find her in a burnt-over ditch, in a field

that is gagging on rain,

sheets of rain sweep up down

to the river held tight against the bridge.

We see that now the moon is leavened and the water,

as deep as it will go,

stops rising. Where we wait for the night to take u

the rain ceases. *Sister, there is nothing*

I would not do.

一贴爱药

致丽兹

依然在轻柔地下着小雨

在瓦佩顿。敞篷小货车

嘶嘶作响于蓝色霓虹下

那奶制品标牌成了捕虫器。

特丽萨穿着绿色背心走出来项链
在脖子上闪着光。
这只蜻蜓,姐姐,
她比我更属于
这涨潮之夜。

红河涨水带走了桥梁。
她笑着走了把男人留在了道奇车里。
他开车到处找寻她。
他在迷雾中磨出了一条长长的车辙。

后来,在洪水高潮时,
当桥桩从基座上震断
跌入了洪流中,
她迎着男人的拳头走过去。
走进了湿草里
而他的靴子在她的脸庞踩下印记

此时她在黑暗中感受到回家的路。
那街灯的白紫色灯泡
正吸引着昆虫,

树木倾斜着痛苦而空洞

河流拍打着堤岸,持续不停

我发现她蜷缩在三叶杨的树根处。

我发现她在停车场地伸展四肢,整夜

动物们都回到了笼子里。

我发现她在焚烧过的沟渠里,在田野中

正被雨水哽住了,

倾盆大雨冲下来

落入河流猛向着桥梁冲击。

我们看见此时月亮膨胀着,而水流

虽流急水深,

不再涨潮。我们在那里等着被黑夜带走

雨停了。**姐,无论是什么**

我都愿去做。

Indian Boarding School: The Runaways

Home's the place we head for in our sleep.

Boxcars stumbling north in dreams

don't wait for us. We catch them on the run.

The rails, old lacerations that we love,

shoot parallelcross the face and break

just under Turtle Mountains. Riding scars
you can't get lost. Home is the place they cross

The lame guard strikes a match and makes the dark
less tolerant. We watch through cracks in boards
as the land starts rolling, rolling till it hurts
to be here, cold in regulation clothes.
We know the sheriff's waiting at midrun
to take us back. His car is dumb and warm.
The highway doesn't rock, it only hums
like a wing of long insults. The worn-down welts
of ancient punishments lead back and forth.
All runaways wear dresses, long green ones,
the color you would think shame was. We scrub
the sidewalks down because it's shameful work.
Our brushes cut the stone in watered arcs
and in the soak frail outlines shiver clear
a moment, things us kids pressed on the dark
face before it hardened, pale, remembering
delicate old injuries, the spines of names and leaves.

印第安寄宿学校:逃离者

家是我们睡梦中前往的地方。

梦里货车蹒跚着一路向北
不会等着我们。我们跑着追上去。
那铁轨,我们喜爱的旧裂口,
平行着在大地上延伸并中断于
海龟山脉之下。跑过断崖
你不会迷路。家就是它们经过的地方

跛足的警卫划着火柴让这幽黑
少些阴郁。我们透过木板的裂缝观察着
当大地开始震动,震动着直到痛得没法
呆在此地,穿着校服感到很冷。
我们知道警长等在半路
要带我们回去。他的车沉默而温暖。
高速公路不摇晃了,它只是哼哼着
就像裂了长口子的翅膀。那磨损的伤痕
源自很久前的惩罚正来回擦着。
所有逃跑者都穿着外套,长长的绿衣服。
那颜色让你想起耻辱。我们擦洗着
人行道因为那是羞耻的工作。
我们的刷子划着弧线水痕擦过石头
那浸湿的淡色轮廓线中碎片清除了
在瞬间,那是我们这些孩子压在黑色
地面的,趁它们还未变硬、褪色,铭记着

脆弱的旧伤,那名字和树叶的荆刺。

(选自 Duane Niatum, ed., *Harper's Anthology of 20th Century Native American Poetry*. New York: HarperCollins Publishers, 1987)

Grief

Sometimes you have to take your own hand
as though you were a lost child
and bring yourself stumbling
home over twisted ice.

Whiteness drifts over your house.
A page of warm light
Falls steady from the open door.

Here is your bed, folded open.
Lie down, lie down, let the blue snow cover you.

悲 伤

有时候你得抓住自己的手
仿佛自己就是个迷路的孩子
带着你自己蹒跚着

走过卷曲的冰层回家

你的房屋上盖着一层白色。
一股温暖的光
从开启的门里流出。

这里是你打开的折叠的床。
躺下,躺下,让蓝色的雪将你覆盖。

The Lady in the Pink Mustang

The sun goes down for hours, taking more of her along
than the night leaves her with.
A body moving in the dust
must shed its heavy parts in order to go on.

Perhaps you have heard of her, the Lady in the Pink Mustang,
whose bare lap is floodlit from under the dash,
who cruises beneath the high snouts of semis, reading
the blink of their lights. *Yes. Move Over. Now.*
or How Much. Her price shrinks into the dark.

She can't keep much trash in a Mustang,
and that's what she likes. Travel light. Don't keep

what does not have immediate uses. The road thinks ahead.
It thinks for her, a streamer from Bismarck to Fargo
bending through Minnesota to accommodate the land.

She won't carry things she can't use anymore.
Just a suit, sets of underwear, what you would expect
in a Pink Mustang. Things she could leave anywhere.

There is a point in the distance where the road meets itself,
where coming and going must kiss into one.
She is always at that place, seen from behind,
motionless, torn forward, living in a zone
all her own. It is like she has burned right through time,
the brand, the mark, owning the woman who bears it.

To live, instead of turn, on a dime.
One light point that is so down in value.
Painting her nipples silver for a show, she is thinking *You out there.*
What do you know.

Come out of the dark where you're safe. Kissing these
bits of change, stamped out, ground to a luster,
is to kiss yourself away piece by piece

until we're even. Until the last
coin is rubbed for luck and spent.
I don't sell for nothing less.

粉红悍马车里的女士

夕阳西沉了几小时,拖着她的身影
比黑夜留给她的影子更长。
一个人影在尘土中移动
为了继续前行非得抛却沉重的部分。

也许你听说过她,粉红悍马车里的女士,
她赤裸的膝盖在仪表盘下泛着光,
她在半高的断岩下巡游,看着
那里闪动的灯光。**好。让位。马上。**
或多少钱。她的价格在黑暗中缩减。

她无法在野马车里放太多垃圾,
而她也喜欢这样。旅行之灯。不要
留没有直接用处的东西。路想得远。
它为她着想,像俾斯麦到法戈①的飘带

---

① 俾斯麦:美国北达科他州府;法戈:北达科他州东部的一个城市,位于俾斯麦东部红河岸边。

顺着地形绕过了明尼苏达州。

她不会带着不再用的东西。
只有一套衣服,几件内衣裤,你能想见在
粉红野马车里能有的物品。她随处可以丢弃

道路在远处的那点上与自己交汇,
在那里来来往往必然交汇成一点。
她总是在那个地方,从她身后望,
静止不动,往前被拉断,处在完全
自我的区域中。她仿佛被时间焚烧,
包括烙印、标记,拥有了整个女人体。

生活,而非掉头,就靠这一毛钱,
那个亮点它的价值如此低下。
将她的乳头画成了银色被展现,她想
你就在那里。你知道些什么。

走出那安全的黑暗地带。亲吻这些
琐碎的变化,踩踏着,磨碎成闪亮,
就是渐渐地亲吻你自己
直到我们都一样。直到最后一枚
硬币因祝福被摩擦被使用。

低于此价我不卖。

Advice to Myself

Leave the dishes.
Let the celery rot in the bottom drawer of the refrigerator
and an earthen scum harden on the kitchen floor.
Leave the black crumbs in the bottom of the toaster.
Throw the cracked bowl out and don't patch the cup.
Don't patch anything. Don't mend. Buy safety pins.
Don't even sew on a button.

Let the wind have its way, then the earth
that invades as dust and then the dead
foaming up in gray rolls underneath the couch.
Talk to them. Tell them they are welcome.
Don't keep all the pieces of the puzzles
or the doll's tiny shoes in pairs, don't worry

who uses whose toothbrush or if anything
matches, at all.
Except one word to another. Or a thought.
Pursue the authentic—decide first
what is authentic,

then go after it with all your heart.
Your heart, that place
you don't even think of cleaning out.
That closet stuffed with savage mementos.
Don't sort the paper clips from screws from saved baby teeth
or worry if we're all eating cereal for dinner
again. Don't answer the telephone, ever,
or weep over anything at all that breaks.
Pink molds will grow within those sealed cartons
in the refrigerator. Accept new forms of life
and talk to the dead
who drift in through the screened windows, who collect
patiently on the tops of food jars and books.
Recycle the mail, don't read it, don't read anything
except what destroys
the insulation between yourself and your experience
or what pulls down or what strikes at or what shatters
this ruse you call necessity.

给自己的忠告

把盘碟放着。
让芹菜在冰箱底层腐烂
任泥印在厨房地板上变硬。

让黑色面包屑留在烤箱底上。
把破碗扔掉别再修补杯子。
别修补什么。别修理。去买安全别针。
甚至别钉补纽扣。

随风吹,由着泥土
消散为飞尘而后成为死灰
腾起一片灰色在沙发底下翻滚。
告诉它们。告诉它们是受欢迎的。
别让所有的拼图碎片吻合
或是玩偶的小鞋子成对,别担心

谁用了谁的牙膏或东西是否
配对,根本别管。
除了对另一个人说的词。或是想法。
要追求真实——先决定
什么是真实,
而后用心追随它。
你的心,那个地方
你都没想过要打扫干净。
那柜子里塞满了原始的回忆。
别从螺钉和保留的乳牙里挑选纸夹
或担心我们是否晚餐又全吃谷类

别接电话,千万别,
根本别为那些破碎的东西哭泣。
冰箱里密封的纸板箱中粉红孢子
会生长。接受新的生活形式
与死者对话
它们穿过纱窗飘进来,停落在
食品罐和书本上充满耐心。
循环利用邮件,别去读,什么都别读
除了那些打破
你自身和你的体验之间隔阂的东西
和那些摧毁攻击或粉碎
你称之为必需的伎俩的一切。

Captivity

The stream was swift, and so cold
I thought I would be sliced in two.
But he dragged me from the flood
by the ends of my hair.
I had grown to recognize his face.
I could distinguish it from the others.
There were times I feared I understood
his language, which was not human,
and I knelt to pray for strength.

We were pursued! By God's agents
or pitch devils I did not know.
Only that we must march.
Their guns were loaded with swan shot.
I could not suckle and my child's wail
put them in danger.
He had a woman
with teeth black and glittering.
She fed the child milk of acorns.
The forest closed, the light deepened.

I told myself that I would starve
beforeI took food from his hands
but I did not starve.
One night
he killed a deer with a young one in her
and gave me to eat of the fawn.
It was so tender,
the bones like the stems of flowers,
thatI followed where he took me.
The night was thick. He cut the cord
that bound me to the tree.

After that the birds mocked.

shadows gaped and roared

and the trees flung down

their sharpened lashes.

He did not notice God's wrath.

God blasted fire from half-buried stumps.

I hid my face in my dress, fearing He would burn us all

but this, too, passed.

Rescued, I see no truth in things.

My husband drives a thick wedge

through the earth, still it shuts

to him year after year.

My child is fed of the first wheat.

I lay myself to sleep

On a Holland-laced pillowbear.

I lay to sleep.

And in the dark I see myself

as I was outside their circle.

They knelt on deerskins, some with sticks,

and he led his company in the noise

until I could no longer bear

the thought of how I was.

I stripped a branch

and struck the earth,

in time, begging it to open

to admit me

as he was

and feed me honey from the rock.

囚　禁

水流湍急,如此冰冷
我以为自己会被劈成两半。
可是他揪住我的发梢
把我拖离了洪水。
我渐渐地记住了他的脸。
我能在人群中辨认出他。
好几次我担心自己懂得
他的语言,那不是人类的语言,
于是我跪下来祈求被赐予力量。

我们被追赶! 被上帝的代理
或我所不知的黑暗魔鬼。
我们只能前进不止。

他们的枪膛里装着射杀天鹅的子弹。
我不能喂奶,我孩子的哭声
让他们陷入了危险。
他有个女人
长着黑色的闪亮的牙齿。
她用橡果浆汁喂养孩子。
森林幽暗,光线阴郁。

我对自己说我会饿死
等不到我从他手里拿取食物
可是我没有饿死。
一天夜里
他杀了一头怀着小鹿的母鹿
把小鹿给我吃。
它如此鲜嫩,
骨头就像是花茎,
于是我随他带着我走。
夜色浓重。他砍断了
将我绑在树上的绳索。

此后鸟儿们嘲笑。
暗影张大嘴吼叫
树木甩下了

它们尖锐的枝丫。
他没有注意到上帝的愤怒。
上帝让半截入土的树桩烧成焦炭。
我把脸埋在衣服里,怕他把我们全烧毁
可这也没有发生。

得救后,我并未从中看到真相。
我丈夫将很粗重的楔子
打入土地,可它依然
年复一年地向他关闭。
我的孩子吃着第一批麦子。
我自己躺下睡在
荷兰花边的熊枕头上。
我躺着睡了。
在黑暗中我看到自己
就在外面在他们这群人中。

他们跪在鹿皮上,有人拿着棍子,
他在嘈杂中带着这群人
直到我再也受不了
不知自己是怎么了。
我扯下树枝
敲击着大地,

和着节奏,恳求它敞开

接受我

就像对待他那样

让我尝到出自岩石的蜜。

I Was Sleeping Where the Black Oaks Move

We watched from the house
as the river grew, helpless
and terrible in its unfamiliar body.
Wrestling everything into it,
the water wrapped around trees
until their life-hold was broken.
They went down, one by one,
and the river dragged off their covering.

Nests of the herons, roots washed to bones,
snags of soaked bark on the shoreline;
a whole forest pulled through the teeth
of the spillway. Trees surfacing
singly, where the river poured off
into arteries for fields below the reservation.

When at last it was over, the long removal,

they had all become the same dry wood.
We walked among them, the branches
whitening in the raw sun.
Above us drifted herons,
alone, hoarse-voiced, broken,
settling their beaks among the hollows.

Grandpa said, *These are the ghosts of the tree people,*
moving above us, unable to take their rest.

Sometimes now, we dream our way back to the heron dance.
Their long wings are bending the air
into circles through which they fall.
They rise again in shifting wheels.
How long must we live in the broken figures
theirnecks make, narrowing the sky.

在我沉睡中黑橡树动了

我们从屋子里向外望着
河水涨了,陌生的水体
无助而可怕。
将一切拉进自己体内,
河水卷绕着树木

直到它们的命根子断裂。
它们倒下了,一根接着一根,
于是河流拖走了树叶。

苍鹭的鸟巢,被洗刷得裸露的根须,
水岸上一段段浸湿的树皮;
整个森林在窄窄的泄洪口
冲了过去。树木漂浮在水面
一根接一根,河水冲刷着流入
保留地之下的田野大动脉里。

当它最终结束,这漫长的迁移,
它们全都变成了同样的干木头。
我们行走在其中,那枝丫
在烈日下变白。
我们头顶上有苍鹭低飞,
它们独自飞着,叫声嘶哑,破裂,
将鸟嘴埋在空洞里。

爷爷说,这些都是树人的鬼魂,
在我们头顶移动,无法歇息。

有时,我们梦见自己返身苍鹭之舞。

它们修长的翅膀席卷着空气

卷成气旋后由此落下。

它们犹如旋转之轮再次升起。

我们必须要在这残破的身体中生活多久

这身体由他们的脖颈变成,让天空狭小不堪。

Morning Fire

My baby, eating rainbows of sun

focused through a prism in my bedroom window,

puts her mouth to the transparent fire,

and licks up the candy colors

that tremble on the white sheets.

The stain spreads across her face.

She has only one tooth,

a grain of white rice

that keeps flashing.

She keeps eating as the day begins

until the rainbows are all inside of her.

And then she smiles

and such a light pours over me.

It is not that white blaze

that strikes the earth all around you

when you learn of the death

of one you love. Or the next light

that strips away your skin.

Not the radiance

that unwraps you to the bone.

Soft and original fire,

allow me to curl around you in the white sheets

and keep feeding you the light

from my own body

until we drift into the deep

of our being.

Air, fire, golden earth.

清晨之火

我的孩子,吃着阳光的彩虹

它透过我卧室窗口的棱镜射入,

她把嘴放在透明的火上,

舔着那糖果色

它们正在白色床单上颤动。

色彩抹过了她的脸。

她只有一颗牙齿,

一粒白色的米

正在闪着亮光。

她从天亮起就不停地吃

把整条彩虹都吃进了她身体里。

她笑了

有那么一道光罩住了我。

它不是那白色的火焰

洒在你四周的大地上

当你知道自己爱的人

逝去了。它也不是另一道光

剥去了你的皮肤。

不是那光辉

将你脱尽只剩骨骸。

是柔软而原始的火,

允许我蜷在你身旁躺在白色床单里

并不断用光明滋养你

那光发自我自己的身体

直到我们漂流进入我们

自己海一般的存在。

空气,火,金色的大地。

(选自 Louise Erdrich, *Original Fire*: *Selected and New Poems*. New York: HarperCollins, 2003)

谢尔曼·阿莱克西

Introduction to Western Civilization

In Spain, on the Mediterranean coast, there is a walled city
which has been inhabited for thousands of years,
though many parts have fallen to ruin, such as the church
which now consists of a wall and an anonymous room.

On the exterior wall of the church, a metal basket extends
Toward the sea. I thought it had been used for a game
until Bengt explained that the basket once held the skulls of enemy
    soldiers, and served
as a vivid warning against any further attacks on the church.

西方文明介绍

在西班牙,在地中海海岸,有一座围城
有人居住已有数千年,
许多地方已成废墟,如教堂
只剩下一堵残墙和一间无名的房屋。

教堂外墙上有一只金属篮筐伸向

大海。我以为它是用来游戏的

直到本特解释说那篮筐曾装过敌军战士的

    头骨,并用来

有效警示不许再攻击教堂。

(选自 http://www.poetryfoundation.org/poetrymagazine/poem/246350)

From "Bestiary"

My mother sends me a black-and-white photograph of her and my father, circa 1968, posing with two Indian men.

"Who are those Indian guys?" I ask her on the phone.

"I don't know," she says.

The next obvious question: "Then why did you send me this photo?" But I don't ask it.

One of those strange Indian men is
pointing up toward the sky.

Above them, a bird shaped like a
question mark.

自"动物寓言集"

母亲寄给我一张她和父亲的
     黑白照片,大约摄于
1968 年,旁边还有两个印第安男人。

"这些印第安人是谁?"我打电话
问她。

"我不知道,"她说。

下一个问题显然会是:"那干吗
给我寄这张照片?"可是我没
问她。

其中一个陌生印第安男人正
指着天空。

在他们上面,是一只鸟形状就像

一个问号。

(选自 http://www.poetryfoundation.org/poem/237622)

After the First Lightning

I will ask your permission

to weave a story

from your hair, weave it

around both of us

as we sit, warm and safe

on the hill above

the reservation and all

her skins, watch

the first storm of the year

approach, pass over

then move away.

第一道闪电之后

我会请你允许我

编织一个故事
用你的头发,编织

围绕在我俩四周
当我们坐在,温暖而安全
的山上俯瞰
保留地和所有

植被,看着
当年的第一场暴风雨
靠近,越过
而后离开。

The Summer of Black Widows

The spiders appeared suddenly
after that summer rainstorm.

Some people still insist the spiders fell with the rain
while others believe the spiders grew from the damp
    soil like weeds with eight thin roots.

The elders knew the spiders
carried stories in their stomachs.

We tucked our pants into our boots when

    we walked through fields of fallow stories.

An Indian girl opened the closet door

    and a story fell into her hair.

We lived in the shadow of a story trapped

    in the ceiling lamp.

The husk of a story museumed on the windowsill.

Before sleep, we shook our blankets

    and stories fell to the floor.

A story floated in a glass of water left

    on the kitchen table.

We opened doors slowly and listened for stories.

The stories rose on hind legs and offered their

    red bellies to the most beautiful Indians.

Stories in our cereal boxes.

Stories in our firewood.

Stories in the pockets of our coats.

We captured stories and offered them to the ants,

    who carried the stories back to their queen.

A dozen stories per acre.

We poisoned the stories and gathered their

    remains with broom and pan.

The spiders disappeared suddenly
after that summer lightning storm.

Some people still insist the spiders were burned to ash
while others believe the spiders climbed the
    lightning bolts and became a new constellation.

The elders knew the spiders
had left behind bundles of stories.

Up in the corners of our old houses
we still find those small, white bundles
and nothing, neither fire
nor water, neither rock nor wind,
can bring them down.

黑寡妇的夏天

蜘蛛突然出现
在夏日暴雨之后

有人始终认为蜘蛛是随雨落下
有人坚信蜘蛛像长着八条根须

的野草自潮湿泥土而出。

老人们知道蜘蛛
带着满肚子的故事。

我们把裤脚放入靴子
　　穿过那休耕的故事田地。
一个印第安姑娘打开柜子
　　一个故事掉进她的头发。
我们住在故事的影子里被
　　顶灯捕获。
故事的外壳陈列在窗台上。
入睡前,我们抖动毯子
　　故事跌落到地板上。
其中一则故事漂浮在玻璃杯的水中
　　留在了厨房餐桌上。
我们慢慢开门倾听故事。
故事用后腿支撑着并将
　　红色肚子送给最美的印第安人。
故事在我们的谷物箱里。
故事在我们的柴火中。
故事在我们的大衣口袋里。
我们抓住故事把它们送给蚂蚁,

蚂蚁又将故事抬着送往女王处。

每英亩有一打故事。

我们给故事下毒并用扫帚浅盆

　　聚集它们的遗体。

蜘蛛突然消失

在夏日暴风雨的闪电后。

有人始终认为蜘蛛烧成了灰

　　有人坚信蜘蛛爬上

闪电球变成了新的星群。

老人们知道蜘蛛

已离开躲在了一捆捆故事背后。

在我们老屋顶上的角落里

我们还是找到了这些白色小捆

什么都不能,无论是火焰

水,还是岩石或风,

将它们拿下来。

How to Write the Great American Indian Novel

All of the Indians must have tragic features: tragic noses, eyes, and arms.

Their hands and fingers must be tragic when they reach for tragic
> food.

The hero must be a half-breed, half white and half Indian, preferably
from a horse culture. He should often weep alone. That is mandatory.

If the hero is an Indian woman, she is beautiful. She must be slender
and in love with a white man. But if she loves an Indian man

then he must be a half-breed, preferably from a horse culture.
If the Indian woman loves a white man, then he has to be so white

that we can see the blue veins running through his skin like rivers.
When the Indian woman steps out of her dress, the white man gasps

at the endless beauty of her brown skin. She should be compared to
> nature:
brown hills, mountains, fertile valleys, dewy grass, wind, and
> clear water.

If she is compared to murky water, however, then she must have a
> secret.

Indians always have secrets, which are carefully and slowly revealed.

Yet Indian secrets can be disclosed suddenly, like a storm.
Indian men, of course, are storms. They should destroy the lives

of any white women who choose to love them. All white women love
Indian men. That is always the case. White women feign disgust

at the savage in blue jeans and T-shirt, but secretly lust after him.
White women dream about half-breed Indian men from horse cultures.

Indian men are horses, smelling wild and gamey. When the Indian man
unbuttons his pants, the white woman should think of topsoil.

There must be one murder, one suicide, one attempted rape.
Alcohol should be consumed. Cars must be driven at high speeds.

Indians must see visions. White people can have the same visions
if they are in love with Indians. If a white person loves an Indian

then the white person is Indian by proximity. White people must carry
an Indian deep inside themselves. Those interior Indians are half-breed

and obviously from horse cultures. If the interior Indian is male
then he must be a warrior, especially if he is inside a white man.

If the interior Indian is female, then she must be a healer, especially if she is inside
a white woman. Sometimes there are complications.

An Indian man can be hidden inside a white woman. An Indian woman
can be hidden inside a white man. In these rare instances,

everybody is a half-breed struggling to learn more about his or her horse culture.
There must be redemption, of course, and sins must be forgiven.

For this, we need children. A white child and an Indian child, gender
not important, should express deep affection in a childlike way.

In the Great American Indian novel, when it is finally written,
all of the white people will be Indians and all of the Indians will be
 ghosts.

伟大的美国印第安小说创作指南

所有印第安人必须有忧伤的特征:忧伤的鼻子、眼睛,还有手臂。
他们伸手去拿忧伤的食物时双手和手指必然是忧伤的。

主人公必须是混血,一半白人一半印第安人,更多渊源于
马的文化。他应该常常独自哭泣。这是必须的。

如果主人公是一位印第安女性,她很美丽。她必须苗条
并爱上白人男性。可如果她爱上了印第安男人

那他必须是混血,更多渊源于马的文化。
如果印第安女人爱上了白人男性,那他得白得纯粹

能让我们看到蓝色血管如河流般在皮肤里扩展。
当这个印第安女人脱下衣服,那个白人男性会震惊于

她棕色肌肤的无限魅力。她应该被比作是自然:
棕色丘陵,山脉,葱茏的山谷,带露水的绿草,风儿,还有纯净的
 清水。

可是,如果她被比作是浑水,那她必然隐藏着秘密。
印第安人总是藏着秘密,会小心翼翼地慢慢被揭示。

可是印第安秘密会被突然揭开,就像一场暴风雨。
印第安男人自然就是那暴风雨。他们会破坏任何爱上

他们的白人女性的生活。所有白人女性都爱
印第安男人。总是如此。白人女性装出厌恶表情

面对着穿蓝色牛仔和T恤的野蛮人,却偷偷地渴望拥有他。
白人女性梦想得到来自马的文化的混血印第安男人。

印第安男人就是马,散发着狂野强悍气息。当印第安男人
解开裤子纽扣,白人女性会想到表层土。

必须有一场谋杀,一次自杀,一次强奸未遂。
得喝酒。开车必须高速。

印第安人必须有幻觉。白人也可以有同样的幻觉
如果他们与印第安人相爱。如果白人爱上了印第安人

那这个白人就类似于印第安人。白人必须将

印第安精神带入灵魂深处。这些内在的印第安人是混血

显然渊源于马的文化。如果内在的印第安人是男性
那他必须是勇士,尤其当他身处白人体内时。

如果内在的印第安人是女性,那她必须是治疗师,尤其当她身处
白人女性体内。有时候会节外生枝。

印第安男人可以藏在白人女性体内。印第安女人
可以藏在白人男性体内。在这些罕见例子中,

每个人都是混血都竭力想更多了解他或她的马文化。
当然,一定会有救赎,而罪恶必须被原谅。

为此,我们需要孩子。一个白人孩子和一个印第安孩子,性别
并不重要,要能够以孩子气的方式表达深深的爱。

在伟大的美国印第安小说里,当它被最终完成,
所有的白人都会成为印第安人而所有的印第安人会成为鬼魂。

The Powwow at the End of the World

I am told by many of you that I must forgive and so I shall
after an Indian woman puts her shoulder to the Grand Coulee Dam

and topples it. I am told by many of you that I must forgive
and so I shall after the floodwaters burst each successive dam
downriver from the Grand Coulee. I am told by many of you
that I must forgive and so I shall after the floodwaters find
their way to the mouth of the Columbia River as it enters the Pacific
and causes all of it to rise. I am told by many of you that I must forgive
and so I shall after the first drop of floodwater is swallowed by that
> salmon

waiting in the Pacific. I am told by many of you that I must forgive
> and so I shall

after that salmon swims upstream, through the mouth of the Columbia
and then past the flooded cities, broken dams and abandoned reactors
of Hanford. I am told by many of you that I must forgive and so I shall
after that salmon swims through the mouth of the Spokane River
as it meets the Columbia, then upstream, until it arrives
in the shallows of a secret bay on the reservation where I wait alone.
I am told by many of you that I must forgive and so I shall after
that salmon leaps into the night air above the water, throws
a lightning bolt at the brush near my feet, and starts the fire
which will lead all of the lost Indians home. I am told
by many of you that I must forgive and so I shall
after we Indians have gathered around the fire with that salmon
who has three stories it must tell before sunrise: one story will teach us

how to pray; another story will make us laugh for hours;
the third story will give us reason to dance. I am told by many
of you that I must forgive and so I shall when I am dancing
with my tribe during the powwow at the end of the world.

世界末日的大舞会

你们很多人都告诉我说我必须原谅我应该原谅
当那个印第安女人用肩膀抵住大古力水坝
并推翻了它。你们很多人都告诉我说我必须原谅
我应该原谅当洪水依次冲垮了大古力水坝
下游的各个水坝。你们很多人都告诉我
说我必须原谅我应该原谅当洪水
冲到了哥伦比亚河口要涌入大西洋
导致河水上涨。你们很多人都告诉我说我必须原谅
我应该原谅当第一滴洪水被等候在
太平洋的三文鱼吞入。你们很多人都告诉我说我必须原谅应该原谅
当那条三文鱼逆流游水,穿过了哥伦比亚河口
流过了被淹的城市,崩坍的水坝还有废弃的汉福德的
反应器。你们很多人都告诉我说我必须原谅应该原谅
当那条三文鱼游过了斯波坎河口
那里与哥伦比亚河交汇,并逆流而上,直到抵达
保留地秘密河湾的浅滩我正在那里独自等待。
你们很多人都告诉我说我必须原谅应该原谅

当那条三文鱼跃入水上的夜空,在我脚下

甩出一道闪电,引发了火焰

它将带领所有迷失的印第安人归家。你们很多人

都告诉我说我必须原谅应该原谅

当印第安人和三文鱼一起聚集在火堆旁

那条鱼有三个故事必须在日出前讲述:一个故事将教会我们

如何祈祷;另一个故事会让我们笑好几个钟头;

第三个故事会让我们有理由舞蹈。你们很多人都

告诉我说我必须原谅应该原谅当我和

族人一起在世界末日的大舞会中舞蹈。

(选自 Sheman Alexie: *The Summer of Black Widows*. New York: Hanging Loose Press, 1996)

One Stick Song

and so now, near the end of the game

when I only have one stick left to lose

and so now, near the end of the game

when I only have one stick left to lose

I will sing a one-stick song

I will sing a one-stick song

to bring back all the other sticks
to bring back all the other sticks

I will sing of my uncle
and the vein that burst in his head

o, bright explosion, crimson and magenta
o, kind uncle, brown skin and white T-shirt

o, crimson, magenta
o, brown, white

o, crimson
o, brown

o, uncle, kind uncle
I sing you back, I sing you back

and I will sing of my cousin
who jumped off the bridge

o, bright explosion, crimson and magenta
o, falling cousin, pink marrow and white water

o, crimson, magenta
o, pink, white

o, crimson
o, pink

o, cousin, falling cousin
I sing you back, I sing you back

and I will sing of my grandfather
killed by the sniper on Okinawa

o, bright explosion, crimson and magenta
o, soldier grandfather, green uniform and white sand

o, crimson, magenta
o, green, white

o, crimson
o, green

o, grandfather, soldier grandfather
I sing you back, I sing you back

and I will sing of the uncle
crushed beneath the fallen tree

o, bright explosion, crimson and magenta
o, small uncle, silver axe and white wood

o, crimson, magenta
o, silver, white

o, crimson
o, silver

o, uncle, small uncle
I sing you back, I sing you back

and I will sing of my grandmother
and her lover called tuberculosis

o, bright explosion, crimson and magenta

o, coughing grandmother, red blood and white handkerchief

o, crimson, magenta
o, red, white

o, crimson
o, red

o, grandmother, coughing grandmother
I sing you back, I sing you back

and I will sing of my aunt
who looked back and turned into a pillar of sugar

o, bright explosion, crimson and magenta
o, diabetic aunt, yellow skin and white tower

o, crimson, magenta
o, yellow, white

o, crimson
o, yellow

o, aunt, diabetic aunt
I sing you back, I sing you back

and I will sing of my cousin
who hitchhiked over the horizon

o, bright explosion, crimson and magenta
o, lost cousin, turquoise ring and white scar

o, crimson, magenta
o, turquoise, white

o, crimson
o, turquoise

o, cousin, lost cousin
I sing you back, I sing you back

and I will sing of my sister
asleep when her trailer burned

o, bright explosion, crimson and magenta
o, burned sister, scarlet skin and white ash

o, crimson, magenta
o, scarlet, white

o, crimson
o, scarlet

o, sister, burned sister
I sing you back, I sing you back

and I will sing of my uncle
and his lover called cirrhosis

o, bright explosion, crimson and magenta
o, swollen uncle, black liver and white hair

o, crimson, magenta
o, black, white

o, crimson
o, black

o, uncle, swollen uncle

I sing you back, I sing you back

and I will sing of my grandmother
heave with tumors

o, bright explosion, crimson and magenta
o, big grandmother, gold uranium and white X-ray

o, crimson, magenta
o, gold, white

o, crimson
o, gold

o, grandmother, big grandmother
I sing you back, I sing you back

and I will sing of my cousin
shot in the head by a forgetful man

o, bright explosion, crimson and magenta
o, drunk cousin, gray matter and white bone

o, crimson, magenta

o, gray, white

o, crimson

o, gray

o, cousin, drunk cousin

I sing you back, I sing you back

I sing you back, I sing all of you back

I sing you back, I sing all of you back

I sing you back from the parking lot of the convenience store

I sing you back from the sixth floor of the Catholic hospital

I sing you back from the seventh floor of the Veterans Hospital

back from the floor of your trailer house

from the cold fog of San Francisco

from 544 East Dave Court

I sing you back from the blood-stained wall

from the stand of pine

the Pacific Ocean

the Spokane River

I sing you back fromChimacum Creek.

I sing you back, I sing all of you back
I sing you back, I sing all of you back

and so now, near the end of the game
when I only have one stick left to win with

and so now, near the end of the game
when I only have one stick left to win with

I will sing a one-stick song
I will sing a one-stick song

to celebrate all of my sticks
returned to me

to celebrate all of my sticks
returned to me

returned to me
returned to me

returned to me

returned to me

一根棍子之歌

此刻,当游戏将尽
当我只剩一根棍子

此刻,当游戏将尽
当我只剩一根棍子

我会唱起一根棍子之歌
我会唱起一根棍子之歌

把其他棍子唱回来
把其他棍子唱回来

我会唱起自己的叔叔
关于他脑门上暴起的青筋

哦,灿然爆裂,深红与品红
哦,善良的叔叔,棕色皮肤白 T 恤

哦,深红,品红
哦,棕色,白色

哦,深红
哦,棕色

哦,叔叔,善良的叔叔
我要把你唱回来,把你唱回来

我会唱起自己的堂兄
他从桥上跳落

哦,灿然爆裂,深红和品红
哦,坠落的堂兄,粉红骨髓和白水

哦,深红,品红
哦,粉红,白色

哦,深红
哦,粉红

哦,堂兄,坠落的堂兄
我要把你唱回来,把你唱回来

我会唱起自己的祖父

他在冲绳被狙击手杀害

哦,灿然爆裂,深红和品红
哦,战士祖父,绿军装和白沙

哦,深红,品红
哦,绿色,白色

哦,深红
哦,绿色

哦,祖父,战士祖父
我要把你唱回来,把你唱回来

我会唱起叔叔
他被倒下的大树压住

哦,灿然爆裂,深红和品红
哦,小叔,银色斧子白木头

哦,深红,品红
哦,银色,白色

哦,深红
哦,银色

哦,叔叔,我的小叔
我要把你唱回来,把你唱回来

我会唱起自己的祖母
和她名为肺结核的爱人

哦,灿然爆裂,深红和品红
哦,咳嗽的祖母,鲜血和白手绢

哦,深红,品红
哦,红色,白色

哦,深红
哦,红色

哦,祖母,咳嗽的祖母
我要把你唱回来,把你唱回来

我会唱起自己的姨妈
她回头看时变成了糖柱子

哦,灿然爆裂,深红和品红
哦,糖尿病的姨妈,黄皮肤和白塔

哦,深红,品红
哦,黄色,白色

哦,深红
哦,黄色

哦,姨妈,糖尿病的姨妈
我要把你唱回来,把你唱回来

我会唱起自己的表兄
他搭着便车走过地平线

哦,灿然爆裂,深红和品红
哦,消失的表兄,蓝绿戒指和白伤疤

哦,深红,品红
哦,蓝绿,白色

哦,深红

哦,蓝绿

哦,表兄,消失的表兄
我要把你唱回来,把你唱回来

我会唱起自己的姐姐
她睡着时拖拉机烧起来

哦,灿然爆裂,深红和品红
哦,烧死的姐姐,鲜红皮肤和白灰

哦,深红,品红
哦,鲜红,白色

哦,深红
哦,鲜红

哦,姐姐,烧死的姐姐
我要把你唱回来,把你唱回来

我会唱起自己的舅舅
和他名为肝硬化的爱人

哦,灿然爆裂,深红和品红
哦,浮肿的舅舅,黑色肝脏和白发

哦,深红,品红
哦,黑色,白色

哦,深红
哦,黑色

哦,舅舅,浮肿的舅舅
我要把你唱回来,把你唱回来

我会唱起自己的外祖母
她被肿瘤折磨

哦,灿然爆裂,深红和品红
哦,高大的外祖母,金色铀白色 X 光

哦,深红,品红
哦,金色,白色

哦,深红
哦,金色

哦,外祖母,高大的外祖母
我要把你唱回来,把你唱回来

我会唱起自己的表弟
他被粗心的家伙射中了脑袋

哦,灿然爆裂,深红和品红
哦,酒醉的表弟,灰质和白骨

哦,深红,品红
哦,灰色,白色

哦,深红
哦,灰色

哦,表弟,酒醉的表弟
我要把你唱回来,把你唱回来

我要把你唱回来,把你唱回来
我要把你唱回来,把你唱回来

我把你从便利店的停车场唱回来

我把你从天主教医院六楼唱回来

我把你从退伍军人医院七楼唱回来

从你拖车房里回来

从旧金山的寒冷迷雾中回来

从东戴夫庭院544号回来

我把你从沾染血迹的墙上唱回来

从松树林回来

从太平洋

从斯波坎市

我要把你从奇马坎溪唱回来

我要把你们唱回来,把你们全都唱回来

我要把你们唱回来,把你们全都唱回来

此刻,当游戏将尽

当我只剩一根棍子来赢取

此刻,当游戏将尽

当我只剩一根棍子来赢取

我会唱起一根棍子之歌

我会唱起一根棍子之歌

来庆祝我所有的棍子
重回我身边

来庆祝我所有的棍子
重回我身边

重回我身边
重回我身边

重回我身边
重回我身边

(选自 Sheman Alexie: *One Stick Song*. New York: Hanging Loose Press, 2000)

Grief Calls Us to the Things of This World

The morning air is all awash with angels
—Richard Wilbur, "Love Calls Us to the Things
of This World"

The eyes open to a blue telephone
In the bathroom of this five-star hotel.

I wonder whom I should call? A plumber,
Proctologist, urologist, or priest?

Who is blessed among us and most deserves
The first call? I choose my father because

He's astounded by bathroom telephones.
I dial home. My mother answers. "Hey, Ma,"

I say, "Can I talk to Poppa?" She gasps,
And then I remember that my father

Has been dead for nearly a year. "Shit, Mom,"
I say. "I forgot he's dead. I'm sorry—

How did I forget?" "It's okay," she says.
"I made him a cup of instant coffee

This morning and left it on the table—
Like I have for, what, twenty-seven years—

And I didn't realize my mistake

Until this afternoon." My mother laughs

At the angels who wait for us to pause
During the most ordinary of days

And sing our praise to forgetfulness
Before they slap our souls with their cold wings.

Those angels burden and unbalance us.
Those fucking angels ride us piggyback.

Those angels, forever falling, snare us
And haul us, prey and praying, into dust.

痛苦呼唤我们关注世间万物

晨风中飘满天使
——理查·威尔伯,"爱呼唤
我们关注世间万物"

望着那蓝色的电话
在五星级宾馆的浴室中。

我想该给谁打电话？水管工,

直肠科医生,泌尿科医生,还是牧师?

我们中谁能有幸并最该
头一个被拨打? 我挑选了父亲因为

他会被浴室电话震惊。
我拨往家中。母亲答话。"你好,妈,"

我说,"让爸爸听电话。"她喘息着,
这时我想起父亲

已经去世近一年。"糟糕,妈,"
我说。"我忘记他已经没了。抱歉——

我怎么会忘了呢?""没事的,"她说。
"我今早为他泡了一杯速溶咖啡

就留在桌上——
就像我,嗯,二十七年一直如此——

我都没意识到做错了
直到今天下午。"母亲笑着

就对着那些等着我们停下的天使
就在最普通的日子里

等我们歌颂忘却
而后用冰冷的翅膀拍打我们的灵魂。

这些天使让我们背负压力失去平衡。
这些可恶的天使骑在我们头上。

这些天使,不断堕落,诱惑我们
拖着我们,折磨并祈祷我们入土。

(选自 Sheman Alexie:*Face*,Hanging Loose Press,2007)

Reading Light

Startled awake,
I curse, I hate

The hours I've lost
To turn and toss,

The grind of mind

And teeth. This night,

Like each night
Of my weary life,

I shamble down
Stairs and look around

The kitchen for junk
To eat and eat, Fuck!

I am old and fat! And I cannot sleep! I wish there were a cure for insomnia. But there's not. No, all one can do is eat and read and eat and read. W. C. Fields said, "The best cure for insomnia is to get lots of sleep." Lydia Davis said, "Insomnia is the wish for immortality granted by an ass." Plato said, "Insomnia is the genocide of the soul." Wait, I'm lying. Plato didn't say that. Plato had nothing to say about insomnia. What do I have to say about insomnia? Well, let me tell you about the saddest music in the world:

When you hear the birds sing
To greet the pre-dawn light

And you have not slept well
Or not at all that night—

As you have not slept well
On one thousand such nights—

You learn that being awake
Can feel like being at a wake.

Abraham Lincoln said, "An insomnia is a house divided against itself and cannot stand." Oscar Wilde said, "An insomniac cannot be too careful in his choice of enemies." Jane Austen wrote, "An insomniac's imagination is very rapid; it jumps from admiration to love, from love to matrimony in a moment." Emily Dickinson wrote, "Because I could not stop for sleep/Sleeplessness stopped for me." Hamlet said, "To sleep or not to sleep: that is the question." but wait, as I eat and read and eat and read, I hear a noise upstairs. What is it?

Laughter? Joy?
My eldest boy

Lies awake.

"It's late," I say.

"You need to sleep."
"I need to read,"

he says, "This book
is really good.

It makes me laugh.
Dad, please, I have

Five more pages."
Oh, at his age,

I read like this.
So I hug and kiss

My so good night.
"Turn out the light."

I say, "when you finish, you little rebel." Laughing, I walk back downstairs to eat and read some more. How could I punish my son for reading, no matter that he'd have to drag his tired ass to school in the morning and would likely fall asleep sitting in his desk sometimes in the mid-afternoon? It reminds me of Damon Wayans, who said that it was impossible for a stand-up comedian like him to discipline his kids for being smart asses. "All I can really do," Wayans said, "is tell them they need to work on their timing." I suppose I could disclipine my bookworm son by making him read more challenging novels, but what kind of father dictates his children's reading lists? I want my boys to read everything! There's a rule in my house that my sons can buy any book anytime they want. The book-buying budget is unlimited! Oh, God, I wish I grew up in a house like the one my wife and I are creating. Oh, God, let me be happy and insomniac for a few minutes. And so I am, so I am. And after I've eaten a bag of tortilla chips and read twenty pages of a murder mystery, I go to check on my oldest son and find that he's asleep with his book on his chest. My youngest son is also asleep with a book on his chest.

Lord, I am awake at three,
And I'm half-depressed and half-manic.

But my sons sleep easily.
My prayers might be pitiful and frenetic,

but I still thank God

that my insomnia is not genetic.

阅读灯

惊醒过来,
我诅咒,恼怒

我失去的那几个小时
辗转反侧

研磨着思想
还有牙齿。今夜,

就像任何一夜
在我疲倦的生命中,

我蹒跚走下
楼梯并环顾四周

厨房让窝囊废
不停地吃呀吃,他妈的!

我又老又胖!还睡不着!我希望能有治疗失眠的药。可是没有。没有,唯一能做的就是吃东西阅读吃东西阅读。W. C. 菲尔兹说过,"对付失眠最好的办法就是有充足的睡眠。"莉迪亚·戴维斯说过,"失眠是向傻子讨要不朽。"柏拉图说过,"失眠就是灵魂的种族灭绝。"等一下,我撒谎了。柏拉图并没这么说。柏拉图没有说过关于失眠的话。我该怎么评论失眠呢?嗯,让我告诉你关于世间最悲惨的音乐:

当你听到鸟儿歌唱着
问候破晓前的曦光

而你并没睡好
或根本没睡着——

因为你没睡好
在这样的一千个夜晚——

你明白醒着
能感觉像是在守夜。

亚伯拉罕·林肯说过,"失眠就是一幢房子自行分裂崩坍。"奥斯卡·王尔德说过,"失眠者认为全世界都在和自己作对。"简·奥斯丁写过,"失眠者的想象是飞速的;它瞬间就从崇拜跳向爱,从爱跳向婚姻。"艾米莉·狄金森写过,"因为我无法为睡眠停步/失眠为我驻留。"哈姆莱特说过,"睡还是不睡:这是个问题。"等一下,我正吃着阅读吃着阅读,听到楼上有声音。是什么?

笑声? 欢乐?
我的大儿子

躺在床上醒着。
"很晚了,"我说。

"你该睡了。"
"我得读书,"

他说,"这本书
真的棒极了。

它很好笑。
爸爸,拜托,我还有

五页就完。"
哦,在他的年纪,

我读了此书。

于是我拥抱并吻他

道声晚安。
"把等关了。"

我说,"等你读完后,你这小调皮。"我笑着,走下楼继续吃东西阅读。我怎么可以因为阅读惩罚儿子,尽管他明天早上得拖着疲倦的身子去上学而且下午很可能坐在书桌前睡着。这让我想起了达蒙·韦恩斯,他说过像他那样的单口相声演员是不可能训导自己的孩子们乖乖听话的。"我能做的,"韦恩斯说过,"就是告诉他们应该按照自己的时间工作。"我想我对自己书呆子儿子的教导就是让他读更难的小说,可什么样的父亲会指定孩子的阅读书单呢?我想让孩子们阅读一切!我家里有条规定孩子们可以随时购买他们想要的书。购书预算是无限的!哦,上帝,我多希望自己能成长在我妻子和我组成的家庭里。哦,上帝,让我快乐和失眠几分钟吧。我做到了,做到了。当我吃下了一包炸玉米片读了二十页谋杀谜案的书,我去看大儿子并发现他已经睡着了书还搁在胸口。我的小儿子也胸口搁了本书睡着了。

老天,我三点还醒着,
我半是抑郁半是躁狂。

可是我的孩子们很容易入睡。

我的祈祷也许令人同情而抓狂,

可是我依然感谢上帝
因为我的失眠并非遗传。

(选自 Alexie, Sherman: "Reading Light", *Harvard Review* 36, 2009)

Crow Boom

… despite all the crow poems that have been written
Because men like to see themselves as crows . .
——Lucia Perillo

Crow grabbed a robin
In the rare blue sky,
And crashed the smaller
Bird down to the street

In front of my home.
I watched crow talon-
Crush that robin's bones
And dig out marrow

And shard. Did that crow,
Like human hunters,
Believe it absorbed
The dead robin's soul

By eating its brain?
Do crows fly faster
With each bird they eat?
Imagine a crow

So good at the hunt,
And stuffed with songbirds,
That it breaks the speed
Of sound. I praise crows,

Not because I see
Myself as a crow,
But because they hunt.
I'm not a hunter,

But I need to eat
What my hunters kill.

So I praise hunters

Because I want them

To deliver food

To me. I give thanks

For my food because

All food is holy

And deserves our praise.

I praise the robin

That died for the crow.

I praise animals

Who are killed for me.

I praise every piece

Of these animals

Because every piece

Is holy. I praise

Skin, sweetmeat, and grease.

All grease is holy.

I thank God for grease.

I thank God for root.
I praise vegetable
And grain. I praise fruit
And seed. I praise blood

And brain. I praise
Death because I am
Alive and will die,
If not at the hands

Of another man,
Then by the slow hunt
Of mortality.
Walking dead, I am

Nobody's hunter,
But I will be food,
And hope to be praised
By bacteria,

And honored by flies,
Beetles, wasps, and mites.
I hope that my blood

And flesh fueled the flight

Of crow and robin.
I hope that I stay
Alive in the bones
Of hunter and prey.

I hope that my soul,
Masculine and vain,
Becomes oxygen
Or a good hard rain.

Do these hopes make me
An arrogant man?
If so, then I praise
Male arrogance.

I praise our dark brows
And our crow-black hair.
I praise our cock struts
And avian sneers,

Because I'm in love

With our terrible
And tender world.
I'm in love with men,

Who are lovelier
And more dangerous
Than a simple crow.
But I will be just

And pay for the right
To venerate crow.
I will give my crow
A stipend of one

Fresh robin for each
Time he flies his way
Into my proud poems,
Because men need crows

To remind us how
to be better men,
Stuffed with songs of praise
And quickened by faith.

乌鸦潮

……尽管有诸多关于乌鸦的诗歌
因为人们愿意把自己视为乌鸦
—Lucia Perillo

乌鸦抓住了知更鸟
在透明的蓝色天空,
并将那只小鸟
摔落在大街上

我的家门口。
我看着乌鸦爪
捏碎了知更鸟的骨头
并挖出骨髓

还有鞘翅。难道那只乌鸦,
就像猎人,
相信自己吸取了
死知更鸟的灵魂

通过吃它的脑子?
难道乌鸦每吃掉一只鸟

就能飞得更快?
试想有一只乌鸦

擅长捕猎,
肚里塞满了黄莺,
于是超过了声音
的速度。我赞美乌鸦,

并不是因为我把
自己看作乌鸦,
而是因为它们能捕猎。
我不是猎人,

可是我得吃下
猎人的猎物。
因此我赞美猎人
因为我需要他们

传递食物
给我。我感谢
能有食物因为
食物都很神圣

值得我们赞美。
我赞美知更鸟
为乌鸦而死。
我赞美动物

因我而被猎杀。
我赞美这些动物的
每个部分
因为每一部分

都很神圣。我赞美
皮肤,鲜肉,还有油脂。
所有油脂都很神圣。
我为油脂感谢上帝。

我为根茎感谢上帝。
我赞美蔬菜
和稻谷。我赞美水果
和种子。我赞美血液

和大脑。我赞美
死亡因为我还
活着而且将来会死去,

就算不死在

另一个人手里,
也会被慢慢地捕猎
致死。
活死人,我就是

我不捕猎任何人,
可是我会成为食物,
希望得到赞美
从细菌那里,

并得到尊重无论是苍蝇
甲虫,黄蜂,还是螨虫。
我希望我的血
和肉能供给飞行

为乌鸦和知更鸟。
我希望我留下
活在猎人和猎物
的骨头里。

我希望我的灵魂,

刚强而自负，
成为氧气
或是一场豪雨。

这些心愿会让我成为
傲慢的人吗？
如果是，那我赞美
男性的傲慢。

我赞美我们黑色的眉毛
还有我们乌鸦般的黑发。
我赞美我们公鸡的趾高气扬
还有关于鸟类的嘲笑，

因为我爱上了
我们可怕
而温柔的世界。
我爱上了人类，

他们更可爱
也更危险
超过单纯的乌鸦。
可是我得公正

要为权利支付
来尊崇乌鸦。
我要给我的乌鸦
一份奖赏

即新鲜的知更鸟
只要每次它飞入
我骄傲的诗歌中,
因为人们需要乌鸦

来提醒自己怎样
成为更好的人,
内心充满赞美的歌
并受到信念的鼓舞。

(选自 Sherman Alexie: "Crow Boom", *World Literature Today* 84.4, 2010)

附录二：
当代主要美国本土裔诗人及诗作(汉—英)

A

阿莱克西(Sherman Alexie)

《奇幻舞蹈之事:故事与诗歌》(*The Business of Fancydancing: Stories and Poems*,1992)

《我要偷马》(*I Would Steal Horses*,1992)

《月亮上的第一个印第安人》(*First Indian on the Moon*,1993)

《黑寡妇之夏》(*The Summer of Black Widows*,1996)

《一根棍子之歌》(*One Stick Song*,2000)

《战争之舞》(*War Dances*, 2010)

《偷来的、挣来的》(*What I've Stolen, What I've Earned*, 2013)

奥蒂茨(Simon J. Ortiz)

《在某处》(*Out There Somewhere*)

《月亮上的人》(*Men on the Moon*)

《闪电前后》(*After and Before the Lightning*)

《编织石》(*Woven Stone*)

奥斯汀(Mary Austin)

《美国韵律:美国印第安歌曲研究与表达》(*The American Rhythm: Studies and Re-expressions of Amerindian Songs*, 1932)

艾伦(Paula Gunn Allen)

艾斯特罗夫(Margot Astrov)

《长翅膀的蛇:美国印第安散文与诗歌集》(*The Winged Ser-*

pent: An Anthology of American Indian Prose and Poetry, 1946;编)

B

巴恩斯(Jim Barnes)
《美国死亡之书》(The American Book of the Dead, 1982)
《失落之季》(A Season of Loss, 1985)
《巴拉它河大合唱》(La Plata Cantata, 1989)。
贝尔("小熊";Ray Young Bear,1950—)
《无形的乐手》(The Invisible Musician, 1990)
《火蜥蜴之冬》(Winter of the Salamander, 1980)
《本土的声音:美国土著诗歌、艺术及对话》(Native Voices: Indigenous American Poetry, Craft and Conversations, CMarie Fuhrman & Dean Rader, 2019)
波西(Alex Posey)
《诗歌集》(Collected Poems, 1910)
布鲁查克(Joseph Bruchac)
《还礼:首次北美印第安作家节的诗歌和散文》(Returning the Gift: Poetry and Prose from the First North American Native Writers' Festival, 1994)
布什(Barney Bush)
《我的马和自动唱机》(My Horse and a Jukebox, 1979)
《岩石雕刻》(Petroglyphs, 1982)

《继承血缘》(*Inherit the Blood*,1985)

D

戴伊(A. Grove Day)
《晴空:美国印第安诗歌》(*The Sky Clears: Poetry of the American Indians*,1951)

E

厄德里克(Louise Erdrich)
《照明灯》(*Jacklight*,1984)
《欲望的洗礼》(*Baptism of Desire*,1989)
《原初之火:新诗及其他诗选》(*Original Fire: New and Selected Poems*,2003)

F

法斯特(Robin Riley Fast)
《心灵为鼓:美国本土裔诗歌的坚持和反抗》(*The Heart as a Drum: Continuance and Resistance in American Indian Poetry*,1999)
弗朗西斯科(Nia Francisco,1952—)
《纳瓦霍女人的蓝马》(*Blue Horses for Navajo Women*,1988)

G

格兰西(Diane Glancy)

《我乐见垒球手套的方式》(*The Way I Like to See a Softball Mitt*, 1981)

H

哈乔(Joy Harjo)

《最后一支歌》(*The Last Song*, 1975)

《月亮带我到何方?》(*What Moon Drove Me to This?* 1979)

《第三位女性》(*The Third Woman*, 1980)

《她有几匹马儿》(*She Had Some Horses*, 1983)

《她的所言》(*That's What She Said*, 1984)

《陷入疯狂之爱和战争》(*In Mad Love and War*, 1990)

《从天而降的女性》(*The Woman Who Fell from the Sky*, 1994)

《在他人的语言中重塑自我:当代北美本土女性写作》*Reinventing Ourselves in the Enemy's Language: Contemporary Native Women's Writing of North America*, 1997)

《下一个世界的地图:诗歌与传说》(*A Map to the Next World: Poetry and Tales*, 2000)

《我们如何成为人:新近及精选诗歌,1975—2001》(*How We Became Human: New and Selected Poems*, 1975—2001, 2002)

《灵魂谈话,歌唱语言》(*Soul Talk, Song Language*, 2011)

《消弭冲突》(*Conflict Resolution for Holy Beings*, 2015)

《美国日出》(*An American Sunrise*, 2019)

《世界之光黯淡,我们歌声响起》(*When the Light of the World Was Subdued, Our Songs Came Through: A Norton Anthology of Native Nations Poetry*, 2020;编)

怀特曼(Roberta Hill Whiteman, 1947—)

《星光之被》(*Star Quilt*)

《费城之花》(*Philadelphia Flowers*, 1996)

霍布森(Geary Hobson)

《被铭记的土地》(*The Remembered Earth*, 1979;编)

霍根(Linda Hogan, 1947—)

《自己就是家园》(*Calling Myself Home*, 1978)

《红土》(*Red Clay*, ?)

《女儿,我爱你们》(*Daughters, I Love You*, 1981)

《月蚀》(*Eclipse*, 1983)

《望穿太阳》(*Seeing Through The Sun*, 1985)

《药之书》(*The Book of Medicines*, 1993)

《黑的、甜的》(*Dark. Sweet: New & Selected Poems*, 2014)

K

康普顿(Carrie Compton)

《精灵诗人:美国本土裔的启示》(*Poets of the Spirit: Native American Inspiration*, 2004;编)

科普维(George Copway,本名 Kah‑ge‑ga‑gah‑bowh)

《奥吉布瓦人的征服》(*The Ojibway Conquest*, 1850)

克罗宁(George W. Cronyn)

《彩虹上的路:歌曲与吟唱集》(*The Path on the Rainbow: An Anthology of Songs and Chants*, 1918;编)

《美国本土裔诗歌》(*Native American Poetry*, 2006;编)

肯尼(Maurice Kenny)

《两河之间》(*Between Two Rivers*, 1987)

《妈妈的诗歌》(*The Mama Poems*, 1984;获 American Book Award)

《重新思考》(*On Second Thought*, 1995)

L

拉德(Dean Rader)

《用词语对我说话:当代美国印第安诗歌论集》(*Speak to Me Words: Essays on Contemporary American Indian Poetry*, 2003;编)

里格斯(Lynn Riggs)

《铁盘》(*The Iron Dish*, 1930)

里奇(John Rollin Ridge)

《诗集》(*Poems*, 1868)

林肯(Kenneth Linlcon,)

《用熊之心歌唱:美国本土裔诗歌中的融合》(*Sing with the Heart of a Bear: Fusions of the Native and American Poetry*, 1999;编)

路易斯(Adrian C. Louis)

《水火世界》(*Fire Water World*, 1988)

罗森(Kenneth Rosen)

《彩虹的声音:当代美国本土裔诗歌》(*Voices of the Rainbow: Contemporary Poetry by Native Americans*, 1975、2012;编)

罗斯(Wendy Rose)

《霍皮走鹃舞》(*Hopi Roadrunner Dancing*, 1973)

《长期的分隔:一段部落历史》(*Long Division: A Tribal History*, 1976)

《学院派印第安妇女:自象牙塔向世界发出的报告》(*Academic Squaw: Reports to the World From the Ivory Tower*, 1977)

《美国印第安诗歌》(*Poetry of the American Indian*, 1978)

《建构者卡奇纳神:归家的循环》(*Builder Kachina: A Home-Going Cycle*, 1979)

《霍皮人在纽约会怎样》(*What Happened When the Hopi Hit New York*, 1982)

《失去的铜》(*Lost Copper*, 1986;获普利策奖提名)

《她肯定离开了》(*Now Proof She Is Gone*, 1994)

《骨之舞》(*Bone Dance*, 1994)

《痒得发疯》(*Itch Like Crazy*, 2002)

M

米基(Tiffany Midge)

《逃犯、叛徒和圣人:混血儿日记》(Outlaws, Renegades and Saints: Diary of a Mixed-Up Halfbreed, 1996)

莫马迪(N. Scott Momady)

《呢喃的风:年轻的美国本土裔诗人作品》(The Whispering Wind: Poems by Young American Indians, 1972;编)

《雁的角度及其他诗歌》(Angle of Geese and Other Poems, 1974)

《葫芦舞者》(The Gourd Dancer, 1976)

《阳光之下:故事和诗歌集,1961-1991》(In the Presence of the Sun: Stories and Poems, 1961-1991, 1992;2009年再版)

《熊的房屋》(In the Bear's House, 1999)

《遥远的早晨》(Again the Far Morning: New and Selected Poems, 2011)

《坐熊之死》(The Death of Sitting Bear, 2020)

N

尼亚图姆(Duane Niatum)

《登上红松之月》(Ascending Red Cedar Moon, 1969),

《克拉莱姆族长者死后》(After the Death of the Elder Klallam, 1970)

《道斯普韦布洛》(Taos Pueblo, 1973)

《挖掘根源》(Digging out the Roots, 1977)

《梦想收割机之歌》(*Songs for the Harvester of Dreams*, 1981)

《唱歌生灵的素描》(*Drawings of the Song Animals*, 1990)

《梦之轮的运送者》(*Carriers of the Dream Wheel*, 1975;编)

《哈珀二十世纪美国本土裔诗歌选集》(*Harper's Anthology of the Twentieth Century Native American Poetry*, 1988;编)

P

普兰提(Trevino Plenty)

《蜕皮:四位苏族诗人》(*Shedding Skins: Four Sioux Poets*, Plenty et al. 2008)

T

塔帕弘索(Luci Tapahonso)

《季节女性》(*Seasonal Woman*, 1982)

《又一个船石之夜》(*One More Shiprock Night*, 1981)

《微风拂过》(*A Breeze Swept Through*, 1987)

托尔芒顿(Mary Tallmountain)

W

韦尔奇(James Welch)

《骑驾土生子40号》(*Riding the Earthboy 40*, 1971)

威尔森(Norma Wilson)

《歌唱:美国本土裔诗歌的本质》(*Sing: The Nature of Native*

American Poetry, 2000)

维兹诺(Gerald Robert Vizenor)

《诞生于风中的诗歌》(Poems Born in the Wind, 1960)

《蝴蝶的双翼》(Two Wings the Butterfly, 1962)

《彩绘石之南》(South of the Painted Stones, 1963)

《举起月之藤》(Raising the Moon Vines, 1964)

《十七声啾鸣》(Seventeen Chirp, 1964)

《春季之夏:奥吉布瓦抒情诗》(Summer in the Spring: Lyric Poems of the Ojibway, 1964)

《轻微的磨损》(Slight Abrasions, 1966)

《空秋千》(Empty Swings, 1967)

《松岛》(Matsushima: Pine Island, 1984)

《水黾》(Water Striders, 1989)

《鹤群飞起:俳句情境》(Cranes Arise: Haiku Scenes, 1999)

《靠岸》(Almost Ashore, 2006)

沃尔布罗斯(J. Ivalvoo Volbroth)

伍迪(Elizabeth Woody)

《伸入石头的手》(Hand into Stone, 1990;获美国国家图书奖)

《谦逊者的闪光》(Luminaries of the Humble, 1994)

X

希尔(Roberta Hill)

希尔科(Leslie Marmon Silko)

《泻湖女性》(*Laguna Woman*, 1974)

Y

约翰逊(E. Pauline Johnson)
《燧石和羽毛》(*Flint and Feather*, 1917)

图书在版编目(CIP)数据

生存抵抗之歌:当代美国本土裔(印第安)诗研究/张琼著. —上海:华东师范大学出版社,2021
ISBN 978-7-5760-2209-4

Ⅰ.①生… Ⅱ.①张… Ⅲ.①诗歌研究—美国—现代 Ⅳ.①I712.072

中国版本图书馆 CIP 数据核字(2021)第 212167 号

华东师范大学出版社六点分社
企划人 倪为国

生存抵抗之歌:当代美国本土裔(印第安)诗研究

著 者 张 琼
责任编辑 倪为国 古 冈
责任校对 王寅军
封面设计 卢晓红

出版发行 华东师范大学出版社
社　　址 上海市中山北路3663号 邮编 200062
网　　址 www.ecnupress.com.cn
电　　话 021-60821666 行政传真 021-62572105
客服电话 021-62865537 门市(邮购)电话 021-62869887
地　　址 上海市中山北路3663号华东师范大学校内先锋路口
网　　店 http://hdsdcbs.tmall.com

印 刷 者 上海景条印刷有限公司
开　　本 787×1092 1/32
插　　页 1
印　　张 19.25
字　　数 200千字
版　　次 2021年12月第1版
印　　次 2021年12月第1次
书　　号 ISBN 978-7-5760-2209-4
定　　价 78.00元

出 版 人 王 焰

(如发现本版图书有印订质量问题,请寄回本社客服中心调换或电话021-62865537联系)